U0152201

香港文學作品選集①

潘耀明／總策劃

黃子平／主編

舒非／副主編

李歐梵小說

李歐梵 著

—— 首席惠澤機構 ——

香港賽馬會慈善信託基金

香港文學館顧問（排名不分先後）

金耀基　王英偉　李歐梵　李子建　李大宏　何順文　金聖華　林群聲
林青霞　林天行　周文港　郭　位　段崇智　胡鴻烈　韋　然　殷巧兒
陳新滋　馮國培　張　翔　張隆溪　黃均瑜　滕錦光

香港文學館文化學術館藏委員會（排名按姓氏筆划）

王義文　毛　升　李東輝　何冀平　沈西城　杜若鴻　周蜜蜜　施仲謀　陳　致
梁慕靈　張倩儀　張雙慶　許子東　馮錦榮　黃子平　黃心村　黃維樑　黃坤堯
舒　非　梅　真　葛　亮　焦　揚　董就雄　鄭培凱　潘耀明　潘銘基　羅光萍

目錄

前言：「自然，這是一部手稿」——李歐梵的小說實驗

胡立嵱

李歐梵在華文讀者的心目中，首先是學者，其次是散文家。他的中國現代文學研究，從探討晚清和五四文壇的《中國現代作家的浪漫一代》，到魯迅專論《鐵屋中的吶喊》，乃至於重繪上海都市文化的《上海摩登》等，俱洞見紛呈，成一家之言，不少觀點現已成為經典。而自《西潮的彼岸》、《狐狸洞話語》等開始，他的散文和專欄文章亦一直深得讀者的喜愛，其內容豐富多彩，涵蓋文學、藝術、電影、音樂、文化評論，又兼及個人回憶和生活日常，以博學、暢達、睿智的學者散文風格見長。

然而，李歐梵還有另一個備受忽略的身份，就是小說作者。他僅有的兩部長篇小說《范柳原懺情錄》和《東方獵手》並未廣受注目，但因兩部作品均多少帶有後現代文本遊戲的特質，放手寫來，其實驗性相當大膽，而其中多重的互文對話、對小說類型的戲仿，以至於後設小說風格，俱頗堪玩味。

李歐梵的第一本小說《范柳原懺情錄》，最初於台北《聯合報．副刊》連載，繁體單行本一九九五年由台灣麥田出版股份有限公司初版，簡體單行本一九九九年由遼寧教育出版社付梓。《范柳原懺情錄》是張愛玲〈傾城之戀〉的「續寫」，構想男主人公范柳原在跟白流

蘇分手多年後，在漫長的歲月裏，斷斷續續地以書信方式向舊情人傾訴和自剖。小說主體部份由范柳原的二十二封「原信」組成（基本按編年順序排列，但以最後一封信為楔子），又有若干斷簡殘篇、小說人物「訪問」和附錄。通過種種「真亦假時假亦真」的互文遊戲，讀者彷彿在真實世界裏，見證了張愛玲筆下的虛構小說人物在二十世紀下半葉（一九六七年至一九九七回歸前夕）的情感經歷。

至於李歐梵的第二本小說《東方獵手》，則於二〇〇一年由台灣麥田出版股份有限公司初版，簡體單行本二〇〇二年由上海文藝出版社付梓。《東方獵手》是一部間諜小說，故事背景跨越全球各地，從香港到新加坡、馬六甲、雪梨、越南富國島，到澳門、花蓮、上海等地，而諜戰解碼的過程則涉及了波斯古詩背後的秘密，亦不乏占士邦故事中常見的美女和驚險情節。李歐梵曾在〈《東方獵手》：一部小說構思的開端〉一文中談及這部小說的創作過程：

> 我正在寫一部長篇小說，題目暫定為《東方獵手》，取自古波斯詩人歐瑪爾．海亞姆（Omar Khayyam）的詩集《魯拜集》（*The Rubaiyat*）第一首詩〔……〕兩年前開始構思這部間諜小說的時候，突發奇想；因為故事的主人公是一個軍火商，專門負責把軍火販賣到中東各國，所以小說開端應該採用一種「天方夜譚」式的典故作為楔子，以便吸引讀者，然而不知如何下手。去年某夜，百無聊賴，想聽聽音樂，隨意從我收藏的激光唱片中抽出一張，是一位美國二流作曲家（名字已忘）的一個交響組曲，就叫做《歐瑪爾．海亞姆》，開頭由一位英國明星 Michael York 朗誦《魯拜集》，他念的詩句頗為動聽，也很耳熟〔……〕我竟然聽得入

迷，覺得此詩的意境太好了，正合孤意，次日就去書店買了這本詩集，隨意讀了八首，愈讀愈有味，遂靈機一動，想把它放到我的小說中，後來乾脆決定以歐瑪爾・海亞姆的詩作為小說的開頭。[1]

李歐梵後來將Michael York朗誦的其中一首歐瑪爾・海亞姆詩作譯成中文，置於小說第一章的卷首，以此展開小說的諜戰解碼敘事：「樹枝下，一卷詩／一壺酒，一塊麵包——還有你／在我身旁，高歌於原野／啊，這原野就是眼前的天堂」[2]。《東方獵手》初版於二〇〇一年，兩年後，丹・布朗（Dan Brown）的暢銷小說《達文西密碼》（*The Da Vinci Code*）才由蘭登書屋正式出版。但我們不要忘記，艾柯（Umberto Eco）於一九八〇年初版的名著《玫瑰的名字》（*The Name of the Rose*），正是一個關於手稿謀殺案的神秘探案小說。李歐梵便曾在回憶錄《我的二十世紀》中向艾柯致敬：「意大利人裏面我有兩個特別佩服，其中一位就是卡爾維諾，另一位就是艾柯。艾柯的拉丁古文修養很好。他寫的《玫瑰的名字》（*The Name of the Rose*），其開首的題辭就很好玩：『自然，這是一部手稿』（Naturally, A Manuscript）。然

1 李歐梵：《世紀末的反思》，杭州：浙江人民出版社，二〇〇〇，頁一三三—一三四。

2 李歐梵：《東方獵手》，上海：上海文藝出版社，二〇〇二，頁三。

後，故事引出一個關於手稿的謀殺案，換言之，也就是一個關於文本的謀殺案。」[1]於此，我們不難發現《東方獵手》與《玫瑰的名字》之間的互文對話關係。

誠如季進所言，這兩部作品有不少值得深入討論的話題：「《范柳原懺情錄》續寫半個世紀之後范柳原、白流蘇的故事，是當代長篇小說中頗為罕見的典型的後現代文本，充滿了『元小說』『戲仿』的敘事特徵；而《東方獵手》熔間諜、解碼、歷史、戰爭於一爐，匠心獨運、扣人心弦，還不時可以見到與納博科夫、博爾赫斯（《東方獵手》的一些構思似乎有著《小徑分岔的花園》的影子）等西方大家的互文。」[2]《范柳原懺情錄》最為突出的表現，在於其與張愛玲小說文本的互文對話，以及當中體現的「遊戲性」。這種遊戲性雖有後現代式的調侃，但同時又體現了一種立足於個人情感的浪漫歷史見證。

李歐梵在〈小序：為香港寫一個愛情故事〉中自言：「我想為香港書寫一篇愛情故事，作為個人的歷史見證。」[3]這部作品雖是虛構的小說，但內中的感情卻是真實的。[4]根據作者的說法，這部小說的創作，源於一九九九年初夏他因公訪港期間與李子玉（原名李玉瑩）的「戲劇式」重逢，李歐梵自言當時感受到一股異樣的激情：

1 李歐梵：《我的二十世紀：李歐梵回憶錄》，香港：香港中文大學出版社，二〇二三，頁四七三。
2 王德威，季進主編：《世界主義的人文視景》，鎮江：江蘇大學出版社，二〇一九，頁四四三。
3 李歐梵：《范柳原懺情錄》，沈陽：遼寧教育出版社，頁一。
4 李歐梵：《我的二十世紀：李歐梵回憶錄》，香港：香港中文大學出版社，二〇二三，頁二八七。

我也說不清為什麼自己的心情那麼激動，似乎有點「時不我與」，趕快抓住這個時辰，我們都不再年輕了，要把這股「餘情」化為源遠流長的「不了情」，直到地老天荒。於是我也很自然地聯想到張愛玲的小說《傾城之戀》，這股突然湧出來的「爛縵餘情」促使我寫出我的第一本小說：《范柳原懺情錄》，小說的形式是情書，還有比這種文體更主觀、更浪漫的嗎？[1]

李歐梵認為自己在感情主題上，離不開「浪漫」和「爛縵」兩個互有關聯的名詞。「爛縵」有過熟（overripe）的意味，與少年天真「浪漫」的感情衝動不一樣。「爛縵」並不追求天真的理想，而是代表了一種成熟的感情，是真正愛情的體現。而正是基於這種人生和情感的深切體會，小說中的范柳原，其設定也是千帆過盡，在生命的後期（約五十八歲）開始了「懺情」，並終於一九九七年六月三十日。當中見證的，除了生命的最後夕陽，還有一個時代的終結。

作者的不少朋友認為，小說中年輕的香港女子藹麗就是李子玉，而李歐梵卻自言，「藹麗和子玉都是香港的化身」。[2] 至於范柳原，除了本該是張愛玲《傳奇》中的人物，還多少帶有李歐梵的影子。如果張愛玲的經典名作寫的是二十世紀上半葉的香港，那麼，李歐梵念

1 李歐梵：《我的二十世紀：李歐梵回憶錄》，香港：香港中文大學出版社，二〇二三，頁二八七。

2 李歐梵：《我的二十世紀：李歐梵回憶錄》，香港：香港中文大學出版社，二〇二三，頁二八七。

茲在茲的，卻是他個人親身經歷過的二十世紀下半葉的香港。他一九七〇年首次來港執教，從此便與這個城市結下不解緣。順帶一提，李歐梵對「懺情錄」的說法似乎情有獨鍾，他視二〇二三年出版的個人回憶錄《我的二十世紀》，亦是「懺情錄」一種：「一本面向文學讀者、反思自身生命經驗的『懺情錄』，而非局限於學院象牙塔條條框框之內的研究生涯回顧或總結」。[1] 以「情」證「史」，所證的無論是大歷史，還是小歷史，貫徹其中的是李歐梵浪漫的姿態。

《范柳原懺情錄》在《聯合報·副刊》初刊時，附有一段按語，很好地介紹了小說的重點：「引用張愛玲原作，未注引號，是既向張迷挑戰，兼向名家致敬的『後現代筆法』，為小說創作界的一段佳話」。[2] 所謂後現代，意味着大歷史和既定價值的消解，而小說中對范柳原、白流蘇，乃至其他《傳奇》小說人物的續寫與重寫，均建基於張愛玲原著文本。儘管《范柳原懺情錄》的敘述者一直打造其「真實性」，顯示真有其人其事，但當中所敘畢竟是破碎、零散和不可信的。這種虛構和互文之間的游離，某程度上消解了主角懺情的浪漫（或可稱為老派的濫情），而使小說體現出狡黠和調侃的遊戲意味。這兩種並存的風格，使這本小說展現出令人難忘的雙重性。

---

1 李歐梵：《我的二十世紀：李歐梵回憶錄》，香港：香港中文大學出版社，二〇二三，頁五〇八。

2 李歐梵：《范柳原懺情錄》，初刊，台北《聯合報·副刊》，一九九七年八至十月。

誠如陳建華所言，小說將「懺悔」和「懺情」融於一爐，含有某種「文類的自覺」：

這是一種「罪惡」和懺悔，也是「個人感情旅程」的追述。如果這些內容帶有西方式「懺悔錄」特徵的話，那麼范柳原的兒女情長，卿卿我我，自怨自憐，則大有「鴛鴦蝴蝶派」懺情的餘韻，而「內中情緒激動或煽情之處」，大大超出了《浮生六記》的「閨房記樂」的界限。[1]

事實上，李歐梵的小說寫作跟其文學研究有很深的糾葛。《范柳原懺情錄》固然有所謂後現代意味，但中國小說傳統本就真假混淆，而晚清小說本身就有懺情小說的類型。至於圍繞范柳原人物設定的種種細節，以至小說〈小序〉中對書信的「整理」和「考據」，皆可追溯到李歐梵的上海研究，甚至多少帶有諧擬魯迅〈狂人日記〉的意味。

李歐梵對文類的興趣，無疑延續到《東方獵手》的寫作。在構思上，這部長篇體現了學問淵博的作者對改造間諜小說的雄心。小說一方面滲入電腦科技、網絡性愛等當時的熱門話題，另方面卻以古老的詩歌作為解碼的鑰匙。題目《東方獵手》驟看頗有東方主義的色

1 陳建華：〈後現代風月寶鑑：情的見證——讀李歐梵《范柳原懺情錄》〉，瀋陽：遼寧教育出版社，一九九九，頁一五八。

彩，但事實上典出自古波斯詩人歐瑪爾．海亞姆的詩集《魯拜集》的第一首詩：「Awake! for Morning in the Bowl of Night / Has flung the Stone that puts the Stars to Flight: / And Lo! the Hunter of the East has caught / The Sultan's Turret in a Noose of Light.」[1] 李歐梵便曾這樣談及小說的構思過程：

一個軍火間諜如何會讀歐瑪爾．海亞姆的詩？即使在 007 占士邦電影中，鐵漢柔情，很懂得酒和女人，但從未見到他讀詩。而我所看到的英文間諜小說也很少用詩，密碼雖多，但了無新意。我既然要過「間諜癮」，為什麼不可以用詩？於是我又重讀《魯拜集》，才發現第一版中有不少意象式的詞句，大可利用，例如：「夜之碗」、「春之火」、「時間之鳥」、「悔之冬衣」，還有「東方獵手」（原來指的可能是一個星座），都可以拿來作新武器的秘密代號，豈不妙哉！[2]

在書寫通俗的小說類型、大過「間諜癮」之餘，不忘學問，李歐梵在此展示了類近於艾柯風格的「學者小說」本色。

---

1 李歐梵：《東方獵手》，上海：上海文藝出版社，二〇〇二，題詩頁。李歐梵：《世紀末的反思》，杭州：浙江人民出版社，二〇〇〇，頁一三三。

2 李歐梵：《世紀末的反思》，杭州：浙江人民出版社，二〇〇〇，頁一三四。

范柳原懺情錄

〔范柳原的原信〕
（按編年順序排列）

《范柳原懺情錄》新版自序

這本小說初版於一九九八年，如今要出新版了。對於這本小說的作者——我——而言，感到有點不安。它畢竟是我的「處女作」，特別是范柳原這個角色，不少讀者以為就是我，其實不然，所有的小說都是虛構（fiction）。這個角色當然源自張愛玲的〈傾城之戀〉，我的目的是向祖師奶奶致敬，豈敢掠美。

我認為這篇小說是「祖師奶奶」罕有的描寫愛情而不帶譏諷的作品，我第一次讀就出奇的感動，但又忍不住覺得他們的婚姻不會長久，范柳原一定始亂終棄，棄白流蘇於不顧。於是就大膽的為它寫了一個續集：多年之後范柳原又想念白流蘇，於是開始寫信，這二十二封信構成這本小說的骨幹。又覺得單薄，於是又以「斷簡殘篇」的形式加上一大段〈後敘和補遺〉；又覺得不夠份量，於是向三位朋友求救，請他們為這本小說寫讀後感。整合起來，因而構成一個「後現代筆法」的文本。據聞香港曾有一位碩士生以此為題寫了一篇論文。

如今這個不成熟的作品竟然又面世了，這一代的讀者又怎麼評價？是否看得下去？或者覺得太過浪漫？

我在范柳原給白流蘇的最後一封信的「後註」中評論說：「范柳原浪蕩一生，一事無成，他是一個大時代中的小人物，一個平凡的人，也理該被歷史遺忘。」然而，我偏偏不能遺忘，於是又製造出來一個人物：李歐梵，他扮演自己，一個學者到處找尋范柳原的資料，不知不覺，自己也變成一個虛構人物。這種不自量力的作法，令我汗顏。本書初版的後頁有幾句吹捧的話，說的極有洞見：「在個人與歷史、過去與現在、記憶與見證、狂熱與孤獨交相糾葛中，漸次展開繁複的懷舊文本。」真是一語中的，在此我要向這位評論家致謝。本書新版也有一篇胡立峪（化名）的「前言」，對本書和另一本我的小說《東方獵手》分析的十分細密，在此一並致謝。

記得在一九九七年六月，我特別從美國飛到香港，為的是見證香港的回歸。六月三十日下午，在文華酒店的大廳飲咖啡，然後又到旁邊的小廣場遊蕩。有人拉了一塊白布，請我簽字並留言。我突然想到一句話：「張愛玲的靈魂到此一遊！」我心裏想到的就是〈傾城之戀〉。我對這個中篇小說也很偏愛，在課堂上講過幾次。如今我也老了，記憶力逐漸減退，重讀自己二十多年前寫的小說，同時也在追溯自己的回憶。這才發現，在初版序言中，我把范柳原的年紀早已算出來了：如果他在一九四一年（日本侵佔香港）是三十二歲的話，一九九七年他應該是八十八歲，生了一場大病，頭髮也白了，竟然還有精力從倫敦飛到香港和白流蘇會面？也許他返回倫敦不久就過世了。

這個小人物畢竟為後世留下一點遺產：小說中他的感情是真摯的，能夠保持一點浪漫已經足夠了。

李歐梵

二〇二四年四月二十七日於香港日出康城

小序：為香港寫一個愛情故事

一九九七年七月一日香港回歸，是一件歷史上的大事，見證的人很多，歌頌的文章更汗牛充棟，但在眾聲喧嘩中唯獨少了張愛玲的聲音。

如果張愛玲還在世的話，大概也不會來香港湊熱鬧，但必然會在她洛杉磯西塢區的斗室看電視。說不定還會打一兩通電話給香港的朋友，也說不定會憶起當年她以香港為題材和背景而寫的幾篇小說：〈第一爐香〉、〈第二爐香〉、〈傾城之戀〉。

我此次來港，除了湊「回歸熱」之外，就是為了悼念張愛玲和她的香港。我想為香港書寫一篇愛情故事，作為個人的歷史見證。我想以張愛玲的〈傾城之戀〉作模式，甚至寫一個續集，卻苦於才華不足，未敢輕易動筆。如果真能寫得像個樣子，這將是我的第一本小說。於是，在到香港之前，就約好了一位年輕朋友陪我重遊張愛玲的故地，特別是淺水灣。當年的淺水灣飯店——〈傾城之戀〉的背景——自然早已蕩然無存，剩下一個清水池別來無恙。但是我還是去了，那一片海灘依舊，附近有一兩條幽徑，漫步在褪了色的石板路上，我突然情不自禁，向這位年輕朋友訴說當年的情史：曾幾何時，我何嘗沒有陪着另一位佳人來此小遊，而且還在淺水灣飯店喝咖啡，看日落，甚至還哼起當年和老友戴天常唱的那首西洋歌曲：〈One Day When We Were Young〉（〈當我們年輕的時候〉，而那個時候我們畢竟還年輕），頓時思潮洶湧，情感激動，遂臆想出一個故事的輪廓。

＊　＊　＊

〈傾城之戀〉的故事說的是一個上海小姐——離過婚的白流蘇——經人介紹認識了剛從英國回來的花花公子范柳原，范託人把流蘇帶到香港，兩人遂在淺水灣飯店演出一幕頗為浪漫的愛情戲。范柳原本想把白流蘇安置在香港，作他的情婦，然後隻身離港；不巧日軍進攻，香港淪陷反而成就了他們兩人的婚事。

然而這對夫婦不會白首偕老的，雖然在那一堵斷牆之前，范柳原曾經說過地老天荒之類的情話，但他並不相信愛情。所以讀這個故事的時候我覺得有點反諷的味道，然而又情不自禁地為白流蘇的境遇而感動，但願有情人終成眷屬。事實上，這個婚姻是不可能長久的。

所以，續集的開端應該是，他們遷回上海後，不過數年，范柳原故態復萌，又去拈花惹草了。先在香港又搭上他的老情人——那位印度公主薩黑荑妮，後又在上海花天酒地，和穆時英一樣，愛上一個舞女，但卻被她始亂終棄。失意之餘，他就丟下白流蘇逕自回到倫敦去了。流蘇哪裏能再滯留上海，只得又回香港。

范離去後，音訊全無，白流蘇憑着堅毅的個性，終能在香港自闖天下。四九年解放後，大批上海人南下，流蘇又見到了她的親戚，這一次換她作主人了，好意接濟當年曾經對她不起的娘家人，而且，因為炒金致富，不久躋身香港上流社會，成為名媛，後來下嫁一位極有財富的英國商人（或殖民地高官），更是飛黃騰達。她為這位鬼佬生下一個女兒；混血兒長得特別漂亮，母女二人常結伴參加香港的各種慈善舞會，傳為美譚。

至於范柳原，卻逐漸窮愁潦倒。最後竟然成了孤家寡人，年事日增之後，追懷往事，開始感到歉疚，而罪惡也能引發一個人的浪漫靈感，於是着手給當年的白流蘇寫信，斷斷續續，寫了不下二十餘封。他的中文本來不好，英文也勉強，這些信半中半英，有時候荒腔走板，我不得不稍作整理。選了下面幾封以饗讀者，內中情緒激動或煽情之處，除了將英文譯成中文外，並未改動。想不到這位年近古稀的老人（如果在日軍佔香港那一年——一九四一年——他是三十二歲的話，一九九七年他應該是八十八歲），竟然真情畢露，但為時已晚。這些信當然沒有寄出，我是經由特殊管道取得的，每一封信都註有年月日，但未註地點；有些信似乎是在香港寫的，可見范柳原也曾數次重訪香江。最後一封信的日期，是一九九七年六月三十日。

由於九七香港「回歸」有劃時代的意義，所以我權且本末倒置，用這最後一封信作為我這篇小說的〈楔子〉。

目次

〔斷簡殘篇〕

楔子：范柳原最後的一封信

一九九七年六月三十日

流蘇：

還記得那堵牆麼？在淺水灣飯店過去一截子路，灰磚砌成的，極高極高，望不見邊。你靠在牆上，你的臉在夕陽斜照下出奇的美——紅嘴唇、水眼睛，有血、有肉。我癡癡地望着你，突然感受到一股說不出來的感情，如果在那一刻你也望着我，也許你就不會認為我在說謊。地老天荒有什麼意義？它的意義只有在我們的文明整個毀掉以後，才會顯現出來。

流蘇，在這歷史性的一刻，當香港的那一邊瘋狂地舉國同慶的時候，我終於了解：我們的文明是整個的毀掉了，我們什麼都完了，燒完了，炸完了，坍完了，全完了。我們的時代終於結束，一個新的紀元即將開始。也許，你的女兒此刻正參加麗晶酒店的舞會吧，也許，你一個人在自己的房間裏看電視，讓年輕的一代人狂歡吧；他們總在憧憬着將來，而我們只有緬懷過去。

流蘇，此時此刻，我腦海中只有你。我想看你穿着旗袍、低着頭——甚至當我們那天在香港飯店共舞的時候，你還是低着頭，你記得我當時對你說的話嗎？「我愛你，我一輩子都愛你。」你說這是廢話，這是謊話，真是一語中的！我還不是在玩弄好萊塢電影中的台詞，有了「我愛你」之類的話，才會接吻，才會有情人終成眷屬，才會喜劇終場。

其實，那個時候我哪想和你結婚，只是想把你從上海騙到香港玩玩，因為難得碰見像你這樣的一個真正的中國女人。怎麼會料到這句戲言竟然成真？我是在過了這一輩子之後，才知道這一輩子真正愛過的人只有你。然而一切都晚了，當我終於在地老天荒之時向你表白真心的時候，我知道一切都晚了，一切都完了，甚至連那堵牆也不知去向。

流蘇，你記得那天深夜，我在電話中向你求愛，還引了《詩經》上的一首詩：「死生契闊——與子相悅，執子之手，與子偕老。」也不知道從哪裏聽來的典故，因為我從來沒有讀過《詩經》。死生契闊——對於命運我們哪裏能作得了主？你以為我不愛你，不願意娶你，其實，我那時候太年輕了，以為結婚之後兩個人朝夕相對，日子久了還不是互相厭倦而離婚？我們當時扮演的是一齣動人的浪漫喜劇，而好萊塢式的浪漫喜劇永遠是以結婚收場，卻從來不提結婚以後的生活：Happily ever after，可是快樂以後又如何呢？

日軍那一場砲轟成全了我們。我的船無法出港，攔了一輛軍車回到巴丙頓道為你租的房子。當再次看到你受驚而又自然流露出驚喜的臉，我又想到「死生契闊」這四個字，你的手緊緊握着我的手，真正是「與子相悅，執子之手，與子偕老」！在那一剎那，我決定要娶你，因為只有在那個非常時期才會相信有天長地久的可能。

然而，那一剎那並不能夠使我們在一起和諧地活個十年、八年。其實不到五年，抗戰勝利，日軍一撤退，我就覺得這個世界又恢復正常了。而正常的世界——恕我用一個目前看來頗有男性沙文主義的看法——是比較適合女人的，非但在找房子、置家具、僱傭人那些事上，女人比男人在行得多，而且持家過日子更是你的特長。對於我這種人，日常生活是最難消受的。日子一天一天的過去，我就覺得有家室之累，於是故態復萌，終於導致不堪設想的結局。

流蘇，半個世紀以後，再向你說一句我對不起你，非但覺得語言無力，而且更顯得虛偽！流蘇，你不能作范柳原的情婦，你只能作范柳原的夫人，一個賢慧的媳婦，一個細心的母親。也許，就是因為你太賢慧了，我才「受不了」而離家出走。一個人遠走高飛回到倫敦，似乎把當時我原有的香港計劃付諸實施，怎麼料想得到：這一去竟然成了永別？

現在，英國的電視正在轉播總督的告別式，看到英兵在大雨中操演，還有蘇格蘭人的吹笛。當年我們被困在淺水灣飯店，日軍的砲聲、槍聲不斷，保護我們的還不是這些英軍？時代不同了，英國人自己也不願再作殖民主義者。我在倫敦久居多年，行為舉止都有點英國化，也許真成了假洋鬼子了，然而在感情上，我恐怕還是東方人，非但因為年紀越老也似乎越重感情，而且即使當年和你談戀愛的時候，還不是感情重於肉體？談得多，作得少？西方人重肉體，東方人重感情。說起來令我也汗顏，我們談戀愛的那幾個月，到底作愛了幾次？我已經記不得了，我想最多也不過四、五次吧。婚後我們的性生活還算和諧，但作愛的次數卻越來越少，不是我對房事沒有興趣，而是我覺得和你自始至終都是精神戀愛，而不是肉體之欲。對我而言，你的嫺靜是一種崇高，甚至使我高攀不上，所以後來才會自暴自棄，去找那個舞女，一場肉體上的歡樂換來的卻是我身敗名裂，不得不遠走異國，無顏再見到你。到了英國之後，我更沉溺於肉體的享樂之中，歷盡滄桑，交的都是西方女子，在下意識之中對像你這樣的中國女子感到歉疚。我又似乎把靈與肉截然分開。我在西方只是一個肉身，一個軀體，每天除了三餐和工作之外，就是追逐肉體上的享受，直到身體無法承擔，一場大病之後，我突然老了，六十歲剛過，就滿頭白髮。

然而，就在我不知不覺由中年進入老年的時候，有一天在倫敦匹卡德里圓環路上看到了一個東方女子，長得極像當年的你，只是髮式不同（她睡眠之前也不會再用髮網了吧！還記得那個晚上，我坐在你的牀上，看你慢騰騰地摘下髮網，把頭髮一攪，攪亂了，夾叉叮鈴噹啷掉下地來……）。我頓時着了魔，迷上了她，竟然鼓足勇氣走過去和她交談，原來她是香港來的，在一家銀行見習。見了她，我的舉止就像初見你一樣，絕對的上等情調——頂文雅的一種。然而我又如何向她示愛呢？那時我已年過六十，她不過至多三十歲吧，正是你那時候的年紀；在你那個時代，女人年過三十已經有點美人遲暮了（也正是你最吸引我的地方，你的成熟之美，遠遠超過了那一大批媒人親戚介紹給我的無數中國女子）。然而這個女孩子年輕得可以作我的女兒！她當然也把我當長者看待。我們竟然也約會起來，過一陣子就到中國餐廳吃飯，或到啤酒店聊天，偶爾還去聽場歌劇。我發現我不可自拔的愛上了她——也許正因為她像你，我想在她身上重溫我的舊夢。然而她一直把我視作父執輩，言談之間，止乎於禮，從來沒有碰過我（其實也不盡然，後來碰過之後，卻無法收拾殘局）。熟悉以後，她更把我當作一個知心的叔叔，告訴我她一切的秘密，甚至向我請教，原來她在香港早有一個男友，但在倫敦又交上個英國男人，過從甚密，兩者之間，不知如何取捨。我怎麼辦呢？只好寫信，一封一封的寫，向她示愛，但也一封一封的收藏着，也許我死後你可以打開來看，因為這些信也可說是為當年的你而寫的。

電視機上傳來一首我頗熟悉的歌：〈夏日最後的玫瑰〉，演唱的是英國的著名歌劇名星Gwyneth Jones，她也已白髮蒼蒼了，但唱得那麼動人。我突然想到：她不正是我在皇家歌劇院看到的嗎？她演的是華格納的一部歌劇，而且，也正是我帶着年輕的她（你）去觀賞的那一場。我已經熱淚盈眶，流蘇，我受不了，我這幾十年等於白活了。流蘇，請原諒我，我當時不應該離開你，流蘇，地老天荒不了情——我老了，竟然情更深，但為時已晚，我只能在心中默唱〈夏日最後的玫瑰〉。

范柳原信之一（片段）

〔未註年月日〕

流蘇：

昨夜我夢見那株紅樹，紅得不能再紅了，紅得不可收拾……把那紫藍的天也薰紅了。……夢是心頭想。

死生契闊——與子相悅，執子之手，與子偕老。

* * *

流蘇，你的窗子裏看得見月亮麼？我把你往鏡子上推，我們似是跌到鏡子裏面，鏡子的另一面，那個昏昏的世界是什麼？死亡？回憶？愛情？

* * *

流蘇，我也住在一間空房裏，只有一間——清空的世界。流蘇，我累得很，我需要絕對的靜寂。

流蘇，我的心裏是空的——總算空了，經過這麼多年以後。

流蘇，昨夜我失眠，乾脆把電燈開着，照得雪亮，沒有人影，然而我多麼希望看到你的影子！

流蘇，你現在是什麼樣子？

* * *

流蘇，今天清晨三點半醒來，房裏很冷，我沒有開電爐。在夢中看到你穿着旗袍在森林裏跑——在馬來亞或是菲律賓？

流蘇，我怎麼聽到胡琴的聲音？

* * *

流蘇，還記得那堵牆麼？

* * *

流蘇，我們什麼都完了，燒完了，炸完了，坍完了，全完了。我們的時代終於結束。

范柳原信之二

一九六七年三月三日，范柳原該年五十八歲

流蘇：

這幾年來，我一直想寫信給你，卻遲遲未敢動筆，有時候寫了一兩句就寫不下去了；有時候寫了一兩頁，讀了一遍，又覺得文字實在太差，甚至壞到不忍卒睹。我在倫敦長大，二十四歲才到上海，三十二歲時碰見你，雖然和你還可以說些俏皮話，但我的中文寫起來實在不成體統。在倫敦住了二十多年，中文又忘了不少，所以現在我只能用半中半英的方式寫信，但大部分還是借助英文。

我如何開始呢？我不知道，我只能一個字一個字的寫下去，到信寫完為止。而且還要逼着自己寫下去，否則又是半途而廢，就像我這大半生一樣，做什麼事都是半途而廢。父親留給我的生意，我半途而廢，甚至終身大事——和你的婚姻——也半途而廢，一九四七年我離家出走，不告而別，從上海到了倫敦。後來聽說你也離開了上海到香港。

也許你會問，我和你離婚以後，是否再婚過？不瞞你說，我又結了一次婚，仍然是半途而廢。我今年快六十了，在中國早應該兒女成群，說不定該抱孫子了，但我至今還是孤家寡人一個，歷盡滄桑，卻一事無成。范家我這一支也命定要絕子絕孫，因為我是獨子（當然，父親還有一個妻子留在廣州，可能生了不少子孫，但我至今無意和她聯繫），而且也是一個敗

家子。

這封信寫了不到兩頁，就寫不下去了，難道又要半途而廢？So be it——就這個樣子吧，反正我也不知道你的地址，信寫好了也寄不出去。

范柳原信之三

一九六七年五月九日

流蘇：

這幾天在倫敦報紙上看到香港暴動的消息，報導説：暴動是香港左派工人響應大陸上的「文化大革命」而發動的，街上遍地都是炸彈，有不少人傷亡。我讀後心驚膽戰，為你擔心。也想到二十多年前我們在香港的那段日子。一九四一年底有一天清晨，砲聲響了，日本人開始進攻香港，全島上的居民都向海面上望去，説「開仗了，開仗了」。我所乘的船駛不出港口，只好回來。我攔了一輛軍用卡車來接你到淺水灣飯店去避難，我永遠記得你見到我的那一刻臉上的表情：驚恐、迷惘、歡喜、難以置信，交織在一起，不知道説什麼才好，突然你人向前一撲，把頭磕在門洞子裏的水泥牆上。就在那一刻我才感受到命運和歷史已經把我們絞在一起，永不會分離了……

永不分離？我那個時刻的確是那麼想的，我心中還想到兩個英文字：unshakable destiny，動搖不了的命運。然而，不到幾年我的意志動搖了！香港的陷落成全了我們；但香港的光復和二次大戰的結束卻又拆散了我們。我們的命運和成千上萬的人正相反，戰爭使別人妻離子散，成千上萬的人痛苦着，我們卻在兩個已經傾覆的大都市——香港和上海——過着神仙不如的快樂日子，這真是一個傳奇性的故事。為什麼那個時候我們並不感到罪疚？好像驚天動地的劇變和我們兩個人毫無關係似的，我們有自己的小天地，與外面的世界隔絕。

然而，曾幾何時，外面的世界逐漸侵入我們的家庭，上海街道上開始鬧事了，搶劫案屢屢，政府從重慶遷回後，更是貪污事件層出不窮，國共內戰開始了，打打談談，謠言滿天飛，我的情緒更不得安寧。我的花天酒地的生活，現在回想起來，事實上和我的不安情緒有關，我是一個懦夫，本能地想逃避責任——逃避我作為一個男人、丈夫和國民的責任，最後竟然那麼卑鄙地一走了之！

流蘇，這麼多年來，我生活在罪惡之中，我雖不信教，但仍然感到自己該向一個高高在上的神懺悔，有一天我還真的去了教堂，默默地畫個十字，在耶穌像前跪了下來，我心裏想說……說什麼呢？我錯了，我辜負了一個好女子，讓她為我受難；我辜負了我的家庭，我是國家民族的罪人——這些大話，我有資格講嗎？我甚至沒有資格懺悔！流蘇，我對不起你，你現在如果聽到這句話會有什麼反應？最多還不是對我冷笑一聲說：「還虧得你說得出口?!」……流蘇，你罵得對！我無顏見你，但仍然希望你在香港一切無恙。

范柳原信之四

一九六九年十一月二十七日，范柳原六十歲

流蘇：

昨天我做了一件傻事，明明知道我們早已離婚，我卻特意跑到倫敦的英國移民局去申報你是我在大陸失去音訊的妻子，如果將來聯絡上了我可以申請你移民到英國來，因為我已經是英國公民了。當年我不告而別，後來和你只不過匆匆交換一紙離婚同意書，可能沒有法律效力。你看我又在異想天開了，好在這封信你收不到，收到了你一定會大怒。

我又能做什麼？除了做些傻事，寫幾封傻信，做幾場白日夢外，我又能幹什麼？我寫給你的這幾封信，只不過給自己留一個紀錄而已，萬一（我心中還存有些許希望）我們見了面，我至少可以有文為證，不然你又會以為我在説謊。我現在所説的，所寫的，句句都出自真心，絕無虛構。

流蘇，這幾年來我一直在回想我們的戀情。當年我們先忙着「談」戀愛，後來真的互相愛上了，等結婚以後，我卻又從愛情中打了退堂鼓。當我不再和你説俏皮話，而把省下來的俏皮話説給旁的女人聽的時候，一方面是表示我完全把你當作自家人看，但另一方面也表示我心裏對你已經開始不忠實了。起先，你還有點悵惘，有點不知所從，後來我明目張膽地做了起來，你才氣急敗壞，每天在房裏啼哭。那也是我晚上不回家的開始，我離開你的開始。

怎麼在離開你二十年以後我又愛上了你？我對你的愛又如何重新開始？當一個故事終結以後，是不應該再開始的，所以續集永遠比不上正集。

既然我在為我們的愛寫續集，我也不得不先交代一下我回到倫敦後的一個「傳奇」故事。

上海的那一個舞女，就不必提了。在倫敦，我認識的風塵女子無數，她們騙了我的錢、我的身體，卻沒有騙得我的靈魂。那個時候我的靈魂似乎是空的，甚至有一段時間我覺得自己只有肉體而沒有靈魂。使我重新認識自己還有靈魂的是一位瑞典女子，那是十年前我偶然在劍橋的一個咖啡店認得的，她說她一生只認得兩個中國人，第一個是在戰爭期間留在英國有家歸不得的中國留學生，也是上海人，第二個就是我。記得她在那家咖啡店問我的第一句話竟然是：「你是中國人嗎？從上海來的？」我大吃一驚：「你怎麼知道？」她的回答更妙：「難道你不相信緣分？」

我們就這麼很快地互相愛上了。我們沒有談戀愛，沒有說俏皮話，也無心說俏皮話。我那時有一種世紀末的頹唐情緒，甚至於想從女人肉體中得到「解脱」。我和安妮塔的愛，一開始就作愛，作愛之後才談戀愛，才知道她原來已是有夫之婦。然而她說她仍然愛她的丈夫，無意和他離婚，而她對我的愛又是那麼純真，她說：「我的靈魂中早已有了你，或者也可以說我自從愛過那位中國留學生以後，心靈中就已經有了一個中國男人，你就是那個男人，我早已認識了你！」這可能嗎？還是她從哪部電影中學來的台詞？

我起先也是懷疑的，認為她不但在說謊，而且說不定還是風塵中人，要騙我的錢。然而，她卻天真得毫無戒備，把赤裸裸的身心都獻給了我。幾個月後，當她要離開英國返回瑞典的時候，我到車站送她，忍不住吻了她，她眼淚流了一臉，是她哭了還是我哭了（我好久沒有哭了），兩人都不明白。車窗外還是那倫敦不着邊際的輕風濕霧，虛飄飄叫人渾身氣力沒處用，只有用在擁抱上。兩人坐在車位上，老是覺得不對勁，換一個姿勢，又換一個姿勢，不知道怎樣貼得更緊一點才好，我不禁亂了主意，我作夢也沒有想到安妮塔愛我到這個程度，就在那個時刻，火車汽笛響了，我只好下車，就此永別。以後通了幾封信，她說她把我們的事全告訴了她丈夫，他毫不在意——瑞典人也真大方——並請我到他們家來小住，我答應了，卻沒有去，後來就失去了聯絡。

安妮塔的眼淚，使我想起你的眼淚。流蘇，還記得嗎？在那兵荒馬亂的香港，在我們巴丙頓道那個家，我們請薩黑荑妮吃飯，吃完飯送她出去，你站在門檻上，我立在你身後（又是一個令我回味無窮的鏡頭），把手掌合在你的手掌上，然後我突然問你：「我說，我們幾時結婚呢？」你聽了，一句話也沒有，只低着頭，落下淚來。我起先還看不到你流淚，後來我說目前一切從簡，將來要大張旗鼓，好好請請親戚們，你才回了一句：「呸！他們也配！」說着又嗤的笑了出來，順勢一倒，靠在我身上，我這才看見你笑臉上的淚痕。流蘇，那一刻，在我記憶之中，是你最美的一刻。

安妮塔的眼淚，使我想到你，在此以前，我有意壓抑我的回憶，直到那一刻。當載着安妮塔的火車開走以後，我心中頓感空虛得難受，這種前所未有的心靈空虛才使我感到自己還有靈魂，才使我在空虛之中又想起你。那個時候我心中有兩個人影——安妮塔在前頭，你在後頭，好像在跳雙人舞，加上了我就成了三人，後來我在皇家歌劇院看了一場芭蕾舞，是巴倫欽編的，內中一個男舞者被兩個女舞者拉着跳——好像她們要把他的靈魂從地獄中拉出來，我終於開竅了，人到了六十歲，終於有所領悟。

范柳原信之五

一九七〇年二月一日，范柳原六十一歲

流蘇：

最近我常常失眠，每晚不論何時入睡，清晨三時半左右必會醒來，那是人的靈魂最脆弱的時辰，是誰說的——這是《狼的時辰》(*hour of the wolf*)。我就披衣起牀，在我空洞的斗室中走來走去，有時候也看幾本英文小說催眠。找毛姆的短篇小說，後來又讀 Stella Benson 和格林（Graham Greene）。讀着讀着，書本中的女主角都變成了你，毛姆小說中南太平洋小島上的牧師受到妖婦的迷惑，那個妖婦是你；格林小說中那個天主教徒作道德權衡時，起了決定作用的貞女也是你。也許，所有的男人心目中最理想的女人都是一個冰清玉潔而又富於挑逗性的女人；冰清玉潔，是對於其他男子，挑逗，是對於她丈夫或所愛的人。此話似乎

合理，然而，在我的回憶之中，你在婚前頗有挑逗，而婚後卻是冰清玉潔，從來沒有挑逗過我。這也許是我的記憶在作祟吧；也許，這就是我們婚後不過數年我就離開你的原因。

記得我們在香港還互相挑逗的時候，我稱讚你是一個真正的中國女人，而真正的中國女人是世界上最美的，永遠不會過了時。如今，時過境遷已有三十年，我仍作此想。不過，我卻不能算是一個真正的中國男人，我當時是用一個外國男人——或者說是一個中國化的外國人——的眼光來看你的，我的眼光非但比任何老秀才都要頑固，而且還帶有不少殖民主義的色彩，從你的旗袍上感受某種異國情調，於是想像你穿着旗袍在馬來亞森林裏跑。我最近真的去了一趟馬來亞，還去了新加坡，都是高樓大廈，找不到森林了。不過，這麼多年來，我幻想中的你還是穿着旗袍。

流蘇，你現在香港住在哪裏？還穿旗袍嗎？既然在這個英國的殖民地住了多年，你現在的英語一定說得很流暢了吧？是否也能看英文小說？當年你在香港飯店門前，第一次和薩黑荑妮見面，我在你面前和她說的是英語，那個時候你雖然聽不大懂，但鑑貌辨色，竟然也明白我和她說的是什麼？她說你不像上海人，我問她你像哪兒的人，她一時答不出來，記得你很謙虛的說：「我原是個鄉下人。」鄉下人也聽得懂英文？其實，在我的心裏，你是個道地的中國女人，我現在還如是想。

什麼才是道地的中國女人？我也不知道。喜歡穿旗袍的並不都是中國女人，有時候外國女人穿了也很好看（我曾經送過一件旗袍給一位年輕的美國女郎，而且還是在香港訂做的）。當時我只不過有一種直覺，覺得你穿着旗袍跳舞特別動人，輕飄飄的，有一種特殊的挑逗性。你搭着我的肩膀，低着頭，微笑的和我邊舞邊談，吳儂軟語，真是令我心醉。現在回想起來，你的「道地」正是因為你這個人和香港的那種殖民的情調毫不相稱，當我看到舞池中那麼多假洋鬼子或故作西化的中國女子的時候，你這個上海來的「鄉下人」就更顯得「道地」了。你是一個見過世面的鄉下人：你似乎閱歷甚多，飽經憂患，但外表上又那麼冰清玉潔，沒有一點滄桑的痕跡，總而言之，我從來沒有遇到像你這樣的女子。

流蘇，我想你，有時候想得都快發瘋了。

范柳原信之六

一九七〇年三月三日

流蘇：

這一年，我每每沉耽於往事的追憶，像那個法國作家普魯斯特一樣（他的小說太厚太長，我不想讀）。

記得我們又搬回上海以後，在原來的法租界、霞飛路旁的一條小街找到了一幢西班牙式的房子。剛回到上海的那兩三年，我們過的真是神仙也羨的日子，你花了大部分的時間在布置我們的家，甚至於把你原來住在白公館時代的穿衣鏡也搬過來了。每天早上，我睜開了眼，就看到你在穿衣鏡前化妝，端詳自己，它使我想起淺水灣酒店你房間裏的那面鏡子，於是我就有點衝動，想重演那一場作愛的戲。然而，我剛剛抱住你，還沒有把你往鏡子上推，你就摔開了我，還說一句：「不要胡鬧！」起先我覺得好玩，後來就有點掃興了。

難道結婚之後就不能調情？俗語說：婚姻是戀愛的墳墓，大概就是這個意思。因為調情的背後有一個目的——作愛，而夫妻的婚姻生活的定義就是長期的、法定的作愛。在淺水灣酒店那一晚，我在電話上說：「婚姻就是長期的賣淫——」你一氣就掛上電話。我們婚後，你似乎處處想證明婚姻不是賣淫，所以我們的房事就越來越少了。你的本領是作一個賢慧的妻子，一個細心的母親；前者你是做到了，而後者你卻是英雄無用武之地，因為我不想要孩子。

當然我們也享受過幾段快樂的時光。譬如有一次我從香港出差回來，身上穿了一件夾克衣，一進房你就從樓梯上飛奔下來，抱住我打了幾個轉（活像電影的搖鏡頭），還嬌滴滴的用廣東話說了一句：「范先生，你好靚！」這應該是男人對女人說的，你突然冒出這一句，給我意外的驚喜，那一晚，我們的纏綣之情，超乎尋常。又譬如我們到大光明戲院去看《亂世佳人》，已經是再度重演，還是人山人海。在戲院裏，中場休息的時候，你想吃冰淇淋，吃完了突然把手指放到我嘴裏笑道：「你也嚐嚐看，這上海做的巧克力味道就是不同！」我答道：「以後我們吃晚飯我都要吃這份甜點，早上起牀我也要用這個新法子刷牙！」也許說得過分一點，你把手一收，頭一轉，眼睜睜的看着銀幕，在暗暗的燈光下，我還看到你面頰有點微紅。當下半場開演以後，我握着你的手不放，你不但任我握着，而且還用手指頭在我掌心搔我的癢，這是我記憶中少有的挑逗，當時，不瞞你說，我下體發熱了，真想伸臂摟着你。但片子的劇情又把我們引回美國的南北戰爭，郝思嘉孤家寡人一個，竟然能夠在兵荒馬亂之中趕着馬車回家，並重建家園，真是了不起。她和白瑞德之間的調情，似乎更引人入勝，看到她把窗簾布改作衣服去見白瑞德那一場戲，你笑了，好像笑中又帶點淚痕。

《亂世佳人》的下半場，似乎是我們兩個人的寫照，也許我有點大言不慚，其實你不就是郝思嘉，我不就是白瑞德？而戰亂的背景豈不更切合我們那個時候的心情嗎？大難不死，他們應該是必有後福，然而，他們結婚後，快樂的生活並不長，女兒意外的從馬上摔死，不久，白瑞德就不安於室出走了。當然，他的離家出走，還有其他原因，他覺得郝思嘉愛的不是他，而你的心裏只有我一個人，這一點我是知道的。片子的結局真是動人之極：白瑞德走了，郝思嘉下定決心一定要把他找回來，然後她說出那句名言：「Tomorrow is another day」，明天是另外一天，等着瞧吧。但是我們兩個人是否又能明日共天涯？

每一個人在事後都會自圓其說的，也許，《亂世佳人》的結局給我帶來了靈感，使我萌生離開你的念頭，白瑞德走得真瀟灑，我也該那樣瀟灑的走。然而我後來卻走得那麼卑鄙，不告而別，連信都沒有留一封，到了倫敦以後才給你寫信要求離婚。我那封信實在「拆爛污」，中文寫得蹩腳，只記得幾句話，什麼我要求解放，什麼獨身慣了不適合結婚生活，要還你自由是為了你好，趁年紀輕還可以改嫁他人，什麼人生苦短我還要去經歷人生，什麼我們的感情已趨平淡而我這個人不能平淡地過日子，什麼我本來的計劃就是要把你留在香港……。不說也罷，那封信我自認為振振有辭，現在想起來實在羞恥萬分，我這個大男人主義者真是罪該萬死，哪裏還有資格再求你寬恕？

流蘇，我錯了，我錯把白瑞德當成自己，我錯把他在兵荒馬亂中求生存的勇氣看成感情生活中的冒險犯難者，我錯把真正的歷史環境看成浪漫故事的背景。當我們築愛巢自求多福的時候，周圍的世界已經開始癱瘓了，抗戰勝利，國共內戰開始，通貨膨脹，上海的金融極為不穩，我在銀行工作竟然視若無睹，白天有氣無力地去上班，遲到早退（反正有親戚作靠山，不怕被解聘），晚上追逐聲色犬馬，把你一個人留在家裏，去泡仙樂斯舞廳的那個舞女——她知道如何挑逗、如何調情，但更知道如何騙我的錢。流蘇，我非但對你不起，也覺得對不起國家民族，在歷史的巨變中落荒而逃。到了倫敦以後，我乾脆隱姓埋名，開始作英國人，改用一個英文名字：Leonard Fan，覺得聽起來還不錯，不知不覺間就換了一個全然不同的身份。上海的那幾年的生活，如過眼雲煙，我下定決心要把你忘了——我要忘了所有的中國女人。

然而，我還是忘不了你。

范柳原信之七

一九七〇年六月三十日

流蘇：

我偷偷地回到香港來了，你想不到吧！自從上一次一走了之之後，已經二十多年了，我也老了，你一定仍然是一個花枝招展的半老徐娘。不，你不會老，你永遠年輕，只是你言行舉止變了吧，你不會再低頭了吧，也許你已經不再穿旗袍，而換上了洋裝，你還是那麼冰清玉潔嗎？

我這次回來，並不想見你，因為聽說你又嫁了人，而且飛黃騰達了。而我，二十多年來卻是一事無成，家產花光了，在倫敦一家銀行作個小職員餬口，哪裏還有臉見你？況且當年不告而別，棄你而去，恐怕至今你還不會原諒我。

我雖不想——也不敢——見你，但心中仍然存着一點幻想：也許在香港哪個角落會碰到你，那個時候我會說什麼？「還記得當年淺水灣飯店的餐廳嗎？還有附近那堵牆。」我還真的去跑了一趟，牆不見了，不過那幢殖民味十足的飯店還依然故我，沒有什麼大改變。我一個人坐在陽台上，卻無心回顧我們的過去，只是覺得不安，萬一你和你丈夫走了進來，一眼見到我怎麼辦？我會裝着不認識，呆呆地看海，而你也料不到我會在香港。「噢，對不起，先生，你使我想起一個人；對不起，你不是他，對不起。」那麼，我應該怎麼回答？「沒關係，他是誰？你的前夫？他比我年輕吧！」

好在我沒有碰到任何一個像你的女人。

那家我們曾去跳茶舞的香港飯店在四〇年代都已經過時了，建築、燈光、布置、樂隊，都是老英國式，現在當然早已關門了。不過我還是到附近的那家西餐店吃了一頓午餐，吃完就閒步搭渡輪遊到半島酒店，在迴廊上亂看一番，在幾個商店前的櫥窗望東望西，想走進前堂去喝下午茶，又怕在那裏見到你。鈴鈴，僕役輕輕搖着鈴，手持牌子，上面寫着客人的名字，通知你有電話，或外找。我彷彿看見自己的英文名字在牌子上：「Mr. Leonard Fan」，怎麼會有人知道我在這裏？要我去接電話？「喂，是流蘇嗎？你畢竟認出來是我！怎麼還知道我現在半島酒店？」（「我已經打了無數個電話，到各大酒店查詢過了，都沒有你的名字，最後半島的人說願意試試，以前你從來沒有用過這個英文名字，只有我知道！」）流蘇，你竟然還沒有忘掉我，我更感到無地自容了，我哪裏還有臉見你？你還要見我？好吧，今晚七時？在我們當年住過的淺水灣飯店？好吧……。

我竟然會在半島酒店飲下午茶而想入非非！也許，這些年來，也只有幻想在支持着我，這次到香港來，名義上是旅遊（還參加了一個英國旅遊團，可以買便宜機票，住旅館也減價，但一到香港我就溜了）。其實，還不是想到實地來幻想一番，或者把我多年來的幻想充實一點？

流蘇，自從離開你以後，我嘗試着把你、上海、香港和全中國都忘得一乾二淨，到倫敦來作一個假英國人，最初似乎還辦得到，反正花天酒地的生活最能使人忘掉過去。然而，我還是失敗了。大概是十年前吧，我從新聞中聽到大陸鬧饑荒，就突然想到了你，怕你在上海受罪，而我自己更覺得罪孽深重，幾乎衝動地想到上海來救你，就像那年在香港日軍砲火中把你救回淺水灣酒店一樣。然而，這哪裏能做得到？於是我到處寫信，打聽你的下落，才知道你早已到了香港，現在安居樂業，而且成了香港的名人了。我夫復何言？一方面為你高興，一方面也有點嫉妒，照傳統章回小說的情節，你應該苦苦地守在香閨等着我，癡癡地望我回心轉意，重回你的懷抱，這真是一個大男人主義的幻想。在倫敦，每天從辦公室回到公寓，那種空虛感實在難受，我甚至幻想你會突然出現在我公寓裏等我，而且做好了我最喜歡吃的馬來菜：油炸「沙袋」和咖哩魚。流蘇，還記得嗎？那晚吃完晚飯，屋外是嚴嚴的寒風，劫後的香港像一個死的城市，沒有燈，沒有人聲，只聽到「喔……呵……嗚」的叫喚，那風聲像三條駢行的灰色的龍，一直線地往前飛，龍身無限制地延長下去，看不見尾。我們很早就熄燈就寢。在那個動盪的世界裏，錢財、地產、天長地久的一切，全不可靠了。你突然爬到我身邊，隔着棉被，擁抱着我。我從被窩裏伸出手來握住你的手，我們相對無言，但我隱隱看到你眼中的淚光，流蘇，就在那一刻我們把彼此看得透明透亮。我以為，僅僅是那一剎那的徹底的諒解，就夠我們受用了，至少夠我們在一起和諧地活個十年八年。怎能想到那一剎那竟然一去不回了。在過去的十年八年中，我每每重溫那一幕美景良辰，成千成萬次，有時還閉起眼睛想依偎着你的臉想聞到你腔子裏的那口氣，從你的齒畔舌尖傳到我嘴裏，那口氣既熱又冷，有股獨特的芬芳，又使我聯想到在淺水灣酒店的那一晚，當你達到高潮時我聞到的那口氣……。

流蘇，我每次從那一刹那的極致睜開眼睛，看到我斗室中的那盞孤燈，我就覺得活不下去了，我想自殺，但又沒有勇氣。就這麼苟延殘喘地活了這麼多年。流蘇，當你還是火旺之年的時候，我已垂垂老去。You are still in your prime, but I am heading toward my sunset. 你仍然豔如桃李，而我早已日薄崦嵫。其實，我只比你大四歲。流蘇，我今年才六十一歲，為什麼心態老成這個樣子？流蘇，回答我，否則離開。

范柳原信之八

一九七三年十二月三十日，范柳原六十四歲

流蘇：

我又來到香港，而且故意住在淺水灣酒店。上次來港，我到此小遊，這次來，乾脆在此住下來，然而，我已無法重溫舊夢。旅館的飯廳和穿堂陳設依然，但已顯得老舊，我們住的那兩間房早已面目全非，房間內的設備已經「現代化」起來，我第一夜睡在有冷氣調節的「新房」裏，感到格格不入。

Check in以後，我就走上陽台，一個人站在那裏，有點不知所措，心裏也感到有點麻木，依然是個黃昏，陽台邊上的紫藤花架依然曬着半壁斜陽，腳下依然是海灘，但是戲水的人都比我年輕得多了。樹蔭後面的兩座蘆蓆棚不見了，倒是新添了幾座瞭望塔，每座塔裏好像坐了一個救生員，等着游水的人一不小心滅了頂，可以馬上跳下塔來跑去急救。我突然有點衝動，如果我就這麼穿着游泳衣，徐徐地走向夕陽，像電影中的鏡頭一樣，越走越遠，直到我消失在長鏡頭的底線，塔裏的救生員是否會來救我？也許我已經走出他們的視線以外了。面對茫茫的太平洋，地平線就在眼前，然後，我聽到耳邊的浪淘聲，腳底落空了，我任由海浪擁抱着我，眼前逐漸朦朧，也許，在我窒息之前還會回頭看你最後一眼？希臘神話中的奧非歐領着他熱愛的悠蕾蒂絲離開地獄的時候，忍不住回頭看了她一眼，卻眼睜睜地看着她消失在地獄的陰影裏。現在，該輪到奧非歐入地獄了，他回頭望着岸邊的悠蕾蒂絲在紅塵中向他擺手永別，她面上似乎還帶着笑容……

我在夕陽西照的海灘上獨步，逐漸陷入冥想。突然一陣笑聲吵醒了我，「達秋！」一個媽媽在叫她的兒子。這家外國人正在收拾東西準備離開，幾個孩子還在互相追逐嬉戲，突然一個十二、三歲的男孩子，一頭金髮向她們奔來，髮上似乎還有水珠，在夕陽下閃閃發光，他堅實的胴體，曬得漆黑的皮膚，兩腿在沙灘上飛跑，我看呆了，腦海中他的形象卻成了慢鏡頭，他慢步如飛翔，動作美得出奇。這一幅良辰美景，似乎在哪裏見過？還是我在連續飛行二十幾小時後，身體極度疲憊，腦子裏因之而生的幻象？

我不能在沙灘上流連忘返了，於是匆匆踏着碎石小徑回到旅館，沐浴更衣（以前是坐在澡盆裏洗，現在是淋浴），到飯廳吃飯。飯廳似乎還保存了我記憶中的樣子，暗紅的窗簾布，屋頂上的風扇，柔軟的座位，黯淡的綠枱燈。我心中一片迷惘，叫了一杯白酒，一個三明治，吃完了才聽到一個小樂隊開始奏樂，我實在累極了，也無心欣賞，回到房間倒頭就睡。清晨三時，我又醒了——又像中了魔一樣，在這個「狼的時辰」想起你來。

你在哪裏？我們睡在同一個小島上，我在南，你在北？我在荒野，你在鬧市？要我怎麼去找你？我真的是在「尋」你嗎——還是在「重尋」一個美夢？

我要重尋的到底是你還是我？而「我們」的那一段時光是再也尋不到了。我算了一下，今年我六十四歲，我初遇你時你是二十八歲，比我小四歲，今年剛好是你六十大慶了！這真是難以想像的，這不可能！我可以隨時光而衰老，而你是永遠年輕的。我的心情很矛盾，我雖然有心尋你，卻無心見你——但「無心」之中又往往幻想着我們又偶然重逢，又演出一段離奇的「傳奇」。上一次來香港，這一種矛盾的感覺特別強烈，此次似乎淡多了，取而代之的是一股淡淡的憂鬱，一種難言的 tristesse，我知道我為什麼會憂鬱，流蘇，我知道我老了。

流蘇，我老了，可是又不服老，我想從追憶我們的過去來重拾我的青春，然而我又知道這是拾不回來的。流蘇，你看我應該怎麼辦？

范柳原信之九

一九七六年三月三日，范柳原六十七歲

流蘇：

今天我路經匹卡德里圓環路上，突然看到一個女子，除了髮型外，長得和你一模一樣，我頓時呆住了，怎麼可能？甚至她走路的樣子都像你，好像在馬路上足不着地，輕輕地飛！我實在太興奮了，我看她向我走來，她好像也注意到我；我望着她，她也回望我，似乎眼角還帶有一點笑容，於是我趁機問她：「你是中國人嗎，哪裏來的？」她說是香港來的，又說好像在哪裏見過我。「不可能罷，我在倫敦沒有什麼朋友，也不參加什麼社交活動。」她的回答更妙：「我不是指在倫敦見過你，其實我也剛來不到一個月，我是說在香港的時候，好像有這麼一個中年男人的意象留在我的腦海裏。我以前常讀小說，讀的時候總會製造出幾個人物的意象。」

難道我變成了她心目中的小說人物？也許我長得也不俗，雖然頭髮已半白，但粗枝大葉的還有我的風度，否則當年怎麼會贏得你的芳心？我突然對自己有了信心，就請她到附近的 pub 去喝英國啤酒，她也爽快地答應了。我們談了足有兩個鐘頭，她才說有事先告辭，走前還交換了電話號碼。

原來她是派到倫敦在某銀行見習的，在職業上和我還算是同行，你說這不是緣分嗎？

流蘇，我要感謝你，你非但寬恕了我，還送我這麼一份「禮物」——一個年輕的你的「複製品」。然而在言談上她並不像你，她侃侃而談，毫不害羞，也不低頭，眼睛直視着我，像兩面鏡子，使我無法遁形，也使我自覺地想到自己的形象；我是不是顯得太老？在她面前，我還能算是中年人嗎？我們相差幾歲？二十？三十？她也像你那麼成熟，至少該有三十歲吧，那麼我就比她大三十多歲，糟糕，我豈不是她父親的年齡？「你全家還住在香港？你父親幹哪個行業？」當然我不好意思問她父親今年貴庚！「也在銀行界，我母親經營地產，我還有一個弟弟，在愛丁堡大學攻讀博士。」她好像十分坦率，什麼話都願意和我談。當然我們說的是英文，除了英文外，她只會說廣東話，而我當年學的幾句廣東話早忘光了，目前還記得一些上海話和普通話。她說一看到我就知道我是上海人，我說其實我是在倫敦長大的，在上海先後只住了十年左右，在香港也小住過。「真的嗎？什麼時候？」她這一問，我就窘態畢露了，能說謊嗎？她那麼誠摯，我們又說得那麼開心，我只好答道：「至少在你出生之前，在第二次世界大戰末期。」希望她不要從歷史來計算我的年齡，不料她突然冒出了一句：「不可能，你看起來不老！」我聽了真是大樂，又叫了一杯 pale ale，話更多了，差一點沒有把我和你的戀史全盤托出。

我好久沒有這麼快樂了，我甚至不知道快樂是何事，這幾年我深居簡出，在銀行裏也只是掛個名，偶爾去看看，等於半退休。大部分的時間——不瞞你說——我在反省自己，每天讀書、散步，除了處理些許公務上的信件外，就是給你寫信，我這些信，實在是不登大雅之堂的，當然不會寄給你（我也沒有你的地址），等於是日記。流蘇，即使寫日記我也需要一個對象，有時候我還幻想，等我死後這些信件輾轉到了你的手裏，你眼淚汪汪地反覆閱讀……。我的天，男人過了六十歲竟然還會自戀如此？而我這個感情上的罪人，是不配你的眷顧的。

也許這些信可以到她手裏？她——怎麼第一天見到她就會引起我這麼多幻想？不，應該是狂想、妄想，我妄想年輕的她會愛上我這個成熟的男人，這當然是心理上的補償作用。即使如此，流蘇，我下意識之間豈不希望你仍然愛我？像以前那樣愛我？我要努力，我要恢復當年的調情聖手的儀態，我要打電話請她出來到淺水灣酒店共餐，不，這裏沒有淺水灣，我要找一個較名貴的餐館，我知道在 Regents Park 附近有一家義大利餐館（中國館子缺乏情調），我要請她去，明天就打電話，怎麼說呢？流蘇——不，她的英文名字叫愛倫，有點俗氣，我權且叫她藹麗——你這個週末有空嗎？我有一個秘密要告訴你，一個中年男人的秘密，保證比你看過的小說還精彩，不是職業上的秘密，和發財無關，倒是與你有點間接的關係……。

這一夜，看樣子我又要失眠了。流蘇，我要在你面前祈禱，求求你再給我一個機會，讓我在死前轟轟烈烈地再戀愛一次，對我而言，六十七歲了，感情重於肉體，當然，如果她爽快地答應和我上牀，我也會欣然赴會，樂成其事的。如果真的作愛，我能夠滿足她嗎？流蘇，當年我哪裏想到這一點？令一個女人滿足？我只知道如何要求，而你只知道如何就範，流蘇，看樣子我從來就沒有令你滿足過，但是我為什麼又能使安妮塔高潮迭起？……我的啤酒喝多了，今晚怎麼如此亢奮，好像突然年輕了二十歲？四十七歲——那是道地的中年，身體還扎扎實實的，和一個三十歲的女郎同行，別人看來也許還不以為過，到了快七十歲，別人就懷疑你是「甜爹爹」（Sugar Daddy），花錢養一個年輕情婦了。這種情況，在倫敦多得很，議院的政客尤多，不說也罷。

流蘇，你看我是不是發瘋了？人到了六十七歲還會一見鍾情？也許，這幾年來我的心靈像一片廢墟，需要一點滋潤，不論如何，我要證明這幾年我沒有白活。

范柳原信之十

一九七六年六月三十日

藹麗：

我叫你這個名字好嗎？反正你看不到這封信。藹麗，你知道流蘇這個名字嗎？她是我遺棄在香港的「前妻」，而你，正好像是當年的她，也許你正是冥冥之中她的替身，代她來復仇，讓我再受一次感情上的災難，這一次我恐怕永劫不復了，我為過去的輕浮罪願受你的各種懲罰。

而你對我的懲罰恰在於你的天真：你作夢也想不到一個老年人會默默地愛着你。其實從西方人的觀點看來他還不算太老，不過早生華髮而已。他之所以感覺老，正因為他在感情上得不到你，他只能作你的長輩，你的知心，而無法作你的情人和丈夫。

藹麗，我曾經愛過像你這樣的一個上海女子，我和流蘇在日軍砲火下的香港結婚，成了患難夫妻，然而曾幾何時，在患難結束以後，我卻離棄了她。那個時候，我不知情為何物，以為作風流名士就夠了，視戀愛為遊戲。如今，我老了，心中卻洋溢着感情，像山川海洋，取之不竭，用之不盡，然而，卻無人領受。這一次，我像是發了高燒，只有在身體各部分發完之後，才會逐漸減退。不過這場「病」斷斷續續持續了將近三個月，在這三個月之中，我常常失眠（據說這是老年人的通病），特別是當你返回香港去看你的男朋友的時候，我幻想着他到機場來接你，然後匆匆返回他的寓所，像久旱逢甘雨式的作愛，然後他會用廣東話對你說：「食乜嘢呀？我們先吃飯，再去蘭桂坊飲杯啤酒吧！」於是，你們高高興興地驅車走海底隧道，過了中環，就到了蘭桂坊。你們不會去淺水灣，你們不會找那面牆，那個酒店可能還在，但恐怕早已無人問津了吧。對你們這一代而言，淺水灣酒店發生的故事，只能算是香港殖民時代的傳奇，像張愛玲寫的小說，它不是真的。「你以為還有那麼地老天荒的一面牆？不，那面牆早就已經不是那面牆了。」

然而，我心目中永遠有那面牆，它已經成了一個歷史的墓碑，也是我個人感情旅程上的里程碑。現在，這面心理上的牆卻把我們兩個人隔閡起來，我們之間非但有代溝，而且還有一道感情上的鴻溝，你在溝的彼岸長大，樂天知命，自求快樂的歸宿；而我，卻深陷溝底，不可自拔。我像一隻井底之蛙，每天眺望頭頂上的那一小塊藍天，渴望着有一天你會突然經過這裏，發現我在溝底，一把拉我上來，笑着說：「你有沒有搞錯，怎麼掉在這道陰溝裏？你還好吧，怎麼流淚了？」我就會說：「你想聽一個故事嗎？法國有一個大鼻子詩人，名叫西哈諾，他一輩子深愛他的表妹，卻自慚形穢，不願向她表達。有一個年輕軍官追她，向大鼻子詩人求援，於是他就為這位年輕人代擬情書，一封封地敲動她的芳心。有一個晚上，她都快為愛而發瘋了，他就讓這個年輕人在她臥室的陽台下求愛，他卻躲在樹叢中，一句句的教他說情話，演雙簧，她終於感動的流下淚來，年輕人一縱身就跳入臥室，兩人在樓上熱吻，而西哈諾呢？他還在深溝裏，和我一樣。你聽過這個故事吧！」你回答說：「我記得看過一部電影，故事很像，不過我記得結局不同，這位表妹還是發現真相，非但不以為忤，而且還對她表哥說，我本來愛的就是你！她若無其事地撥開他的大鼻子，和他接吻，有情人終成眷屬，是一個很美滿的結局。」我回答說：「你看的是好萊塢的新版本吧，我當年看的還是黑白片，荷西法拉主演，結局不是這樣的，一直到他老……。」其實，我心裏真想說的是：如果我就是那個西哈諾，而且比他至少老了三十歲，你還會愛我嗎？

「歲月不饒人」——這句濫調，就像「地老天荒不了情」一樣，令我震驚，令我傷心。六十多歲的人了，除了記憶以外，我還有什麼？我還能再要什麼？然而，我還是不服輸，甚至在每天看報，讀到某位老明星新娶了一個二十多歲嬌娃的時候，就會有股莫名的興奮。從明星想到電影，亨弗萊保嘉演的《金枝玉葉》（*sabrina*），賈利古柏演的《黃昏之戀》（*Love in the Afternoon*）還不都是描寫老男人如何勾引少女嗎？而那兩個少女都是奧黛麗赫本。曾幾何時，我也演過一齣惟妙惟肖的戲：在淺水灣飯店，那晚我偷偷地溜進她的臥房，坐在她牀上，她忘了開燈，一腳踏在牀畔我的鞋上，你猜我的台詞是什麼？「別嚇着了！是我的鞋。」然後我又接着說一句更俏皮的話：「我一直想從你的窗戶裏看月亮。這邊屋裏比那邊看得清楚些。」這一下，她軟下來了，她摘下髮網，夾叉叮鈴噹啷掉下地來，我光着腳走到她後面，一隻手擱在她頭上，把她的臉倒扳了過來，吻她的嘴。（這一招，我好像是從亨佛萊保嘉學來的，他也把羅琳貝考兒的臉扳了過來，是哪部片子？那個時候，她還不到二十歲，拍完片子就嫁給他，兩人年齡至少相差二、三十歲吧！）我的嘴始終沒有離開過她的嘴，我還把她往鏡子上推，我們似乎是跌到鏡子裏面，另一個昏昏的世界裏去了，涼的涼，燙的燙，野火花直燒上身來……。

多年以來，我千千萬萬次重演這幾個鏡頭，我還記得她的嘴唇本來還是涼的，我慢慢地把舌頭伸進去，當我們雙雙進到鏡子裏面以後，她的嘴唇突然滾燙，她的全身發熱，緊緊地摟着我，當我把她的睡衣輕輕撥開，她軟綿綿的身子倒在我懷裏，她更不能放手，她的嘴更離不開我的嘴，我好不容易扳過她的臉，從她的耳根不斷地向下吻着，吻她嬌小的乳房，她一點聲音都沒有，就那麼緊緊的抱着我，任我為所欲為……。我從來沒有一次這樣作愛過，我跪在地上，吻她的腿，吻她的腳，先向她頂禮膜拜。流蘇，我求求你，讓我在你的身體上多待一會兒，我的一切都完了——燒完了、炸完了、坍完了，只剩下你，也許還剩下那堵牆。

流蘇，我們什麼時候才能在那牆根底下見面？……

范柳原信之十一

一九七七年五月三十日，范柳原六十八歲

流蘇：

我在年輕的時候離開你，為什麼不能在年老的時候把你找回來？為什麼時間永遠往前走而生命不能輪迴？我遇到藹麗，不是證實了生命中有些事情還是可以輪迴的嗎？我為她改的這個名字——藹麗，因為她和藹而秀麗，那麼年輕，而又那麼成熟，自從去年認得她以後，我們斷斷續續的交往也有一年多了，我始終沒有把我和你的往事告訴她，只是說我以前認識過一個像她這樣的女子，倒是把我在倫敦前幾年的一些「豔」史和她講了一點，顯得我的世故。哪一個尚稱英俊的中年單身男子沒有豔史——除非他是同性戀？流蘇，多少次我想告訴她關於你的事：關於你在上海的舊家庭，以及你如何接受我的挑戰二度來香港和我「談」戀愛，我們如何在日軍砲火下私訂終身，而這個浪漫的故事最後並沒有美滿的結局——你真的以身相許，但我卻陣後脫逃。流蘇，你想藹麗能夠了解嗎？她會說這是我編的故事，是一個傳奇，讓她聽了感動而已。為什麼你當時那麼處處被動，處處低頭遷就我？譬如說我們在淺水灣沙灘因小事鬧翻了以後，我在幾分鐘之後就又勾搭上了印度公主，而你為什麼不去吊別的男人？酒店裏的男人多得很，而且先前在香港飯店那家頂古板的舞場跳舞，你不是也認識了幾個男人，那個正和你跳舞被我搶過來的男士不是也很年輕瀟灑嗎？

當然，藹麗也不至於會問這麼多問題，照西方規矩，個人的私事別人是不應該過問的。幾個月前我和她在一家我們常去的義大利餐館共餐，幾杯紅酒下肚後，我脫口說道：「藹麗，我以前離過婚，那是一段傷心事……。」她並沒有請我說下去，反而顧左右而言他，表示尊重我的隱私。也許，她對我的過去根本沒有興趣，那一晚，當我乘酒興再度提起我過去的婚事的時候，她卻站起來說：「對不起，失禮了，我無意打斷你的故事，可否允許我先失陪一分鐘？」說罷就去了洗手間，我只好喃喃答道：「是我失禮，就此打住。」

為了這件小事，我事後想了很久，為什麼她對我的過去不感興趣？如果你喜歡一個人，你也一定對他的過去產生好奇。也許，藹麗是一個典型的現代人，只活在目前這個時刻，難道她沒有過去？也許她要和我保持距離，不願意過問我的私事，也不願意牽涉到感情。然而，如果她和我的關係純屬友情的話，為什麼上個週末她主動邀請我開車到英國鄉下度假，而且還雙雙住進一個老式的英國旅舍（manor）？這不是故意要和我接近嗎？

一路上——我們從倫敦開車出發，經過牛津，吃了午飯，又開車往西南走——我們談得非常愉快。英國鄉下真美，一片綠油油的草地，路旁還有小樹林，我們輪流開車，我開車慢而持重，她開車快得使我心驚肉跳，我的窘態令她咯咯笑個不停，她的短髮在風中飄着，我真的有點着迷了。流蘇，看樣子我又再度捲入情網，是否因為你而使我愛上了她？

更妙的是：當我們抵達那家 manor 以後，我才發現她為我們預訂了兩個隔鄰的房間，她的房號竟然是一百三十號，恰是淺水灣飯店你住的房間號碼！還記得嗎？我送你進房，僕歐拿鑰匙開了門，你一進門便不由得向窗口筆直走過去，那澎湃的海濤，直濺到窗簾上，把簾子的邊緣都染藍了。在英國鄉下當然看不見海，不過窗外的田園風光仍然綺麗，草地上有幾頭牛站着，懶洋洋地看着我們。英國舊房子的大窗戶十分雅致，把窗簾拉開後，外面的風景被窗格子分成幾塊，鑲成幾幅水彩畫。這家鄉村旅舍的另一個特徵是浴室，室內也有一個大窗子，因為在三樓，四周也沒有其他住宅，所以竟然也沒有窗簾，一個大澡盆臨窗而立，坐在澡盆中可以眺望室外的風景，入夜後還可以看見天上的星星。

那時我們共進晚餐的時候她似乎欲言又止，好像要向我傾訴：難道她也禁不住對我生情？這可能嗎？流蘇，我今年六十八歲了，一個不到三十歲的女子會看上比她大三十多歲的老人嗎？據説歌德在七十四歲高齡愛上了一個十八歲的少女，他是大文豪，畢卡索的幾個妻子都是自動向他投懷送抱的，年齡至少比他相差二、三十歲，他是大畫家，我不過是一個銀行的中級職員而已，有什麼資格作一個少女的偶像？飯後我們到外面去散步，我試着用三十多年前和你初見面時的高雅態度試着和她調情，有時候也用手碰碰她的肩膀，然而她似乎若有所思，無動於衷，有時卻又仰起頭來對着我笑，好像在仔細傾聽我初到倫敦時候的經驗。但是我覺得自己是在演戲，不過這一次比上一次差多了，流蘇，你如果看見了可能會掩嘴而笑。

散步回來，我們互道晚安，各自回房，她還在我的左頰輕輕地親了一下。我脱衣入浴，坐在大澡盆中呆呆地望着天空，窗外已經漆黑，沒有任何聲音，我也聽不見隔壁她的房間有任何動靜。今晚看不見月亮，卻使我想起那次在淺水灣酒店午夜和你在電話中的調情，流蘇，記得我在電話中説什麼嗎？我是早已事先想好的，第一次電話鈴響，我就説：「我愛你。」然後沒有等你回答就掛斷電話；等了一分鐘再打，接着說：「我忘了問你一聲，你愛我麼？」記得你當時的回答是：「你是該知道了，我為什麼上香港來？」我於是把準備好的詩經句子搬了出來：「死生契闊……」，我哪裏念過詩經，是從一本書裏抄來的，現在想起來真有點汗顏，然而那一天晚上月色太美了，當我在電話上引詩經句子的時候，倒真的動了感情。我知道你來香港的目的不是戀愛，而是結婚，所以你並不愛我，只是想孤注一擲為自己找一個安身立命之所。唉，流蘇，你找錯人嘍！當時我怎麼能在月前花下向你說：「對不起，流蘇，我這個人只是為愛而活着，不談其他？」當時我實在於心不忍，又受到月色的感染，所以又打個電話問你：「流蘇，你的窗子裏看得見月亮麼？」你久久不出聲，我只好再敷衍兩句就掛了電話。流蘇，到底你那個時候心裏怎麼想，在良辰美景之下有何感覺？說老實話，當時我只顧得調情，以為這一招一定有奇效，根本沒有想到你在電話線那邊是悲是喜，是哭是笑？我太自私了，自私加上自戀就等於卑鄙無情。

三十多年後，又一幕戲在英國某小鎮重演，我一時想如法炮製給你——不，給她——打一個電話，卻發現這個小村舍房間裏並沒有裝電話！怎麼辦？算了罷，何必再演同一齣戲？第一次是喜劇，第二次就是鬧劇了，於是上牀睡覺，明天可以忘掉一切。然而我又怎麼能夠入眠？輾轉反側之餘，終於鼓足勇氣去敲她的門，敲了幾下沒有人答應，也許她已經入睡了，我的心才稍微平靜了一點，只覺口乾，於是下樓到餐廳去找水喝，卻看見她默默地坐在一個角落吸煙。我們那晚談了大半夜，她把自己的感情生活全盤托出。談完了已近黎明，回到我房間，月色早已消失，我自己坐在搖椅上思索，毫無睡意。

原來藹麗也是「過來人」；年紀輕輕已經有類似離婚的經驗，而且是被青梅竹馬的戀人遺棄的，他們同年又同班，在香港中文大學又是同學，本來打算畢業後就結婚的，然而他申請到美國留學，畢業後就離開了香港。她苦苦地等着他回來，卻不料兩年後收到他在美結婚的通知，附上一封短信，寥寥數語：「愛倫，我不知道如何向你解釋才好，我對不起你……」她一氣之下，立刻交上另一個男朋友，這個人倒是對她十分忠誠，約會不久就向她求婚，她卻又舉棋不定，所以才隻身到倫敦來，想冷靜一下，決定如何取捨。

然而卻碰見了我。

Why Me——為什麼是我？為什麼她會看上我這個比她大三十多歲的男人？而且家無恆產，形單影隻，我心裏一直想向她問這個問題，卻一直未便啟口。那晚她只說了一句：「然後就碰上了你」，就適可而止了，並沒有明確表示她真的「看上」了我，也許是我自作多情？那麼，她為什麼又要請我到這個老遠的小鎮來談心？難道只是希望我為她指點迷津？為什麼一路上還給我那麼多暗示，好像愛的是我？難道我把她的「信號」完全解錯了？我又不是沒有感情經驗的人。

流蘇，你一定會笑我：「你這個老糊塗，都快七十歲了，還鬧戀愛？這是年輕人的玩意兒，你我當年都還年輕，才有精神談戀愛！」你說得對。大概藹麗一直把我當成老一輩人看待，所以才不設防，也許她對我的感情不是愛情。即使她表明愛我，願意明天就和我結婚，我們能「白首偕老」嗎？我已經有點白首了，而她的事業剛剛開始，怎麼會放棄一切而去和我「偕老」？十年後我七十八歲，她還不過四十，還是花一般的年齡，所謂「執子之手，與子偕老」豈不成了她牽着我這個老人的手走路嗎？真是荒唐至極，我又如何忍心讓她與我偕老？

流蘇，我當年對你聰明一時，現在輪到我糊塗一時了，一個快走完人生旅程的人還不服老，還想再來一遍？我又不是浮士德，也許還是當年的唐璜心理作祟？流蘇，我知道你會對我說什麼——你會說：活該，這就是報應。

范柳原信之十二

一九七七年十一月三日

流蘇：

我又來了香港，而且，這一次還是和藹麗一同來的。她要見她的男朋友，我要辦點公事。我服務的銀行和香港的渣打銀行有點財務來往，所以派我來查賬。這當然是一個藉口，我答應我的上司來香港，還不是因為你住在這裏。我又想重蹈我們走過的路，再滿足一次我的幻想，為自己再編造一個故事。像我這樣年紀的人，除了自我陶醉之外，還能做什麼？甚至我和藹麗的關係，還不是一半出於幻想？這一個「故事」又有什麼情節可言？不過，我還是把我們兩個人當年在香港的「傾城之戀」告訴了她，並且說她長得很像當年的你，你猜她怎麼回答：「是嗎？我早就猜到了大半，像你這樣的風流人物還能不留下幾段風流韻事？聽起來倒很感人呢！」

我竟然還可稱為「風流人物」？好像毛澤東有一句詩也說過：「數風流人物」——都比不上他自己！而我這個小資產階級出身的窮酸老朽哪裏還有資格風流？也許如果我是一個藝術家的話，還勉強有資格和女工風流，就像〈波希米亞人〉中的魯道夫和咪咪一樣，那齣歌劇，藹麗特別喜歡，因為我們看的那一場兩個歌手都很年輕瀟灑。

這次來港，第二天藹麗就介紹我認識了她的男朋友，他長得瘦瘦高高的，頗有藝術家氣質，似乎只比她大兩三歲，看起來比她還年輕，對她十分體貼，而對我也毫無醋意——又是我自作多情——只當我是她在英國認識的好朋友，而且還感謝我對她的照顧，愛屋及烏，看樣子藹麗在信中一定向他提過我，我夫復何言？也許人生就是如此，聚散離合全靠緣分，當事人互相猜來猜去，還不是永遠誤解？而月下老人也像西方的丘比特（Cupid）一樣，一個是慈祥老人，一個是天真的小孩，都同樣糊里糊塗，亂點鴛鴦譜，我也不必再猜測藹麗對我的居心了，反正愛神點來點去，也點不上像我這樣的老人。

自從那次鄉下旅行在客店徹夜長談以後，我和藹麗之間的感情又深了一層，但也更微妙，我們每週總要見一兩次，每次都很愉快，我當然沒有向她吐露我內心的激情——它像淺水灣海灘外的海水一樣，有時候漲潮，有時候又會退潮——而且即使想說也說不出來。在她男友面前，我當然更是中規中矩，儼然以長者自居，對藹麗只露出呵護之情，可謂「正派」之至。想不到快七十歲了還要在年輕人面前再演一齣戲！我說想看看當年我（們）去過的地方，諸如香港酒店、格羅士打飯店、思豪酒店、青鳥咖啡店、印度綢緞莊、還有九龍的一家四川菜館……，他們兩個年輕人如聞天書，哪裏知道這些地方？不過，據藹麗男友說：老的香港酒店——原在皇后大道東——早已拆掉了，現在另有一家香港酒店，在九龍尖沙咀天星碼頭邊，他們兩人還特別請我到這家酒店地下的酒吧去喝酒，好像名字叫作什麼「槍吧」(Gun Bar)，裏面的布置一副殖民風味，或者應該說是模擬殖民風味，因為香港的經濟在直線上升，高樓林立，新界附近也建了不少居民住宅的高樓，而且，更令我難以置信的是，竟然還建了一條港九的海底隧道。現在的香港早已不是當年殖民地的香港了。

流蘇，對你而言，這些地方還有什麼好說的？也許你每天駕車——是賓士牌？經過海底隧道；也許現在的香港酒店較當年的更豪華，你常去的酒店是哪一家——文華、希爾頓，或是半島？酒店本身就是一種文化，它也可以製造另一種文化——與商業消費息息相關——甚至另一型的人：男人西裝筆挺，女人珠光寶氣，男女相約在豪華酒店的 lobby 會面，喝下午茶；生意人則到酒吧飲酒，據說香港人的洋酒消費量高居世界前幾名。然而，不論這些新酒店如何金碧輝煌，在我的心目中只有一家值得去的酒店，在淺水灣，我上次去住過。

後來我一個人還是去逛了幾條舊街道；從德輔道過了雪廠街，又從皇后大道東向山上走，一層層的什麼石板街，方塊路，走得我滿身大汗，到一座小廟中休息，突然心血來潮求了個籤，裏面文字我一知半解，說我命途多舛，老年潦倒，但每到緊要關頭會有佳人來助云云。我雖半信半疑，心情當然受到影響。流蘇，我現在不是已經窮途潦倒了嗎？雖然還不算太窮，但心情的潦倒則已非一朝一夕的事了。流蘇，我的心情我不知道用什麼適當的語言表達，勉強想到一個英文字 desolate——我的心境是有點 desolate，像我住所後面的小花園一樣，長年沒有整理，雜草叢生，又經過風吹雨打，荒廢了，我一直想重修一下，但卻一年年的拖了下來。流蘇，這一種「荒廢感」也許是一種老態，一種 devastation，然而它還不至於是「荒原」吧，雜草經過滋潤後，說不定還會生出花朵，但是哪個女子又能以她的心和她的愛來滋潤我？藹麗？她願意嗎？聽說印度哲人甘地老年將死亡前常常需要幾個少女裸體陪他同眠，倒不是發洩他的性欲，而是（我猜想）他已近老朽的身體需要滋潤。我的身體目前還挺得住，極需滋潤的是我的心靈，我的感情並沒有枯竭，我不想等到海枯石爛，我現在就要……

流蘇，你在哪裏？藹麗，我知道你在那裏，但此時此刻，你能聽到我的心聲嗎？

范柳原信之十三

一九七七年十二月三十日

流蘇：

上月去了一趟香港，除了自己逛街，還坐了一趟電車，在電車上層看世界，別有一番風味，商店的廣告牌就在眼前，琳琅滿目，五花八門。我坐到跑馬地下車，去瞻仰舊地，當年我帶你到處玩，就是沒有看跑馬，真是憾事，這次去還是沒有看成，聽說設在沙田的新跑馬場更壯觀。

每次來香港，我就有一股衝動，想打聽你的住址，既想見你，又不想見你，心情十分矛盾。這次到香港，有一天我偶然在英文《南華早報》社交版看到一張照片，是幾個人合照的，內中有一個中年婦人，長得楚楚動人，像藹麗，也像你，但照片下的名字只有英文，那個長得像你的叫作 Mrs. Louisa Walton，似乎又不對頭。流蘇，你現在的名字是什麼？記得以前我們剛結婚搬到上海的時候，你很自願地——甚至迫不及待地——從了我的姓，范——范流蘇，范太太，好雅致的名字，好順耳的稱呼。後來我走了，你來了香港，是否還姓范？也許你早已改了姓名，又為自己起了一個英文名字，像香港商界和政界的名媛一樣：Esther Leung、Daisy Ng、Karen Chan……那麼你叫 Louisa 嗎？Walton 是你丈夫的姓？你丈夫是英國人？

我煞費心思地想了一整天，還是不得要領（其實，如果我真想找到你，還不容易嗎？甚至可以拜託藹麗和她男朋友去找）。突然靈機一動，就跑到市政局公共圖書館去翻看《南華早報》，翻了這幾個月的社交版，仍不得要領，後來又心有所悟：我今年已經六十八歲，你比我才小四歲，今年也該六十四了，也許那張照片中的人不是你——因為她看起來不到五十歲。然而我又為什麼會想到你老？你一定駐顏有術，永遠年輕，說不定那張照片中的人就是你！我就這麼想來想去，又想找以前的報紙來看，管理員問我要哪一年的，一九五〇？一九五五？一九六〇？一九六五？我一時又說不出來，猶豫不定，最後還是放棄。

即使某一年報紙上有你的照片，我還能保證認得出你嗎？你也許發了福（像那位 Louisa Walton 一樣）？髮型一定改了，還穿旗袍嗎？說老實話，我在圖書館一邊看，一邊卻不想認出是你，因為多年來我心中的你還是三十歲時候的樣子，和藹麗差不多，也許比藹麗更成熟、更世故一點，正像她說我比她見過的男人都更成熟、更世故一樣。唉，流蘇，我們當年真是很相稱的一對，我們那張結婚照片，我沒有帶出來，也故意沒有帶，你現在還保存着嗎？那個時候，我們都很瀟灑。

有時候，你的形象在我的腦海中會突然模糊起來（可能又是我上了年紀的徵兆吧），我就從藹麗的樣子再去追懷你：小小的臉，白得像玉，尖尖的下頜，眉心很寬，一雙嬌滴滴、滴滴嬌的清水眼，永遠是纖瘦的腰……想着想着，就會想入非非，幾乎不能自持。我又摸着你孩子似的乳，你只是緊緊地抱住我，老是不作聲，我把牀燈關了，房裏漆黑，你還是閉着眼，不願意睜開，於是我的舌尖變成畫筆，先重描你的兩道眉毛，再徐徐地，輕輕地，像蜻蜓點水一樣，從你的兩眼跳到你的鼻尖，你還是低着頭，把頭埋在我的懷抱裏，一頭黑髮落在我的胸前，髮夾子不見了。我嗅着你的髮香，一面又輕吻着你的耳根，從耳根跳到你的頸頭，滑滑的，我忍不住用舌尖來回地舔了起來，你突然嬌滴滴地叫了一聲：「好癢，不要鬧了。」我順勢扳起你的下頷，對着你說：「怎麼，在牀上還是低着頭？」我真想打開燈仔仔細細地把你的臉端詳幾遍，你知道我在看你，而且是一點一滴的凝視，像開麥拉大特寫一樣，緩緩地移動着，你的眉心模糊了，似乎我的焦距不對，你緊閉着的雙眼突然變成三四隻，像在玩魔術一樣，使我意亂情迷，你卻突然啐了我一口：「這張臉，你每天看，還看不厭？」我答道：「非但百看不厭，而且我要一筆一筆把你的臉畫出來，不要動，我要開始畫了，先從下頷往上描，我用的是中國的老式畫法，淡墨細筆，要畫出一幅仕女圖，可是我這幅畫又是新派的裸體畫，模特兒不能穿衣服……」於是趁勢吻着你的雙唇，一面抱着你的腰，真的為你寬衣解帶，你懶洋洋地躺着，任我為所欲為，我的手輕柔地滑了下去，不着痕跡地去尋幽探勝，最後找到了桃花源，流連忘返，聞到一股奇香，你的雙唇微微張開，我趁機把舌頭伸進去，吸吮着你獨有的芳澤，我似乎聽到幾聲輕微的呻吟，在我的耳畔，有人以吳儂細語對我娓娓傾訴：柳原，柳原，我，我，我愛……愛……唉，唉……我感覺到身下的你在微微顫動，我隨着你聞歌起舞，舞着，舞着，我們舞向天邊，舞向永恆，早忘了身外的那萬籟俱寂的世界。

流蘇，我的嬌滴滴、滴滴嬌的「徐娘」，你如果不再姓白也不再姓范的話，應該姓徐，因為你這個徐娘真的「性」徐。

范柳原信之十四

一九七八年二月三日，范柳原六十九歲

藹麗：

我不知道怎麼向你解釋才好，你來得太突然，我事先毫無準備，而我這個相當寒酸的公寓——家具都是二十年前的舊貨——使我更自慚形穢，當然，那張老牀更不像樣子。

你為什麼不請自來？而且事先也沒有打電話？我只知道你過了年會回來，還算計看你該到了怎麼沒有電話來，正預備打電話給你。你說已經和香港的男朋友斷絕關係了，這更是事出突然，兩個多月前我們在香港的時候，你們不是還很好的嗎？他還開車作導遊，帶我去幾個香港的老地方，玩得很開心，使我對他頓生好感。你們雙雙開車離去的時候，你坐在他旁邊，從車窗內向我揮揮手，使我頓有所悟：我是一個老人，也是一個外來者，我們之間的「代溝」仍然存在，以後我不應該再去打擾你了，你有你的世界，有愛你的人，有你幸福的未來。而我，除了對過去的回憶而外，一無所有。

今年我六十九歲了，還差一年就是「七十大壽」。大年初一我為自己許了一個願：今後我只能自求多福了，多讀點書，多照顧自己的身體，和你也只能維持普通朋友的關係，不應該多來往，因為我不願自己對你的感情陷得太深而不可自拔，也不願造成你的任何負擔，即使我有急病住醫院，也不會通知你，否則我在病牀上會顯得更老！然而，我能否做得到還是

一個問題。記得去年我到醫院去檢查身體，還要動一個小手術，醫院規定出院時必須有家人陪同，我找誰呢？我沒有家人，離了婚的英國妻子早已不知去向——可能還在倫敦，但已經好久沒有聯絡了——而流蘇，她現在也有自己的丈夫要照顧（我總臆想他比她老得多）。當我從麻醉藥施威後的昏迷中醒來的時候，藹麗，我想到了你，而且只有你，你已經取代了流蘇，但是，我還是沒有勇氣在醫院打電話給你。最後，醫院只好派一輛救護車送我回家。

藹麗，你為什麼一進門還沒有寒暄幾句就主動地吻我？你好像變了一個人，好像美國電影中的大膽女郎一樣，只差沒有馬上寬衣解帶，但是你還是主動地拉着我的手上樓到臥房，摟着我倒在牀上。藹麗，請相信我，那一刻我感到無比的興奮，當你肆意的舔我的鬍鬚的時候，我的回應也使自己吃驚，然而，然而，當我吻到你孩子似的乳房的時候，突然感到力不從心，似乎有一種無名的心理障礙壓住了我的身體，我緊緊地抱着你，好像在抱着一個可憐的孩子，你哭了，而且抽泣得很厲害，而我呢，竟然一句話也說不出來，癱瘓似地坐在牀上，看你哭得那麼楚楚動人，把頭埋在枕頭裏，背着我，也不說話。哭完了，還沒有擦乾眼淚就匆匆走了。

藹麗，我該怎麼說呢？我愛你更深了，然而又覺得我對你的愛摻雜了另一種成分，你像是我多年前失去聯絡的女兒（如果當年我和流蘇生個孩子的話），突然回家了，一肚子的委屈要向我哭訴。藹麗，是你的男朋友待你不好了嗎？你們後來在香港怎麼樣？我還以為你們遲早會結婚呢，況且你在英國的工作簽證也不能再延了，我過去雖然可以經由我的銀行出個證明幫你延期，可是現在不行了。所以我以為你終會返回香港定居，並成家立業，也許，有一天你會在香港碰到流蘇……

藹麗，今後我們怎麼辦？我還是想見你，我們還是朋友，我要照顧你，做你的親人——看樣子我這輩子做不了你的情人了。想起來真是一大諷刺，我前半輩子風流成性，在脂粉堆中混了那麼多年，像是一場春夢，一覺醒來，竟變成這個樣子！藹麗，我今後不再自憐了，你如果還看得起我，如果還相信我說的都是肺腑之言的話，請回我一封短信。我實在沒有勇氣再打電話給你。

范柳原信之十五

一九七九年三月十三日，范柳原七十歲

流蘇：

前年到香港，無意間在上環一家骨董店裏看到一幅月份牌，我愛不釋手就買了下來，帶回來掛在我的臥室牆上，每天早上醒來第一眼就看到她——月份牌上的女郎，穿着淡綠色的旗袍，領畔一朵紅花，頭髮梳成瀏海，眉毛畫得很細，那雙細長的眼睛裏一對瞳孔特別亮，

非但脈脈含情，而且似乎可以跟着你的眼光移動，令我每每看得出神，甚至心裏還想和她說話。

據店裏的人說：這個月份牌上的女郎的造型和面容，是比照當年的女明星阮玲玉畫的，記得我初到上海時還看過她的電影，後來聽説她自殺了，而且是為情而死。我當年不知情為何物，現在人老了，睹物生情，甚至常常情不自禁，又把她和你混在一起。流蘇，其實你長得並不像她，而且當年你穿的旗袍款式還是有點不同，月份牌女郎的旗袍的領子又高又緊，袖子長及手腕，下面開的叉也較短，而我記得你穿的旗袍都是短袖的（大概當時正是夏天），領子也不高，所以和你跳舞時我可以肆意地看你的脖子，有一次我笑說你低頭慣了頸子上也許要起皺紋的，要你回房的時候解開衣領上的鈕子，看個明白。其實我是故意挑逗你，想解開你旗袍領上的鈕釦看個明白的是我！也許天下的男人都是偷窺狂，而我更進一步，不但想偷窺，而且想明目張膽地看。那晚在香港酒店的舞廳，我來晚了，坐在吧枱畔看你跳舞，足足看了你十幾分鐘，你不知道吧，我還看到你旗袍的開叉很高，跳華爾滋或倫巴的時候特別動人，小腿裸露出來，你跳舞時輕盈之至，好像整個人在光滑的地板上飄着，又像在水上滑行，只是記不得你穿的是什麼鞋子。

月份牌上的女郎坐在湖畔，湖上有一對白鵝悠悠地戲水，襯托出她的一股幽怨，頂上還有一個小框框，用古體寫了四個字：「秋水伊人」，這是店裏的人告訴我的，指的是「伊人獨憔悴」的意思。但是店裏另一個顧客另有解釋，他說這個女郎戴的是桃花，秋水桃花相映，含意是「紅顏薄命」。不論如何解釋，反正我每天看她，百看不厭，也使我每天想到你。

流蘇，我們畢竟生活在另一個時代。月份牌上註的年代是：「中華民國十九年，西曆一千九百三十年。」十一年以後，我在上海初次見到你，那晚你們家來了一大堆人，什麼三爺、三奶奶、四爺、四奶奶，和她的兩個女兒，還有你，那個媒人徐太太好像有意把我介紹給你的另一個親戚，她打扮得花枝招展的，俗氣不堪，我實在受不了，就請你們大家去看電影，這樣就可以不說話，看完電影去吃飯，我請你們到一家相熟的飯店，我以前常在那裏跳舞。也不知道哪裏來的預感，我猜你會跳，而且，你那晚也不大說話，我當時想：和你跳舞，至少可以省說一些無謂的話，甚至也可以躲一躲你的那群親戚。在她們那一堆人中，你真是出類拔萃的角色，別人打扮得花團錦簇，珍珠耳墜子、翠玉手鐲、綠寶戒指，全部都出籠了，而你只穿一件淡綠色的旗袍，沒有戴首飾，臉上如果塗有脂粉也淡淡地了無痕跡。我們一連跳了三支舞，你說了不到三句話。我說我過兩天就要去香港，問你去過香港沒有，你只道沒有，我這才臨時動了心機：一定要設法把你從那一堆人中調出來，把你調到香港去。

流蘇，那已經是將近四十年以前的事了。我很少用日曆，因為我不願意把歲月的流逝標誌得一清二楚，我寧願時間像這個老月份牌上的一池秋水一樣，池上僅有幾圈漣漪，那兩隻白鵝（該是鴛鴦才對）游在漣漪的中間，可以任意地在水中打圈圈，如果我能在過去的時間中打圈圈多好！為什麼時間總是直線前進的？一江春水向東流——然而卻流不回來，流到海裏就不見了。流蘇，我還不願隨波逐流到大海中去，沉在大海之中就是死亡。有一次我作夢淹死在海中，頭上的浪聲依稀可聞，我睜開眼往上看，只看到頭上有幾輪海水，陽光透射進來，又像是幾道金圈，於是我在夢中自言自語說：「我又不信教，怎麼上帝來感召我了？」

流蘇，請原諒我的囈語。你知道我為什麼寫下這些感觸的回憶？因為我剛過了七十歲的生日！你當然早已忘了，誰也記不得。你知道我怎麼過的？其實也很簡單，那天晚上，自己到一家中國餐館去吃了一頓飯，是一家香港人開的，廣東菜口味還不錯。我早已戒煙戒酒，當然更不會訂生日蛋糕，所以多叫了一份炒麵，用這個庸俗的方式為自己祝壽。吃完了飯又到Soho區閒逛，街旁脫衣舞店的霓虹燈看來很慘淡，門口還有人招徠顧客。我匆匆走過去，已經毫無興趣，他們販賣的是色情，但是我已經有點色即是空的感覺，人到了七十，我終於有了自知之明，今後我只好有情無色，色相是短暫的，而情感仍然可以持久。

流蘇，我的生日畢竟還算快樂。

范柳原信之十六

一九八〇年六月六日，范柳原七十一歲

流蘇：

好像有人說過一句名言：「一個重感情的人會認為人生是一場悲劇，而對於一個重思想的人而言，人生卻是一個喜劇。」我應該是一個重感情的人，那麼我的一生是否注定悲劇收場？但是我又不太甘心。最近幾年，我三次到香港，又經歷過一個小小的感情風波（是藹麗，但仍然與你有關），終於把自己從感情的陷阱中「拯救」出來，決定在七十歲以後重新作人。我本來已是半退休狀態，現在乾脆離開銀行界，在一家出版社找到一個會計的工作，換換環境。並且決定遷居，在倫敦 Bloomsbury 區找到一間較好的公寓，後面有一個公用的菜園，可以種花種菜，距離我工作的地方也很近，走路只需十幾分鐘就到了，我每天早晨步行上班，也算是運動，中午和同事到一家名叫「三個杯子」（Three Cups）的小酒店吃午飯，吃完散步回家，下午不必上班，如有雜務也可以在家裏做，自由得很。

流蘇，你一定猜不出來我現在在做什麼？除了到後院澆水種菜種花之外，我在整理家譜！目前我只知道我的父母的結合是非正式的，我父親出洋考察，在倫敦結識了一個華僑交際花，兩人秘密地結了婚。而我父親原來的太太也有點風聞。因為懼怕大太太的報復，那二夫人——我的母親——始終不敢回國，所以我就是在英國長大的。我父親過世以後，雖然大太太只生了兩個女兒，我是唯一的兒子，但要在法律上確定我的身份，卻有種種棘手之處。我孤身流落在英倫，從來就不知道父親是何許人，二十四歲時才回國，花了不少功夫方才獲得了繼承權。父親當年產業分布在東南亞各地，錫蘭和馬來亞尤多，太平洋戰爭期間聽說他受了很多苦，被日軍關在新加坡的俘虜營，罪名是他是英軍的間諜。我後來在倫敦找到一份銀行的差事，還是靠一位父親當年在俘虜營中的難友的推薦，否則黃種人很難躋身銀行界。

至於我的母親，我倒是知道的較多。她當年被稱為「交際花」是不無道理的，在和我父親秘密結婚之前，就男朋友無數——中國人和英國人都有。她長得不算漂亮，但是性情很開朗，也會調情（看來我的個性是得自母親的遺傳），和父親結婚生下我之後，父親經年累月在外地，母親照樣出外交際，我幼時的記憶中對我印象最深的就是：有時候深夜聽到男女笑謔的聲音，甚至白天也會有男人來造訪，母親就會對我說：「這是某某叔叔，這是他給你的糖，拿去吃吧，還不謝謝叔叔！」有人說我的脾氣有點孤僻，可能也和母親的「家教」有點關係吧！

可是我還是愛我的母親的。她出身貧寒，後來隨她的父母到英國經營餐館，她竟能在僑界出名，也很不容易。我命途多舛，回上海前兩年父親因病去世，但在我十八歲那年母親也突然因車禍而死，父親方面的親戚本來就對我抱着仇視的態度，而住在英倫的母親方面的親戚，對我也不願負責任，所以最後才把我送回上海。我在年輕時候所受的刺激，就漸漸的引我往放浪的一條路上走，沒有見到你之前，早已嫖賭吃著，樣樣都來，獨獨無意於家庭幸福。

流蘇，半個世紀以後，現在回想起來，這一切已毫無意義，我只是想從我的家庭背景和身世試着重新了解我自己。

據說在美國的唐人街流行一種稱呼——「香蕉」，指的是像我這樣子的人：外面是黃色，裏面是白色，換句當年的話說，我就是一個典型的「假洋鬼子」，偽裝的英國紳士。在英國住了這麼多年，我一直沒有和倫敦的唐人街拉上關係，最多也不過去光顧幾家中國餐館而已，倫敦的唐人街和脱衣舞區的 Soho 比鄰，而我自視為銀行界裏的「上等華人」，所以不屑與之來往。然而我這個「上等」其實是高不成、低不就的：我自己低不就，但英國階級森嚴的社會哪裏又容得我高攀？我說的英語和中國話口音都不純正，內中夾雜着上海口音，倒是說上海話還順暢，中文寫作更不必談了（這些信大多是英文寫的，我真慚愧）。

當年上海還有一個名詞，叫「買辦」（comprador，其實是葡萄牙文），是泛指和洋人作生意或在洋行服務的華人，早年開埠的，他們說的是「洋涇濱」式的英語，不倫不類，後來有些人在教會大學（如聖約翰或中西女校）受過高等教育，英文程度高了，而洋習慣也沾染得更深，甚至有時候對自己同胞還採歧視態度。這是我後來看點歷史書學來的。當時哪裏有這種「自省」的態度？銀行下班後，只知道到仙樂斯或百樂門舞廳去混，週末去賭馬，當然也到處吃館子、看電影、泡咖啡店（我常去的一家叫D.D.'S，在英租界，價錢不便宜，不過法租界有兩三家更具情調）。至於妓院，就不必提了。這種生活方式，我當時以為是時髦，記得當時最喜歡抽一種叫「Craven A」牌子的洋煙，我抽煙的歷史也足有半個世紀，一直到最近才戒掉這個惡習。

回到倫敦以後，才發現上海當年的西化程度較真正西方的倫敦有過之而無不及！二次戰後，英國的元氣大傷，已無法再逞殖民帝國的鴻圖，但是英國的上流社會仍然保留一些帝國主義的積習。記得我初到銀行上班的時候，同事都不大理我，除了幾個印度人之外就是我一個華人，上司的那一副高高在上、表面客氣卻從心底鄙視我的態度，實在受不了。我多次想辭職，但又能做什麼其他的事餬口呢？只好寄（洋）人籬下、苟延殘喘。我逐漸感到自己原來還是中國人，但我對中國的了解又如此不足！有時候偶然在唐人街碰到在「亞非學院」念書的所謂漢學家，交談之下更自慚形穢，一個研究生聽說我在上海住過，還來訪問我，不厭其詳地問我當年生活消費的價格——在沙利文吃一頓西餐多少錢？在大光明樓上看電影價值多少等等，把我當成「歷史」人物，一個活標本。有時候我也吹嘘一番：當年百樂門餐廳的廁所設備如何豪華，大光明戲院的沙發座位如何舒服，還備有「譯意風」，可以戴在耳上聽同步翻譯，當然更免不了談好萊塢電影明星：這些學生只聽過嘉寶的名字，更不知道雪佛萊是誰。

流蘇，人過七十怎麼老是想過去？我在倫敦生活上的失意更使我懷念那個十里洋場的上海，即使那紙醉金迷的生活也一去不返了。聽說中共政權下的上海更破舊了，我也無意回去看看，因為看了會更傷心。我現在感到「雙重隔絕」：英倫的社會和中國的歷史距我都越來越遠了，只有偶爾去一趟香港，因為知道你也住在那裏，才對那個小島產生一種眷戀。流蘇，我老了，現在讓我坐十幾個小時的飛機再去香港，已經有點吃不消了。我寧願在我的新居裏閒適地過着，想着你，在這些信裏緬懷過去，也由此作點「心理治療」。

范柳原信之十七

一九八二年八月八日，范柳原七十三歲

流蘇：

我身體一向很好，今年年初卻生了一場不大不小的病。最初的徵兆是每天清晨起身時常常咳嗽，後來覺得有時候呼吸有點困難，肺部隱隱作痛，全身無力，只好到醫院檢查，才發現是肺炎，也可能有癌。醫生命令我住院療養一陣子，以觀後效（當然最好是到瑞士或德國南部山上有溫泉的地方療養，但費用昂貴，我怎麼付得起）。沒有想到人過七十以後，身體就像一輛破車子，保養再好，還是要出毛病。

在醫院住了將近一個月，好像是住在監獄裏，護士其醜無比，脾氣更不好，哪裏像小說或電影中描寫的那個樣子？我猜當年海明威寫的《戰地春夢》（*A Farewell to Arms*）也有點誇張，也許，戰爭令人把生死置之度外，所以愛起來顯得更轟轟烈烈。

在英國的公家醫院作病人，沒有什麼值得寫的，何況作小說的題材，倒是使我養成看小說的習慣。出版社的同事每次來看我，除了送花以外，也順便帶幾本小說給我看。他們不像一般的英國人，並沒有階級和種族歧視的心理，而且更喜歡亞裔的作家，有一個編輯還告訴我：當今英國文壇寫得最好的小說家，原來都不是英國人，還介紹我看一本剛出版的小說，作者名叫 Timothy Mo，據說是原籍香港，這本小說寫的是六〇年代倫敦的唐人街，題目叫作

「酸與甜」，我看了幾頁，沒有什麼興趣，倒是喜歡看老作品，以前看過 Stella Benson 的小說，問同事知不知道這個作家，他們竟然都沒有聽過這個名字。唉，時代變了，當年的熱門作品，現在卻沒有人看。現今誰還會看海明威的《戰地春夢》和《旭日又升》（*The Sun Also Rises*）？然而，我卻碰不到海明威筆下的浪漫護士或風塵女子。也許，有一天我應該把我們的故事寫成一本暢銷小說，說不定比海明威的更動人，當年上海那股異國情調，絕對不亞於海明威筆下的西班牙！上海沒有鬥牛，但有賽馬、賽狗，和回力球場，如果海明威到當年的上海小住的話，說不定寫作靈感更多，其實，中國的八年抗戰，其間發生了多少可歌可泣的事，絕不亞於西班牙內戰，但當年的美國作家嚮往歐洲，要到巴黎拉丁區流浪，還要到西班牙去打法西斯的佛朗哥軍隊，最後還不是敗下陣來？

鄰牀的一個老病人看到我讀海明威，要我講述兩部小說的故事，他聽後大發議論，說那個《旭日又升》的女主角根本就是個高級妓女，又問我去過妓院沒有？原來他自己是此中老手。我突然想到有一次我在上海光顧妓院的經驗，流蘇，這些事我一直瞞着你，從來沒有提起過。

我印象最深的那個白俄妓女，至少有四十多歲了吧，她穿一件絲的睡袍，光着腳，睡在一張深紅色的絨沙發椅上，伸着指頭要我走過去，我那晚早已半醉，拉開厚厚的門簾進來，一時站不穩就倒在她身上，只記得她身上濃郁的香水味和指甲上的紅蔻丹。她當然不讓我親嘴，事後卻從皮包裏拿出幾張粉紙幫我擦汗（那年夏天特別熱），自己另外拿出一張像小卡片那樣大的香水紙擦臉，有一股清香撲鼻而來，她嘴中還喃喃地用法文叫我「親親，Mon chérie」，弄得我意亂神迷。後來又到那家妓院去找她，卻聽說她已經離開了，就那麼一次，也令我終身難忘。還記得她的名字叫Nadja，是俄文「希望」這個字的開頭。其實，現在回想起來，她那個時候可能已到了絕望的盡頭，才決定賣淫的。我當時就以為她可能出身貴族，俄國革命以後才傾家蕩產，流落到上海。

那個時候我剛回到上海不久，她算是我的「啟蒙老師」。後來我接觸的妓女多了，但沒有一個人能夠比得上她。唉，Nadja，Nadja，你現在還活着的話，又會流落到哪裏？紐約？舊金山？也許你早已死了，願你的靈魂得到安息。

流蘇，我的這封信有點奇怪：怎麼從醫院寫到妓院和妓女？我那個鄰牀的病人對我說，沒有妓女，像他那樣的男人就活不下去，「你知道，我的妻子太正經了一點，前年死了，我更有某種的需要。」他看起來至少有七八十歲了，並不比我年輕。

范柳原信之十八

一九八三年四月九日，范柳原七十四歲

流蘇：

俗話說：「一雨便成秋。」我突然覺得自己的心情已經進入深秋了——雖然現在還是初春，正是萬物欣欣向榮的時候，鄰居後花園的鬱金香和紅玫瑰正在盛開。我感覺到秋意，心情和身體都有關係，去年一場病住院回來以後，起先好像完全復元了，而且還頗有精力，每天工作的時間加多也不覺得累。今年年初，倫敦的天氣出奇的冷，每天陰氣沉沉，不見太陽，甚至還下了幾場雪，我深居簡出，也不大出去散步，連那家「三個杯子」啤酒店也不去了，這種自我禁閉的生活方式似乎影響到我的心情，因為它改變了我的作息時間。

自從我住院以後，出版社的老闆對我特別照顧，讓我不必每天上班，可以在家工作，同事仍偶爾也會到家來看我，還會帶很多書來給我消遣。有一天我偶然翻開他們送我的一本書——是一本 Emily Dickinson 的詩集，裏面有兩行極簡單的句子映入眼簾，使我震驚不已：

There's a certain slant of light,
Winter Afternoons.

不錯，冬天的下午最難過，特別當最後那一線斜陽——a slant of light——照到我家裏的牆壁上的時候！我常常呆坐在沙發椅上，不知如何是好，牆上掛的老月份牌上的美女——阮玲玉——更顯得楚楚可憐：她好像在可憐我，好像在說：「柳原，可惜我們彼此相隔，你在異域，我也不在人間，否則我們可以在老上海找個地方談談心，多好！柳原，你現在知道孤單是什麼樣滋味了吧。」其實我早已習慣於寂寞，而孤單——一種在這個世界上只有我一個人，無依無靠的感覺——是最近才有的，它似乎是我因病住院以後的後遺症，當我出院的那一天，竟然找不到一個親人送我回家。

流蘇，你在香港一定不會寂寞，更不會孤單，我想像着你有一個溫暖的家，一個體貼的丈夫，一個善體人意的女兒，在享受天倫之樂。而我，孤家寡人一個，年輕的時候揚棄一切親友的束縛，甚至連你也不能忍受，現在只能說是自作自受。而藹麗也不告而別，不知去向，也許已經回到香港了吧。

現在已是初春了，然而在倫敦還是冬日苦短，日落得很早，那一線夕陽消失之後，房間會突然暗了下來，而且還靜得出奇，我的鄰居都還沒有下班回家，我一個人呆呆地坐着，覺得你也離我愈來愈遠，你在地球的那一邊，這個時候，大概還沒有起牀吧！不便打擾你，只好和自己對話：

——你自作自受，所以不必自哀自憐。

——什麼？難道世界上沒有任何人想到我？知道我的存在？

——你還在做什麼白日夢，而且，白天早已過了。在這個世界上，你本來就是一個多餘者，a superfluous man！

——天生我材必有用，存在還是應該有意義的。

——算了吧，何必談什麼意義，趕快出門喝酒，或找個館子吃飯吧！

我以前常常在這個時候出去散步，或者到「三個杯子」去喝一杯，碰到幾個不生不熟的常客閒聊一陣，往往這就是我一天以來第一次對別人說話。然而去年病後我戒了酒，一杯也不喝了，因此我的日常「社交」活動也連帶取消，而自己常去的幾家館子也有點厭倦了，怎麼辦？只好在散步後回家生爐子做飯。當年怎麼會想到我竟然落寞至此？我們家僱的那個阿小，做得一手蘇北家常菜，還會弄點西式餐點，也不知道從哪裏學來的，她還帶了一個小兒子，很乖順。有時候，當我想起你的時候也會想到她，在倫敦我僱不起傭人，即使僱來了，她做的東西我也吃不下去，所以，只好自己動手罷。流蘇，不要笑我，我竟然在家還請過幾次客，我的出版社同事對我做的中國菜讚不絕口，真是天知道，上帝造出華人以後，還特別施恩，為華人加了味口，每一個人都想吃，「我吃故我在」，想吃而沒有人做，不管是君子還是小人都只好自己下廚房了。

流蘇，不瞞你說，我這個時候真需要一個伴侶，倒不完全是為了吃飯。如果我找到了她，我會為她下廚。

范柳原信之十九

一九八四年二月四日，范柳原七十五歲

流蘇：

還記得這首歌嗎？

One day when we were young,
That wonderful morning in May—
You told me.
You loved me.
When we were young one day!

有一天，當我們年輕的時候，
那個美妙的五月清晨——
你告訴我，
你愛我，
當我們年輕的日子！

昨天晚上電視上演老電影，突然聽到這首歌，覺得很耳熟，原來是當年膾炙人口的影片《翠堤春曉》（*The Great Waltz*）的主題曲，描寫的是華爾滋之王史特勞斯的故事，片子結尾時，唱着唱着，這對情人逐漸鬢髮皆白，老態龍鍾了，記得我們走出戲院時，你眼中還含着淚水。現在，我終於體會到這幾句歌詞的真正意義。其實，當我們在一起的時候，你從來沒有對我說過你愛我，我倒是在淺水灣酒店說過，不過那只是調情用的台詞，婚後就用不上了。

流蘇，我們都老了。人到老年，需要的似乎是溫情，不是愛情，野火已經燒完，我只能在餘燼的微溫中得到些許安慰。然而，看完這部老片子，我突然又感到年輕起來，又情不自禁地想到你，和我們那個「年輕」的時代。雖然只有那麼幾分鐘的快活，就又回到老年的現實，但是我覺得這一輩子還是沒有白活，因為我畢竟年輕過，而且在那個美好的五月天遇見了你。我們當時似乎都在演戲，但最終還是假戲真作，留下了一段情。反觀大多數人，卻都那麼庸庸碌碌地度過一生，即使享受過榮華富貴，死後還不是事如春夢了無痕？只不過他們並沒有春夢。

流蘇，我現在終於知道怎麼活下去了。也終於領悟到我們在香港的「傾城之戀」的真正意義。也許你會說這是事後的詭辯，但是我總覺得我們是命定如此：有的情人是天作之合，除了結婚沒有任何選擇，而有的情人——像我們倆——卻是注定了只能相愛而不能結婚，譬如在《翠堤春曉》中的史特勞斯，如果和髮妻離異，並與那個歌劇院的女高音結婚的話，你猜他還會作得出〈維也納森林〉和〈藍色多瑙河〉嗎？當然，片中史特勞斯和他的情婦跳了一夜的舞，第二天清晨雙雙坐在馬車上穿過維也納森林而得到作曲的靈感——這是傳奇，是故意誇張的場面，難道我們在淺水灣飯店的那一夜不近乎浪漫傳奇嗎？在當時的中國社會——甚至上海或香港——都是不大可能發生的，然而它畢竟發生了，經過幾度「演出」之後，我們終於得到真情。

流蘇，有時候我覺得我們的故事就像是一場歌劇：情節和背景都難以置信，但是歌曲背後的感情還是真實的。也許這又是我強詞奪理，也許是因為我近來聽歌劇的唱片聽多了，所得到的一個幻覺。

說起我對歌劇的興趣，你可能不會相信。流蘇，記得嗎？我們當年除了看電影之外還常去聽戲，特別是崑曲，還去看上海的「蹦蹦戲」，戲台上的女旦永遠是年輕的，你看得入迷，而我則是好奇。我到了倫敦以後，當然已經無戲可看了，於是退而求其次，去看西洋歌劇，起先也是出之好奇，後來請藹麗去看，一半也是找個見面的藉口，然而久而久之竟然也入了迷。我最喜歡看（聽）的歌劇都與愛情有關，而且內中必有女高音和男高音以花腔或清唱來歌頌愛情的偉大，從旁人眼光看來，這都不是真實的，然而我就是喜歡男女主角「談」——或者更確切地說是唱——戀愛的那種「調調」，唱着唱着，兩個人就如醉如癡了，甚至於死去活來（例如華格納的《崔斯坦與伊索德》），我可以坐在歌劇院一兩個小時，忍受歌劇中人部分的無聊情節，就是為了要聽那幾分鐘的如醉如癡，就在那幾分鐘裏，我也因之而陶醉，可以忘卻自己和身外的一切。

現在我不大去皇家歌劇院了，而是買了唱片回家來聽。當夕陽西下，屋子裏開始暗下來的時候，我就打開唱機，閉上眼睛，不到幾分鐘就可以進入「沉醉」的境界，於是我可以回憶那「美好的一天」、歌頌「為了藝術為了愛」、聽到「有人叫我蜜蜜」，並共享那「一夜愛情」或「一夜狂歡」。流蘇，我終於找到一個消磨晚年的「愛情的妙藥」，但願再過十年我走不動、看不見的時候，還可以坐在這裏聽，也許，聽久了我就可以把我們的那幾分鐘湊成一起，變成永恆。

註：范柳原所引的歌劇曲名，前三首出自普契尼作品，皆甚熟悉，後二曲分別出自古諾的《浮士德》和白遼士的《木馬屠城記》（*Les Troyens*），《愛情的妙藥》是董尼采第的歌劇名稱。

范柳原信之二十

一九八五年十二月三十日，范柳原七十六歲

藹麗：

謝謝你從香港寄來的聖誕卡和信，倒使我大吃一驚。你終於走了，而且還是不告而別，在這個時候回香港定居是一個重大的決定；當香港人拚命設法移民到英國來的時候，你卻要回去，真是勇氣可嘉，我祝福你。

你信中說在倫敦最後一次見我的時候心情很不好。當然就是指那一次？我一輩子也會記得的，藹麗，我失敗後看着你哭，頭埋在枕頭裏，兩臂平攤在枕邊，我坐在牀頭，靜靜地看着你，想找一條手帕為你擦淚，竟然一時找不到，你的雙肩在激烈地抽動着，哭得那麼厲害，我就在那一刻，突然有一個下意識的念頭：但願你枕在我胸上，你的淚可以順着我赤裸裸的身體流下來，使我也濕潤了，因而使我活活地挺起。……但那一時的衝動也不過幾秒鐘。我知道你當時想的可能不是我，而是你決定和他分手的香港男友，然而為什麼又要和我作愛？我是代用品？給我最後一次機會？還你的一個夙願？給我一點安慰？還是一時衝動？我為這件事不知道反覆思考了多少次，想來想去，得不到答案。藹麗，我還是要感謝你，這幾年來你使我的生活豐富了許多，你把我回憶中的流蘇帶回來給我，同時也向我證明你是一個活生生的人，你就是你——一個有血有肉、有感情、有見識，而又那麼和藹的年輕女子。我永誌於心，會像我愛流蘇一樣地愛你；不，我不能這麼說，你賜給我的更多，你使一個老年人享受到第二度的青春，你是瑪格麗特——記得我們看過的那齣冗長的歌劇《浮士德》？看完後你說：「浮士德不需要把靈魂賣給魔鬼才可以返老還童，他只需要一個青春女子，只要瑪格麗特在他沒有和魔鬼打交道之前和他睡一覺，就可以使他恢復青春了！」我也回你一句俏皮話：「謝謝你，我的瑪格麗特！」我們那個時候過得真快活。

至於你寄來的禮物——一盒手帕——我心跳得更厲害，你在卡片上說這盒小禮物是有特殊「意義」的——還說下次當你哭的時候我手頭就會有手帕為你拭淚了，我讀後又想哭又想笑，藹麗，難道我們還會有下一次？你要我下次到香港來看你，我已經七十六歲了，快跑不動了。當然，手帕還有另一個裝飾的用途，可以把它疊好放在西裝上衣胸前的口袋裏，藹麗，還虧你記得當年第一次見到我的時候，我西裝筆挺，上身胸口還插上一條白手帕，活像一個英國紳士——也許我應該稱作偽紳士、偽君子——我已經不那麼穿着了，不過，到出版社上班的時候還是打條領帶，女同事都說我領帶打得很瀟灑，剛好是個正三角，也許，哪一天我再穿上三件頭西服，打上領帶，再加上胸前手帕，看同事們怎麼說：「Lenny（他們這麼叫我），看你越來越年輕了，簡直像當年的大眾情人羅納．考爾門！」其實，考爾門的舊片子，如當年頗為轟動的《*Random Harvest*》，還是我介紹他們到「英國電影中心」的一次回顧展看的，我喜歡考爾門，是喜歡他演的《雙城記》，我的同事開我的玩笑，因為我也留了一個小鬍子，現在早已經白了（那次你吻我的時候，我的鬍子是否刺痛了你？一笑）。

你說還買了一盒女用手帕想送給流蘇，這就更令我吃驚了。你說和她「神交」已久，從我的口中知道她很多事，而且，就像你作學生時看小說把男主角形象化一樣，你說現在可以揣摩到女主角的形象，甚至於她穿旗袍的樣子，還說旗袍腋下應該有一個地方可以插小手帕!?你倒真會形容那個時候的女人，這種資料，你是從哪裏找來的？佩服，佩服。我猜大概是你那個研究中國近代都市文化的丈夫吧！我很高興你終於找到了一個歸宿，大衛一定是一位優秀的英國漢學家，就是那位你在牛津小遊時見到的吧，後來在倫敦大學亞非學院念的博士，我說不定還見過他。他願意到香港來教書，更是難得，我祝福你們婚姻幸福，白首偕老，不要重蹈我的覆轍。

你說正在打聽流蘇的地址，想辦法認識她，這個「陰謀」（註：原文為plot）背後的動機是什麼？你說想和她——或者她的女兒——作個朋友，作個「手帕交」？倒真是異想天開，我看你的用意還不只此，大概想安排我和流蘇重逢吧？藹麗，事隔半個世紀，非但我當年的熱情已經煙消雲散，甚至我對她的記憶，也開始有點模糊了，她到底長的是什麼樣子？我牆頭掛的月份牌上的女郎比她可能還秀麗。而你——藹麗，你說得真妙，你說很容易認得出流蘇，你只要自己照照鏡子，再想像自己四十年以後的樣子就夠了，我看，你在信中開個玩笑還可以，但千萬不能當真，讓我們兩人共同珍惜想像中流蘇的儷影，不是更好嗎？

范柳原信之二十一

一九八八年十二月八日，范柳原七十九歲

藹麗、流蘇：

當你們收到這一封信的時候，我已經搭乘英國航空公司的班機飛回倫敦了。這封信在香港機場寄出，是寄到藹麗家的地址。

我先要謝謝藹麗和大衛對我的熱情款待，你們沙田的家裏真舒服，那麼好的風景，窗外還可以看到海，使我心曠神怡，你們的小寶寶真可愛，不到兩歲就會到處爬，還爬到我身上，抱我的脖子，對我那麼親熱，我差一點都老淚縱橫了，這真是緣分，你說是不是？對於一個年近八十而從來沒有孩子的人而言，更是如此。Lenny 實在太可愛了，你們既然把我的名字給了他，我理所當然是他的乾爹才是。這次臨行之前，我在渣打銀行以他的名義開了一個戶頭，每年會存點錢給他，直到我死，錢不算多，希望你們用來作他將來的教育費。我在遺囑裏也會把你們二位作為我的遺產執行人，其實我不會有什麼東西留下來的，倒是將來要麻煩你們回來料理我的後事，因為我沒有其他的親人了。大衛的父母親還住在英國，你們一定會常來的，來的時候，一定請打電話給我，不要像藹麗離開倫敦時候一樣，不告而別，電話也不打，害得我到處查詢。

下面的信，藹麗看後，請交給流蘇。

流蘇：

請恕我臨陣脫逃！我是一個懦夫，實在沒有勇氣再見你。承你好心答應帶了女兒到文華酒店咖啡廳來見我，我已是感激不盡了。也承藹麗的精心安排，她不但找到了你，還真的和你成了朋友，她還說你風韻不減當年，毫無老態，我知道你是永遠年輕的，像當年我們在上海看的蹦蹦戲的女主角一樣。這次我答應來香港看藹麗，再商量和你見面的事，也是藹麗一手導演的，她丈夫也在旁助陣，向我曉以大義，說這是一個歷史性的重逢，其意義不下於九年以後香港回歸云云，真是盛情難卻，當然，他們兩人是在故意安慰我，想為我做件好事，所以我最後答應和你見面。

然而，想來想去，終究覺得不妥。雖然我就住在文華酒店（淺水灣飯店早已經拆掉了），你答應來樓下咖啡店是為了遷就我，但在禮貌上，我實在應該到你府上或其他地點去拜望你，向你請罪才是。說是「請罪」，實在有點誇大其詞，不該這麼說的，時過境遷四十年後，即使我仍覺罪過，看樣子你早已把我們當年的那一段情看作明日黃花——而且，恐怕連這朵黃花也早已在記憶中枯萎凋謝了。

二十世紀快結束，香港的命運也已經決定，你們全家和藹麗全家都決定留在香港，共同迎接更好的明天——二十一世紀的到來，我再次祝福你們。在你面前，也在歷史面前，我最後一次作個逃兵。我們的故事，也就這麼終結吧！

不過，我還是希望我們能夠通信聯絡——如果你不嫌棄的話。我過去也曾寫過好幾封信給你，因為沒有你的地址，都沒有寄。待我死後可經由我的遺產監護人藹麗和大衛轉交給你。

後註

范柳原信件的摘譯和整理，到此告一段落。較完整的只不過二十封。其他大多是斷簡殘篇（見信之一）及一些札記。至於我如何取得這些私人資料，其實也可以公諸同好。

藹麗的丈夫大衛是我的同行，都在研究近代中國的都市文化，我最近剛完成的一部學術著作——《上海摩登》——送交哈佛大學出版部後，循例要找兩個外面的學者審核，其中有一個審核報告對我的書稿推崇備至，雖未具名，我猜一定是大衛。范柳原既然把大衛和藹麗作為遺產執行人，他逝世以後，這些遺稿就落到他們手裏，大衛特別為我複印了一份，並且鼓勵我整理在港台發表。至於信的原件，寫給流蘇的已轉給了流蘇（但尚未得到她的反應，據大衛說：流蘇今年八十四歲，眼睛不好，讀信都很吃力，可能還需要藹麗唸給她聽），而寫給藹麗的信當然也交給了藹麗，據大衛說藹麗看了還大哭了一場。

范柳原浪蕩一生，一事無成，他是一個大時代中的小人物，一個平凡的人，也理該被歷史遺忘。如果他書簡中的片言隻語尚能流露真情，而部分讀者甚或願意一掬同情之淚的話，我想他的在天之靈（當然還有他的始作俑者張愛玲女士）就足以得到安慰了。我們從他的信中知道，他所引過的董尼采第的歌劇《愛情的妙藥》，內中最有名的一個曲子就叫作〈一滴偷偷的眼淚〉（Una furtiva lagrima）。

〔斷簡殘篇〕

一、後敘和補遺

1

范柳原信件在台北《聯合報》副刊連載完畢後，我曾寫了一個後註，並交代了下面幾句話：

「范柳原的信件，其實尚有不少還沒有整理，但大多是斷簡殘篇（見信之一）及一些札記，如果將來出單行本，當設法補上。」

現在麥田出版公司決定出單行本，所以我不得不遵守自己的諾言，開始整理這些斷簡殘篇和札記，結果不看則已，再看之下倒引起了我個人的研究興趣。剛好我在去年寒假要去印度開會，從波士頓飛印度需要在倫敦轉機，所以我乾脆在回程途中在倫敦住了三天，並事先與藹麗的丈夫大衛——他正好也趁寒假回英國探親——聯絡好，我一下飛機，就由他帶我到范柳原在倫敦的居所憑弔一番。當晚兩人並特別到當年范柳原常去的酒吧「三個杯子」喝了幾杯英國啤酒，不知道是我旅途疲憊，或是觸景生情，或是久久未嚐杯中物，三杯下肚後，我竟然酩酊大醉。當晚在旅館房間中獨自翻閱范柳原的幾張遺照，和幾張他當年收集的歌劇唱片（是大衛好心轉送的），竟然感情激動，不能自持，自己年歲日增，心情上和范柳原可能越來越接近了。

其實我並沒有進柳原的住室，他的這間公寓已經租出，我們按門鈴沒有人來開門，想是度假去了。這幢公寓外觀也無甚出色之處，只是地點頗佳，在Bloomsbury區，原是當年倫敦藝術家聚居的地方，雖已凋零，但仍有特色，那家「三杯」酒吧，就頗有氣氛，距離柳原住處僅五、六分鐘路，難怪他生前經常光顧。這個地區的盛名，倒使我想起以此區為名的那一批英國頹廢派文學家，還有他們出版的那份有名的雜誌《黃皮書》（*The Yellow Book*），後來影響到上海的幾位作家，如邵洵美、徐志摩、葉靈鳳等，邵洵美獨資創辦的《金屋月刊》，從形式到內容都受到《黃皮書》的啟發。

我本是學歷史的，研究文學仍有歷史癖，所以禁不住又要作點時代考證。范柳原從倫敦初回上海，應該是在三〇年代初，正是上海最繁華的時候，他約在一九四〇年左右初遇白流蘇，上海當時已經是在日軍部分佔領下的所謂「孤島時期」，租界區仍然獨立自主，但戰火眉急，想當時人都有一種今朝有酒今朝醉的感覺，燈紅酒綠之下紙醉金迷，何待有明天。范柳原的花花公子的個性，雖然有「家學淵源」——得自於他幼年時母親放蕩的回憶（見信之十六）——但也未免不受當時環境的影響。然而，戰後的上海，卻和三〇年代不能相提並論。記得我幼時第一次到上海是一九四七年，正是范柳原離家出走的時候，只記得上海在夜晚仍然燈火通明，母親帶我們到外公所處的一個小飯店去投宿。第二天清晨我奉命到飯店門口附近去買包子，出得門來，就十分驚恐，街上雖然車水馬龍，但行人道上聚集了不少閒雜人等，衣着甚為破舊，無所事事的樣子，我買了包子回來，飯店門口的一群人向我開玩笑，說的是上海話，我似懂非懂，好像在說：「小朋友，包子分幾個給我們吃吧！」我一時慌張，匆匆跑進飯店，卻碰上了旋轉門，耳朵被夾在活動的門縫中，好不容易擠進門來，上了電梯到外公的房間裏，卻發現手裏的包子已經不翼而飛，於是又飛奔下樓（這次不乘電梯了），跑到門外去看，那一群人已經不見了，只好空手而回。

這件小事故，對我印象極深，當時我不過八、九歲，而事隔半個世紀我至今記憶猶新，並把它寫在我的英文學術著作《上海摩登》的序言中，以資紀念。所以我從小對上海沒有好感，覺得它是一個罪大惡極的魔鬼都市。多年後（一九八一年）我重遊上海，住在錦江飯店，晚上到街上閒逛，卻覺得全城昏暗，有如鬼域，而行人熙熙攘攘，令人寸步難行，對我的印象更壞，倒使我開始作「懷古」的幽思，所以每天到上海市圖書館翻閱舊的期刊，越看越着迷，如入幻境。記得我找到了一本劉吶鷗的小說集《都市風景線》，頓時就被封面設計吸引住了：兩道探照燈，照亮了一個藝術體的法文字 Scéne，頓時令我震驚，怎麼三〇年代的上海如此洋化？（劉吶鷗原籍台灣，他的日記經由其後代提供，將由麥田出版，乃屬珍貴一手資料）。

這一個洋化的老上海印象，我在范柳原的遺物中又再度證實。他竟然保存了幾份上海的舊雜誌，已經破爛不堪，一本是《婦人畫報》，內中有一篇劉吶鷗的文章，題目是「現代女性的造型美」，談的卻是電影名星瓊克勞馥，我大喜過望，剛好把這份珍貴資料補入我剛寫完的書裏。想不到范柳原竟然也為我提供了一點研究資料。

2

蘍麗的丈夫大衞曾親自訪問過范柳原，當時他在倫敦大學亞非學院念博士學位，論文寫的是「三〇年代上海市民的消費生活」，經柳原工作的書店老闆介紹見面，在「三個杯子」飲酒暢談，據大衞說：柳原對上海人的消閒生活瞭如指掌，譬如哪一家西餐館最價廉物美（沙利文）、哪一家電影院最富麗堂皇（大光明）、哪家舞廳的舞女最漂亮（仙樂斯）等等，他都胸有成竹，對答如流。然而當大衞問他當時上海的物價——譬如買一套西服多少錢——他卻記憶不清了，他只記得有一次和流蘇約會到大光明戲院看電影，買的是樓上包廂，票價高達二元半，較樓下座位高了一倍，而較二流電影院票價高出十倍。他還記得戲院裏大理石的前廊和舒適的座位，至於看的什麼電影，他卻忘了。他說電影看太多了，最記得的一部名片是《亂世佳人》，他看了兩遍，初演時看了一次，後來重演時又和流蘇去看了一次，他給流蘇信中（見信之六）說到重看《亂世佳人》使他頓生離家出走的念頭，後來終於假戲真作，隻身回到倫敦，一失足而成千古恨。

大衞是研究經濟史的，所以許多有關都市文化方面的問題，他都沒有探究，也沒有問范柳原，失之交臂，非常可惜，譬如除了《婦人畫報》之外，他還喜歡看什麼雜誌？（《良友畫報》？《銀星》？《玲瓏》？）每天看什麼報紙？（《申報》？《大晚報》？）看什麼小說？在哪家書店買的？

「你怎麼能確定他當時還會看書？」大衛反問我：「像他這種人，生在倫敦，受的是英國教育，在上海只住了十年，我看中文程度恐怕不見得比我好多少，怎麼還會看懂中文小說？魯迅、茅盾、巴金？不必提了，恐怕他們是誰柳原都不知道；張恨水？你以為他能看得完《啼笑因緣》？我看他每天最多翻翻小報，買幾本電影雜誌，偶爾到公共租界的大書店 Kelly and Walsh 看一眼櫥窗中展覽的西書而已，英文小說他恐怕也不會看的。」

然而，范柳原的遺物中卻有不少英文書，大部分是小說，也有幾本詩集。這當然是他晚年在倫敦工作的那家書店的影響，近水樓台、近朱者赤，竟然也染上一點書卷氣。我拿了幾本范柳原的英文書，在回程的飛機上隨意流覽，除了發現他在信中所提的幾個作家——毛姆、格林、海明威，和 Stella Benson（這個柳原看過的英國女作家待考，目前似乎無人研究）——之外，還有幾本最近走紅的英國作家的作品，但這些新書他似乎都沒有看，只有在幾本舊書中我發現有鋼筆評點的痕跡，句子下面畫了線，甚至還有一兩句旁註和眉批，可見范柳原真的看了！他用的是老式的自來水筆，有幾處還留下藍色的墨跡，寫的當然是英文。譬如在海明威的小說：《旭日又升》（*The Sun Also Rises*）的末頁，他寫下這幾句話：

「一個無聊的流浪漢，沒有歸宿……女人也治不了他的宿疾，可能是作者本人的寫照。」

最令我吃驚的是，在柳原的書堆裏竟然還有一本哲學著作：丹麥哲學家齊克果（S. Kierkegaard）的名著《非此即彼》（*Either/Or*），是英文譯本，出版於一九八七年，柳原顯然讀過其中的一部分，根據該書出版的時間推測，柳原讀到該書時，可能已臻八十高齡。這一部分又名「引誘者的日記」（*The Seducer's Dairy*），據說內容和齊克果當年的浪漫韻事有關：他向一位年輕女士（也是他的遠親）求婚，訂婚以後又突然解除婚約，甚至自稱他不配結婚，因為他不知道如何使一個女人快樂云云。在這部極似小說的「日記」中，齊克果故意把其中的「我」描寫成一個自以為是的無賴漢，他一方面追敘自己如何熱愛這位少女，一方面卻又用一種頗為古怪的邏輯，認為引誘一個少女最有效的方法就是向她求婚，但只能和她訂婚，然後再誘使她自動解除婚約，如此則不會承擔倫理上的責任！現將該書中柳原畫過線的幾小段摘譯於下：

——我一直對倫理有所尊重，我從來沒有向任何一個女子隨便作結婚的承諾；我現在看起來是在作了，其實是一個假動作，我可以把事情處理得使她自動解除婚約。我的豪情自傲使我蔑視任何承諾。

——我是一個唯美派，一個情欲主義者，我知道愛情的道理和原則，我對愛情的瞭解可謂十分徹頭徹底，我個人一向主張任何愛情至多維持半年，當你享受到極致的時候，這一段情也就完了。

——能以詩情之誘侵進少女的芳心，那是一種藝術；而能以詩情離棄少女；則更是一大手筆，但後者必須依靠前者始能得逞。

——女人是本質，男人只是反映……就某種意義而言男人更甚於女人，但就另一種意義而言卻更遜於女人。

諸如此類的句子，被柳原斷章取義的勾畫出來的還不少，似乎意味着共鳴，但又不盡然，因為柳原的感情和心理不像齊克果在《引誘者的日記》中那麼孤僻和憤世。

然而，我又如何能夠肯定呢？像柳原這種「引誘者」，到了晚年是否把一切都看穿了？他是否仍能在八十高齡的時候保持對流蘇的那份摯情？正像他在這二十幾封信中所流露的，抑或他早已另有居心？他對藹麗的感情又如何呢？我發現柳原在《引誘者的日記》的另一段旁邊，用英文註了「啊，藹麗」三個字，這一段的原文大致如下：

如果你知道如何出奇致勝，你一定會贏得全局……我還記得——而且頗為自傲——和一個貴族女子奇遇的事。我早已偷偷地跟蹤了她一段時間，只是苦於沒有機會和她接觸。有一天下午，我終於在街上碰到她，我肯定她不認得我，也不會知道我就住在這城裏。她一個人在街上走，我從她旁邊繞過去，這樣就可以和她碰個照面……我用一種憂鬱的眼光看着她，我相信當時我的眼中還含着淚，我摘下帽子，她停下來了，然後我用一種顫抖的聲音和夢樣的表情說道：高貴的女士，請不要生氣，你的樣子和我熱愛的另一位女郎極為相似，但她住在遠方，希望你原諒我的冒失。她以為我是一個夢遊者，而一個少女當然也會喜歡一點夢幻的情調，特別是當她感到自己高高在上甚至可以笑我的時候，果然她笑了，而且笑得恰如其分。

我在飛機上看到這一段，不知不覺竟入了迷，如獲至寶似地歡喜，甚至興奮地叫出聲來——「My God!」不料卻引起機上服務員小姐的關切，問我發生了什麼事故，我只好遮掩了一句：「沒有什麼，我在這本小說中發現一句粗話，太不像話了！」她又問我看的是什麼小說，我把書的封面給她看，「誰？Kierkegaard？從來沒有聽過這個名字。《引誘者的日記》？你想引誘誰？我只有看 Anne Rice 的吸血鬼小說，才會受到引誘，有一次也大叫起來，害怕死了，但看得有快感……。」我只好和她搭訕幾句，居然相談甚歡，我發現自己竟不自覺地在學范柳原的調情技巧。下機時她還送了我一瓶香檳酒，此是題外話。

3

大衞說：范柳原對他印象最深的是他的儀表，他見到柳原時，柳原至少已有七十多歲，還是西裝筆挺，打着深藍色的領帶，而且談吐也相當不凡，英國口音頗標準，偶爾露出一兩個字眼，似乎不是現代人常用的，譬如「Go-down」，原來是碼頭上的庫房，大衞說他還用了一個字「jaialai」，大衞聽不懂，後來再三盤問，又查字典，才知道這是上海當年的一種室內球遊戲，叫回力球，觀眾也可以像賽馬或賽狗一樣，邊看邊下注。當然，柳原也會對大衞講幾句中文，有一次他說自己當年最喜歡喝的洋酒是「三星白蘭地」，大衞竟然誤以為三星是五星之誤，也不知道白蘭地就是 Brandy。大衞是一個很天真的年輕學者，毫無不良嗜好，待人極友善，但處久了就覺得他有點悶，不知藹麗看上了他哪一點（關於藹麗對柳原的看法，請見後篇的訪問）。

大衛又說范柳原是一個不大喜歡講話的人。他外表沉默，很像英國人，只有在說帶有上海口音的中國話的時候才還其本來面目（到底是什麼面目？誰也不知道）。他在多次交談中從來不談過去的私事，也從來沒有提過白流蘇的名字，只有一次在說到去大光明戲院看《亂世佳人》的時候用了英文「we」這個字，大衛不禁好奇地隨便反問一句：「除了你之外還有誰？」柳原卻用中文回了兩個字：「朋友」——是男是女、是多是少，都不確定。我說我一聽就知道指的是他和白流蘇，大衛問為什麼？我只好半開玩笑地回答：「朋友，因為我比你浪漫得多，雖然老了一點，而你們這一代卻不知浪漫為何物。」我這種論調，似乎又受了范柳原信的影響。

4

大衛與柳原相識之後，柳原雖沒有提，大衛卻從柳原工作的書店同事輾轉打聽到柳原還有一個離異的英國妻子，仍住在倫敦，有一次還曾經到書店來打聽柳原的近況。我聽後並不吃驚，倒是證實了柳原的斷簡中的一段描述，這是我在他遺物中的一大發現，援抄之如下：

艾芙琳算是一個西方混血兒——她的血液中有英國、愛爾蘭，和西班牙的成分，蓬鬆的頭髮又紅又黑，滿臉的粉刺，尖銳的長鼻子底下有一張小薄片嘴。我們在一家啤酒店碰到了，她大學剛畢業不久，思想左傾，頗為嚮往中國的革命，在那個時候（還算是冷戰期間）

有這種思想很不容易，我們一見面就為毛澤東而辯論起來，她越說越左，我故意越說越右，大罵中共革命是破壞中國傳統文化（其實我對中國傳統所知也是皮毛）。其實我喜歡的是她同父異母的姊姊，克荔門婷——她的頭髮是輕金色的，站在她妹妹旁邊一句話也不說，低着頭好像心不在焉——我真想把手放在她的頭髮裏面——我再三想把她拉入辯論的陣營，她就是不肯。後來我和艾芙琳結婚，主要的原因是想更能親近克荔門婷，可惜我們結婚不久，她就下嫁一個名叫羅傑的英國軍官，婚後也不見得幸福。

我與艾芙琳的結婚，可謂「異」性相吸，也各取所需：她要反叛家庭，故意和我這個比她大很多的有色人種結合，而我一生卻從來沒有和一個女孩子爭辯過（流蘇，你那時候老是不說話，生氣的時候更沉默，從來沒有和我吵過嘴），覺得很夠刺激。那晚我們辯得面紅耳赤也喝得酩酊大醉，後來怎麼雙雙睡在一家小旅館的牀上都搞不清楚。結婚後我們搬到一間公寓，幾乎每隔幾天就要大吵一次，從政治吵到生活細節。我這才深深體會到：兩個不同種族文化背景的人生活在一起，膚色的不同還是小事，最難合得來的還是生活細節，我雖然表面上很西化，但有時候早上也想吃碗稀粥，而艾芙琳早餐一定要吃幾乎烤焦了的麵包片加英國火腿炒蛋，她當然更不會為我做幾樣可口的上海小菜，卻要我每天為她做英國早點，泡好咖啡，送到臥室裏，她可以坐在牀上吃。就為了這件小事，我終於忍無可忍而提出離婚。記得在法院辦完離婚手續後，她姊姊和姊夫開車來接，臨別時她竟然還說了一句：「want a lift?——要搭車嗎？我們可以送你到匹卡德里地鐵站。」我擺擺手說：「不要了，謝謝！」她們姊妹就揚長而去。

這就是我愚蠢的婚姻：非但半途而廢，而且像演一場鬧劇一樣，戲演完了，演員互相謝幕後就各自東西。我當時迷糊得連離婚證書也不知道放到哪裏去了。真是無巧不成書，此次為了幫你辦移民，我還要尋她的地址寫信給她，請她再補寫一封離婚同意書！然而你現在並不需要我幫忙，即使想移民來英國還不容易？因為你的丈夫就是英國人！他逝世了你也能來。

流蘇，你想來英國嗎？如果我們在倫敦碰到了怎麼辦？後來想想，我又不禁失笑，即使我們同在一個地方，你也不見得認識我，我去年病了一場，頭髮全白了。而我是否也能認出是你？記得我第一次回香港，心中既興奮又戰戰兢兢，既想見你又不想碰到你的矛盾感覺，似乎又恍如隔世。那又是十年多以前的事了，時間真是越過越快。

5

這封寫給流蘇的信，時間應該在一九八三年左右，因信中提到「去年病了一場」，按理應該排在信之十七（一九八二年八月八日）之後，因該信寫的就是在「今年初生了一場不大不小的病。」我這種為范柳原的信件作「編年史」式的方法，未免有點吹毛求疵，其實，這個平常人的一生又有什麼值得研究？管他哪一年生（一九〇九）、哪一年和流蘇結婚（一九四二）、哪一年生病（一九八二）、哪一年死（一九九七）？我只能說這是一種歷史癖和對上一代人的同情和好奇。

目前在美國學界研究所謂移民和「流散」（diaspora）意識頗為流行，我遂由此又作懷古的幽思：范柳原應該是屬於上一代從中國都市（上海）流散到異國都市（倫敦）定居的人物，在這兩個不同文化的都市之間，他到底在心理上有何衝突或「異化」？他在一封信（見信之十六）中談到在倫敦作二等公民的滋味和自己不懂中國文史的罪疚，但行文有點牽強，了無新意。他似乎也不能認同倫敦的唐人街文化，更不喜歡看那本描寫唐人街的小說《甜與酸》（見信之十七）。那麼，他到底還保留了多少「中國味」？我在他的遺物中找來找去，中文的東西少之又少，除了幾本上海的舊雜誌外，只有一本英漢字典，和幾張小卡片，上面用中英文列了不少名詞，但也不全，現列如下：

德律風（telephone）、蘇打（soda）、白脫（butter）、土司（toast）、斯狄克（stick）、斯丹康（stacomb）、蔻丹（cutex）、哈德門（Hatamen）、派克（Parker）、百代（Pathé）、康白度（comprador）、江擺渡（company）、克林（Klim）奶粉、黑人牙膏、雀巢咖啡、巧克力、色拉油、虎標萬金油、羅宋湯、桂格麥片……。

這些商品和名詞，都是三〇年代上海的產物，也可說是代表了當時上海中西合璧的典型都市文化，這是我多年來研究的成果，看來范柳原一生的文化指標還是離不了上海。除了這些有關商品的卡片外，我還發現了另一類卡片，每張上面用英文寫上一個女人名字Saharini、Anita、Nadja、Olga、Marysa、Linda、Evelyn、Jocelyn、La Fleur。獨缺白流蘇的英文名字——Louisa，然而范在信中又未能證實Louisa Walton是否就是流蘇（倒是我最後還是證實了，見後篇的訪問）。藹麗的英文名字（應該是Ellen），也沒有出現。內中有一個法文名字 La Fleur，後面卻加上三個中文字：「皆如花」，像是譯名，又像感嘆詞，不知作何解釋？我突然想到以前看過關錦鵬導演的《胭脂扣》，那個香港妓女的名字好像也叫「如花」，遂使我聯想到范柳原卡片中的這些名字說不定有的也是妓女——也許他在學莫札特歌劇中的唐璜（即「唐喬萬尼」），要把自己「征服」過的女人名字列出來？如果屬實，則更證明他是一個大男人「沙文主義」者。

在這些卡片裏我還發現另一張很別緻的卡片，是唯一用打字機打出來的字體，好像是一張精心設計的名片：

LEONARD FAN, ESQ, M. P.
301 Drury Lane, Flat C
Bloomsbury, London

看樣子下面兩行是他最後的住址，但英文名字後面為什麼又加上兩個縮寫：ESQ.（Esquire，紳士）和 M. P.（Member of Parliament）？如果前者是自嘲，後者又意指如何？范柳原肯定沒有當過英國國會議員，當然更沒有資格。我和大衛考證了半天，仍然沒有頭緒，他說 M 可能指的是 Master，似乎有理，老爺？少爺？《胭脂扣》影片中如花愛上了十二少，英文轉譯則應該是 Second Master，那麼，柳原應該算是什麼地方的少爺？上海洋場的惡少？或是妓院的闊少？想來想去，對於 M. P. 這兩個字仍不得其解。後來大衛說：「你這種文字遊戲玩得太過分了，而且太不道德，據我看，乾脆解釋成緬懷過去（Memories of the Past）不是很好嗎？還可以沾上一點普魯斯特的光，『追憶似水年華』，不是很切題嗎？」然而我仍覺不滿：這兩個字所指的絕非往事的回憶，而是一個自侃或自嘲的名詞，但我也想不出一個所以然來。

後來我在柳原的札記堆裏又找到下面一段話，是用中文寫的，像是譯文（可能是他自己譯的？），而且字旁還加了點，我援引如下：

> 多年過去，浪蕩子了無音訊。有一天他們在天邊看到一個小點點，「這會是誰？」母親問兒子。「它只是一個影子，一會兒就從天上過去的。」然而點子越來越大，於是消息像烽火燎原傳開來，少爺回來了。當點子變大之際，父親就準備盛宴，從未有過的盛宴……。「為什麼你歡喜，爸爸，兒子離開了你又回來，有什麼值得慶祝？」

我一看就知道是聖經上有名的「浪子回頭」的故事。那麼，如此看來，這個聖經故事恰好為名片中的P作了另外一個註腳——Prodigal，如照聖經原典則應該是Prodigalson，甚至「兒子」比「浪蕩子」更重要，我終於打破砂鍋猜到底，勉強把中文的浪子轉譯成一個英文字：profligate，雖然此字不大常用，至少印證了卡片中的P字。走筆至此，不禁想到魯迅當年在《阿Q正傳》中為阿Q的名字大作文章，阿Q比范柳原更不學無術，我為什麼不能也為我的「范柳原正傳」小心求證一番？況且魯迅寫的是小說而我作的卻是史料研究。

其實我無意為范柳原作傳，我關心的不是他的外在經歷（如阿Q），而是他的內心生活，他所遺留的信件畢竟太少，如作「內傳」則證據仍嫌不足，而令我最不知所從的是：他這二十幾封信大多寫在八十歲以前，而最後一封所註的年月卻是一九九七年六月三十日，剛好是香港回歸的前夕，似乎不大可能，而且也是用打字機打好的，內容也頗為完整，似乎是經過人改寫，那麼此人是誰？除了大衛和藹麗之外，沒有第三人，大衛的英文雖好，但文學細胞不足，不可能寫出這種洋洋灑灑的感情文章，那麼只有藹麗了？她以前倒是看過不少小說，第一次見到柳原還覺得他像是小說中的人物（見信之九），後來我以此向他們夫婦二人求證，二人都否認，但也說不出這個「文本」產生的緣由來。總之，在我收到他們交給我的這些信件時，第一眼看到的就是這一封信，為了趕時效，所以率先在香港《明報》副刊把它發表，當時沒有作仔細求證的功夫，現在為時已晚，讀者也應該對最後這一封信的真實性採取存疑的態度。

6

如果范柳原的信皆寫於八十歲以前，如果他真的在一九九七年（他八十八歲）過世，那麼在他最後八年的生命中是否隻字未留？最後我從他晚年對於西洋歌劇的興趣推斷出來有幾篇談音樂的殘篇，可能是他晚年的僅有作品，至於是否寫於八十歲以後，或在七十五歲左右（見信之十九），則不得而知。下面的一段是屬於一齣歌劇《玫瑰騎士》的札記，是用中文寫的，半文半白，援引於下，以存其真：

元帥夫人有一年輕情人奧大維，乃貴族少年，貌美如花。然好景不常，一日奧大維奉命代表一老伯爵向一少女蘇菲求婚，並循俗獻上白玫瑰，卻對蘇菲一見鍾情，元帥夫人於悲傷之餘，只有讓賢，並為這一對年輕人的前程祝福：

我發誓珍惜他，
用我自認最佳的方法
我甚至可以愛他
對另一個女人的愛！

元帥夫人情操之高貴，由此可見。她自知歲月不饒人，年華已逝，遂決定以己之心愛己所愛的人及其愛人，真所謂愛屋及烏也！藹麗善解人意，悄悄問我道：汝以為我是蘇菲？或是奧大維（該角由女扮男裝演出）？我遂答道：蘇菲也好，大維也好，吾之心境僅可比擬元帥夫人，榮華富貴，俱往矣！

奧大維與蘇菲遂作雙重唱：

大維：我深感有你
　　我們同在一起
　其餘皆如幻夢，過眼雲煙。
蘇菲：皆如幻夢，亦真亦幻。

我們同在一起

天荒地老

直到永恆

藹麗，你唱完後，即倒在他懷裏，他輕吻你的朱唇，你已經意亂情迷，手帕落地竟不自覺，你們二人攜手快步離開舞台。舞台空了片刻之後，中間門又開，一小黑童，手執蠟燭登台，到處找手帕，終將手帕從地上拾起，即偷偷離場。全劇終。

藹麗，吾休矣。在茲向你祝福，手帕乃愛情信物，且勿遺失，望你早生貴子。

以上所引的這段歌劇唱詞及描述，文字頗為工整，可見柳原用心時仍然可以寫出像樣的中文，可能他那個時代的人寫不出純白話，但已差強人意。我曾為此事向藹麗求證，她只記得陪柳原看過幾場歌劇，但卻記不清是否看過《玫瑰騎士》，當然更記不得自己曾向柳原說過的這句話。我認為這一切可能都是柳原在聽歌劇唱片的依附幻想，而且最後一段的描述——蘇菲失帕，黑童拾起等情節——也不是他造出來的，據我多次研究（也花了不少錢買了三、四種《玫瑰騎士》的唱片版本），證明確是抄自原歌劇最後一場的解說詞，只不過在代名詞中把「她」換成了「你」。我又向懂此歌劇的內行人請教，原來歌劇中的元帥夫人只有三十多歲，就自感年華已逝，而奧大維只不過是個十七、八歲的小孩子。

不過，柳原的確把這首歌劇中最美好的一段歌唱「抄」了下來，我聆聽再三，也不自覺地愛上了李察斯特勞斯的音樂，特別是最後這一場三重唱。

除了《玫瑰騎士》之外，范柳原還收集了不少歌劇唱片，大衛要全部送給我，我堅持不肯，最後還是拿了以下幾種，援列於下以示感謝：

董尼采第：《愛情的妙藥》

普契尼：《托斯卡》

普契尼：《蝴蝶夫人》

普契尼：《波希米亞人》

古諾：《浮士德》

白遼士：《木馬屠城記》

華格納：《崔斯坦與伊索德》

（以上各齣，柳原在信中都提過，見信之十九）

莫札特：《唐喬萬尼》

馬斯奈：《曼儂蕾斯考》

威爾第：《奧塞羅》

布列頓：《威尼斯之死》

這些歌劇，皆是頗為熟悉的作品，只有最後的《威尼斯之死》較為冷門，我還沒有聽過，不知柳原為何也買來了，待考。我一向嗜愛古典音樂，所以對柳原的唱片收藏特感興趣，我發現他極少買（或聽）器樂的作品，交響樂中只有布拉姆斯的第三和柴可夫斯基的第六，弦樂四重奏只有舒伯特的《死神與少女》。其他唱片都和人聲有關，除了歌劇外，當然還有名歌星唱的歌劇選曲（悉數由大衛帶走）和藝術歌曲，舒伯特的作品尤多。令我最驚喜的卻是一張馬勒的歌曲唱片，由費雪狄斯考主唱幾首根據德國詩人 Rickert 所作的曲子，極為動人，內中一首，歌詞竟有鋼筆圈點的痕跡！名叫「當此良夜」（Um Mitternacht），此次我重訪香港中文大學，偶然向友人關子尹提起，原來他早將此詩由德文譯成中文，並已在某詩刊發表，我剛好借用，並順致銘謝。范柳原所圈出的，是下列三段：

我昨夜思量；
那浩瀚思海裏，
當此良夜，
沒一絲記憶，
堪解我愁腸。

我昨夜驚醒，
那心坎中的悸動；
當此良夜，
那揮不去的傷痛，
摧毀我心肝。

我昨夜無語，
卸下滿腔熱忱！
當此良夜，
願那造物死生的主宰，
珍視這穹蒼！

二、訪問

1 與藹麗談話的紀錄

時間：一九九八年一月二十九日（舊曆新年初二）

地點：香港沙田帝都酒店一三一〇室

我和藹麗的長談，是由大衛安排的。農曆大年除夕他們請我到他們家裏去吃年夜飯，話題當然離不了范柳原，藹麗早已從大衛那裏知道我對范柳原的興趣，而且已經把柳原給她的幾封信譯成中文發表。我在酒足飯飽後提出單獨訪問她的要求，她本來並不願意，並說她在柳原一生中扮演的角色並不重要，當我告訴她有不少讀者（特別是女性）對她特別有興趣的時候，她頗為驚奇，也有點不安，後來經過大衛再三鼓勵，才答應到我居住的酒店（也在他們家附近）接受我的訪問。大衛開車把她送來，然後大方地回家帶孩子去玩，讓藹麗和我長談三個多小時，並在酒店樓下潮州菜館共進晚餐。以下是部分的錄音紀錄，並未經藹麗過目，不當之處文責由我自負。

* * *

藹麗：你這位大教授怎麼對我這個小人物有興趣？

李歐梵：豈敢，其實我只不過在美國扮演一個小教授的角色而已，真正的興趣還是研究和寫作。從一個文學角度看來，我認為范柳原一生最精彩的一封信是寫給你的。

藹：哪一封？

李：就是他自比為大鼻詩人西哈諾的那一封，還說他掉在深溝裏——似是欲望的深淵——等你路過時把他一把拉上來，我看他當時真是對你着了迷，但又自慚年老，把自己比作井底之蛙，其實他那一年也不過六十幾歲，以現代人眼光看來，還不老……

藹：（沉默不語）。

李：不過他寫着寫着卻把你寫成流蘇了，本來你們兩個人就長得很像，你見過白流蘇，覺得現在你們兩個人長得還像嗎？

藹：其實我長得並不像流蘇，氣質更不同。

李：那麼是范柳原自作多情了？

藹：（仍然不語）。

李：你覺得他愛你嗎？

藹：（不語，臉色頗嫌緊張）。

李：對不起，我的問題是否冒犯了你？

藹：也不是。只是我感覺在這個時候，時過境遷，柳原也死了，還談什麼愛情問題？

李：但是我還沒有看到或讀到一個老年人對一個年輕女子有如此浪漫的感情！

藹：（有點淚眼汪汪）。

李：大衛說你初看到他的信的時候還大哭了一場，是不是？

藹：哭了又有什麼用？

李：是因為感動才流淚？

藹：他太傻了，沒有想到一個外表很世故的中年男人還那麼傻。

李：你說他癡情？你說他是中年男人？

藹：我從來沒有覺得他老。

李：為什麼他在信中不斷地自嘆年老，心理作祟？

藹：我唔知（藹麗說的這一句是廣東話）。

李：可否請你回憶一下你第一次見他的印象如何？照常理說，一個初到倫敦來在銀行工作的香港女子，而且自己也有過感情經驗，不可能看上這個六十多歲不學無術的窮光蛋。

藹：我怎麼知道他是窮光蛋？什麼叫作不學無術？不像你這種博士大教授？他的儀表的確不凡，我從來沒有遇見這麼成熟的中國男人。

李：成熟——你說的是 mature，是說他年紀較長或是很世故，很 sophisticated？

藹：中國男人，特別是你們這類知識分子，心理上都不成熟，都是大孩子，需要人照顧。

李：那麼外國知識分子就不同了，譬如大衛，他夠成熟？

藹：我們說好不談大衛和我的事。

李：對不起，我說錯了。先喝杯茶休息一會兒？

（我們閒聊一陣以後，藹麗終於開始道出自己的感情來。）

藹：不錯，我是愛他的，而且一見面就愛上了！你認為不可能？who cares？我真的和他一見如故，而且覺得似曾相識！但是我又覺得這不能當真，這簡直像小說，和我過去的真實經驗相差太遠了。柳原起初話說得不多，但每一句都那麼俏皮，好像很有教養的樣子，你知道一個成熟的男人——他的英文又說得那麼典雅——對我的吸引力嗎？香港的男人都像孩子，但過不了多久就突然變成老人了，而且老態龍鍾！柳原那個時候雖然已有六十多歲，但完全看不出來，and I don't care。他如果那天晚上帶我回他家，我都願意！但是他有膽（又是一句廣東話），他好像要保持距離，我當然不便那麼直率，你知道，我們香港女人也有自己的尊嚴。我的國語說不好，但並不表示我沒有讀過書，並不是每一個香港女人都在搵錢，我不在乎錢，我和一個男人相處，在乎意義，什麼意義呢？我也講不出來。只記得見了柳原之後我每晚都坐在電話機旁等他的電話，終於等到了，我像一個初戀的小女子，等着她的白馬王子把她從水深火熱中拯救出來。你不相信吧！

當時我自己的環境也不太好，本來想和香港的男朋友畢業後就成家立業。你在中文大學教過吧，他在新亞書院念歷史，我是中文系，我知道你在崇基教過，當年我在《明報月刊》和《中國學生週報》上還讀過你的影評文章。我那個男朋友也很崇拜你，後來到美國反而改了行，也娶了別人。我們在一起的時候我就覺得不大相配，他處處指使我，從來不聽我的意見。見了柳原才知道竟然有男人喜歡聽我講話，我恨不得把自己的過去全盤托出，甚至把自己也交給他……。但是，他還是有點畏縮，起先也不談自己的過去，但老是瞪着我看個不停，眼中充滿了情意，但舉止又那麼含蓄，在拚命掩飾。我看他很矛盾，還以為他已結了婚，想和我來個婚外情，但又不敢。後來才知道他早離了婚，而且至少兩次。我不在乎，那個時候，我一個人逃到倫敦，什麼都不在乎。

後來他還是告訴了我他和白流蘇的事，好像對他打擊很大。他說我長得很像當年的流蘇，像又怎麼樣？她是上海人；我是香港人，背景很不同，個性也不一樣，據柳原說流蘇當年沉默寡言，是一個傳統型的女子，可是他又說她當年隻身到香港來會他，需要很大的勇氣，當時的女人如果對男人有情當然要結婚，沒有情也要結婚的。我這一代當然很不同，我不想結婚，也從來沒有想到和柳原結婚，所以我毫無顧忌，反而是他顧忌越來越多，老是提以前的事，起先不說，後來卻又說個不停，也許人老了最大的特徵就是禁不住要懷舊。他常向我講當年的上海如何繁華，好像對香港沒有太大好感，後來到香港來了幾次，有一次我還特別陪他去玩，他的印象才有點改觀，但為時已晚。

為什麼晚？因為他錯過了一個好機會，他太放不開了，在流蘇的陰影下我變成了一個代用品，雖然他在我面前常說我的好話，其實我就是我，不必把我歸納成什麼人，我有我的性格，我也是一個有血有肉、有感情有思想的人，但是柳原把我看成另一個人。起先我還沒有感覺出來，我請他到英國郊外去度假，那天我心情特別好，以為這一次他終於把我當成一個獨立的女人了，我心裏早已打算好，當晚可以和他同房，但又怕他覺得我太過主動，所以才訂了兩個房間，想不到check in的時候，他突然在我的房門前發呆，口裏喃喃地說：「就是一百三十號！」我當時就有點奇怪，如果他心有所屬，那麼我又何必大費周章？而且，偏偏那個時候我認得了大衛，他和柳原不同，在牛津天天打電話給我，其實我們那個時候並沒有深交。

那天晚上，我們在旅社共進晚餐，氣氛特別好——我們一路上在flirt，真高興，我從不覺得他年老——我就暗自決定要許身給他，不是終身，而是我當時有這種感情，這種需要——我故意多喝幾杯紅酒，飯後又和他到月下散步，我甚至挽着他的臂膀，真想他停下來吻我……可是，他卻突然停下來說了一句：「藹麗，我想送你一件旗袍，不知道你穿旗袍是不是合身！」我一輩子不穿旗袍，而且最討厭旗袍，為什麼？在香港的鬼佬男人眼中，中國女人穿了旗袍都變成了Suzy Wong！我才不是灣仔的妓女。我的心一下子冷了下來。那個時候我還不知道白流蘇的事情，後來我知道了，就是那晚他告訴我的，也就在那晚我決定和大衛結婚，而不作范柳原的情婦。一念之差？人的命運是很難講的，往往就是一念之差，誰知道我的決定是對是錯？如果當時我選擇了柳原，會不會幸福？誰知道？年齡的差異並不重要，重要的是我在他心裏的地位，我不願意作他情感上的姨太太。你知道香港的傳奇「阿二靚湯」的故事嗎？我才不要作阿二呢，我不要在廚房裏做湯來拉住我的男人。告訴你，大衞燒的中國菜比我還道地，每晚都是他做飯，我銀行的工作太忙了。

（藹麗說到這裏，又有點生氣的樣子，我遂趁機請她到樓下晚餐。餐後並請她在附近河畔散步，因為我還想問她最後一個問題，但又不知如何啟口，柳原的信上提到他們在倫敦最後一次見面，而且說到他終於不能作愛的事。我欲言又止多次，最後又請藹麗回房同看電視上實況轉播的煙火，還是說不出口，不料藹麗早猜到了。）

藹：李教授，你還要我重溫舊夢？重溫我和柳原在倫敦的那最後的一晚？我知道你心裏想的是什麼。但是，時間也太晚了，我該打個電話叫大衞來接我回家了，有些事，何必多問？而且我也有權利不答覆你，何況現在重提舊事也更不合適。那個時候我才二十八歲；你知道我現在幾歲？快五十了，請問你今年貴庚？今年是虎年，你不是常常以狐狸自況嗎？還想狐假虎威，問我的私事？

李：（藹麗離去後的內心獨白）我今年五十九歲，明年就要過六十大關了，然後只好乖乖地步入老年。但范柳原畢竟比我老了整整三十歲。

2 尋訪白流蘇

時間：一九九八年一月十日至二月十日
地點：香港

根據范柳原在信中的自敘，他在一九八八年底最後一次訪港，經由藹麗安排與白流蘇見面，地點約在香港中環的文華酒店咖啡室，結果他臨陣脱逃，乘飛機偷偷走了，畢竟沒有勇氣再見闊別半個世紀的白流蘇。我覺得不勝遺憾，就像一部煽情電影（melodrama），有始有終，卻缺了一個最後的高潮。

我在訪問藹麗時當然要求證：流蘇母女來了沒有？等了多久？估計柳原是什麼時候離開的？會不會她們從後門進來，柳原卻從前門溜了（文華酒店的咖啡店恰好在後門，而坐的士必須在前門）？或是柳原事實上並沒有走，卻繞過牆角在外面偷看？拍起電影來可以用長鏡頭，透過玻璃窗 zoom 到外面站着的范柳原的臉，那麼他的表情又是喜是悲？

我的這一連串想像逗得藹麗和大衛夫婦大笑，然後藹麗卻反問我一句：「你的攝影機怎麼沒有照到流蘇的女兒，你猜她長得是什麼樣子？和我一樣還是更像她媽媽？她在這齣戲中有沒有台詞？說的是英語還是廣東話？」

藹麗這一問，卻引起了我訪問流蘇的念頭，遂請她介紹我先認識流蘇母女——甚至從她女兒着手亦可，真有點不擇手段。藹麗說她自己初回港時，很快地就找到了流蘇，一半由於好奇，見面後卻大為失望：兩個人長得根本不像！不過流蘇確是嫁了英國人，從夫姓而改名為 Louisa Walton，換言之，柳原在《南華早報》看到的照片其實就是流蘇！不過藹麗後來卻和流蘇疏遠了，「我受不了那種上流社會，十足殖民主義！」她說。

然而流蘇的故事也不見得那麼一帆風順。據藹麗說她的丈夫比她年長至少二十歲，而且八年前已經過世，白流蘇現在是名副其實的富孀了。既然范柳原和她緣慳一面，我作為局外人卻不願再失之交臂，堅請藹麗帶我去見她，或者乾脆約在老地方——文華酒店的咖啡室——見面亦無妨，因為我每年到香港參加大學撥款委員會的會議，都被安排住在文華酒店，所以對於「地形」瞭如指掌。我甚至想到在咖啡店會面後請她們母女和藹麗夫婦到樓頂的中菜館吃晚飯，如果她們想吃上海菜，出門走幾步路就是滬江春，我還認識一對年輕夫婦，是中國銀行樓頂的「中國社」的會員，也可以請他們代勞，到這家名「社」去吃一頓，順便也可以看看牆上掛的「革命潑普」畫。

我真是異想天開，以為不費吹灰之力就可以見到白流蘇，不料事與願違，好事多磨。第一個難關竟然是藹麗，她藉口久不與流蘇聯絡而不願為我安排，只把流蘇家裏的電話號碼告訴了我，然後還冷嘲熱諷了一句：「就憑你這塊哈佛大學教授的招牌，還見不到她？打個電話不就行了？」這卻給我出了一個不大不小的難題。我生平有一個怪癖，最不喜歡打電話，更不願意和陌生人打電話，想先寫信以示禮貌，藹麗卻說沒有她家地址，而且久不見面，不知道流蘇搬家了沒有。我為此事一拖再拖，在訪問藹麗的時候，仍然沒有着落。藹麗看我有點可憐，遂給我一條線索：流蘇的丈夫是香港政府的高官，打電話到香港政府詢問不就可以問到地址了嗎？於是我鼓足勇氣，打了無數個電話，得到的回答最初是同樣的：沒有這個人，後來經我再三追詢，並且又說我在哈佛見過香港布政司司長陳方安生女士，他們這才經過一個秘書告訴我：Walton 先生早已退休返回英國了，而且是在英國逝世的，他的夫人地址未詳。

我只好賈其餘勇，按照藹麗給我的號碼打過去，第一次是錄音機回話，是一個英國女子的聲音，我沒有留話，斷定這絕不會是流蘇，她居港多年，英語再好也不可能沒有上海口音！過了幾天我只好再打回去，這一次不是錄音機，屋主本人回話了，原來的確是一位英國太太，丈夫是作生意的，全家剛搬來兩年左右，她說並不清楚前住屋主是誰，恕難協助。我又敗下陣來。

下一步該怎麼辦？登報尋人？「華爾頓夫人，又名白流蘇女士，如見報請速與我聯絡，事關你前夫遺產問題，有待解決」——前夫遺產？說不定她更不願意見我，而且柳原的信早已由藹麗交給她了，至今沒有回音，可見流蘇不願意重提舊事，如果屬實，我的訪問就阻礙更大了。

託人介紹混入香港上流社會去打聽？我不認識任何富翁，只是多年前在芝加哥大學任教時曾因募款關係結識了一位紗廠的總經理某先生，去年在哈佛的一個場合偶然又碰到了，相談甚歡，他的兒子剛從芝大畢業，還選過我的課。我於是又硬着頭皮打電話和他聯絡，承蒙他邀我吃飯，談了半天，我才道出來意：不是為哈佛募款，倒是想打聽一個富婆的住址，「Mrs. Walton？白流蘇？不認得；我們家和洋人沒有什麼太多的來往。」又失去一次機會。

最後我只好學范柳原到圖書館去找舊的《南華早報》，既然他能找到流蘇的照片，我這個有專業訓練的學者還會找不到？

說來慚愧，我上窮碧落下黃泉，就是找不到任何一張流蘇母女在社交場合的照片！柳原見到流蘇的照片，只能說是緣分，但是他還認不出來，看來自己是根本與流蘇無緣了。

俗話說：踏破鐵鞋無覓處，得來全不費功夫，真是一點不假。前幾天我約一位友人在文華酒店的 lobby 見面，我早到了，坐在大廊的沙發椅上看來來往往的人，居然有一位先生走來，頗客氣地說：「你是李歐梵先生嗎？我是你的讀者，去年讀到你在《明報》副刊上發表的范柳原的三封信，我認識白流蘇！」什麼，你是她的什麼人？我大喜過望，從沙發椅上跳起來，趕快握住他的手，卻突然想到忘了帶名片，在美國生活久了，沒有帶名片的習慣。這位先生卻早把名片送來了，原來在某法律事務所工作，他認得流蘇的女兒，也見過流蘇一兩次（至於他怎麼認出我來，卻忘了問，大概他看過明報記者對我的一次訪問吧，內中可能有我的照片；事後他對我說，其實不在明報，而是在香港某流行週刊，去年有一期特別介紹哈佛的華裔師生，赫然有我的照片和特寫，我自己還不知道，可見任教於名校，有時候比穿名牌衣服還管用）。

這位好心的張先生頓時成了我的好友——這次是我在巴結他，而不是他巴結我，於是立刻相約第二天共進午餐，然後計劃和流蘇見面的事，他說馬上會打電話給流蘇的女兒——Emma。

至於後來的種種小波折就不必細述了：張先生找不到 Emma，原來度假去了；Emma 返回香港後，起先不願意帶她媽媽出來，並説她近來身體不好，不大出門；後來經張先生再三懇請，才勉強答應我們可以到她母親家拜訪，又經過兩三次改期後，終於如願以償。

* * *

Emma 倒是事母至孝，幾年前離婚後搬回來和母親同住，她們家在香港半山的公寓大樓，叫作「×× court」（為遵從她們的意思，不能洩露地址）。流蘇近年來真的深居簡出，因為她的左耳已經聽不見了，右耳用助聽器，戴着眼鏡，走起路來頗為緩慢。她家裏有兩個菲傭幫忙料理一切，房子並不大，但仍然頗有氣派，沙發後面有舊式的屏風，牆上還掛了幾張國畫，家具古色古香，但我覺得並不舒服。窗簾是殖民地式的百葉窗，即使開着，屋裏也不太光亮，窗外大概可以看得見海。屋子裏非常安靜，流蘇説起話來更是輕輕的，果然帶有上海口音，但輕得幾乎聽不到，我們談話不到兩個小時，她已經有了倦容，我只好告辭。算算她今年也已八十六歲了。

以下是談話的紀錄，因為禮貌上不便錄音，只憑記憶，如果有誤，想流蘇也不會計較了。

我開門見山就問她們母女那一天去了文華酒店沒有。Emma 用英文加廣東話説：「我早知道這位范先生是個 coward，媽媽本來就不該去，還是看在藹麗的面子才去的，坐了不久，我們就告退了，藹麗覺得很不好意思。」我又問流蘇看過柳原的信沒有，Emma 説起先是藹麗慢慢唸給她聽的，讀了幾封，媽媽似乎興趣不大，後來也就算了。

——那麼，流蘇女士，你還記得柳原嗎？

——當然記得，那麼多年了，好像上一輩子的事。（她的聲音很弱，Emma 又開始批評柳原上次來香港的不是，順便也罵了藹麗幾句，看樣子他們兩家真的是失和了。）

——你可不可以談談當年？譬如你們在上海住在哪裏？

——法租界，靠近徐家匯。

——還懷念當時的生活嗎？

——什麼生活？和柳原在一塊的生活？他整天早出晚歸，見不到他的人。

——也許你們在香港的時候更好些，還記得淺水灣嗎？

——淺水灣？我以前就住在淺水灣新蓋的公寓樓，後來覺得太遠，Chris（大概是他丈夫的名字）辦公不方便，又搬回半山了，我們搬了幾次家，都住在港島。

流蘇的回答似乎有點勉強，雖然她有問必答，但我覺得並沒有太大意義。看樣子她和柳原的一段情真的是所謂「上古史」了。我不得不把談話的題目擴大，請她懷懷舊，談談當年的上海，這也是我學術研究的題目，剛好拿來作藉口。她說還記得當年上海的電車，鈴——鈴的車聲使她難以入眠，又談到和柳原認識以前所住的白公館，和那些親戚：三爺三奶、拉胡琴的四爺、好説風涼話的四奶，還有六小姐、七小姐、八小姐……弄得我丈二金剛摸不出頭緒來。她又談到她的媽媽，説她性格軟弱，對於女兒的婚事作不了主……説着説着，又把話題扯遠了，我不得不再把話題拉回到柳原身上去。

——你還記得第一次見到柳原的印象嗎？

——他舞跳得真不錯，華爾滋加狐步，有時候還會來點探戈的花招，我差點跟不上他。

——流蘇女士，你怎麼學會跳舞的？

——我的前夫教的。那個時候我們都會跳一點，時髦嘛，出來應酬的時候常常到飯店去跳茶舞。

——你穿着旗袍跳？

——當然啦，我最喜歡那一件月白蟬翼紗的旗袍，穿了好多次……。

流蘇的臉上好像有了點紅暈，說起話來也有點精神了。其實她和我想像的完全不同，瘦弱得很（而藹麗卻有點發福了），她的頭髮半白，梳得很整齊，眼睛細長，看不見眼珠，她戴的眼鏡還是老式的，鏡腳下面帶一條繩子，一點看不出是腰纏萬貫的富婆，也許她並不如藹麗說的那麼有錢。當我再問到范柳原的時候，她突然冒出幾句令我吃驚的話：

——錢！徐太太說他有錢，所以堅持要為寶絡張羅這門親事，要釣一個金龜婿！想不到他卻看上了我，其實我最初對他並沒有什麼好印象，花花公子一個，不過倒是談吐不俗……還有，他那天穿的是一套全白的西服，打的是深藍色的領帶，整整齊齊，頭髮也梳得滑溜溜的，大概搽了不少史丹康髮油。

——所以有點油腔滑調？

——也不是。那天有不少人，亂糟糟的，吵吵鬧鬧，他也不大說話，就那麼靜靜地和我跳探戈。

——後來呢？（每一個聽故事的人必會問這一句。）

——沒有後來。我以為跳完舞就算了。

——那麼，你們怎麼又相逢在香港？

——還不是徐太太的主意！她是一個見錢眼開的人，你知道她後來也留在香港，她的女兒現在是香港政界的名人，還是「臨委會」的委員呢。

話匣子一打開，我以為可以得寸進尺了。可是當我問到一個我自認為最關鍵性的問題——也就是柳原在信中數次提到的一景——的時候，她卻又恢復了冷漠的表情。

——還記得那堵牆嗎？

——什麼牆？

——就是在淺水灣酒店過去不遠，在橋的那一邊，你們倆散步到那裏，雙雙靠在牆上，他好像還對你說過地老天荒那一類的話。

——我不記得有那一堵牆，柳原哪裏會說那種話！

——難道他在電話中向你求愛的時候也沒有引詩經上的那一句話：「死生契闊——與子相悅，執子之手，與子偕老」？他在信中也屢屢提起，你看我都會背了。

——李教授，你是教文學的，我可不懂文學，你說柳原引了幾句舊詩？這不可能，他是壓根兒的洋化，怎麼還會背舊詩？你說他引的是什麼？我沒有聽清楚，「死生……」？

——「死生契闊」，流蘇女士，你當然知道范柳原已於去年去世了！

——去世了？我不知道，我還以為，好像是藹麗告訴過我，他還住在英國。

我突然感到這次造訪實在有點荒唐。當然流蘇不會知道柳原已經去世了，除了藹麗之外，沒有人會告訴她，而藹麗近年來卻不願意見她。我也感到自己畢竟有點自私，何必為了一點「研究」興趣去打擾一個素昧平生的老女人？如果柳原尚在人世的話，他會願意見我嗎？我已經侵佔了他們不少的「隱私」，未免過分，於是在坐立不安之前趕緊告辭。流蘇女士送我到門口，有點站不穩，她的女兒帶張先生到樓下車房去取車，我和流蘇默默相對，竟然無話可講，我更感覺不安了。流蘇似乎頗為疲憊，身不由己地靠在門上，我不知道為什麼，就在那一剎那，腦海中突然湧出一個幻象：流蘇靠在那堵灰磚砌成的高牆上，她的臉反襯在死灰粗糙的牆上，也變了像——紅嘴唇、水眼睛、有血、有肉、有思想的一張臉……。

——李教授，你的車來了，謝謝你老遠的來看我。我的身世沒有什麼好講的，至於我和柳原的那一段情，早也過去了，什麼都完了，也沒有什麼可說的了。不過，不瞞你說，我至今倒還記得他那天晚上在電話裏說的話，他沒有引什麼舊詩詞，也沒有說什麼情話，他只說了兩句話：

「流蘇，你的窗子裏看得見月亮麼？」我還沒來得及回答，他又說：「我這邊，窗子上面吊下一枝玫瑰花，擋住了一半，明天我把它摘下來送給你，玫瑰花的花蕊特別香。」

東方獵手

Awake! for Morning in the Bowl of Night
Has flung the Stone that puts the Stars to Flight:
And Lo! the Hunter of the East has caught
The Sultán's Turret in a Noose of Light.

—Omar Kháyyám

《東方獵手》新版自序

樹枝下，一卷詩
一壺酒，一塊麵包——還有你
在我身旁，高歌於原野
啊，這原野就是眼前的天堂

——Omar Khayyam

我寫小說本來是為了自娛，然而往往好高騖遠，雄心萬丈，越寫越給自己出難題，第一本《范柳原懺情錄》（一九九八）如此，這一本《東方獵手》（二〇〇一）更是如此。二十多年過去了，很多細節都忘記了，如今重讀，成了「追憶似水年華」的往事，不禁失笑。這個新版的編者要我為新版寫一個小序，我勉為其難，不料寫完後才發現，我在初版的後記早已交代的清清楚楚，這篇新序也可以作廢了。然而我還是要重複幾句。

誰都看得出來，這是一本中文版的〇〇七。然而我不自量力，故意拓展小說的版圖，以至於幾乎包羅了整個東南亞。其實是跟隨我自己當年的旅遊足跡：以香港為基地，逐漸擴展到新加玻、馬六甲、澳門、越南、花蓮、上海……本不足為奇。然而我又不自量力，把故事主角的父親方立國帶進來。他的書寫語言是古文，還加上舊詩，而他的兒子方彼得卻不懂中文。我本來想用兩種第一人稱的敘事語言，但能力不足，依然用平鋪直敘的普通話。比起《范柳原》的書信體，這部小說的構思似乎複雜多了，我一路寫下去，逐漸感到力不從心，於是隨意堆砌一個接一個的高潮，以至於尾大不掉，不知如何收場。

肇禍的原因之一是那艘神秘的潛水艇，這個龐然怪物又如何處理？小說第二部的情節就緊跟著它轉，穿過馬六甲海峽，最後到了越南的富國島。這一段離奇的情節令我煞費周章，不知不覺間又帶出一個人物：會說中、英、法三國語言的混血兒愛蓮（Hélène）。她使我想起《范柳原》中的藹麗，一出現就以無比的溫情征服了男主角。我把這麼多「異國情調」的資料塞進去，使得小說的結構不勝負荷。然而我依然自得其樂，把人物、語言和場景換來換去，借助於我自己發明的電腦解碼法，讓父子二人做超越時空的對話和交流。當時還沒有谷歌和網上字典，也沒有自動翻譯，現在一切都不再新奇了。

記得我構思的出發點是處理「千年蟲」的危機（電腦上的時針不能自動從1轉到2——從20世紀轉到21世紀），電腦程式的技術還不夠成熟。我隨地取材，全不當一回事，不知不覺超越了間諜小說的可信度。也罷，至少我自得其樂，而且還有一個人和我共享：我寫這部小說的時候即將和子玉（當時她還用本名李玉瑩）結婚。她當時還在一家保險公司任職，我在她上班時間就在附近的咖啡館寫這本小說。一卷稿紙，一杯拉鐵，有時候還有子玉在我身旁……如今重讀，自有一番溫馨在心頭。

這本書我當然要（加碼）獻給子玉：Z3Y/L2L

李歐梵

二〇二四年四月二十九日於香港日出康城

目次

第一部

第一章　香港

1

樹枝下，一卷詩
一壺酒，一塊麵包——還有你
在我身旁，高歌於原野啊
啊，這原野就是眼前的天堂

電腦的螢幕上突然出現了這四行詩，而且明目張膽地侵入我個人的網址，這個網址是秘密的，只有少數人知道，我為了保護這點隱私，還加設了三層密碼，一般闖客是破不了我這三道機關的。是誰發的？用意何在？

也許對方也是高手，非但破了我的密碼，而且還特別在這四句詩後註明時間：公元一九九九年十二月十一日午夜十一時半，也就是我打開電腦前的半個鐘頭。也許對方知道我的生活習慣，我每晚睡得很遲，睡覺前先練功一小時，沖涼後，到了午夜，才打開電腦，處理私事。

這四行詩，沒頭沒腦的，好像還沒有寫完，而且，初看到的時候，還附帶一段天方夜譚式的音樂（是我不慎按了一個鍵而引發的），聽來像是商品廣告，但音樂並不庸俗，有點古典的風味。

當我重讀第三遍的時候，電話鈴響了，我知道是舅舅打來的，他從不在上班時間打電話給我，而我也找不到他，平常我們通話的時間不是午夜就是清晨。電話中他的聲音很興奮。

「彼德，剛剛我們公司老闆打電話來，說是收到一封神秘的電子信件，只有四行詩，是英文寫的，我讀給你聽：樹枝下，一卷詩，一壺酒，一塊麵包……」

「A book of verse, a jug of wine, a loaf of bread.」我不等他說完，已經補上了原文，舅舅大為吃驚，當他問清楚我也收到同一首詩以後，立刻掛了電話，不到幾分鐘，又打過來了。

「彼德，我剛剛和公司的值班人員核對過了，這四行詩同時出現在我們公司的五個網址上，包括一個秘密網址，看來大有苗頭，像是密碼，你等等看，說不定還會有其他的句子出現。」

我不禁陷入沉思。「一壺酒」——紅酒還是白酒？「一塊麵包」——究竟是一塊（a loaf）還是一批（a load）？一卷詩——詩裏面說的是什麼？「還有你——」你到底是誰？對方是否故意要和我們接觸？

我正在解這幾句詩，螢幕上突然又出現了另外幾句：

啊，我愛，且注滿這一杯

洗淨昨日的懊惱與明日的煩擾
明日？——莫說明日
明日我或已同消於昔日的七千年

這四行詩真是恰逢其時正中我意。二十世紀只剩下不到一個月，全世界的電腦專家都在忙着解決所謂「千年蟲」的問題，如果電腦在二〇〇〇年的零時終止運作，其後果將不堪設想。然而我已經麻木，我太累了，這幾個月來，我每天還不是忙着為我們公司所有的電腦解決千年蟲的問題——這「昨日的懊惱和明日的煩擾」？解決了昨日的這一千年，還要面對明日的一千年，我看將來我的煩惱可能更多，今後的一千年將背負過去的一千年。詩人，你可以和七千年的昨日同歸於盡，而我呢？卻必須活在這兩個一千年的今朝。是誰發明了「千年」（Millennium）這個觀念？

我不自覺地在電腦上寫上七個 Millennium——七個千年，寫着寫着，不知哪裏來的靈感——或是腦筋太過疲累——竟然把 Millennium 寫成了 Missile！這一不小心，就把我的行業也洩漏出來了！我服務的公司本來就是作軍火（特別是火箭）生意的，我們以前的「專業」就是把中國大陸的軍火賣給巴基斯坦和中東。

莫非這幾行詩句和中東有關？

我立刻上網，用這三個字眼——一卷詩、一壺酒、一塊麵包——為基礎到各種文學引用字典中去找，不到半個鐘頭就得到了答案：這幾句詩原出自《*The Rubaiyat*》，作者是 Omar

Kháyyám，一個古波斯詩人，譯者是一個名叫 Fitzgerald 的英國作家。我頓時振奮起來，乾脆把這本詩集的資料在電腦上搜集了不少，才發現英文有五六個版本，字句不盡相同，但原作者奧瑪卡樣則是同一人。

清晨二時我打電話把舅舅吵醒：「舅舅，你聽說過《*The Rubaiyat*》這本書嗎？Omar Kháyyám，Omar Kháyyám！」我把名字重複了一遍，頗為自鳴得意。原來舅舅早已猜到了。

「彼德，你也真有點大驚小怪，這本書我書架上就有，明天借給你看看。」

「舅舅，你覺得這些詩句到底說的是什麼？」

「我猜是密碼——故意要我們來解的。」

我還是覺得莫名其妙，傳送訊息的密碼很多，為什麼要用詩，而且是英文翻譯的波斯古詩？我雖不懂詩，卻是公司裏的破密碼專家，這是舅舅推薦我給公司的時候特別標榜的特長。我不學無術，也身無絕技，從小遊手好閒，但是就喜歡猜謎語、作遊戲，後來舅舅逼我學電腦，不久竟然成了癮，和鴉片煙鬼一樣，每夜必須過足了癮——在網上遊來遊去找人鬥智——以後才能睡覺。今夜我肯定是要失眠了，因為這是我「從業」以來所面臨的最大挑戰。

既然有人向我或我們公司挑戰，我不妨也和他們較量一下，先試試他們的誠意。

一卷詩集在你手？
讀詩還要飲酒？紅酒還是白酒？
我們只賣紅酒。

我這幾句話也有點不倫不類，但至少洩漏了一點天機——我們是從事買賣「紅酒」的，至於紅酒代表的是何物，就讓他們去猜吧。

不久螢幕上就出現了回話，又是詩句，看來又是引自奧瑪卡樣的《魯拜集》：

大衛的雙唇緊鎖，可是那
飄飄欲仙的巴勒維，仍在高歌「酒！酒！酒！
紅酒！」——夜鶯向玫瑰哭泣
將她枯黃的面頰重又染紅

這四句更難懂了，什麼大衛和巴勒維？全是古波斯的人名？還有什麼夜鶯向玫瑰哭泣——說的是什麼故事？然而，不論內容如何艱澀，對方的答案卻是十分明確的：他們喜歡的也是酒，而且是「紅酒」！問題是紅酒又作何解？

我突然想到幾年前我們公司經手的一筆生意，賣了幾套火箭的零件給伊朗，原料是從中國大陸買來的，所用的密碼是DJQX，這是舅舅想出來的，這四個字母是簡寫代號，原文是Dujuan Qixie，也就是「杜鵑泣血」的拼音，這個典故出自中國古詩，原意我也不甚了了，好像與「夜鶯向玫瑰哭泣」差不多，那麼，以此類推，紅酒的顏色與血相同，莫非「紅酒」指的也就是火箭？

明天上班之前還是要打個電話問舅舅，看他如何解答。舅舅真是個鬼才，他好像飽學經綸，什麼都懂，卻沒有固定的職業，他在我們公司掛名作個顧問，不上班，也沒有辦公室，但公司上層的重大決定似乎都要仰賴舅舅。看來以後這幾天又要更忙了，我們需要應付這個突如其來的「巴勒維」和他高歌的「紅酒」。

2

一進公司大門，就知道情況不妙。老闆招我到他的私人會議室，裏面除了我的老搭檔阿強和寶貝外，還有幾個我不認識的人。寶貝今天不塗脂抹粉，身穿黑色行動裝束，儼然是立即出任務的打扮。阿強還是老樣子，懶洋洋的，外強中乾，領帶永遠打不正。「彼德，你來得正好。昨晚的詩句解出來沒有？」老闆迫不及待地問我。

「舅舅打電話來，說是出自奧瑪卡樣。」

「奧瑪？什麼密碼？」寶貝就是能武不能文。

「彼德，不管是什麼卡樣，這是一套新招數，應該特別小心，你看了今天的股票數字沒有？有幾家公司名稱後面都加上了兩種符號，一個像朵花，一個像一隻小鳥……」

「玫瑰和夜鶯，舅舅說這是出自王爾德的一個童話故事……」

「這個時候還說什麼王敏德，誰都知道你長得有點像電影明星王敏德，我就是不中意他。」寶貝又在亂發議論。

「彼德，」老闆說：「你不要再引經據典了，你猜這兩個符號是什麼意思？而且都放在與我們公司關係極密切的幾家公司名號上，到底是什麼意思？」

「老闆，他們對我們的作業情況瞭如指掌，你看看還有沒有紅酒的符號？」

「老闆，你看，」阿強第一次緊張起來，「這幾家公司的股票怎麼同時驟跌？這可能是預謀，要把我們拖垮！」

阿強是個好人，盡忠職守，但也是有勇無謀。看來老闆又要我來鬥智了。我匆匆把昨夜的網路打開，螢幕上早已又出現下列四句：

且來斟滿這杯酒，春之火
將燒盡懊悔的冬袍
時光之鳥正展翼待
飛——看吧，鳥已升空翱翔

看來情況越來越明，我初步的解釋如下：對方第一次用古波斯詩人奧瑪卡樣的名句，就是要標明他們源自古波斯的地區，也就是今天的伊朗和伊拉克。紅酒指的是軍火生意，原是我試探出來的，但他們用了夜鶯和玫瑰的典故，根據王爾德的故事，是說夜鶯的心在玫瑰刺上流血，和我們的「杜鵑泣血」相似，這就表示他們早已知道我們所作的生意和他們相似或相同，也可能要和我們爭奪中東地區的市場，所以先在相關公司的股票上警告一下。但最後出現的這四句詩最突出，我猜「春之火」和「冬袍」都是不同種類的火箭代號，而「時光之鳥」

呢？我猜是一種裝有火箭——「春之火」和「冬袍」——的轟炸機！

為了證實我的預測，我斗膽地在網上打下一句明碼：「請問是否要談生意？請指示在何處見面？」

「新加坡，」對方立刻回話了，並附了另一首詩：

Awake! for Morning in the Bowl of Night
Has flung the Stone that puts the Stars to Flight:
And Lo! the Hunter of the East has caught
The Sultan's Turret in a Noose of Light.

這四行詩的確令人費解。不但內中的英文相當古典，而且好像還藏有不少意象式的暗語，譬如：the Bowl of Night（夜之缽）、Noose of Light（光之繩），而最顯眼的兩個暗語是the Hunter of the East（東方獵手）和Sultan's Turret，後者害得我去查字典，還是不得其解，什麼是「蘇丹的塔樓」？它怎麼又被「東方獵手」捉住了，套在光圈裏，像一個即將受絞刑的囚犯？還有那塊「石頭」是什麼？把眾星都趕走了。當然，這四行詩的表面意義似乎很平常：早晨的陽光出現了，所以使星辰逃離黑夜的天空，那麼這個「東方獵手」應該是太陽的代表？還是另一顆巨星？或許是一種武器的代號？我突然想到美國造的太陽神飛彈，說不定「東方獵手」也是一件新武器，它一定威力兇猛，可以把「蘇丹的塔樓」炸毀，所以才會有「光之繩」——爆炸那一刻的閃光！那「蘇丹的塔樓」一定是在中東：伊朗？伊拉克？沙烏地阿拉伯？

看來我們到新加坡的任務就是為了這個「東方獵手」。

3

老闆授命我和阿強和寶貝代表公司到新加坡，並且給我們三天假期料理私事。我其實沒有什麼私事可以料理的，我不像阿強早已成家，也不像寶貝有一個男朋友和她打得火熱，我至今孤家寡人一個，形單影隻，卻並不覺得寂寞，多年來養成的生活習慣更不容易改，所以我想一般女性是不能和我共同生活的。我的嗜好不多，但卻視鐘錶如命，家裏收藏的各種鐘錶不下數百隻，每年暑假到歐洲度假，我必去瑞士和巴黎，前者當然是製錶王國，但後者卻是老錶店的中心，巴黎的幾家錶店老闆知道我喜歡老錶——十七、十八世紀貴族戴在身上的，長長的鍊子，掛在上衣口袋裏面。我至少搜集了二十多隻，有時出席宴會，我會故意戴上這種老錶，別人以為我孤僻，我也不在乎。我喜歡老錶有幾個原因，最主要的是它的計時方式，真是千變萬化，十分有趣。錶上的數目字有時很難辨認，這是一門學問，我曾經花過一番功夫研究，從時針和分針的樣式可以推測出該錶製造的時代和地方，製錶和製小提琴一樣，名匠就只有那幾家，但每一把提琴的音質和音色都不同，錶也是一樣，不可能完全準時，但每隻錶的時間差錯率不同，有的錶還裝有機關，到了某時某刻會發出不同的聲音，和鐘一樣。昨天午夜突然房裏響聲大作，我大吃一驚，原來是自己的鐘錶，它們像一個兒童合唱團，聲音此起彼落，響了足足一個鐘頭，我聽着心情十分愉快，甚至覺得這也是一種感官上的高潮。

我喜歡錶的另一個原因是它可以作我的防身暗器。作我們這一行的必須冒點風險，其他人帶槍，我卻帶錶：改裝以後，手錶就變成了我的手槍，除了手錶以外，我有時候還故意在右手臂戴一條金鍊子，也是一種秘密武器，金鍊子和手錶都可以「借力」——安上機鍵用點力，就會發射一種紫外光線，使對手接觸後麻木，對方用力愈大，麻木得愈厲害。有一次到北京近郊的一個別墅去赴晚宴，飯後的餘興節目竟然是在檯上角力，一個看來是黑道上的人邀我比畫一下，因為他身邊的女秘書似乎看上了我，他醋勁十足，用力也很猛，我不得不上了錶鍊，他不到數秒鐘就手臂麻木，還以為我是練過氣功的，連連向我大哥大哥地稱兄道弟以示尊敬。還有一次在澳門一家賭場，黑道鬧得太過分，竟然在光天化日之下非常突然地槍殺五個警察，我實在忍無可忍，把老錶內的炸藥一股腦兒射進黑道頭目車裏，讓他們全盤覆滅，大快人心，但事後沒有人知道他們的賓士車是如何爆炸的，報紙上說是另一批黑道人士事先放了炸藥。

我最不喜歡運動，但是幹這一行的不健身怎麼行？我每天晚上健身所練的「功夫」就是一種掌上功：如何用腕上的肌肉操縱錶鍊或金鍊裏的電力，在「發功」時威力強度可以隨意調節。我從不練踢腿，而是練習如何站穩，我穿的是一種特製的：Mephisto 牌皮鞋，只需腳趾發力下按，鞋底即可發出一種電網，罩住全身，對方踢我打我都會自食其果。所以每晚我都要練幾十次閃身和穩站的交叉功夫，讓敵人第一腳或第一拳落空，然後我穩住陣腳，就可以從容以鞋和錶對付了。

練完功沖涼，然後是上網，完後躺在牀上準備睡覺，牀頭是我心愛的幾個小鐘，每一個都可以像音樂盒子似的，反覆唱出我心愛的催眠曲，我最喜歡的一首是莫札特的歌劇《魔笛》中的柏柏蓋諾和柏柏蓋娜的二重唱，如此童真的樂曲，人間哪得幾回聞？作為我的催眠曲真是一種特別的享受。

第二章　新加坡

1

作我們這行生意最麻煩的是找交易地點。香港的總公司只是一個門面和聯絡站，進貨出貨的地點往往在外埠，最近的是澳門，最遠的也可以遠在天邊。新加坡作為初步接觸地點，對我們並不陌生，只是這一次我們貿然而來，對方是誰都還不知道，我的任務是盡快和對方負責人聯絡。

來機場接我們的是我當年在港大讀書時的同學，現在是新加坡大學中文系主任，他來接機除了私人原因外，還有一半官方理由：我們公司最近捐贈了一筆獎學金給新加坡大學的商學院，該院為了答謝起見，請我們來參加一次關於商業管理的學術會議，所以這次我們三人重訪新加坡的藉口是半學術性質。

隨李教授前來接機的還有一位日本女教師，介紹時説她是在此地的日本學校擔任教員，我的日語還勉強過得去，和她應付了兩句後才發現她很健談：「方先生，你的日語很流暢，雖然有點異味，但很古雅，聽起來像詩！」她這一番恭維話使得我頗為難堪，因為她是用流暢的英語説的，擠在車中的阿強一語不發，滿臉無奈的樣子，幸虧寶貝坐在另一車中，否則她的反應必定更強。開車的李教授又要和我以廣東話敘舊，笑我當年在港大為什麼轉念英文系，否則他可以請我來他系裏當客座教授。我未置可否，只能苦笑，其實我的中英文修養都不配作他的學生，目前他年紀不到四十歲已是著作等身，在新加坡也已桃李遍佈，其中有一個他的高足是一家旅店老闆，所以此次特別為我們八折優待，也是一番好意。其實大可不必，我們公司每年盈利數百萬美金，這點費用還出不起？

這家旅舍——名叫商人間（Merchant court）——無甚特色，但地點適中，在新加坡河邊，附近有不少露天餐館，黃昏時刻華燈初上，本地人和遊客齊聚一堂，頗為熱鬧。我們在旅館登記後，日本女教師芝子小姐就嚷着要請我們吃晚飯，（怎麼她初次見面就這麼熱情？還是別有用心？）結果還是我的老同學作東，在附近一家館子吃泰國菜。芝子小姐咬着沙爹（satay）

的樣子倒頗迷人，小腿有意無意地在檯下碰着我，寶貝坐在旁邊冷笑，但又杏眼圓睜，似乎有一股莫名的醋意。我故作熱情地應付着，因為我猜測她可能是對方派來的線人，要和我聯絡，所以飯後我又主動地請她回到旅店喝酒（她吃飯時喝的不是啤酒而是紅酒），阿強和寶貝當然藉故先走了，連我這位老同學也在告別時開玩笑説：「沒想到多年不見，你的寶刀依然未老！」

沒想到剛進我的房間，芝子就擁着我吻了起來，大膽的程度令我吃驚，舌頭不停地在我嘴裏蠕動，雙手向我的下身進襲，我不得不輕輕挽住她的手，她卻又趁勢撫摸我的手臂，為我脱去衣釦，一面喃喃地説：「你戴的是瑞士哪家名牌手錶？」我頓時警惕起來，莫非她早已知道我的底細？趕緊拉她坐下，一面也喃喃地在她耳邊説：

「夜鶯向玫瑰哭泣，説的是什麼？」

「什麼？你説什麼？」她顯然在裝糊塗。於是我乾脆把那兩行詩全部背出來：「酒！酒！酒！紅酒——夜鶯向玫瑰哭泣／將她枯黃的面頰重又染紅。」

芝子的面頰倒真的染紅了，而且醉意闌珊，但她還是不懂我的用意。

「彼德，你真行！希望有一天事情完畢了真能交上你這個朋友，現在我只好今朝有酒今朝醉，其實我見到了你早已就醉倒了。今晚再不走就太遲啦，明天能再見到你嗎？明天早上八點鐘，在動物園門口……」

「你把我當成什麼動物？我最不喜歡動物園，植物園還浪漫一點。」

「此事由不得我作主，其實我倒想再約你明晚到史丹福酒店的七十層樓上看星光，那才是浪漫！」她説罷就不告而別了。

2

這一夜，不知為什麼，我又失眠了。

也許芝子的舌頭還在作祟，我好久沒有和女人接觸了，這幾個月為了「千年蟲」的事實在太忙，也沒有心情浪漫，但我心裏明白，我不是沒有時間或心情，而是近年來自己下意識地在逃避女人，在逃避感情上的糾葛，我還未到中年，已經對人生有點厭倦了，原因無他，壞在我兩次失敗的婚姻：第一次是無知，第二次是無法自拔，但都是徹底的錯誤，事隔十幾年，我至今記憶猶新。

第一個你——一個二十歲剛出頭的英國小姐，教我説法文，還送我一本法文詩，維崙寫的，我們相依在半島酒店的迴廊側，讀着詩中的句子，我都忘了，只記得説的是下雨天，而那一天香港剛好有雨。你輕輕在我耳邊説：「Pierre，好美的法國名字，是誰給你起的？我知道，你就是我的東方明珠，我到香港來獲得的無價之寶！」我們很快地結婚了，舅舅送我們兩張船票到歐洲去度蜜月，船還不到開羅——東方的邊界——我們的婚姻就出了問題，你對性沒有興趣，而我年輕力壯，除了性還會想什麼？到了倫敦，勉強見了你父母，又勉強去劍橋大學讀了一年書，然後就離婚了。第二年我隻身回到香港，舅舅見到我説：「彼德，婚姻是個緣分，看來你和我都無緣。」

舅舅是個老光棍，終身未娶。而我卻不自量力，不到三年又陷入情網，這一次我不要命了。你——和我一樣，也是一個混血兒，中美混血，又是表演藝術家，我們初次約會，就從你的嘴角看到一股傲氣，但你的小腿長得太美了，我們坐在你家沙發上，你總是把小腿彎着坐，有時乾脆放在我腿上，我撫着你的腳踝，摸久了可以令你沉醉，忘情的呻吟，你會把我拉倒在身上，兩腿合併勾住我，迎着我的肢體上下擺動，我們這樣不知道過了多少個夜晚，但有時候你要演出，根本把我忘了，演完了和你的那班人馬又去瘋狂，回到家裏，脱了衣服倒在沙發上就睡着了，我每次都為你蓋毛氈。你習以為常以後，乾脆也不上牀了，我們的歡娛時刻竟然那麼短！當然，還有你後來認得的那個美國經紀人？說要籌款請你到好萊塢拍電影，結果把你自己的私房款籌走了，還有我的一部分儲蓄，你竟然跟隨他到夏威夷去幽會，後來到洛杉磯與他同居。我為你還了一屁股的債，好不容易辦完離婚手續，向舅舅借了一大筆錢給你作贍養費，蓮娜，你把我搞慘了，不能有正常的性生活，害得我去找心理醫師，從此我自絕於脂粉，只能偶爾從指壓場的娘兒們身上得到一種特殊的享樂，慾望來時怒潮澎湃，只有她們擋得住，只有她們知道我要什麼。後來，我乾脆自甘墮落，搬到旺角的一家指壓場樓上住，熟了以後，我這方面的慾望也漸減，人不到五十歲已經萬念俱灰，最後落得只能在電腦上看春宮，偶爾入網和陌生女子（說不定是男人冒牌的）調情，偶爾打打電話，然而那些賣笑女郎的伊呀假聲只能引我大笑。有一夜我因醉酒而痛哭流涕，突然想自殺，深夜打電話到美國找蓮娜，她已不知去向，正巧舅舅打電話來，才把我救了。舅舅說：「彼德，不要忘記，我花在你身上這麼多金錢和心血，因為我知道天將降大任於你。你還不知道你父親的真相。」

幾年來我多次向舅舅探詢父親真相，他是哪一年死的？怎麼連葬禮也沒有舉行，那麼神秘？我壓根兒沒見過他，連照片也沒有，就只有舅舅偶爾提到的幾句話：「他被國民黨害死了，也被共產黨害死了！」

舅舅永遠是那麼神秘兮兮的，他獨身多年，但我知道他有一個情婦，對他忠心耿耿，就是長年住在他家的洗衣婦，長得很標致，總是脈脈含情地伺候着舅舅，沒有一句怨言，也許，一個男人一生有這樣一個女人也夠了。但舅舅從來不提他的私事。

天將降大任於我？有什麼大任可言？我是英國殖民教育出身，長得不中不西，中文說得沒有英文好，雖因業務需要，稍微識得幾國語言，但又有什麼「大任」可言？我活着，為了賺錢，為了把事情做好，get my job done！我這行業，倒滿夠刺激的，偶爾也出生入死。我可能也殺了幾個人：澳門那一車壞蛋，還有在中國東北那一場槍戰，還有在荷蘭的大學城萊登，我散步時突然有人從橋上跳下來，幸虧我立時站住腳，他一刀沒有切入我頸中，我閃身拉出金鍊子，一轉眼工夫他就「過去」了，還是個六尺大漢，可能是德國人。

我不願看到手錶或鍊子發出來的閃光，因為它一閃對方碰到必死無疑，連叫喊一聲的機會都沒有，也許，當我不想再活下去的時候，可以用同樣方法，用手錶對着自己，就那麼一閃……

然而，那個日本小姐的舌頭，竟然撩出我的慾望！我躺在牀上，下身有點發熱，不知哪裏來的一股春意，也許是亞熱帶的氣候吧，「春之火」竟然發作在我身上了！那「懊惱的冬袍」呢？現在才是十二月初，應該屬於冬季，也許它仍藏在我心中。我不穿冬袍照樣會感受到這冬天的不滿。啊，我愛，且注滿這一杯，明日？——莫說明日，明日我或已同消於昔日的七千年。

3

我們三人清晨到了動物園，空等兩個鐘頭，不見有人來搭訕，看樣子受芝子騙了。莫非真是該去植物園？阿強出了個主意：他隻身先到植物園，我和寶貝先回旅館，中午再聚合面議。

糟了，回到旅館房間，東西零亂，看來已經被搜了，怎麼如此大意？是芝子調虎離山之計？對了，我們是三隻老虎，就差她沒有派人把我們捉起來，關在籠子裏。

動物園—老虎—虎標萬金油—虎標啤酒，新加坡是老虎出沒的地方，我應該靜下心來仔細推測一下對方的可能部署，這麼聰明的對手，怎麼可能不三不四地就派一個日本女教師來先和我調情？這怎麼是引過奧瑪卡樣詩抄的高手行為？昨夜沒有睡好，今晨太過魯莽從事。芝子不是分明又說過到史丹福酒店七十層樓上看星光嗎？她根本是胡說八道，說不定她根本不是教師，而是……怎麼阿強還沒有回來？寶貝也急了，說要先去植物園看看，我竟然六神無主，不知如何是好，這豈是一個「專業人士」的作風？

還是讓寶貝先去，約好不論如何，一到就打電話來。她剛走不久，就有人敲門。「方先生嗎？我們是新加坡警察總局派來的，你的朋友受到槍傷，現在國大醫院急救，請隨我們去醫院。」

糟透了，出師不利，根本猜錯了地方。

匆匆趕到醫院，阿強還在手術室，護士說他身中三彈，現在正設法把最能致命的一顆子彈從肺部拿出來，還需要等兩個小時。兩位警察乾脆拿出記事本向我詢問起來。我能告訴他們什麼？連自己都不知道，只好把原先打算參加學術會議的幌子全盤托出。說了一半，又想到寶貝，她人在哪裏？不要再鬧出一條人命來，我如何回公司交代？匆匆打電話到旅館，她不在，也沒有留話，糟了，被綁架？我怎麼辦？好不容易打發走了兩個警察，又見到醫生，說幸好沒有大礙，傍晚才能見阿強。好吧，只好聽天由命，回旅館等寶貝回來吧，還有什麼辦法？

上了計程車，突然靈機一動，「上史丹福大酒店，那家有七十層樓！」「喝下午茶的地方在六十八層。」司機用華語湊趣地說。好吧，就去飲茶，也可以在無計可施的時候打發時間，而且，回旅舍絕不是上策，如果芝子今晚真的要在此地見我，還不如先來看看。

剛進史丹福大酒店的大門，那幅趙無極的壁畫赫然在目，看來實在大而無當，沒有趙無極其他作品的抽象靈氣。倒是坐在畫下的兩個人突然停止談話站了起來，從我左邊擦肩而過，其中有一個東歐模樣的人，留了個小鬍子，對我似笑非笑地說了一個字：「敲鐘（Chimes）！為誰敲鐘？難道我的大限已到？在這個漫長的下午？突然感覺左腹部有點麻痺，已經吃了一顆隱聲彈？順手摸了一下腹部，才發現西裝口袋裏多了一件東西——一個極小型的手提電腦，蘋果公司製的，這裏的人不大用蘋果貨，他怎麼知道我特別鍾愛蘋果電腦？在公司裏用 IBM，在家卻偷吃「蘋果」，而且是經過我特殊改裝的。

電梯到了六十八層，早已有一批日本遊客在等了，還需要半個小時才有位子，接待小姐說。於是，我直奔廁所，扣緊門，坐下來，立刻打開電腦，螢幕上問我的密碼，什麼 password？魯拜集？奧瑪卡樣？史丹福？芝子？……有了，Chimes，那個男子不是說了這個字嗎？打進去還是拒絕，密碼不對，我坐着乾着急，也突然便急，差一點濕了褲子，匆匆寬衣解帶，問題解決後，又集中精神想密碼，Chimes 是一個縮寫，如果他發音不準，是否指的是 Thames——泰晤士河？多瑙河？新加坡河？順手拿出新加坡地圖，他說的一定是一個地方，對了，我拼的是英文，原來是 Chijmes，那幢舊西班牙式教堂四周的地方，夜裏遊客常來喝酒的地方，原來語意雙關，既是密碼，又是約我在那裏相會。再把正確的密碼「Chijmes」敲了進去，果然芝麻門大開，「恭喜你，歡迎你來新加坡，今晚十一時正，在 Chijmes 下層酒吧，十七點鐘方向，我們兩人等你喝老虎啤酒。」妙了，如果我不臨時改變行程，怎麼會碰到他們呢？恐怕還是事有蹊蹺，需要步步小心。出了廁所，走到咖啡室接待處，遠遠就看到芝子，還有寶貝，另有兩位東方男士陪伴，坐在窗下的位置談笑風生。那兩個男士不像新加坡華人，也不是馬來人或印度人，可能是韓國人，更可能是日本人。這一次我只好演一場單刀赴會。順手把「蘋果」打開，試試看有無其他特殊裝備，果然所料不差，按上幾個慣用的字碼，倒真的敲鐘了——我知道，三分鐘之內如果不再按任何鍵鈕，就會發出暗器，和我設計的十分相似。

於是，我把小電腦設好，按鈕後以三分鐘為時限，放進口袋，不等帶位小姐叫我的名字，就揚長而入，走到他們面前。

「芝子小姐，你得向我致歉，害我空等，還有寶貝——」

寶貝的眼神好像有點驚恐。倒是坐在她旁邊的一個大漢厲害，馬上立起伸過手來，我知道來意不善，右手迅速握上金鍊，他再用千鈞之力，握手時只好他倒楣，但見他滿臉發青，我輕輕放手，他筆直地坐下，人呆住了，另外一個人剛要伸手拿槍，我左手提着的電腦就發光了，他頓時面色蒼白，昏倒在沙發靠背上。這個時候芝子才慌了，想大喊救命，不料寶貝先發制人，一手從旁座男人的口袋中拿出手槍抵住她的小腹。我趁機把她扶起來，然後對兩位僵坐的男士說：「謝謝招待，我們走先一步！」

寶貝和我架着芝子走進電梯，好在沒有他人，芝子在手槍和金鍊威脅下，急急冒出幾句話：「你們搞錯了，要見你們的不是我們，我們是奉命攔截的。」攔截？阿強真是傷得冤枉。原來她是屬於另外一幫？說不定她在新加坡大學網站上看到我和阿強代表公司來參加一個研討會，才動了腦筋，因為她知道我們作的是什麼買賣。把我們從旅館調虎離山，就是要搜查我們的機密，好在我的公事包中沒有什麼貴重東西，倒是有份事先準備好的演講稿，談「國際貿易的新空間：全球主義理論的漏洞」。阿強去錯了地方，但卻誤打誤中，原來他們真的是在植物園聚會，一場槍戰剛結束，寶貝就趕來了，他們趁機擄她上車。那麼，那兩個東歐人呢？不錯，山外有山，看樣子芝子的那幫人是攔不住了。歐洲公司要打入亞洲市場，不是隨便可以交鋒的，一定是有備而來。

趕緊再打開蘋果，果然有一句新話：「謝謝，勞神了，你辦得乾淨俐落，今晚見，不要遲到。」

4

把芝子押送到警局報案，又是一番繁瑣手續，原來她已變成新加坡公民，而我卻是外來人，不得已只好打電話到香港公司求援，老闆立刻聯絡香港外事警局找到芝子的檔案，立刻傳送過來，這才找到了「證據」，原來芝子服務的這幫浪人正受日方通緝。

回到商人間，我頓有倦意，只好再向寶貝告罪，請她到醫院去看看阿強，我需要休息一下，才有精神赴十一點的約會。人畢竟老了，一夜睡眠不足，第二天無精打采，不過，也不至於像今晨這樣迷糊，像是吃了迷藥——我確實在昨晚着了迷。

在房中小睡片刻，十時起身整裝，決定不帶任何武器，只帶那部袖珍蘋果電腦。

一出旅舍門口就發現有人跟蹤，看來黑幫尚未放手。我這次學乖了，就讓他們一直跟着我，在新加坡河岸步行，晚間遊客很多，在人叢中穿梭，也頗有趣。快到 Chijmes 廣場時，跟蹤的人突然失蹤了，我故意左顧右盼，不見「敵人」，倒是看見今天下午見到的兩個歐洲人，在預定的角落向我打招呼，完全是若無其事的樣子。

「請坐，你很準時，我叫安東，這位是米蘭。那個跟蹤你的高麗人沒有找你麻煩吧，他們的拳腳功夫很到家，不過還是比我們略遜一籌，別人還以為跟蹤你的那個高麗人突然中風了。」

「我沒有看見他中風。」

「不要緊，我們已經把他請到我們公司的營業部『喝茶』去了。我們在 Stamford HO’use 三樓新租了兩間房，權充門市部，明天歡迎你來參觀。」這幢舊樓重新裝修，保存了殖民時代的風格，二樓有個家具店，三樓大部分空着，至少，這是上回來此所得到的印象。

「方先生，也許你會奇怪，香港有兩百多家正式註冊的軍火買賣公司，為什麼我們會選上你們這一家，而且又是家半明半暗的股票諮詢公司？」

「我怎麼知道？也許是我們背後有靠山吧！」

「幾乎每家公司都有靠山，和中共或台灣的軍方有關係。我們看上你們公司，反而是基於你們的靠山不穩，根據我們的情報，廣東軍區正在調換人馬，上海幫正在部署，調四川軍區的人來接管，你們的那一位快離休了。」

我不置可否，這種關係是老闆的，與我無關。

「另外一個因素就是你，你是東方人裏少有的能看懂阿拉伯文的人，還有印度孟買的 Marathi 語，不過，新加坡的印度人只講 Tamil 文，你懂嗎？」

「不懂。」阿拉伯文是我惡補的，為了和伊朗和伊拉克人作生意。至於 Marathi，倒是一位在美國認識的作家朋友教我的，也只會幾句話。上次有一家公司經手賣給印度原子彈的零件，差一點出錯，臨時找我幫忙跑了一趟孟買，後來又到新德里，滋味不好受。

「方先生，你知道我們為什麼用奧瑪卡樣的古詩作密碼，而且被你一眼識破？不瞞你說，我們在這方面是同好，其實，這個年頭，搞情報和搞投資的人都是一樣，文學修養太差，而我們卻是來自一個文學的國度。」

「俄國？」

「不過米蘭是捷克人。」和我說話的指着另一個留着小鬍子的人說，也就是那個把一隻小蘋果暗塞在我口袋的人。

「你們從遠地來，就是為了和我聯絡？」

「不錯，是奉了我們業務經理的命令，她喜歡詩，原來是——」

「俄國的一位女詩人？」

這次是對方未置可否了。

「我們公司想到東方來發展業務，但是缺乏語言人才，阿拉伯文沒問題，不過印度文、韓文，還有廣東話、台灣話，我們在這方面不行，當年俄國的漢學家，只到過山西和東北，說的是一口東北腔或山西腔的普通話，沒有辦法應付上海、廣東和台灣，我們的經理最有語言才華，但也不行，所以需要一個中間人，一家公司作掮客，待遇從優。況且，不瞞你說，我們經理也看上了你的法文名字，很好奇，說是出自托爾斯泰的小說，她要我告訴你，她的小名叫娜塔莎（Natasha），也是出自《戰爭與和平》，你知道嗎？」

「但願我的名字是André，更有法國味，而且是貴族。」

「方先生，這是一份我們銷售的軍火清單，當然用的是代號，都是出自奧瑪卡槎，你可以對照着《魯拜集》看，不難猜的，有問題可以與娜塔莎直接以電子信件聯絡。她的網址也在這張清單上，不過你入了網還要通過幾個密碼才能聯繫上，密碼當然也是出自《魯拜集》。」

清單上列了十三個名詞，還注了《魯拜集》的章節出處：

沙漠灰塵之臉（**14**）

金色殼（**15**）

夜和日（**16**）

河之唇（**19**）

塵歸於塵（**23**）

幽暗之塔（**24**）

智慧之鐘（**28**）

撤頓之寶殿（**31**）

生命之井（**34**、**38**）

日之暮（**36**）

虛無之黎明（**38**）

滿心歡喜（**73**）

歡娛之月（**74**）

5

看來我非向娜塔莎請教不可了。於是就先用了米蘭給我的密碼：《魯拜集》第三十二首，但用的是另一個版本。

To: Natasha-Kandinski.aol.com.ukr
From:Pfang.star.aol.com.hk
There was the door to which I found no Key;
There was the Veil through which I might not see:
Some little Talk awhile of Me and Thee
There was—and then no more of Thee and Me.
有一道門我找不到鎖匙打開
有一重幕我沒有眼光可睇
對談一刻我與你
於是沒有你和我

回信馬上來了，引的是第三十四首：

Then of the Thee in Me who works behind
The Veil, I lifted up my hands to find
A Lamp amid the Darkness; and I heard,
As from Without — "The Me within Thee blind!"
於是我中之你藏在幕後操縱
我伸出雙手
想在黑暗中將燈尋求
好像來自外方——「你中之我已盲！」

這兩套「密碼」中，我最感興趣的是詩中的「我中之你」和「你中之我」，到底誰藏在背後操縱？當然是她，而我呢？是否已經盲目？我找不到的鎖匙、我所要尋求的燈又是什麼？武器代號背後的真槍實彈和它的價格？我讀這兩首詩，幾乎入迷，覺得好像是情詩，又好像是宗教祈禱，但下意識之間我已經選擇了前者，所以真想再和她談談心：「對談一刻我與你／於是沒有你和我」，多妙！妙極了！我忍不住又引了一首：

Pfang → Natasha
When You and I behind the Veil are past,
Oh, but the long, long while the World shall last,

Which of our Coming and Departure heeds
As the Sea's self should heed a pebble-cast.

當幕後的你和我已成過去
但這個世界還會長久持續
我們的來來往往誰會注意
就像汪洋大海中的一顆石粒

這首詩我更喜歡，它似乎道出我的心境：娜塔莎，我們的這一套來來往往誰會注意？遲早我和你都會被人遺忘，但這個迷亂的世界還會繼續生存，而且越變越糟，我知道人生終究是沒有意義的，在這個宇宙系統中，我們只不過是汪洋大海中的兩顆石粒，隨波浮沉，終會消沉，然而，我還是眷戀這個還在浮游的時辰，就像一個泡沫，在浪花裏飄來飄去……我想着想着，似乎想入非非，早已忘了我要探尋的正事。趕快再翻閱《魯拜集》，剛好在第四十九首詩中找到一句，恰合主題，於是又加在上信的後面：

About the secret—quick about it, Friend!
關於那個秘密——朋友，趕快說

娜塔莎的回信來了，這個狐狸精，又來和我玩遊戲或是在調情？她也真聰明，引的剛好是那句話的後一首：

A Hair perhaps divides the False and the True;
Yes; and a single Alif were the Clue—
Could you but find it—to the Treasure-house,
and peradventure to The Master too;

是假是真只有一線之隔
不錯，一個單碼就是線索
你只要找到它——找到寶屋
或者也會找到屋主

娜塔莎簡直是和我捉迷藏，我怎麼找呢？她提供的這個線索——到底Alif指的是什麼？——實在單薄得很，猶如皮毛，叫我從何找到「寶屋」和「屋主」？到底娜塔莎這個人是真是假？是小姐？少婦？徐娘？老太婆？或者什麼都不是，實無其人？

6

從娜塔莎那裏得不到要領，我只好再找米蘭，他成了我目前唯一的線索，他來新加坡已有一年多，所以對這個花園城市比我熟悉得多。這兩天，他帶我到各種風味不同的酒吧去喝酒，也嚐過不同民族口味的名菜，還請我去聽新加坡交響樂團的音樂會，團中的首席小提琴手也是捷克人，而且是他的朋友，所以他常有贈券和廉價票，我並不那麼喜歡聽古典音樂，但為了和他交朋友——也順便進一步了解他們公司的情況——只好跟他去聽。

我猜米蘭請我吃飯喝酒，甚至聽音樂會，都是有備而來，要引我上鉤，而我也自願上鉤，問題是：上鉤要有技巧，他們公司顯然在測驗我的能耐，所以才會從歐洲派一個高手來，否則派一兩個本地人就夠了。看來這家公司早已和新加坡官方有來往，為什麼要選擇新加坡作為到亞洲發展的先頭陣地？我看表面上的原因很簡單，也很能自圓其說：一是新加坡是亞洲海上貨運的最大港口，在世界上與荷蘭的阿姆斯特丹並駕齊驅；另一個原因更明顯：前蘇聯的航空公司有從莫斯科直飛新加坡的班機，所以空運和海運都很方便。販毒的交通網主要靠陸路（從泰國過境到馬來西亞），而軍火生意除了陸路之外，還要靠水路，所以亞洲的兩大港口——香港和新加坡——生意特別興隆。我們的公司設在香港，因為需要和大陸作生意，而他們設了一個分公司在新加坡，除了運輸方便之外，是否也要和新加坡和馬來西亞作買賣？但為什麼又要和我們公司作生意？到底原因何在？我突然想到——差點忘了——我來新加坡的真正原因：找尋這個「東方獵手」。於是今晚三杯啤酒下肚後，我就開門見山地問他：「米蘭，你們選用的奧瑪卡樣的詩，我大部分還可以摸着一點頭緒，獨有《魯拜集》的第一首，也是我離開香港前你們發給我們的最後一首，我實在搞不清楚：

醒來！從黑夜之缽中升起的清晨
已經拋出那顆石頭令眾星流竄
看吧！那東方獵手已把
蘇丹的塔樓套在一圈曙光之中

我最不明白的是後面兩句，東方獵手是什麼？蘇丹的塔樓又是什麼？你們既然都是來自文學發達的國度，可否為我解釋一下，指點迷津？而且，這兩種東西都不在你們前幾天交給我的清單之中……」

「對不起，恕我不能奉告，這『東方獵手』是我們想要販賣的最重要的東西，娜塔莎遲早會告訴你。」

「那麼，蘇丹的塔樓呢？」米蘭對我這個問題也搖頭拒絕，不發一言，弄得我們不歡而散。

7

在新加坡大學的商學院座談，我提出的一篇論文，竟然引起熱烈討論：到底全球主義的理論說的是什麼？我提出「空隙論」，認為後資本主義的金融經濟雖然經過電子科技控制全球、雖然各個國家群起而抵抗——特別在亞洲——其實這只是表面上的一種模式而已，而全球制度之中的各種「次系統」以及各種次系統之間的「空隙」，似乎沒有人仔細研究，最明顯的例子就是販毒（我沒有談軍火買賣），都是經由各種空隙（cracks）而建立成隨時可以變化的聯絡網，美國的兩大情報局曾設立龐大機構以解決販毒網的秘密空隙（我故意用語意雙關的英文：Cracking the cracks in the crack trade），但至今收效不大，道高一尺，魔高一丈，而成功的例子反而是靠少數個人窮追緊扣，孜孜不捨，往往花了數年甚至數十年的功夫，最後還是靠運氣，才能抓到販毒巨頭，而這些奸人往往也是色膽包天，生意越做越大之後，才會因大意而露出馬腳，這才讓「獵手」有機可乘，把他們繩之以法。二者之間的微妙關係，也是在於空隙，犯人專鑽各個地區或制度之間的空隙，才得以逍遙法外，而追捕者除了緊密聯絡各國的警備機構之外，也需要懂得找空隙——在各種三不管的地帶，或各種系統或次系統之間去找線索，才能找到目標。售賣軍火也是一樣，作的生意基本上是合法的，但也需要打通各國官方和非官方的關節，在明和暗之間、公開市場和黑道市場之間的空隙作生意並獲取利潤，許多軍火公司都是原來國家機構的一小部分，後來流離出來變成私人性質的跨國公司——所謂跨國也不一定是指在各國設立分部，而是流動於國與國之間、個人與團體之間的空隙，如何找到或開創這些新的空隙，乃是一大學問，但是我不能多講，否則就洩漏了我們公司的天機了。

這是我有生以來第一次寫所謂學術文章。寫前曾向香港一間大學的幾個朋友請教，他們都說光是資料不夠，必須有理論的架構，我哪裏懂什麼理論，只好把從別處聽來的「全球主義」隨意發揮了一番，但文章還是沒有寫完，就到新加坡來了，所以故意賣了一個關子：「下面應該是本文的理論部分，我因時間匆促，只好留下少許空隙，請各位與會者找到適當的理論後自作彌補，但是我在此也勢必得引用香港火車地鐵上廣播員的一句最熟悉的話：『列車即將到站，請注意月台和列車之間的空隙！』否則你自己就會掉進去了。」讀完此段，竟然掌聲如雷，我於是在掌聲中匆匆向主席告罪，離開會場，其實是為了另一件急事——趕到醫院去看阿強。

主席後來告訴我，我走後會上討論十分熱烈，有不少學者提出質詢，也有人開始照我的說法衍義一番，遂有什麼「後殖民雙邊邊緣之間的空隙」、「男女性別之間的空隙」、「公共空間與市場經濟互動後的空隙」、「後現代與後當代之間的空隙」等等新名詞出現，主席把發言紀錄拿給我看，使我差一點笑掉大牙。

8

匆匆從大學趕到醫院。阿強傷得不輕，但現在已傷勢大好，新加坡的醫療設備是第一流的，比香港好。我坐在他病榻旁和他談了一個上午，阿強精神狀況還不錯。

據他說暗殺他的是高手，在他毫無防備之下，好像從叢林中射出幾顆子彈，到他發覺時，人已倒在地了。他也沒有看到什麼人，在半昏迷狀態中似乎看到有人駕車經過，後來又聽到救護車的聲音，還有寶貝氣急敗壞的叫喊聲，以後就毫無知覺了。

有人駕車經過？什麼顏色的？什麼車型？

猶如大海撈針，恐怕要打電話向寶貝求證，因為寶貝後來也對我說過，她剛到植物園門口，就看見一輛白色的賓士車飛馳而過，寶貝沒有說見到開車的是何許人，裏面坐了幾個殺手，當然也可能與此案無關。阿強真是冤枉，飛來橫禍，為我遭殃。

不過，我還是心有未甘。下午趁阿強休息，自己叫了一輛計程車到植物園去了一趟。司機在車上大讚植物園，說是亞洲少有，還要我不要放過幾種熱帶稀有植物，我哪有心情，只好口頭敷衍了事。也是事有湊巧，我無意從車窗望去，卻發現一幢巨廈，外面是新加的鐵欄杆，把它團團圍住，門禁森嚴，這個地方似曾相識。「美國大使館，」司機說：「鐵欄杆是幾年前才新加的，怕暴徒搗亂。」我立刻叫司機停車，逕自走向美國大使館，還沒有到門口就看見一部白色的賓士汽車！事有湊巧，還是我多心？門口的警衛早已攔住我：「請問先生貴幹？有事先定好的約會嗎？」我支吾其辭，說是想拜見文化參事，警衛說不巧他返美度假了，對我開始懷疑起來，「請問先生到底有什麼事？」我只好打退堂鼓，「幾個月前在哈佛見到他，他說要我到新加坡找他，我是香港來的，這是我的名片，請你在他回來的時候交給他，或者交給政治科也可以，他們知道我。」

他們哪裏知道我，這是我臨時想出的計策，說不定可以引蛇出洞。如果萬一美國方面也知道我們公司和一家俄國公司接觸，或者還有本地的人，譬如那個日本女人……新加坡警方一定也在調查阿強受傷的事，而阿強的名片上當然印的是同一家公司，同一個香港地址，如果CIA與此事有關，他們不至於把我放的這個「引子」置之而不問吧。

說起美國的CIA——中央情報局，不談也罷。說起來也可以令人無名火起。在南斯拉夫中國大使館的「錯誤」轟炸，有誰會相信是誤炸？其實，美國在這一方面的武器真是無與倫比，而我們販賣的貨色（大部分是中國製造的）相對遜色多了，美國武器的那種精確性真是聞所未聞。問題是他們竟然沒有一個精通塞邊文的人，當時中國使館地下室放出的密碼他們也解不開，只知道這幢樓發出的信號累累，又聽說南斯拉夫的幾個將軍藏身在此，就斗膽炸了，也沒有仔細想到國際反應。大概他們也急了，地面情報作得太差，這是CIA的致命傷，總是找錯線人，又過分相信自己的電腦作業。那一次，不是地圖出錯，而是傳錯一個自己的密碼：「查」看成了「炸」，我相信他們裏面的人就是這麼笨！說不定這次他們又看錯了人，阿強無辜受襲？

回到阿強的醫院就見到了兩位人士——一位華裔，一位像是印度裔——拿出來的名片上寫的是「國防部安全與情報署特別小組」，兩人都說英文，但口音都很奇怪，我幾乎聽不懂。

「方先生，剛才我們已經徵得你的友人李為強先生同意，請你們二位在敝國多留幾天，我們有事相商。另外，我們也已經和俄國東方貿易公司的朱可夫先生取得聯繫，他們答應合作，任何有害新加坡治安的事，都是我們的責任。」

「我們是來開會的，不料……」

「方先生，何必還說這種話？你以為我們都是小兒科？」這位華裔人士改用福建口音的普通話對我說。我的第一個前妻就是學的小兒科，不知道為什麼我突然想到伊芙琳，我那個性冷感的前妻。

從一個女人想到另一個女人，「請問，你們暫時扣押的那位日本小姐芝子，她現在……？」

「芝子小姐，噢，你說的是山本小姐，她有幾個名字。幸虧有她的供辭，否則我們還不會發展到這個地步。」

這個地步，到底是什麼地步？「陳先生，我願聞其詳。那位日本小姐把我也騙了。」

「她沒有騙你，她那晚說的是實話，而且對你情有獨鍾，還處處護着你，你還想見她嗎？我們可以安排。」

我還想見她嗎？那晚她下的是什麼毒？還是我酒不醉人人自醉，自投羅網？多年來我早已麻木的身體，那晚突然甦醒？是她的藥還是她的吻？不想也罷。

9

「方先生，你能原諒我嗎？」

經過新加坡安全情報署的特意安排，在一家印度家庭餐館旁邊的公務員俱樂部和芝子小姐見了面。帶我引見的是那位印度裔的安全人員，他和那個家庭食堂的人似乎很熟悉，先讓我們坐下大吃大嚼一頓——我們用刀叉，他用手，飯菜都放在一片芭蕉葉上——然後才到隔壁俱樂部的一間密室會談。吃飯的時候，只能說些不相干的話。

「為什麼要原諒你？」我明知故問。

「因為我們那晚談得很投機，而我卻突然不辭而別，」她禁不住說，那位印度官員向她投以眼色，她才改變話題。

「方先生，你知道我們新加坡的國花是什麼？它叫作胡姬，好文雅的名字，使我想到唐朝長安酒肆中的胡姬，還記得李白的一首詩嗎？我對中國古典詩詞有所偏愛，還在國大選過中文系王教授的課。」她邊說邊咬着印度爐炸（Tendoori）雞腿，她吃的和她說的頗不相稱。

「方先生，還記得那天在李教授的車上，你和我大談日本詩人芭蕉，真是佩服得很，其實芭蕉就在這裏。」她邊吃邊用手指着雞腿下面的芭蕉葉，而且還指手畫腳地翻開芭蕉葉，摸着桌面，她是不是有點精神不正常？

我突然覺悟到她畫的是暗號，故意裝瘋，這位印度裔的安全人員似乎毫不知情，於是我也警惕起來。飯後，到隔壁那幢甚不顯眼的公務員俱樂部去，典型的英國殖民建築，屋頂上掛着幾個風扇，大廳擺着舊沙發，我們沒有坐下，卻被帶到一間小賭場，全是吃角子老虎機，這位日本小姐竟然也玩起來了，丟進幾個角子，一面喃喃自語：「我賭上我的命運！」還不到幾分鐘，一扇邊門自動打開了，我們被請了進去，我這才發現，整個賭場竟然沒有一個閒人，而且戒備森嚴。進入邊門內的一個小房間，沙發椅上早已坐着一個高頭大馬的白人，他立刻起立，趨前和我握手，印度人也趁機向我介紹：「這位是費滋覺羅先生，美國大使館來的，中央情報局。」

「費滋覺羅？」我不覺叫了出來。

「我只不過和那位美國名作家同姓而已，他叫斯考特，我叫愛德華——叫我愛德。我代表中央情報局及美國大使館向你和李先生致歉，李先生誤闖禁區，那天早上我們剛好與日本走私浪人槍戰，我們的一個組員誤以為他是日本人……」這位費滋覺羅先生滔滔不絕地說。

我向芝子看了一眼。她打斷美國人的官樣文章說：「我其實是新加坡安全署的人，被派偵緝這個走私機構，那晚故意告訴你在動物園會面，怕你介入，那方面是來破壞的。」

「對了，她說得不錯，方先生，」另外一位男士操着略帶口音的英語說：「我是俄國駐新加坡商務處代辦契尼庫斯基，東方貿易公司是我們國防部特約的一家公司，作正當軍火交易，不料在新加坡遇上不良分子。」

我覺得情況太複雜了，也許這又是誰設計的圈套？還來不及仔細思索，那位新加坡官員又插話了：「今天我請各位來這裏，目的也是向各位聲明，你們各方面的活動情況，我們都已掌握有足夠的情報，以前你們沒有犯法，我們也沒有理由為難，不過前幾天，太過分了，植物園的槍戰誤傷了人不說，還有當天下午，光天化日之下，在新加坡最繁華的地區，七十層——不，六十八層樓上，竟然射殺兩個韓國走私犯，也是日本黑社會僱用的刺客，這太過分了，兇手是誰？看樣子是你們之中的一位？或是與你們都有關？如果能協助我們找到兇手，我們也就不計較這一次，否則恕我們不客氣。我們最近進口了一批最新秘錄設備，每一個公共建築都有秘密攝影機，那一天下午上下電梯的人我們都有完整的秘錄電視紀錄在案，只是要費點時間徹查而已……」

糟了，我得趕快離開新加坡。

「這件事與我們ＣＩＡ無關。」美國人總是馬上否認，既然否認，倒給我製造一個藉口。

「那麼，植物園的誤殺，我的朋友阿強目前還在醫院，我們公司已經把此事報告香港警察局外務處，你們不是不知道。」

那位印度人向我和芝子同時使了個眼色。

「至於什麼六十八樓兇殺案——哪個地方的六十八樓？我看說不定又是你們CIA那位操之過急的特派員闖的禍！」我接着故作不屑地說。

「費滋覺羅先生，」那位印度人也開口了，而且官腔十足，印度人說英文，雖然口音古怪，但用詞遣字靈活之至，「容我再次警告貴政府——不，貴局，貴大使館——霸權主義在我們國家是行不通的。貴局——不，貴國，當然也包括貴局——在世界各地闖的禍——或可稱作失誤——也不少了，希望你能夠向華盛頓反映一下，至於香港星光公司僱員李為強先生所受的損失，將依法向貴國要求賠償，因為我方有充分證據，植物園之槍戰乃由貴局三名駐外特工所為，另外，李先生之醫療及住院費，也請貴局撥款支付，此乃九牛一毛之事。可惜美國納稅人……」費滋覺羅聽了這一番話，面色很難看，說不了兩句就告辭了。我順便要求陪同李為強返回香港，並答應以後隨時與新加坡政府合作，繼續追捕日韓走私幫的歹徒。

10

彼德：

我感謝你給了我一個終身難忘的夜晚——在聖淘沙的香格里拉（好浪漫的名字）。

又在想你，又在念你，你又在做什麼？還頭痛嗎？還有點不舒服？但我的身體和思想都渴望被你佔據着，你的飛機愈遠離新加坡，我的心愈貼近你。

這幾天我發現自己在扮演不同的角色——時而小情人般向你撒嬌，時而好學生般向你討教，時而「職業」婦女式地向你提供情報，時而小蕩婦般地挑逗你，時而知己般地向你訴說心事。你覺得我每個角色都演繹得如何？

原來你有一個很敏感的身體和靈魂（儘管你說已經麻木），你身體被撫摸時發出的呻吟叫我樂透了，我癡了，你喊着我的名字（雖然是假名），我渾身酥軟了，在做愛的過程中我們都是醉情者、癡情者、情沒完沒了者。

現在又天各一方，縱有萬千的甜言蜜語，都只好藉着魚雁相傳。今早的離別是如此匆匆，因為你身有任務？還有一大堆人等着你？我們不曾依依惜別，在車上我沒有接觸到你的目光，你大概又是恐懼那種兒女情長的感覺吧！

彼——你為何老是和那些銅臭味的人在一起？不看明白之人？你老說：人在江湖，身不由己，我聽得好討厭、好傷心。你走了，連我的心也帶走了，我的身體卻仍然留在這個花園之城：到處鮮花怒放，我卻感到一股說不出來的淒涼。那晚你告訴我一個香港的謎語：丈夫揹着芭蕉扇。我當時沒有猜出來，謎底是「妻涼」——淒涼！中文真是有魔力，比現在的日文豐富多了，不過，你有芭蕉扇，我們日本卻有一個芭蕉，且讓我引一首他的詩送給你：

浪淘／沙灣——
西施在雨中獨眠
絲樹上的花朵

收到芝子的信已是我返港一個星期之後，兩地郵件之慢令人難以置信——不，可能她的信早已被兩地的安全部門檢查過了，所以才拖得這麼久。然而為時已晚，因為前天早晨寶貝拿給我一份英文的《海峽時報》，在第五頁有一則新聞，標題是：「神秘女郎潛水致死」，內容部分如下：

日本女性，年約三十，來歷不明，昨日深夜在聖淘沙島附近海上潛水致死，屍體今晨由一位美國遊客發現，即報警，現經有關當局調查中，女郎身無證件，但顯然在香格里拉大酒店已住宿兩夜，所用姓名是山口芝子。

這封信當然是她生前最後的一封信。我不相信她是潛水致死的，顯然是暗殺，更可能是追殺，我走得好險！

這一小段新聞給我的打擊，出乎我意料，我幾乎暈了過去，害得寶貝乾着急。我只好向老闆請假，回家休養幾天。也可能上週在新加坡太過緊張了，身體太過疲累；也許我真的老了。

這幾天我一直在想芝子遇害的事。是誰下手幹的？那個日韓走私集團當然最有可能，但是那晚芝子親自告訴我，在那家酒店開房間絕對安全，因為有新加坡軍方保護，而且她是得到安全部門特許才來和我幽會的，我也別無他途，只好利用芝子對我的一點私情求她協助我離境，看來她在新加坡多年，各方面都有關係。

然而那晚我竟然也動情了，而且反應得很厲害，我自己也很吃驚，多年來我的身心俱荒，全神投入工作，在電腦的網路世界中求得另一種真實，我對愛情已經沒有幻想，或者說我活在另一個幻想世界，早已脱離現實，這也是一種死亡。而活生生的芝子，卻把我又帶回到現實世界。我又活了，而她卻為我而死。這真像電影中的俗套，然而我即使成了鐵漢，也沒有占士邦那麼無情。

其實，占士邦的時代早已過去了。他玩過十八般武器，我就沒有看過他玩電腦。

第三章　香港

發展中國家購買武器大減

美國是去年世界最大的軍備銷售國，出口到發展中國家的武器價值總額達到四十六億美元，比一九九七年增加了二十六億美元。

沙烏地阿拉伯，則是去年進口最多軍備的發展中國家，其次是阿拉伯聯合酋長國，馬來西亞排在第三位。

中國銷往發展中國家的常規武器銷售額，從一九九七年的十六億美元減少到去年的約五億美元……法國和德國在去年超越俄羅斯，分別成為發展中國家的第二大和第三大軍備供應國……俄羅斯則從一九九七年的第二跌到第四位。到去年為止的三年內，俄羅斯總共售出價值一百五十億美元的軍備……自從前蘇聯解體以來，俄國銷往發展中國家軍售額下降……
（新加坡《聯合早報》星期刊國際新聞版，一九九九年八月八日）

1

回到香港，身體復元後又投身工作。

公司開會的次數多了，每次會議都與生意緊縮有關。也許該是辭職的時候了，但是老闆不答應，舅舅也不答應，只好再撐着幹下去。五十歲退休是否太早？阿強今年五十二歲，已經要退休了，他在新加坡大難不死，突然改變了人生觀，要和妻兒共度柴米油鹽的生活，而且形影不離，他們在深圳買了一幢別墅，預備長年住在彼岸，只來香港購物、飲茶，和看朋友。阿強嫂又在勸我結婚，我無言以對。

我現在總算明白真相——所謂經濟上的大形勢：我們公司和那家俄國公司，都是面臨同樣的問題，買主越來越少，出錢也越來越小氣，所謂發展中國家受到財政預算限制，我們只好鋌而走險，開發非政府的市場。俄國的東方公司到亞洲來發展——所以才取名東方貿易公司——當然更是看中了這塊「黃金地帶」，他們捨香港而到新加坡設立門市部，我現在才知道還有第三個原因：馬來西亞。但據報載馬來西亞的主要賣主是德國，賣的是海岸巡邏艇，莫不是這家俄國公司也想與德國搶生意？我猜賣的不只是巡邏艇，可能還包括火箭——可以從巡邏艇上發射的火箭。我猜他們也正在和新加坡方面談生意，新馬二國貌合神離，互相暗中敵視，新加坡以華人為大多數，馬來西亞則以馬來人壓迫華人。而新加坡這個城邦地方太小，所以必須依恃鄰國印尼，也不忘和較遠的台灣暗中來往，而表面上則隨印尼承認中共，與中國大陸修好。

這幾個國家的對俄政策（包括外交、軍事和商業）似乎不太明朗，而對德國和日本呢？好像還沒有人專門研究過。不過，這些都和我們公司無關，因為我們不作東南亞的買賣，而「專攻」中東和印度。不過，發展中的國家也普遍認為中國武器「不如西方和俄羅斯來得先進和精密」，我們一向的來源是中國大陸，所以我現在也了解為什麼老闆那麼熱中和這家俄國公司聯絡了。

不過，他們是明是暗？是政府還是民間公司？背後的靠山是什麼人？我們向法國方面詢問，至今還沒有回覆，只好靠電腦和他們直接聯絡，所以老闆特別依賴我這個解碼奇才。而我的興趣呢？不在買賣，而在密碼本身。

娜塔莎和我在網路上一來一往，談起文學來了，害得我每天都需要惡補，而且動用公司研究部門的全部人員幫忙，然後晚上回家才能發電子信。

娜塔莎致彼德（Natasha to Pierre，其實我們早已互相親熱地用小名了，或用名字字母：N→P）。

N→*P*：Mon cher P, Je T'aime tu ne crois pas?

好熱情，她竟然向我示愛！我怎能相信？但在電網上讀到的「現實」又那麼可信。

P→*N*：Oui, Je T'aime aussi, je pense à toi toute la nuit……

朝思暮想倒是真的，還要引經據典。奧瑪卡樣的詩早已引完了，為了討好她，我好不容易才找到一本女詩人Akhmatova的詩集英譯（香港的書店窮乏得可憐），一拍即合。當然還有前妻當年送我的幾本法國詩集：《*Verlaine*》、《*Rimbaud*》、《*Baudelaire*》，都派上了用場。

不過，娜塔莎卻要考我東方哲學，說她一向對老莊十分敬佩，又提到唐詩，並說都是看的俄文翻譯，當年（蘇聯時代）莫斯科大學有一個東方學院，她還在那裏聽過課。

如果真的是這樣，我的網上情人年紀也不小了，和我同年？比我還大？半老徐娘，風韻猶存？

P→*N*：我們只能這樣通信？

N→*P*：當然，柴可夫斯基和梅克夫人也是一樣。

P→*N*：他作過羅蜜歐與茱麗葉的組曲？

N→*P*：對，不過我不喜歡。

P↓N：你喜歡誰？

N↓P：更喜歡梅克夫人。

P↓N：她是誰？

N↓P：她不年輕。

P↓N：你喜歡徐娘？沙特和西蒙波伏娃？

N↓P：西蒙波伏娃和尼爾孫．阿格林。

P↓N：你不喜歡沙特？

N↓P：我更喜歡卡繆。

P↓N：阿克莫塔娃和伊賽亞柏林？

N↓P：他當時太年輕。

P↓N：瑪戈芳婷和紐瑞耶夫？她大他二十多歲。

N↓P：沒有看過他們跳舞。

P↓N：佛雷亞斯坦和珍吉羅吉絲？

N↓P：老電影？我喜歡看老電影，你呢？

P↓N：失眠時常看，也更常想你！

N↓P：想我的哪一部分？

P↓N：俄國人從頭想起，我想你的小腿。

N↓P：想看嗎？我的腿特別好看。

P→*N*：怎麼看得到？

N→*P*：你們香港的電腦硬件應該很先進，你找得到 Celeron 333 MHz CPU，十五英寸顯示器，還有鼠標，USB 鍵盤，2GB 硬盤、光碟驅動器，至少 56K Modern……？

P→*N*：你太小看我了，這些小玩意我怎麼找不到，街上到處都有，你是不是開玩笑？要送給我一個芭比娃娃的 CD 盒子玩？

N→*P*：既然你在這方面如此先進，那麼，好吧。我不同你玩。這是真的，你知道我們公司已經發明一種最先進的觸摸器，經過特殊軟件設計，就可以用鼠標和鍵盤操作，在螢光幕上不但看到而且摸到我，和真的感覺一樣。

P→*N*：我怎麼能得到這種特殊軟件？

N→*P*：我寄給你？

P→*N*：什麼？如果寄失了？被壞人搶去了？

N→*P*：傻瓜，你以為我這麼笨，裝上軟件還要測驗後才能操作。

P→*N*：測驗？什麼測驗？

N→*P*：就是考試，還要先有密碼。如果你還要看得更清楚，還需要一些硬件，譬如本公司新製的 3D Blaster NEVA TNT Ultra，我叫米蘭和安東來香港的時候帶給你。

米蘭和安東來港的任務不只是帶來娜塔莎的硬件，更重要的是和我們公司商談清單上十三種武器的價格和銷售渠道。這方面我真成了門外漢，因為公司的高層人員根本不讓我參加會議。我只好盡地主之誼，在會後招待米蘭和安東吃飯，並遊覽香港——包括香港的夜生活。

說老實話，我雖然長年住在旺角的指壓場樓上，對香港的豪情夜生活卻毫無興趣，但又不得不陪着這兩位歐洲客風月一番，乾脆就讓他們先進指壓場。

「什麼指壓？」米蘭雖然來過香港，卻從來不知道「指壓」是何事，安東這個俄國人更不必說。

「你們進去就知道了，我特別為你們請了兩位高手：六十九號是泰國小姐，七十八號是大陸來的，享受吧，恕不奉陪，一切的賬由我付。記着，還是帶上套子比較保險。」

「我不要保險套，我喜歡的是另外一種玩意兒，」安東不經意地說。

他們兩人第一夜冶遊就出了問題。

不到兩個小時——這裏的房間和服務，以一個小時為單元，我為他們多訂一個單元——為安東服務的七十八號就嚇得跑了出來向她的老闆娘報告，老闆娘打電話給我，說七十八號受不了他的虐待。糟了，怎麼他們請了這種人來主持業務？我只好下來打圓場，還沒有進房，六十九號泰國小姐也匆匆跑來，大驚失色地說：「那位先生第二次就昏迷不醒！」整個小地方亂成一團。我開始懊悔了，為什麼不帶他們去尖沙咀卡拉 OK 夜總會去坐坐？安全多了。但是安東堅持要玩「硬」的，不玩軟的，我只好主隨客便。

還沒有來得及進安東的房間，就被六十九號拉到米蘭的房間，兩間在隔壁，米蘭已經甦醒，沒有大礙，我正要請他出來，卻聽到安東的房間打鬥的聲音，米蘭警覺性頗高，立刻從上衣口袋拿出手槍——看來又不像手槍，只是一個小方盒子，可以放在手掌中，下面接着一個自來水筆大小的發射筒，又好像他是把插在襯衫口袋的自來水筆轉插在小方盒上。我當然沒有任何武器，這次連手錶也忘了戴，常戴在右手的金鍊子也忘在自己的浴室裏，近來我太粗心大意了，還是覺得這是自己的老地方，都是熟人，不虞有他，所以才鬆懈下來？

不虞有他——他人果然來了，真是高手，我們一進門就看到安東滿臉是血昏倒在牀上，手裏還拿着一條鐵鏈子性具。米蘭跟在我後面，突然叫了一聲：「Watch out!」我本能地往上看（如果他會說中文我就完了，因為「小心」這兩個字絕不會使我望上去），屋頂上飛下一個黑衣人，還沒有看清楚，我就只好用閃身功夫，往右一退到門邊，必要時我可以借用門板作擋箭牌，米蘭的武器電光一閃，只聽到輕微的一聲：「啾！」然後又聽到「哈」的一聲，好像山崩地陷一樣，我眼前一黑，只想着用手拉門，門像鐵一樣，動不了，我急着往門裏閃，像電影中的特技鏡頭一樣，我衝進鐵門，又身輕如燕地飛了出來……接着又是眼前一道白光，亮得使我睜不開眼……

等我醒來時，已經是躺在我的客廳裏，老闆娘和兩位小姐都圍在身邊，我的兩個朋友卻不知去向。老闆娘說一個人已經由警察送進醫院（大概是被打傷的安東），另一個人失蹤了！

而那個黑衣人卻也昏倒在安東的房裏，兩腿癱瘓，也被警察帶走了，「當然是我報的警，」老闆娘最後說：「方先生，你看我們今後生意怎麼做？」

我被人打昏了過去，還是生平第一次。十多年前受過槍傷，但從來沒有受到拳打腳踢，因為我的防身電網一向功能甚佳，這次是太大意了，險些送了命，他這一拳（或是一腳）倒真厲害，功夫獨到，但米蘭的武器恐怕更厲害……我要立刻去找米蘭。

到哪裏找？打電話到他住的酒店，沒有人接，只好再打電話找阿強幫忙，他是我的好友兼老搭檔，上次在新加坡也見過米蘭。電話接通後，阿強說：「我看還是先問警察，先找到安東再說。」半夜十二點要去麻煩警察，顯然來意不善，不料警察局的特緝組組長親自打電話來了。

「方先生，你樓下有輛警車在等你，請立刻下來，警員會載你到我辦公室。記得戴你的手錶！」

手錶，他怎麼知道我手錶中藏有暗器？或是另有用意？難道我的行蹤和背景，香港的警察也早已掌握資料？那麼，我在電網上的活動，他們也能竊看？這個世界變成什麼樣子了？我自以為是一個很「隱私」的人，不料卻如此透明，變得一目了然？

我認命了，今後應該學阿強，提早退出江湖。然而，我又無妻無子，和誰過日子？

在關組長的辦公室見到了米蘭，還有另外一個洋人，關組長介紹說：「這位史密斯先生是美國ＣＩＡ的聯絡員。又是ＣＩＡ，在世界各地都有他們的人，天羅地網。

「方先生，你太大意了。你犯了兩個錯誤：第一，不應該帶你的兩位貴賓去指壓場，第二，如果去，更不應該去你家下面的指壓場，連你的住址也暴露了，下次他們來暗算，你恐怕連自家也不能保。

「兇手已經招認了，是同一個走私集團的人，上一次你們在新加坡遇難——你的朋友阿強還好嗎？——新加坡的安全署已經和我們聯絡了。就我們目前掌握的資料看來，他們販賣軍火也販毒，這是罪大惡極的事。美國方面，不只是ＣＩＡ，還有ＦＢＩ和內政部反毒總署都在密切注意這個集團，因為他們的成員很複雜，也很國際性，除了日人和韓人外，還有英國人、德國人和美國人，都是些走江湖多年的冒險家，有人可能還住在香港。

「米蘭．哈拉先生，」他又接着說：「貴公司的同事傷勢不輕，看來很麻煩，他的背景也很複雜……我希望你們公司再派一個人來與我們聯絡。這一連串的事件，是因為你們公司要擴展地盤而起。」

米蘭坐着不言不語，只是悶悶地抽煙，原來關組長也是個煙鬼，可能兩個人已經交談了一陣子。我和這位關組長以前有一面之緣，是在一個社交場合，初看他不像警察，年紀輕輕，至少比我小十歲，他說起話來卻又老成持重，聽起來比我還老。今天晚上我們都默默坐着，聽他講，他也頗為周詳地介紹這個走私集團，其實他們是多線式的，組織並不嚴密，但因為裏面有日本黑社會的人物，所以殺手不少，甚至有人潛入海南島，殺了二三十人，恐怕都與走私有關，所以中國的公安部也要插手。九七以後，中方和港方的合作可能更為密切。

「據我們所得到的情報，他們的主要走私站是澳門，而在東南亞的據點是馬來西亞的馬六甲，當然還有新加坡和香港。方先生，請你告訴你的朋友，住在深圳並不安全，他如要退休，還是在香港好，沙田的風景並不亞於深圳。」

談了將近三個鐘頭，除了關組長之外，大家都倦容滿面。我陪米蘭回酒店，在計程車上他還插科打諢地說：

「彼德，還記得我們在新加坡聽的那場音樂會嗎？節目有『屋頂上的公牛』，沒有想到今晚真有一條公牛從屋頂衝下來，他牛勁十足，身體龐大無比，要不是我帶了小MMM，早已沒命了。」

「什麼是MMM？」

「又是我們公司的新發明，袖珍火箭，比上次我借給你用的更小、更先進。筆部和小盒子可以分開使用，也可以裝在一起，使火力增大一倍，幸虧我帶來了。盒子中還有導向設備，可以對付人而不是飛機，今晚就是它自動導向以激光射傷那個殺手。那天你用的也有導向設備，時間太急，而且我那時也不認識你，所以沒有教你。」他說着哈哈大笑。

「好在你即時醒來助陣，否則即使你的武器火力再大，也派不上用場。」我也半開玩笑地回敬他一句：「怎麼你身上的另一個武器不堪一擊？或者我應該說二擊？」我的英文當然語意雙關，米蘭也猜到了。

「說實話我也覺得奇怪，水土不服嘛也說不過去，我在亞洲已經住了將近一年多了。也許——」他突然若有所悟，「那個泰國女郎在事前敬了我一杯啤酒，說不定——」怎麼又是迷魂藥？我也覺得奇怪。殺手怎麼這麼快找到我們？說不定有內線？而且，為什麼屢次用暗殺手段，而不在電腦上偷竊情報？

「我們不在網路上提供任何情報，」米蘭會意地說：「我們只提供詩，願者上鉤。」

「那麼，他們如果解不了詩，為什麼不綁架你或安東？」

「我們也解不開。」

「你們來香港和我公司商量的那個清單？」

「是你解下來的，我們只列價格，不洩漏武器名稱和性能。」

「那誰願意買？」

「自有人願意，譬如你的老闆，第一步談妥了，你們在某些方面可以獲得專利，但還需要進一步解詩。」

「還有詩？」

「沒錯。今後夠你忙的。你如果成功，我們公司自願把一切買賣由你們獨家代理，生意就更大了。」

「我的天，又是娜塔莎的主意？」

「對！」

4

P↓N：你想和我作愛或是作解碼的遊戲？

N↓P：在電腦上作愛就是解碼遊戲，你不喜歡羅蘭巴特？

這個女人，和我玩的到底是什麼遊戲？

P↓N：你不是說過你愛我嗎？如何愛法？

N↓P：我愛得你發狂，可是目前又無法見到你，只好借助電腦。你愛我嗎？不想親我摸我？

P↓N：老實講，你是用色情來引誘我上鉤，和你的公司作生意？

N↓P：也可以這麼說。為什麼在兩百多家公司中我看上了你的公司？因為只有你了解卡樣的詩，只有你喜歡詩，我偏偏也愛詩如命。

P↓N：那麼，下一步是要我解誰的詩？

N↓P：我的詩。

P↓N：米蘭把硬件帶來了，你寄來的軟件也裝上了，但還不能使用，還需要一個密碼。

N↓P：給你一個線索，找一對文學上有名的情侶，找對了，你就可以登堂入室，摸到我的腿，還有……

P→N：我們上次玩了那麼多次還不夠？

娜塔莎沒有回信。我只好再下一次賭注，又叫公司研究部門為我從百科全書和網路上找情人——文學史上有名的情人。近代文學上的情侶找遍了，還是不對頭，我突然靈機一動，到古代或神話世界中去找，於是，奧菲歐斯與悠蕾蒂絲、達弗尼斯與克蘿綺、崔斯坦和依索迪……仍然不得其門而入，我實在玩得累了，但是還是不能放棄。寶貝也仗義幫忙，她和其他三位研究人員分頭從上古、中古、文藝復興以後，和近代去找，又向網路發出求援訊號，得到不下千計的情侶姓名，然後刪除一部分，再一對一對地試，仍然徒勞無功。

最後是得來全不費功夫。

我忘了會寫情書的情侶，我們不是從柴可夫斯基和梅克夫人開始玩的嗎？他們二人從來沒有見過面，只靠書信來往，也算不上情侶。於是，我開始從情書類去找，中古最有名的情侶是：

P→N：阿伯拉與愛洛伊絲，我猜對了吧。

N→P：請再依照軟件上的程序，就可以看到我。

果然，螢幕上呈現的是兩條腿，高頻率顯示下，汗毛畢露。

N→P：用鼠標，按兩下試試。

天啊！真的感覺到我握着鼠標的右手是在撫摸她的皮膚！

P→N：你也感覺到了嗎？

N→P：Mmmm……

P→N：為什麼這麼真實，完全是真的感覺。

N→P：什麼才是真的？Pierre, je t'aime，我還從沒有在電腦上試過，這是第一次。我能摸你嗎？

P→N：哪一部分？

N→P：我要摸你的臉。

P→N：那不就看到我了？

N→P：你不想給我看到？沒關係，請照軟件上下列程序……我就只能摸但看不到你，像瞎子一樣。作完程序後，請把臉靠近螢幕三吋之內。

P→N：我能相信你嗎？不管了，為了證明我的愛，我的愛洛伊絲。

我無法描述，語言無效，何況我又不是什麼文豪，視覺和觸覺上的刺激，怎麼能用語言文字表達？即使我寫得出來，也徒勞無益。

除了視覺和觸覺，當然也有聽覺。

P→*N*：我的機器包括一對相當精確的喇叭。

N→*P*：你想聽我的聲音？這樣又和電話有什麼不同？我隨時可以拿起手機打給你。

P→*N*：你知道我的電話號碼？

N→*P*：你以為米蘭和安東不知道？他們不會向我報告？ Mou amour，我暫時不想聽你的聲音，也不想打電話給你，在電腦玩不是更真實嗎？

P→*N*：你知道安東被刺殺，受傷不輕，現在醫院？

N→*P*：當然知道。

P→*N*：你為什麼派這個莽夫來？他有虐待狂。

N→*P*：他在集中營關太久了。

P→*N*：不可能，他不到四十歲，蘇聯早已沒有集中營了。

N→*P*：你怎麼知道？你不知道的事多着哩。

完了！我已經落網了，只好投降，摸吧，我的娜塔莎，我的臉皮比俄國男人還嫩，還有我的胸部——沒有毛——我的腹部，我的腿，和兩腿之間的……你呢？我既然被你玩弄在指掌之中，我也要摸你，佔有你，即使在電網上。

從此以後，我每夜上網，和娜塔莎作網上魚水之歡，即使看不見真面目，卻更刺激，竟然使我久已無甚感覺的身體部分也亢奮起來了。也許和芝子的那一夜是一個前奏曲，而娜塔莎才是重頭戲，但是我又如何可以保證螢幕上的肢體就是娜塔莎的？

N→*P*：把你的腿纏住我，接近點，我要親你的我受不了，太真實了，我好像聞到你的東方人氣味。

P→*N*：什麼是東方人氣味？西方人氣味更濃。

N→*P*：我是介於東方和西方之間。

P→*N*：你在哪裏？

N→*P*：目前不能告訴你。來，你不是想到我的花叢中尋花探勝麼？來，還需要再經過幾套操作程序……

P→*N*：啊，人間天堂，不，我走進的是virtual heaven，娜，你在哪裏？

N→*P*：亞洲之西，歐洲之東，俄國之南，中東之北。

P→*N*：烏克蘭？立陶宛？愛斯東尼亞？我知道你是在一個前蘇聯體系的小國，否則你不會看上香港！我們境遇相反，你獨立我回歸，但感受有共通之處，對嗎？

N→*P*：Mon amour，你真聰明，又那麼敏感，我真的動了情，愛上了你，電腦上的真

實性不夠，我要飛來看你，我豁出去了，管他有什麼危險！

P↓*N*：真的嗎？

N↓*P*：什麼是真？什麼是假？我們所做的，雲雲雨雨，還不是真真假假？親愛的，可否為我找一個地方——一個遙遠的地方，我們可以不受干擾。

P↓*N*：在香港？在亞洲？

N↓*P*：我的東方獵手，香港太吵了，找一個清靜的地方。

P↓*N*：你什麼時候來？

N↓*P*：你找到了地方再說。

我這次要孤注一擲了，不論是生是死，我非見她一面不可——揭穿她的廬山真面目！那麼，乾脆就去廬山？黃山？玉山？阿里山？山頂太冷，高處不勝寒，找一個有山有水的地方，可以在山頭看見海水的地方，待我想想，再作抉擇。

不受干擾的地方？不受誰的干擾？兩家公司業務範圍內的地方必須排除在外：香港、新加坡、北京、上海……還有勢力範圍內的國家：中國、印度、伊朗、伊拉克、馬來西亞、泰國、日本、韓國（最後四國屬於敵方勢力範圍），剩下的只有越南（沒有去過，不敢保險）、印尼（目前太亂）、緬甸（太不自由）、柬埔寨、老撾（太不舒服）、Brunei（太小）、澳門（太不安全），剩下的只有——台灣！但當然不能去熱鬧喧嚷的台北和高雄，台灣的外島目前也在中共威脅之下，不能去。有了，我們可以去花蓮，這個小城憑山面海，遊客也不多，而且舅舅還有一個朋友隱居在那裏，可以為我們事先安排。且讓我先探探她的口氣。

P→*N*：台灣的花蓮如何？

N→*P*：花蓮，從來沒有聽過，要先看看地圖再說。

三天後，她答應了，並且提議三個月後在花蓮見面。然而，為什麼還要等三個月？在今後這三個月中她想做什麼？

第四章　馬六甲

1

軒尼詩道上的車輛和行人永遠擁擠不堪，其實，整個香港何嘗不是如此？我在這個島上生活了將近半個世紀，它的每一條街、每一個角落、每一家商店，我自以為都瞭如指掌，但是其實並非如此。譬如今天早晨，我一如往常，快到中午才上班，想先到時代廣場對面的池記喝一碗皮蛋瘦肉粥（今早沒來得及吃早點），就在泊車場出口的那條小街上發現一家新開的日本壽司餐館。但它的布置很特別，除了典型的長桌櫃台之外，台的四周桌椅卻是仿古式的，頗為雅致，牆上還掛着幾幅浮世繪。我並不太喜歡日本菜，但從玻璃窗外看到的一幅「浮世繪」——畫的是男女交媾，男人的性器大而畸形——吸引了我，使我不知不覺之間走了進去，坐在旁，叫了一客壽司快餐、一杯生力啤酒，台後的女招待向我莞爾一笑。

「方先生，什麼風總算把你吹進來的？」

「你怎麼知道我的姓氏？」

「你的幾個同事都來過了，特別是那位吳小姐，你們叫她寶貝的，她已經變成我的好朋友，常常提起你。」

「為什麼她從來沒有向我提起你和這家餐館？」

「我怎麼知道？前天她還來過。」

這位小姐說得一口流利的廣東話，但長得又不像香港人，我不禁有點好奇。

「方先生聽出來我的廣東話有點口音是嗎？我是韓國人，但從小就搬到香港來住，在北角。」

她似乎笑得太過友善，而且眼角略帶調侃的神情，好像在說：「傻瓜！你還不知道？」知道什麼？她對我有意？對我另有企圖？看我出洋相——在我最熟悉的地方？而且就在距離我的公司不到五分鐘的地方？

我頓時有所警惕，不僅是我的職業使然，而且在新加坡的經驗……也許是巧合，但是我不可以排除任何的可能性。

「這家店是你開的？」

「當然不是，想見我的老闆？他不久就會來了，每天中午來這裏，而且很準時。」果然，不到幾分鐘，她的老闆就出現了——一個六十多歲的東方人，但又不像是韓國人或日本人。

「方先生，我來向你介紹，這是我的老闆，泰先生 Mr. Tay，」她改用普通話說。

「敝姓鄭，福建話叫做 Tay。馬來西亞的華僑。」他說的普通話顯然有福建口音。

「噢，」我再次不知所措。一個馬來西亞的華僑和一個會說廣東話的韓國小姐，開一家日本壽司店？

「方先生，我們等你好久了，但一時找不到機會向你解釋。」解釋什麼？有什麼好解釋？

「芝子小姐不是我們殺的，」鄭先生冷冷地說。

我生平第一次感到四面受敵，他們的包圍圈已經縮小到我的住處和工作地點，如果要殺我應該早已動手了。

「如果不是你們殺的，那麼是誰？你們是誰？」

「方先生，請到裏面坐，」他把我領到櫃台後面，打開黑色的兩扇百葉門，裏面是一間小辦公室。

「方先生，我這次到香港來就是為了見你，我有一個建議，請你慎重考慮一下，也可以和你們公司商量以後再決定，我想請你到馬來西亞我的老家馬六甲來遊覽一次，來過馬六甲嗎？一切由我招待，你絕不會失望的。」

這一個莫名其妙的建議倒真的使我落在五里霧中。鄭先生看到我臉上的疑惑表情，就接着說：

「方先生，容我開門見山，我們的公司和你們的公司經營的是同一種生意，但買賣的種類不同，多年來河水不犯井水，想你的老闆早已知道。不過，最近有新的對手打進來了，好像要和我們搶生意。」

鄭先生打開他桌上電腦，按了幾個鍵，並拉我坐在他旁邊。我在螢幕上看到的是一篇詳盡的英文報告。

機密件

致：本公司駐各地代理

從：穆罕莫德·阿布杜拉·阿里

事由：俄國東方軍火公司

俄國東方軍火公司於一九九二年蘇聯解體後不久成立，共分兩大支部，互不相涉，西伯利亞支部設在海參崴，由前紅軍退休中將弗洛希諾夫主持；歐洲支部設在基也夫，由前KGB反間諜辦事處副主任卡特琳娜·伊凡諾夫納負責，資金雄厚。前者經營潛艇及軍艦轉賣事業，後者的業務不詳，可能與高科技武器有關。最近開始向東南亞發展，整個計劃的代號是「東方獵手」，內容不詳。

查此公司與東亞各國的生意一向由海參崴支部負責，但近月突有一電腦公司設於新加坡，經本小組偵查，證明確係該公司歐洲支部所為。本小組成員七八〇與七八三號上月十三日凌晨在新加坡植物園內與該公司派來的殺手槍戰，不幸壯烈犧牲。另有一人受傷，但並非本組成員，來歷不明，殺手亦不明。此乃本小組活動第一次受難紀錄。敬請特別注意，並請本公司各部門展開全面對敵準備工作。

本文件屬機密級，副本分送大阪、吉隆坡、香港，於二十四小時內將自動銷毀。不必回覆。

看完這個「密件」，我啞口無言，一方面懷疑這是假造，一方面也懷疑——如果不是假造——鄭先生的真正動機，這種機密的文件為什麼給我看？

「方先生，你一定在猜測我為什麼故意洩漏本公司的機密？原因很簡單：我希望取得你的合作。也許你可以和貴公司，還有你舅舅，仔細商量以後再給我答覆。我想你是一個有節操的人，不至於把這件事轉告給那兩位歐洲人吧？」

我帶着一肚子的疑惑回到辦公室。第一個電話就打給我舅舅，因為鄭先生提到他，我覺得事有蹊蹺。舅舅不在家（他住在一間酒店的閣樓），我留了話以後再去見我的老闆，敲門後走進他辦公室，卻發現舅舅早已在座。

「彼德，你來得正好。寶貝已經把附近那家壽司店調查清楚，確屬日韓走私集團的外圍組織，不過，她至今還沒有見過負責人。」

「我剛剛見過他了，而且承蒙他邀請我到馬來西亞遊覽！」

兩人臉上都沒有驚異之色。

「彼德，這個人是否姓鄭，説話有福建口音？」舅舅開口問我。

「你早認識他？」

「不錯，我和他還有一段淵源，年輕的時候我和他是莫逆之交，但後來失去音訊，不料最近他突然在香港出現，還打過電話給我重敘舊交，並且也直截了當地告訴我他的任務：勸我們公司不要和俄國東方公司拉上關係。但對於他自己的集團，他又語焉不詳，不肯洩漏任何機密。」

於是我把他掌握的有關俄國東方公司的密件情報的大要告訴舅舅和老闆；這一次輪到他們吃驚了。

「彼德，我看你非去一趟馬來西亞不可。不過，在你出發之前，需要先作一番準備，我也要告訴你一些事情。」

2

舅舅是我的唯一親人，從小把我帶大，送我到港大和英國劍橋讀書，雖然我不成材，沒有完成他的希望——作一個大律師——舅舅也不以為忤。他又利用種種關係，讓我到香港的幾家大酒店實習，最後又介紹我進這家公司。雖然我從小和他相依為命，舅舅卻很少講到他自己的身世和他與母親的關係，只說母親去世時把我託孤給他。其實，我父母親的身世，他告訴我的也少得可憐，鳳毛麟角，每次我問他，他說了幾句後就顧左右而言他。

我回覆鄭先生的邀請以後，當天舅舅就約我到他的閣樓晚餐。好久沒有去他家（舅舅對於他的住處一向保密，只有少數幾個朋友和我知道），這次才發現室內的裝飾比以前更「神秘」了，牆上沒有掛任何字畫，卻掛了幾件古代服裝，有點天方夜譚的味道，但我也看不出是哪一個國家的帝王或貴族穿的，非常細緻，一件女裝的胸部還鑲有不少暗紅的珠寶。我趁機問舅舅這些服裝是哪個國家來的。

「這都是中古的馬來國王和王妃穿的，來自馬六甲。」

馬六甲！鄭先生不是正要請我去馬六甲？

「彼德，你還不知道鄭先生的身世。他是一個馬六甲的傳奇人物。有人還說他是鄭和的後代，這一定是造謠。鄭和是明朝的太監，沒有聽說太監有後代，不過他的確在下西洋時到過馬六甲，率領幾萬水師，上千艘船，當時明朝的造船技術相當了不起，大的船可以有三四層樓房高，後來造船的藍圖被荷蘭人偷去，用來製造荷蘭本國的越洋大輪船。鄭和下西洋是十五世紀初的事，後來荷蘭人就用鄭和的造船技術征服了馬六甲。」舅舅講話的作風一向就是如此，正事往往還沒有提就扯到其他方面去了，這一次是馬六甲的歷史。其實，鄭和是誰我也不甚了了，更沒有聽過他到馬六甲的故事。

「你去的時候可以順便看看，還有一口老井留在那裏，旁邊是一座紀念鄭和的廟，無甚看頭。不過，馬來蘇丹的文化倒真是金碧輝煌。」

「舅舅，馬六甲的歷史和文化你這麼喜歡，為什麼這次你不帶我去？」

「我老了，不想動了，這當然是藉口，真正的原因是不想再回到這個令我傷心的地方。

「告訴你實話吧，你的母親曾經是我的情婦，我為了她一生不娶。不過，你不是我的兒子，你是在越南富國島的一間天主教醫院生的，當時你父親一貧如洗，而且染了一身病，你母親曾經告訴我，她愛你父親是愛他的才，他會說法文——他們大概是用法文交談的——又會用中文寫詩，我這裏還藏着你父親的一本手抄詩集，是你母親臨死時交給我保管的。

「我第一次認識你母親是在馬六甲，她隨一批越南來的難民坐船輾轉到了碼頭，那個時候的馬六甲已經今非昔比，通商地位已被新加坡代替。二次大戰日本投降後，英國軍接管，百廢待興，生活很艱苦。當時因為受中國共產黨革命的影響，馬共游擊隊十分活躍，英國人很懼怕，每艘船上岸都嚴加搜查，你母親那時帶着兩歲大的你，一身破爛，她長得本來就不像東方人——是法越的混血兒——提着一個小包袱到我家店裏來買米，我一眼看到她就愛上了她。

「那個時候，我們家裏還很富有，也是當地華人的望族，歷代恪守中國的舊禮，所以婚嫁到那個時候還要門當戶對。你母親是難民，身世不明，還帶着一個小孩，我父親怎麼會同意？記得我那個時候特意把你母親打扮成馬來人，因為她皮膚近於褐色，並且送給她最好的馬來衣服穿，我又為她在城外買了一幢房子，僱了一個馬來老媽子照顧你們母子，你母親拒絕我的求婚，讓我認你為子，但堅持你用你生父的姓——方，她也不願見我父母，而自願作一個寡婦，我每次去看她，睡在她牀上，她都流淚，說她一生只愛一個人——你的父親。她感激我對她的一片情，所以願意作我的情婦，但是我還是得不到她的心。

「你不到五歲她就去世了。那個時候我萬念俱灰，覺得留在馬六甲已無意義，所以瞞着我父母偷渡到香港，用了帶來的一點家產作本錢，生意上軌道後，就又偷偷回馬六甲去接你到香港。最後離開的時候，你的那位馬來保母哭得死去活來，因為她隨侍你們母子多年，已經生了感情。還有鄭太太——鄭先生的亡妻……」

舅舅說着眼圈紅了，面頰也微酡，可能是幾杯白蘭地酒下肚的關係，更可能是他借酒消愁。

為什麼在半個世紀以後才告訴我這件「私事」？也許是舅舅感覺到他自己的時辰已到？也許是馬六甲這個地名突然出現？也許真正的導火線是鄭先生？

我臨走的時候，舅舅把一個手抄本交給我，並且囑咐着說：「小心保存。你現在還看不懂，也許以後你有辦法看得懂。」我回家打開一看，是一本詩集，毛筆抄寫的，字體很工整，但卻是用古文寫的，這是父親留下來的唯一遺跡——連照片都沒有——我卻看不懂，怎麼辦？

3

一大清早就到了機場，京美小姐（那家壽司店的女招待）已經在馬來西亞航空公司的櫃台等我了。她給我一張頭等機票，先到吉隆坡再轉機到馬六甲，並說在吉隆坡時會有人陪我上機到馬六甲，一切安排就緒，我向她握手告別。

「京美小姐，謝謝你的招待，希望以後還會再見到你。」

「方先生，我也很高興見到你，至於今後我們能不能見面，那就要看我們的緣分了。Selamat Jalan.」

緣分？男女相悅靠緣分，而我一個人的奮鬥只能靠命運。我為什麼答應公司去馬六甲——這個我從未到過的小城？我為什麼預感到我此次可能一去而不復返？我會死嗎？如何死法？被槍殺？被毒死？還是受刑而死？要死就最好乾脆一點，不要受折磨，我已人到中年，受不了折磨。

我的命運是什麼？如果舅舅的話不是揑造，那麼母親是在馬六甲死的，怎麼死？他沒有說。葬在哪裏？我應該到她墓前獻一朵花——紅玫瑰——最好晚上去，在馬六甲有夜鶯嗎？不可能，我想得太浪漫了，母親和父親同樣的神秘，我不認識她，雖然在依稀的童年記憶中似乎看到她的灰髮，還有她乾澀的嘴唇，她消瘦的臂膀摟得我好緊……怎麼我眼眶裏感覺有淚水？

還有那位鄭先生，也是個神秘人物。他認識母親嗎？或許也曾經追過她，是舅舅的情敵？他到底和舅舅的交情如何？是什麼關係？他是敵是友？

此次我出任務也是破天荒第一次沒有準備，也無從準備起。如果那家日韓走私集團的大本營之一是在馬六甲，我們也一無所知。鄭先生的職業背景，舅舅也不清楚，或者他故意不告訴我，怕壞事？

在頭等機艙裏胡思亂想，空中小姐送來的早餐也沒有吃，只喝了一杯咖啡，又香又濃，是馬來西亞的產品。

不到三個小時，飛機就降落在吉隆坡機場，我剛出機門，就看到一位年輕服務小姐，穿的是制服，左手拿着一個名牌，上面用英文寫着我的名字：Mr. Pierre Fang（而不是Peter Fang），我還來不及招手，她就趨前向我微微一鞠躬，非常有禮貌地說：

「歡迎，你就是方先生吧！我被派來接你，請先隨我到貴賓室休息，到馬六甲的飛機還有一個多鐘頭才起飛。」

我隨她走進貴賓俱樂部，她就告辭了。世界各地的貴賓休息室都差不多，光顧的也大都是中年男士，作生意的，每人坐在椅子上看報或打手機。其實，我何嘗不也是如此？典型的生意人，只是無心看報或打電話，又喝了一杯咖啡，悶得發慌，不知道作什麼好。看着牆上的時鐘，不禁想到我多年收藏的老鐘來，裏面還有一些檔案資料，現在都作廢了。

「你是方先生嗎？」一個五十多歲的華人用福建腔的普通話問我，「敝姓林，是鄭先生公司裏的業務經理。」隨手就送上一張名片，上面印的公司名號是：「胡姬藝術品公司，馬六甲，馬來西亞」，連街名也沒有。他告訴我鄭先生特別派他到吉隆坡接我，而且再三囑咐要他照顧我的一切需要，他的公司已經為我在馬六甲海邊的一家五星級酒店訂好房間，然後又把參觀日程向我匯報，一張白紙上印着大黑藝術字體，真有點煞費周章，我哪裏有心作遊客？此程的目的只有一個：見鄭先生，看他為我設的是溫室還是陷阱。我是故意自投羅網的。

4

然而馬六甲竟然出乎我意料。

酒店臨海，後面是草地，草地對面就是修建後的古城遊覽區，各種建築並置——葡萄牙式、荷蘭式、英國式，而其中最顯眼的卻是仿造中古馬來宮殿的歷史博物館，外表看來屋簷倒垂，有點日本古風，使我不覺想到此行的任務。陪同我來參觀的胡姬公司的兩位職員堅持帶我入內參觀，在門口脱了鞋才登堂入室。就在二樓的一個展覽廳，我看到了和舅舅的客廳牆上掛着的非常相似的仕女服，這裏陳列的是原裝，舅舅家裏的是仿造——或者恰好相反？舅舅家裏藏着的才是原裝？如果真的是如此，那麼舅舅又怎麼買到的，還是偷來的？舅舅和馬六甲的關係究竟如何？

回到旅館稍事休息，我不禁思潮起伏，久久不能平靜下來，但是又找不出真正的原因。傍晚時分，我穿上帶來的唯一一套晚禮服，搭車去赴鄭先生家的晚宴，我猜他既非等閒之輩，晚宴可能非常正式。他派來的專車也十分考究，是改裝後的日本車，在其他地方叫作Lexus，座椅背後還有按摩設備，可能是他本人的座車。來接我的年輕人看來氣宇不凡，自稱是他的兒子，名片上的名字很奇怪Johannes Y. Tay，怎麼變成了德文？職位是「胡姬文化事業公司執行經理」，看來早已是他父親事業的接班人，而他年紀輕輕，看來還不到二十歲！褐色的面孔，濃眉黑眼，皮膚細緻，而最引人的是他那雙紅唇，笑的時候微微翻上，露出兩排皓齒。

「方先生，歡迎你到馬六甲來，我早已從家父口中聽到你的不少故事，你是一個傳奇人物，也是我的偶像。此次能夠見到你本人，真是十分榮幸。」

他的恭維話簡單而得體，只是「傳奇人物」這個名詞用得有點過分，也許他的詞中藏有暗語？不論如何，他們家對我早已瞭如指掌。

車子在形同小巷的街上滑行，司機是馬來人，技術十分老練，往往和路邊的行人和載着遊客的小三輪車擦肩而過。不到二十分鐘，車子在一條小巷的盡頭停了下來，前面的一幢兩層樓房子並不顯眼，黑色的大門很窄，門開以後必須跨過一個相當高的門檻，進門以後，是一間布置得十分典雅的小客廳，家具都是中國古式的，牆上掛着兩幅放大的照片，一男一女，女人的身材頗臃腫，男人的臉上表情嚴肅，大概是這家人的祖先，漢人和馬來人通婚後，所生子女叫作「峇峇」和「娘惹」，屬於當地的貴族。這些都是舅舅告訴我的，如此看來，舅舅和鄭先生倒是家庭背景相同，都是第三代或第四代的峇峇。

鄭先生並沒有即時出現，他的兒子也沒有留我在客廳坐下，卻示意我跟他繼續走進去，在黯淡的燈光下，我似乎被領進迷宮，不知穿過多少個迴廊，廊外還有天井，天井周圍布滿了熱帶植物，中間是噴水池，非但把外界的熱氣一掃而空，而且自成一個與塵世隔絕的世界。我直入幽境，漸感陰深，但並不恐懼。

長廊盡頭是一扇鐵門，進門後從左邊樓梯走上二樓，又是一間大廳，布置卻是西式的，櫃櫥中放了不少英國維多利亞時代的瓷器。「這些瓷器都是老古董，是家父母留下來的，這間房本來是他們的西餐廳。」鄭先生不知從何處出現，站在我旁邊指手畫腳地說，「你也許不知道，峇峇和娘惹的生活方式是東西合璧，但把這兩個世界截然分開，而對兩種文化都擇善固執於真正的傳統，也絕不淡化傳統。」我以前聽舅舅講到這個馬來華人社會的時候，並沒有感到有什麼特別，今晚的氣氛對我倒真有感染力，使我想到母親——雖然她並不是一個娘惹——和我自己。

即使舅舅假造母親的故事，我也願意相信自己和這個城市有緣，然而究竟是什麼緣分？

鄭先生請我入席，陪客只有兩個人——他兒子和另外一位職員。傭人悄悄地從壁櫥中拿出英國銀色餐具和瓷器碗碟，每人身後另有一個侍者照料上菜，廚房在樓下，菜是怎麼送上來的，我一無所知。鄭先生親自開了一瓶紅酒，邊倒邊解釋說：「這是葡萄牙產的紅酒，沒有聽說過吧，Vinho Tinto，一九八四」，說罷又把瓶上的招牌指給我看：Carvalho, Ribeiro, Ferreira。「一般人都以為世界上最好的紅酒是在法國釀造的，台灣的酒商甚至到法國去購買酒廠酒園，真是大錯特錯。其實，美國加州和澳洲的紅酒已經後來居上，只是法國紅酒早享盛名而已。至於葡萄牙呢？市面上賣的都是廉價貨，反而只有本地人才知道什麼是真正的葡萄牙紅酒。馬六甲在十六世紀成了葡萄牙的屬地，當時葡萄牙的商船縱橫於歐亞之間，馬六甲成了他們的根據地，也是航運必經之地，在各地轉口販賣的是印度產的棉花，可以換中國的銅幣，然後用這種銅幣去買米和棉織品，再從馬六甲賣出。你舅舅的祖先就是賣米和香料致富的。葡萄牙的越洋霸權主要是靠香料，特別是豆蔻和丁香，今晚的菜就是用的這種香料，外加馬來西亞產的辣椒醬和咖哩。不過，很少人知道葡萄牙人——特別是傳教士——也善於釀造紅酒，可惜在馬六甲已經失傳，這瓶紅酒是從澳門轉運來的，那裏還有一兩家酒商專門經營高級紅酒，直接從葡萄牙進口。且讓我用這杯酒歡迎你回歸故鄉。」

鄭先生對我的款待，似乎太過隆重。我和他只不過見了兩次面而已，看來這頓飯不是為了新建立的友情——我們尚沒有什麼友情可言——而是為了職業上的需要，即使如此，他也不必處處表示對我個人的關心，在飲酒（這種葡萄牙酒真不錯）進餐的時候，他處處對他兒子說要以我為榜樣，然而我又有什麼值得效法之處？庸庸碌碌過了大半生，只不過為公司賺了點錢而已，而為了這種職業也差一點送命。我真的該提早退休，遠走高飛，到一個沒有人知道我的地方，和我心愛的人共度餘生。心愛的人？我愛誰？娜塔莎？連面都還沒有見過，走到哪裏？花蓮？馬六甲？

晚餐終算吃完了。鄭先生示意讓他兒子和陪客先告辭，然後帶我走進他的書房，在二樓西餐廳的隔壁室內放了四張沙發，一個小咖啡桌，四壁皆是書架，但是燈光仍然幽黯，我看不清架上的書，室內左角有一張辦公桌，旁邊是電腦設備。看來這就是鄭先生的辦公室。

鄭先生打開咖啡桌上的一小瓶白蘭地酒，「這種稀有的白蘭地也是葡萄牙產，名叫Aquadente Velhíssimo，意思是最老的『火水』，酒精成分相當高，但味道奇香，你試一試，」鄭先生為我倒了一小杯，喝到嘴裏烈如茅台，但香味四溢，我開始感到有點不勝負荷了，正想推辭，鄭先生又開口了：

「庇德，我請你老遠飛來此地，當然有我的用意。請相信我，這不是陷阱，就憑我和你舅舅的當年交情，也不會陷害你，還有你媽媽——」又提到我媽媽，難道他也是我媽媽的情人？鄭先生看我有點不安，就接着說：「不知你舅舅告訴過你沒有，你母親死後不久，他隻身到香港創業，就把你和你的馬來奶媽託給了我，那個時候你就睡在這間房裏！不記得了吧，這間房原是我亡妻的臥室，是她照顧你的，整整一年，我那時事忙，常常徹夜不歸，回家的時候常見到你，你大概只有五六歲吧，叫我叔叔。你現在知道我為什麼請你來這裏。那個時候還年輕，見到你母親的時候喊她姐姐，因為我和你舅舅情同兄弟。我的亡妻對你更親，你舅舅回來把你帶走的時候，她依依難捨，我送你到碼頭的時候她還大哭一場。想不到你走後不到三年，她也隨你媽媽過世了，她是你媽媽在馬六甲最好的朋友。」

鄭先生把書桌上他亡妻的照片拿給我看，是一個面容清秀的年輕婦女。「你存有我母親的相片嗎？」我不禁有點好奇。鄭先生不聲不響地又走到書桌，拉開抽屜，取出一個舊照相簿。他打開桌燈，要我到桌邊去看。翻到第三頁，一張發黃的照片赫然映入眼簾，照片上有兩位婦人站在一幢樓房前面，左邊的年輕婦人我剛才看過，右邊的年輕婦人身材瘦小，穿的是馬來衣裳，楚楚動人，臉上的笑容帶着一股淒涼，但依然充滿甜意，我望着她，感到一陣溫暖，抬頭看到鄭先生的眼圈也濕了。「庇德，你知道你的名字是什麼意思？祖先庇德，你可以說是一個孤兒，但是你的祖先還是了不起的，你父母親都是戰亂的犧牲品，甚至你的舅舅，如果沒有戰亂，也可以為祖國做出一番大事業。」當鄭先生說到「祖先」和「祖國」這兩個名詞——對我來說相當陌生——的時候，也不禁長嘆一聲，又為他自己倒了一小杯白蘭地一飲而盡。「我和你父母親和你舅舅的這一代，都是歷史的產物和犧牲品，當年都有雄心大志，想為祖國的前途貢獻一份心力，我雖是一個峇峇混血兒，但從小會說會讀漢文，認中國為祖國，現在告訴你吧，我和你舅舅當年都是『新馬聯合解放陣線』的地下成員，戰後英國殖民政府追捕得很厲害，你舅舅的離開也和這段革命歷史有關係，我比他年輕，又有家庭背景的保護，雖被抓去坐過牢，不久就放出來了，我父親為此事氣急敗壞，我出獄後，他就把我調到新加坡，我差一點也隨你舅舅偷渡到香港去了。」

我聽着聽着，不禁神往，又像被催眠一樣，覺得身心都化入另一個世界。我一點都不懷疑鄭先生故事的真實性，也許就是那張照片在作祟吧。我頓然對鄭先生感到親切，猶如家人，他怎麼會是我的敵人？舅舅是否故意淡化了他和鄭先生的關係？我已有七分酒意，再喝下去就要醉了。鄭先生到桌畔的小咖啡壺倒了兩杯馬來產的濃咖啡，沒有加糖或牛奶，為我醒酒。

「今晚還要告訴你另外一件事：我的職業和計劃，這是我請你來的另一個原因。我的家業早已安排好了，我兒子管理一切，我所說的『職業』是秘密的，和你公司經營的相同，事實上以前和你們公司還有業務關係，當然是你舅舅拉的線。

「最近的一連串問題都是因這家俄國新公司而起，根據我們的線索我們也有自己的調查小組，你看過他們的一份報告——這家新公司想要販賣的東西，已經直接進入了我們的勢力範圍。我們的調查小組也看到了網路上的那幾首奧瑪卡樣的詩，我也親自解讀過，那張清單上列的，大都是舊貨——在俄國過時的坦克車和飛機，還有火箭，想賣出去賺點錢，不過內中有一樣新東西，也就是整個計劃的代號，叫作東方獵手，你猜是什麼？」

我的酒意大醒，頓時想到娜塔莎，她不是在網路作愛時提到「東方獵手」？後來我問過米蘭，他也語焉不詳，我判斷是一種新型的長程火箭。「長程火箭在東南亞有什麼用？也許台灣可以用來對抗中國大陸，而東南亞各國都是靠水，你看哪一國有錢買軍火？越南？柬埔寨？泰國？去年買外國軍火最多的東南亞國家是馬來西亞，表面上買的是巡邏艇，那麼，防範的是什麼？除了海盜和走私船隻外，就是潛水艇！

「這裏面還有一個戰略因素，馬來西亞的假想敵是哪一國？東南亞經濟勢力最強的是哪一國？新加坡！否則俄國公司為什麼要在新加坡設立支部？你見過他們的工作人員，問題是他們的業務目的是什麼？並沒有告訴你，只是假意希望與你們公司合作，甚至要你們作代理人，都是一片謊話。根據我們的情報，他們想要販賣的東西和我們公司一樣——潛水艇！去年的報紙已經公開暴露，新加坡政府在海邊的一塊工地上打了一個大洞，準備把軍火藏在地下，當然沒有提所藏的軍火是什麼？怎麼運到地下去？緊急時如何啟用？在這方面我們也不知道，不過我個人的猜測是新加坡政府和馬來西亞一樣，都想買潛水艇，特別對一個島國，潛水艇是最有效的攻擊和防禦武器，如果裝上火箭，更不得了！

「我所秘密代理的公司早已和馬來政府作過交易，當然也有意和新加坡政府接洽，生意都快談成了，不料半途殺出來這家俄國東方貿易公司，新加坡政府突然停止和我們公司的商談，看樣子是被這家新公司的貨色吸引住了。」

鄭先生說到這裏，我卻更糊塗了。如果兩家公司搶生意，為什麼用暗殺手段？為什麼事先沒有任何警告就要暗算我和阿強？新加坡植物園門口的那一場槍戰，難道是日蘇大戰？為什麼連美國的ＣＩＡ也牽連進去？新加坡政府為什麼不把雙方人馬驅逐出境？到底鄭先生的公司是屬於何方？難道他就是日韓走私集團的幕後主持人？為什麼不再暗殺我反而要請我到馬六甲來作上賓？

「庇德，我知道你心中還有一大堆疑問，但是我沒有時間和你細述了，不過，我可以告訴你，我以前經營的生意來自德國和荷蘭，台灣多年前向荷蘭買的一艘潛水艇，也是請我作中間人。最近情況比較複雜，我們公司本來就有日本的股東，而日本方面還包括北海道和琉球方面的商人。我和他們初次接觸也是經過本地的琉球人後裔，也許你不知道，在十七、十八世紀有很多琉球人來馬六甲作生意，有些人在此定居，和當地人結婚，也像我們一樣，有他們自己的社團。我在他們介紹下和日本方面搭上了線，他們又拉了一些可疑的韓國人加入，說是北韓有大批軍火出賣，以換取外匯買糧食，情況就越來越有點群龍無首，甚至尾大不掉了。我為了最近發生的事端還特別到香港一趟，和你舅舅見面，我們闊別已久，卻為了這件麻煩事而久別重逢，真有點可惜，不過我們還是取得協議，你們公司暫時退出這場鬥爭。」

我實在等不及了，終於衝口而出：「鄭先生，難道那兩場暗殺行動都是你發號施令的？在旺角指壓場我差一點喪命，我的朋友阿強在新加坡植物園無故遭到伏擊受傷……」「你的朋友阿強是被ＣＩＡ的一個狙擊手誤傷的，他們竟然斗膽在植物園斜對面美國大使館樓上開槍，還以為殺的是日本浪人。至於旺角那場行刺，與我全然無關，就是因為這個事件我才決定到香港去的。」

「那麼你為什麼不直接見我？」

「我和你舅舅本來不想把你牽連在內，我也不打算見你，偏偏那天你闖進我們新開張的壽司小館，我那個機要秘書——就是你見到的那位京美小姐——看上了你，私自主張要我見你，她知道你的情況，我只好與你舅舅商量後匆匆趕去見你，既然見了你，就一不作二不休，乾脆把全盤情況告訴你，也因此把你拖下了水。庇德，為什麼這些日本和韓國女孩子對你如此着迷？」

我又想到芝子，和聖淘沙那一夜。那位京美小姐很聰明，但太年輕了一點。

「庇德，今晚我說得夠多了。先送你回旅館，明天我還有一件大事要辦，辦完後再來找你談。說不定我們再見面時，一切問題都可以迎刃而解了。」

5

回到酒店，已是深夜兩點。我思潮起伏，久久不能入眠，忍不住打一個長途電話給香港的舅舅，電話又是沒有人聽，我也沒有留話。我思慮再三，感到鄭先生最後的那一句話——「明天還有一件大事要辦」——內中大有文章，但又不得要領。迷朦中進入夢鄉，看到鄭先生全身白衣，手拿一把機槍，單槍匹馬赴會，像是與人決鬥一樣，鄭先生已快七十歲的人了，怎麼能打得贏對手？在夢中背景突然又變成美國西部，賈利古柏飾演的警長在《日正當中》與歹徒決鬥，到處是鐘的答答響，提醒他決鬥時間已到，時不我與……一覺醒來，已是清晨九點，匆匆到樓下咖啡店進早餐，剛剛坐下，就發現附近座位有人監視，而且人很多，像是一個旅行團的遊客，每人都拿一個旅行袋，都是清一色的年輕男子，有東方人也有白人，他們像是如臨大敵的樣子，可能監視的不僅我一人，鄭先生有難了！應該趕快去警告他，但是他昨晚的那一句話又像是胸有成竹，說不定這一批殺手就是他親自邀請來的，那麼目標又是誰？殺我不需要這麼多人，看來他們另有任務。

吃完早餐，一個人在街上閒逛。鄭先生竟然也沒有安排任何人來接待我，只要我再待兩天才走，他還有重要情報要告訴我。無意間走進一家畫廊，樓上有一個本地畫家的作品展，這位畫家也在場，聊了幾句才發現他是新加坡的華人，他說七年前來此度假，就愛上這個地方，乾脆搬來定居。樓下賣的是各種禮物，我看到幾張上海的舊月份牌，愛不釋手，就全買了下來，只覺得月份牌中的女郎似曾相識，至少是三十年代的老東西了，也許是贋品，內中的女郎我怎麼會認識？我發現自己常作種種幻想，又像在作白日夢，有時候把現實和夢境也混在一起。昨夜作的夢歷歷如生，那場決鬥的背景像是一個破爛的大教堂，這又是在哪部電影中看過的？

吃完午飯在旅館房中稍事午睡後，又出門遊逛，信步走到對面的古建築區，隨着遊人登上一座小山，抬頭一望果然有一座殘破不堪的大教堂，前面還矗立着一個聖芳濟各（St. Francis of Assisi）的石像，顯然這位天主教聖人也來過馬六甲。教堂只剩下幾堵牆壁，中間空地上有一個枯井，上面蓋滿了硬幣，井底無水，又像是一個地道的出口，我也隨着別人丟下一個銅錢，祝我自己的前途無量。

有什麼前途？我不像遊客，也不像本地人，我像是一個遠道來的進香客，我突然有股衝動，想在母親的墳前進一炷香，然而母親的墳墓又在何處？昨晚我應該問鄭先生，也許現在去問還不遲，但昨夜進去的那幢大廈又在何處？像是鬼屋一般隨黑夜消逝得無影無蹤，要我到哪裏去找？

突然想到在吉隆坡機場見到的那位「胡姬公司」的經理林先生，他的名片上應該有地址，從口袋裏拿出名片一看，卻只有電話和電傳號碼，沒有地址，只好照著名片上的號碼打去，又是只聽到留話機的錄音，這些人都在忙什麼？到哪裏去了？找不到人，我只好不恥下問，又回到那家畫廊，見到那位畫家就問他是否認識鄭先生，他說不認得但知道他是本地名人，公司的門市部設在附近的街口，我又匆匆走去，炎熱的陽光使我汗流浹背，到了門市部卻發現大門緊閉，門上掛了一張假期暫停營業的牌子，今天又是什麼紀念日？而街上其他商店卻家家開門，照常營業。

回到旅館獨自進晚餐，越想越納悶，莫非今天真有大事發生——有關胡姬公司和鄭先生的大事？剛從旅館餐廳出來，迎頭就碰上今早見到的那批「遊客」，個個西裝筆挺，像是集體共赴盛宴一樣。我突生急智，在旅店門口叫了一部計程車，要司機隨意在各條街道上行駛，一邊向他打聽今晚有什麼節慶大事？「你還不知道嗎？今天是本地的胡姬公司董事長鄭爵士的祭祖大典，正在舊港口附近設下宴席，全城的名人都去了，聽說還有遠道來的客人參加，」司機回答說。我立刻叫他開車到宴會場地，藉口是想去看看熱鬧。

到了目的地，但見萬頭攢動，幾個大帳篷下席開數百桌，燈火通明，賓主正在盡歡，穿着白衣服的侍者穿梭在各桌之間，晚宴正在進行，桌上杯盤狼藉，有的客人已經喝得半醉，互相敬酒尋歡。我到入口處卻不得其門而入，警衛問我有沒有邀請卡，我正在猶豫之中一眼瞥見林先生，趕快和他打招呼，他也認出是我，滿臉笑容地走來邀我入場：「方先生，很抱歉，這個宴會早在月前就已經把請柬發出去了，鄭先生也沒有交代我們請你。」「我是不請自來，湊熱鬧的，」我只好這麼說。

林先生帶我到附近一桌，並一一介紹桌上的客人，剛坐下不久，就聽見遠處主席台的播音器響了，聲音很熟悉，鄭先生先用馬來語、再用英語，最後用華語感謝大家的光臨，我不懂馬來話，只聽到一個字眼：Selamat，好像在哪裏聽過，但還是不解其意，最後才從鄭先生的華語演說中斷斷續續地聽到幾句話：

「先祖早於公元一四三三年就隨鄭和來到馬六甲，世世代代香火相傳……承蒙本地各位長官士紳的合作……本公司至今營業已有將近兩百年的歷史……今晚特別榮幸請到遠自北海道來的嘉賓……請起立接受祝賀……還有德國和荷蘭來的……」一時掌聲不絕。我發現當這些貴賓從各桌站起來的時候，負責該桌的侍者特別注意，還拿出小本子記錄在案。鄭先生講完後，又請六七位貴賓演講，語言各殊。（記得林先生曾告訴過我，在馬六甲通商鼎盛時期，在碼頭上同時可以聽到八十餘種語言！）最後宣布散會。

然而，當大部分賓客離席後，這些遠道來的「貴賓」沒有一個離席，我桌上的來賓皆已走盡，我只好湊到其他桌上，因為我預感到鄭先生所說的大事不久即將發生。鄭先生再度登台，用流暢的日語宣布：「本公司董事會各董事皆已到齊，我在此要向各位請教：本人與日本來的各位董事，特別是中村先生、山本先生、佐佐木先生……歧見日深，尚望董事會以公正的立場仲裁。」於是，主席台上的德國和荷蘭代表依次用英語發言，表示支持鄭先生的立場：「關於俄國東方公司在東南亞的活動，我們不應該採取武力行動，因為用武力既違法，而且也會對本公司生意有負面影響。」

歐洲代表說完，一個日本董事站了起來，一把抓着麥克風說：「這些俄國狗熊，在庫頁島為非作歹已久，我們必須把他們趕盡殺絕！同意的人請起立！」一聲令下，各個桌上的貴賓大部分都站了起來，接着各個脫下西服上衣，露出傢伙來了，手槍分別指向主席台和其他未起立的貴賓。一剎那之間，我還沒有看清楚主席台的動靜，各桌的侍者也紛紛從地下拿出藏着的武器，雙方對峙，突然鴉雀無聲。我本能地屹立不動，雙腳開始穩住，準備踢出全身保護網。說時遲那時快，主席台上突然一聲槍響，我看見那個剛才演說的日本人應聲倒地，於是頓時槍聲大作，我立刻伏在地上，才發現電燈突然滅了，四周卻立時出現無數火把，似乎有一大群馬來人在大聲喊叫，刀光閃閃，而桌旁的侍者和桌上的客人也互相厮殺起來。槍林彈雨之中，我還看見日本武士刀和馬來彎刀也出籠了，喊聲震天，還夾雜着呻吟聲。突然一聲震耳欲聾的砲聲從遠處海上發出，落地以後，聲音更響，而海上數支探照燈也同時照向會場，大家一時呆住了。

「這裏是馬來西亞海上防衛隊，立即停火，你們已經被我們軍隊包圍了！」空中出現了三架直升機，也用同樣語言（英語）喊話。我正以為日本代表們的武力行動已經被馬來軍控制住了，不料海邊又傳出兩聲巨響，接着看見遠處的馬來巡邏艇起了熊熊大火，煙霧沖天，然後船首倒栽沉入海中，而空中的直升機也不知去向，另一道探照燈在海上升起，更為強烈耀眼，一個龐然巨物在浪濤中冒了出來——它是一艘潛水艇！

第二部

第一章　香港——新加坡——雪梨

1

一九四九年四月十三日。

上海法租界原戴笠將軍官邸門禁森嚴。已近午夜時分，但屋內仍燈火通明。方立國穿著整齊，陸軍上校制服熨得筆挺，正襟危坐在會客室沙發上。數分鐘後，旁門微開，一位老人著便裝走了進來，方立國立刻起立，本能反應式地向老人敬禮，老人左手一揮，示意免禮，就在他身邊的沙發上坐下，順手拿起桌上新泡的一杯茶，呷了一口，就開口說話了。

「立國，今天這麼晚找你來，是有原因的。你知道，最近時局變化很快，大勢對政府不利，共軍已經席捲華北，即將大軍南下，不日即可過長江，直逼上海了。你是受過軍事訓練的人，你知道，徐蚌會戰我軍挫敗的主要原因，不是武器不足或士氣不宏，而是指揮調度失宜，為敵所乘，而沒有積極利用空中優勢，真是一大敗筆，可惜之至。

「立國，看來我們在陸地上已經守不住了。但是，徐蚌會戰的教訓是我軍的部署太過謹慎，步步為營，機動性反而不夠，我認為兵不厭詐，用兵應該出奇制勝；而且，武器方面也要出奇招，才能出其不意、反守為攻才是。你看我講的話有沒有道理？」

方立國只有唯唯諾諾地說：「將軍高矚遠見！」

「立國，」老人又接着問道：「你覺得我們在武器方面缺乏什麼？」立國不置可否，將軍不等他回答，就又滔滔不絕地說：

「抗戰八年期間，我軍退守大後方，制空權全操在日本人手中，要不是後來美國以飛虎隊仗義來助，我們政府的情況更不堪設想。八年的教訓讓我們知道陸空聯合作戰的重要性，然而這幾年的內戰，為什麼我們仍然軍力不振？我看陸空之外，恐怕尚需海軍。中國歷史上自明朝以降，就不重海防，鄭和下西洋後，明清二朝的皇帝偏於邊防，不注重海軍建設。遂在鴉片戰爭中吃了大虧，亡羊補牢，為時已晚。民國成立以來，海軍的建設最為落後，你看那幾條破軍艦、廢銅爛鐵，哪裏經得起打仗？所以，我們必須重建海軍，才能在今後華南的戰役中打勝共產黨。共軍都在陸地，他們到了沿海，我們就可以用軍艦砲轟了。而且，飛機也可以在航空母艦上起飛，如此則更有機動性，即使他們佔領機場，我們也不怕，因為他們根本沒有什麼飛機。

「不過，海軍只靠航空母艦還不夠，還需要另一種武器。其實，這種武器早在第一次世界大戰期間德國就已經開始使用了，不過成效不大，到了上次大戰，後來美國海軍的潛艇威力逐漸趕上德國，終於在太平洋戰場對付日軍時發揮威力。你猜這個海軍武器是什麼？」老人故意賣一個關子，又飲了一口茶，然後才輕輕地用一隻手半掩着嘴，故作玄虛地說：

「就是潛水艇！」

方立國聽後，不覺一驚，他受的特務訓練，與海軍武器無關，更不懂潛水艇，將軍賣的到底是什麼關子？

「立國，你一切都準備好了嗎？」

「將軍，我在三天前收到命令，說是要遠行，但不知道去什麼地方。」

「澳洲。我們最近向澳洲軍方訂購幾艘軍艦，還有一艘潛水艇。前者是由海軍方面的一個代表團去訂約，後者只交給你一個人負責，以便保持絕對秘密，否則這個新武器就不靈了。我們得到的消息是：二次戰後德國的頂尖技術專家逃到澳洲，受到重用，繼續發展潛艇技術，目前已經研究成功，可以由潛水艇從海底發射飛彈，岸上的敵人根本無法防備，我們想把敵軍引到浙江沿海，然後大舉殲滅。所以，立國，你這一次的任務是歷史性的，扭轉乾坤，就得靠此一舉了！你好自為之，補給處的王上校會向你交代一切細節。祝你一路順風。」

2

從上海乘民航班機到香港，是件易事。方立國化裝的身份是香港商人，反正他生在廣州，母語就是廣東話。從香港到新加坡，需要搭美國的一架軍機，是事先安排的。到了新加坡以後，他的指令是去找中華書局的一位阮先生，然後再聽候安排到澳洲的旅程。

飛機抵達香港後，他坐專車直達半島酒店，心裏頗不是滋味，為什麼要花政府的錢供自己享受這個殖民地的第一大酒店？但為了「表明」商人身份，也只好故意亮亮相，還需要多說幾句在上海聖約翰大學念的英文。他生在廣東，卻在上海長大，早年受西方薰陶，除了英文以外，也在震旦讀過兩年法文，父親本來希望他可以作外交官，所以訓練他的語言能力，不料抗戰爆發以後，他卻從了軍，為的是更積極地報效祖國，先在重慶作外事聯絡工作，後來就被拉入軍統作情報，承蒙戴笠的賞識，先後到淪陷區出任務多次，有時也是經由香港轉入內地的。

他對香港這個英國殖民地，從來沒有好感，恨不得把英國人和日本人都趕回去，一九四一年底日軍佔領香港，竟不費吹灰之力，而香港的順民對東亞的新主子尤其恭順。大戰結束，日本人撤走了，又來了另一批新主子——美國的水兵，於是香港人又把灣仔變成了紅燈區，作踐自己，都成了伺候白人的妓女。甚至他住的半島酒店都免不了沾上一點騷氣，大廳咖啡廳裏坐着幾個時裝招展的女人，方立國一看就知道是幹什麼的。有一個竟然向他走過來了，「先生，上海來的？我也是，在這個不毛的地方人地生疏……」，開始搭訕起來，他有點厭煩，但既是商人身份，又不能顯得太過拘謹，只好請她坐下，為她點一支煙。「先生，來了多久？」

「昨天才到。」

「那麼，香港的夜景你還沒有看到？碼頭的星光特別好，特別是從水上看。」方立國望着她，衣服雖然華麗，但面上輕脂淡粉，顯得頗為不俗。近年來他的壓力太大，每天忙於機密之事，好久沒有輕鬆了，難得偷得一日閒，反正逢場作戲，遂邀她共進晚餐，然後租了一條小船去賞月，香港這種船叫作「嘩啦嘩啦」，模擬水聲，只有一個船夫，半划半開摩托，發出嘟嘟的響聲，映霞依偎在他懷中，他默默不語，只是兀自一支接一支地抽煙。

「你的洋煙盒都快空了，我又忘了帶打火機，方先生，你怎麼不說話？有心事？婚姻不愉快？工作壓力太大？這趟遠行任務重大？」

她最後這一句頓時使他警覺起來，把一支抽了一半的「三五牌」香煙隨手丟在水裏，劃出一小道紅光。

「你怎麼知道我要遠行？」

「在咖啡廳我一眼就看出來了，你穿的西裝和皮鞋都是新的，連那頂禮帽也是新的，是哪個上海裁縫做的？滿合身的嘛。一般常來往於港滬二埠的商人穿着比較隨便，西裝也是舊的，僕僕風塵，哪裏還會每次出門都訂做一套新西服？出遠門的人才會治裝，走得越遠，西裝製得越新，質料越好，不過，你這套藏青呢料在這裏穿還可以，到了新加坡可會嫌熱。」

「你怎麼知道我要去新加坡？」

「恕不奉告。我曾經去過一次，熱得很，不過碼頭旁邊牛車水的大排檔食物很價廉物美，最好晚上去，太陽下山以後，有時候還有點清風習習，滿涼快的，你可以叫一客當地的印度菜，咖喱魚頭。」

這位陳映霞小姐談吐不俗，恐怕不只是脂粉市場中人。

「陳小姐，你到新加坡也是做你的生意？」他語意雙關地問。

「拍電影，我是新成立的邵氏公司屬下的一個小明星，我們老闆看上海待不下去了，所以決定到香港和新加坡建立新地盤。」

「你拍過什麼戲？」

「都是不見經傳的，《亞熱帶之戀》、《月亮和星星》……我演個小配角。方先生，我叫你立國好嗎，其實你也很瀟灑，比石揮和趙丹長得還帥，可以演電影，你看過『天字第一號』嗎？你就可以在那部片子中演男主角。」

「天字第一號？」

「天字第一號間諜！」

她這個玩笑開得未免太大了，到底她知道多少底細？方立國一邊思索，一邊也湊興地演個大情人的角色，右手托着她的小臉，輕輕地吻了一下。

「我不想演間諜，我只想演個情人角色——你的情人，願意嗎？」

她微微一笑，月光下出奇地嫵媚，他不禁憐香惜玉地抱緊了她，喃喃地在她耳邊說：「我演的角色已經太多了，人累了，需要休息，你乾脆陪我回酒店？」

她未置可否，卻也輕輕地在他唇上回吻了一下，兩手握着他的左手不放，眼睛閉着，像是沉醉在一種幻覺裏，又像是等待某種事情的發生。

那夜的繾綣竟然令他銷魂。久旱逢甘霖，他幾個月來的緊張化成一股難以遏制的熱流發洩出來，她默默承受着，並不激動，偶爾睜開眼看着他，眼色竟然帶點憐憫。事完後，他又抽煙，也遞了一支給她，她拿着卻不讓他點火。

「你到底是誰？難道我們只是萍水相逢？還是你早已準備好了？我看你不是妓女。」「又有什麼不同？我還不是給了你？」

「映霞，我……」

「何必多說，就讓我們演一場愛情戲吧？留得一點溫馨的記憶也好。」

「我們假戲真做？」

她沒有回答，翻個身，背對着他，他不覺伸臂攔着她，心情一陣激動，她卻悠悠地自顧自地說：

「以前我演過話劇《日出》陳白露的角色，死背最後那幾句話，總覺得有點造作，什麼『太陽出來了，把黑夜留在後面，但是太陽不屬於我們的……』，立國，我現在才明白，太陽終歸要出來的，我只不過是大海中的一個泡沫，遲早會自我消滅的。立國，你現在還想力挽狂潮？太陽也不會屬於你的，你何必如此孜孜不倦地出任務？」

「你到底是誰？為哪方面工作的？」

「我就是陳白露那種交際花，為了生活，只好下海，他們也沒有給我幾個錢，只教我去引你上鉤後，再套套你的任務細節。他們說你這趟任務重大，但終究會徒勞無功。

立國，不要吃驚，我只是一個小人物，我有一個男朋友——我愛他，他不愛我——是他們那邊的人，其實，他們對於你此行的任務已經一清二楚。」

3

方立國坐在美國軍用運輸機的後座，腦中一片茫然。

此行任務即使可以完成，是否仍然可以改變大局？對方既然知道他的身份，這一程是否會冒更大的風險？昨夜的荒唐像是一場春夢，但痕跡俱在，映霞臨走竟然把自己用過的一條手帕塞在他褲袋裏，還依依不捨地說：「我真捨不得你走，看來此生是見不到你了，多保重，到了新加坡以後，萬事小心，最好隨身帶一把手槍，看來他們早已設好了圈套。」圈套？什麼圈套？能相信她說的這番話嗎？這場美人計的用意何在？警告一次——先禮後兵？反正他早已把性命交給國家，自己也沒有家眷，孑然一身，就隨命運的安排吧。

不料一下飛機就惹上了麻煩。

美國的軍方憲兵要查他的證明文件，而事先並沒有接到指示，竟然不分青紅皂白把他押上軍車開到軍營辦公室，準備以非法人士身份不明為藉口加以拘禁。他被迫填寫各種表格，用了護照上的假名，剛剛辦完手續，一位美國軍官就適時走了進來，用英語向他說：「方先生，抱歉來晚了一步，讓你諸多不便，我已得到上級指示，要你立刻搭乘明天的另一班飛機直飛雪梨，今晚就請暫住此地吧，至少比外面安全一點。」

那麼他如何才能照預定計劃和中華書局的人聯絡？「我可否借用你們的電話一下？」這位軍官也很客氣，「當然，請便。但長途電話要經過我們的接線生。」他這一句話倒使方立國頓時覺悟，雖然臨行時周將軍再三告誡說，非到緊要關頭不要打電話，還是留了一個秘密電話號碼給他。於是他立刻要求打長途電話到上海。

「喂，是恆源綢莊嗎？請周經理聽電話，」這是預先安排好的說法。「對不起，周經理不在，有什麼事嗎？」

「沒有什麼，請告訴他是新加坡打來的，有件買賣的事想向他請教一下。」

「你是方先生嗎？周經理臨走時曾經交代過我，說是如果你打電話來就告訴你一切買賣取消，我們這個店明天就要遷居了——」

什麼？遷居？取消？真如晴天霹靂，怎麼這麼快就改變計劃，也沒有通知他，就這麼草草率率交代一聲了事？看來事有蹊蹺，必須多打聽一下。於是他又打一個電話到中華書局，倒是馬上找到了事先約好的聯繫人阮先生。

「方先生，真巧你打電話來了，我到軍用機場去接機，竟然被擋駕不准入內，美國軍方一問三不知，真不知如何是好，幸好你打電話來。你現在在哪裏？」「就在美國軍營，他們不准我出去，你知道我們公司的買賣情況如何？」「不瞞你說，剛收到周經理發來的電報，我們這一宗生意取消了。」

「那麼，他是不是要我及時回上海？」

「電報裏倒沒有說。」

這如何是好？看來事情更複雜了。既然任務已經取消，為什麼美方還安排他上機飛澳洲？這又是何方的指令？他有點進退兩難。剛才那位軍官已經離開，他也無從問起，只好隨着一個軍曹到營房的另一端，軍曹把門打開，把行李提進房中，匆匆敬個禮就走了，也沒有任何交代。

方立國獨處一間斗室，不知如何是好。遠處傳來士兵操練的叫囂聲，除此之外，四周出奇地寧靜。他覺得這個地方似乎與世隔絕，在地球的另一端，戰火早熄，但看來這塊土地仍然傷痕累累，斷垣殘瓦，遍地皆是，簡陋的營房格式單調劃一，旁邊雜草叢生，也沒有人理會，他窮極無聊，在房裏待不住了，出來閒步，看到的景象使他更傷心，也感到有點荒謬，怎麼自己會淪落到這個地步？後無退路，前程更茫茫，如何是好？要打退堂鼓也不行了，看來只有鋌而走險，走一步算一步，到了澳洲以後，看美方如何安排，再作打算。

散步回房，恰好碰到剛才帶他來的軍曹，又是敬禮，然後很禮貌地請他到餐廳吃晚飯。他像一個被軟禁的高級囚犯，聽人擺布，到了餐廳，迎面就看到下午見到的軍官，請他共進晚餐，他趁機再打聽一番，邊吃簡陋的火腿炒蛋和沙拉，他故作不經意地問道「明天的飛機幾點起飛？到了雪梨以後有沒有人來接我？」

「我得到的指示是明早送你上機，你到了以後如何安排我也不知道。」

「你什麼時候接到的命令？」

「今天早上才收到，所以我沒有時間趕到機場去接你，才引起一場誤會，非常抱歉。」

「這麼說來，命令是從別地來的？」

「華盛頓，其他恕不能奉告。」

飯後，那位軍官送他回房，就告辭了，並提醒他明天清晨六時半會派車來接他登機。

方立國覺得更納悶，又出來散步。天邊已見繁星，微風吹起，還是溫暖的，儼然已是夏天的天氣。他不覺散步到軍營門口，看到兩個衛兵在聊天，毫無戒備的樣子，他也信步走去搭訕，發現他們竟然讓人隨意進出，也不登記。於是他隨意問了一句：「可以到城裏去逛逛嗎？」衛兵説從軍營到城裏還有十餘公里的路，沒有車是不行的，不如請他稍等半個鐘頭，可以隨幾個士兵晚上一齊進城，他們有車。

方立國似乎有點預感，既然今後的命運凶多吉少，乾脆今晚及時行樂算了，順便看看市容。等了不久就來了一部吉普車，上面早已坐了四個大兵，都是便服，他擠進後座，學着上海公共租界酒吧間大班的口氣，和他們閒聊起來。才知道這批陸戰隊士兵每天閒來無事，正等着坐船歸國，晚上則輪流休假上酒吧，原來他們今晚也是去一個常去的酒吧買醉。車在海邊疾行，路邊的芭蕉樹矗立雲霄，遠處海上閃閃燈光，像是有無數船隻停泊。不久就到了一座橋畔，沿街全是酒吧，外面擺了桌椅，不少洋人坐着喝啤酒，他們走到一張桌前坐下，一個穿着土著服裝的中年女侍，體態臃腫，拿着幾大杯啤酒放在桌上，就和這幾個士兵打情罵俏起來，顯然都是熟客。他略微敷衍了幾句，就說想到街上逛逛，因為這還是他第一次來，這幾位同伴也沒有阻擋，只叫他三小時後一定回來，否則就不等他了。

方立國就這麼輕而易舉地走進了新加坡的鬧市——這就是當地人叫做牛車水的貨運碼頭，距離酒吧區不遠，但本地人更多，外面擺的小攤位都是賣吃的東西，他看到不少人坐在一個小攤子上吃一種像是炒麵的食物，香味十足，他也坐下來叫了一盤吃了起來，這才發現剛才的一頓晚餐等於沒有吃，飢腸又咕嚕起來，吃了一盤又叫了一盤，越吃越有味，又要了一大杯冷椰子汁，喝到肚裏甘甜無比，無端地高興起來，和旁座的人搭訕了幾句，發現他們說的國語有點福建腔，還有一個人會說廣東話，更感到親切。

「先生是從上海來的？」

「你怎麼知道？」

「看你這一身打扮，不難猜出來，但猜不出你是幹什麼的，看你很文雅，像是教書的，甚至還可能是一位作家，我曾有幸碰到過流亡到這裏的郁達夫，那時候還帶了他的夫人王映霞，又有人說是王映霞來看他，兩人在不遠的那間酒店請客吃飯，出門的時候朋友告訴我說，這就是鼎鼎大名的郁達夫。不久他就失蹤了，據說是被日本憲兵殺了，真可惜，一代文豪竟是這樣的下場！」

「郁達夫先生我久仰其名，但沒有看過他的小說，只看過他的舊詩，好像有一冊《毀家詩記》？」

「方先生，看來你也是性情中人，我們雖萍水相逢，但好像已經變成知己，何不到我家坐坐？距離這裏不遠。」

既然無所事事地閒逛，就隨他走走無妨，方立國立時答應了。那人搶着付了賬，兩人就從橋邊走下來，走進一條陋巷，又轉了幾個彎，人跡漸稀，四周出奇地寧靜。不久到了一個不顯眼的茅屋，那人也不敲門，推開了就讓他先進去。

一進門方立國才覺得情況非同尋常，房裏早已坐滿了人，至少有七、八個，卻悄然無聲，都是樸素打扮，沒有人像他一樣還穿着西裝。這時他才突然憶起，隨身帶的手槍也留在美軍宿舍了。

「方先生，讓我來向你介紹，這幾位年輕人都是我的朋友，也是新馬解放聯盟的會員，今晚請你來，想和你商量一件事情。」

「你們怎麼知道我是誰？怎麼知道我在這裏？」

「方先生，你低估了本地人的情報能力。」

方立國此時才突然有所覺悟，看來中華書局的阮先生也是他們的線人。

「方先生，我們知道你此行的任務，是到澳洲去訂購一艘軍艦，我們想勸勸你，你買來的軍艦已經在中國派不上用場，大勢已去，國民黨早已潰不成軍了，何不乾脆把軍艦轉賣給我們？」

他這一驚非同小可。從香港到新加坡，他們早已設下天羅地網，知道他的秘密任務，但畢竟還是沒有掌握全部資料，只好虛與敷衍。

「我是執行任務的人，這件事我作不了主，況且，目前我也不知道如何着手，你們看錯人了，我只不過奉命到澳洲去把錢交給美國軍方的一個人物，此人是誰我也不知道。只有到了雪梨才能分曉。」

他說的基本上是實話，料想說謊已經不足信服人了，但是他卻故意加上了一句「美國軍方」的話，想恐嚇一下，也許他們會知難而退。

「美國軍方？我們還沒有這方面的情報，怪不得你住在美國軍營裏。既然如此，我們乾脆請你幫一個忙，可否讓我們之中的一個朋友隨你去一趟？」

「怎麼可能？美國軍機又不會隨便載人。」

「你放心，我們自會安排。你明天一清早就搭機，是嗎？他們只有這一班軍用機，週二和週五清晨飛雪梨。」

原來美國軍方辦事如此公開。當然，在這個青黃不接的時候，軍方其實在辦民間的事。新加坡沒有自己的航空公司，除了英航的班機外，只有美國的軍機了。在座的「朋友」還告訴他，美國在亞洲的軍隊指揮總部設在馬尼拉，一切在麥克阿瑟將軍統帥之下。新加坡只不過是一個陸戰隊營駐紮，也在逐漸撤走，從菲律賓轉機或坐船回國。

這幾位朋友原來都是華僑，也是讀過書的知識分子，對他十分客氣有禮，相談之下，竟然十分投契，方立國似乎感覺到他們已經把他當作同路人，即使雙方立場不同，至少他們都是從抗日的同一場戰火中磨練出來的，不過他還是不明白為什麼他們還要再「解放」新馬一次，日軍不是投降了嗎？英美也都終要離開亞洲戰場，他們理應重建家園才是，為什麼還要談革命？

「我們這裏的當權者都是投機分子，都是通敵致富的奸商，你說這些人有資格統治我們嗎？還有，我們也都懷念祖國，也都希望國共和談，但是，看樣子你們國民黨是保不住江山了，樹倒猢猻散。將來的世界應該屬於勞苦大眾，和他們的黨……」

方立國覺得再聽下去他可能要動肝火了，但此時不是辯論的時候，於是他就若無其事地說要告辭，他們也不阻擋，並且還送他回到原來的酒吧，然後一一和他握手道再見，並說後會有期。

後會有期？不大可能罷。在這個被遺忘的角落，也許仍會有一場大動亂？不過，那時候他若不是完成任務回國，也只有暴死異鄉了。他從未去過澳洲——可能比新加坡更是個蠻荒不毛之地？據說，最初來澳洲的英國人都是畏罪潛逃的罪犯。

飛機在晴空萬里中緩緩飛翔。機艙沒有坐滿，除了十幾個軍人模樣的出差人員外，還有一家四口，丈夫像個商人，也可能是即將退伍的美國軍官，太太像是本地人，兩個孩子吵鬧不休，一路上向媽媽抱怨，說的好像是英文。方立國看不出有任何「可疑」的人物。反正聽天由命了，他已經置身度外。

飛機降落時的顛動把他從睡夢中驚醒。他竟然在這個時刻還作了一場美夢：他站在大塊岩石上，高聲朗誦他自己作的詩，背後是波濤洶湧的大海，真像一個電影鏡頭，不過他又覺得自己是站在一個荒島上，他不是在念詩，而是在聲嘶力竭地和另一個人爭辯，只剩下兩天的糧食了，彈盡糧絕，海邊沒有任何船的影子。他拼命想喊，但叫不出聲來，卻發現有一個女人從腰後抱住他，她那雙手抱得他好緊，頭依偎着他的背，口裏喃喃自語，如怨如訴，但他聽不懂她說的是什麼，原先和他爭辯的人已不知去向。

「Mon Chérie」——他醒後似乎耳中還聽到她的聲音，但立刻又覺得是另一個人在說話，他回頭一望才發現那位本地婦人正在和她丈夫說話，兩個孩子都睡熟了，好像說的是法文。

方立國走出機門，看到機場上停了兩部汽車。那一家人也隨他下機，立即有一部開了進來，這家人匆匆坐進去，司機把行李放在車艙裏，然後開車揚長而去。另一輛車是軍用吉普，車上一個穿海軍制服的軍官走下車，向他敬了一個軍禮，和新加坡見到的美國軍官動作一模一樣，只是軍服不同而已。

「方先生，歡迎，請上車。」方立國又被載到另一幢軍營，不過規模大多了，而且門禁森嚴，關卡重重，車子停下至少三次，待接他的軍官出示證件後才准放行。又是把他丟在一間宿舍裏，沒有任何交代。方立國此次有了經驗，好整以暇，乾脆躺在牀上抽煙休息。這個軍營好像坐落在海邊，因為他聽到海鷗的叫聲，還有遠處軍艦的汽笛聲。

牀邊的電話突然響了，他拿起話筒，對方說的是英語。

「方先生，歡迎到雪梨來。我是詹森上校，這裏的負責長官，過一個小時我派人來接你到我辦公室便餐，你不太累吧，旅途還愉快嗎？」

他說了幾句應景的話，對方就掛了電話。看來美方早已安排好了，但他事前毫無所知，到底上海方面有何打算？不是已經撤走了嗎？他覺得多想也無益，只能走一步算一步，臨機應變。

走進詹森上校的辦公室，竟然布置得很堂皇，室中間有一張會議桌，四周擺了十幾把椅子，詹森讓他在一張椅子坐下，不久一個勤務兵就送上飲料和便餐：兩客三明治。

「方先生，請原諒我這麼匆忙地和你立刻談正事，因為我們的時間不多，這件事馬上要辦，否則就來不及了。飯後我帶你先去看看，明天再安排一次較仔細的簡報，至於金錢方面，不用你操心，原來你的上級所安排的一切都已撤銷，我們已經從另一個管道得到款項，你的任務就是點收並隨船回國……」

方立國生平經歷過無數次危機，每次都能應付裕如，化險為夷，然而這一次他真的不知道如何是好。在上海他得到的指令是先與本地一家銀行經理聯絡，拿到款項後，與此地的一位僑商去拜會一位澳洲軍方人士，然後再談細節。非但美國人的插手是他意料之外，而且他也沒有想到抵達當天就要立即「成交」，這個閃電政策令他措手不及，而又無法和上海方面聯絡，他甚至不知道如何把這艘潛水艇開回去——他一輩子也沒有看過潛水艇——開到哪個港口？上海是商埠，不方便，舟山附近正在布置，但他又不知底細，如何是好？

而且，最基本的問題還沒有解決：到底誰負責開船？還以為上級早有安排，不用他擔心，然而他應該及早想到：為什麼上級只派他一個人來？當然不可能會有一隊中國海軍在澳洲待命，勢必要借助他國，但他還是沒有想到是美國，這是他的一大失誤。澳洲怎麼會派海軍把潛艇開回中國？這個新興國家一切唯英國馬首是瞻，不可能——也無能力——介入中國內戰。

方立國全神貫注地聽詹森的話，並力求鎮定，既然到了這個地步，也只好「廖化作先鋒」，時勢造英雄，他責無旁貸。

飯後，他隨詹森上校乘吉普車開出軍營，果然是在碼頭旁邊，又經過幾個關卡，車停下來，他們被引進另一幢倉庫。他進門時並沒有注意到這間倉庫龐大無比，從碼頭直伸到海中。

他猛然抬頭，看到了一個全黑色的怪物，像是一條巨鯨，腹部鼓脹，頭部更碩大得驚人，它靜靜臥在地上——不是地，是一道水渠，剛好容得下這條魚的身軀。

「方上校，」詹森改用他的軍銜稱呼他，「這就是了，This is IT!」他故意把「IT」這個字說得特別響。「美國海軍策劃，德國工程師設計，澳洲製造，用的全是美國納稅人的錢。這艘潛水艇只出過海一次，還沒有派上用場，戰爭就結束了。我們和澳洲合作，把這艘船重新又裝修了一次——其實沒有什麼可修護的，不過裝上了一套剛發明的武器——這套武器，告訴你，還沒有用過，全新，所費不小，我自己也不知道花了多少錢，top secret！請進！」

他目瞪口呆，隨着詹森上校爬上一條鐵梯到巨鯨的脊椎骨上，轉開一扇小門，又爬下另一條鐵梯，剛落入艇內，頓時燈火通明，原來裏面早已人聲嘈雜，不下二十多個水手在忙着測試各種儀器，整裝待發。「他們已經測試一個多禮拜了，」詹森說：「一切早已準備就緒，就等你最後代表驗收。」

「那麼，」方立國吞吞吐吐地說：「這隊人就是受命把它駛入中國了？」

「對！一切都已經安排好了，明天向你仔細報告航線，後天開船。」

方立國又一次不知所措。他覺得自己只不過是一個傀儡，真正主使的人不願出場，他是個替死鬼——死不了的話也無能為力，一切都安排好了，他只不過盡個人事而已。

「天命」已定，天網恢恢，在這個即將席捲一切的巨浪之中，他只不過是一條小魚，隨波浮沉，反正他已經被這條怪物鯨吞了。

第二天，他像是做了另一場夢。回到詹森的辦公室，會議桌上早已坐滿了人，詹森一一介紹，他也一一握手如儀，握到最後一個人，那位先生卻笑着說：「方先生，我們同機來的，記得我嗎？我叫布朗，原籍德國，現在是澳洲人，不久就要到美國去。我這次特別提前從新加坡度假歸來，就是為了見你，沒想到同機。」.

方立國也覺得此人面熟，不就是那個攜家帶眷坐在他後面的人？他還以為是美軍軍官，怎麼他太太向他說法文？

「你也見過內人，她是越南人，我們平常說法文，我們才結婚，前妻在盟軍轟炸德累斯坦時被炸死了。她原是我的管家，代我照顧前妻生的兩個孩子，今晚你會見到她，她說想和你談談，今晚已安排好了，詹森夫婦、你和另外一兩個客人到舍下便飯並慶祝成功。這艘潛艇是我設計的。」

他無暇仔細揣測布朗的話。一坐下來簡報就開始了，各種圖表和數字早已裝訂成冊，幾個人又指手畫腳地在黑板上寫出幾項重要數字，方立國聽得如入五里霧中，覺得自己不僅是一個傀儡，而且還在公開被這批人玩弄，最後他忍無可忍正想發作，不料布朗先生慎重其事地向他說：

「有一件極機密的事要向你報告，請不相關人士先退席。」桌旁的人頓時走了大半，連詹森上校也失蹤了。

「方先生，請仔細聽着，我知道你不是科學家，也不是海軍專家，不過你對數字的記憶力特別好，這是中國方面提供的情報，而且你被認為是最可靠的人選。所以，我現在要告訴你一系列的數字，都在這張紙上，你背好以後我要立刻燒掉，請仔細聽着：「這艘潛水艇裝有最新發明的導彈系統。導向密碼書藏在艇內的一所密室的保險箱中，開箱的號碼是左一〇三七轉右二五八四再轉左三〇三，記得嗎？

「有了密碼書，才可以看到各個發射系統的操作程序，並不難，你們的海軍方面已經開始作模擬訓練了。不過，只有極少數人知道最後的幾道程序和樞紐，只有他們知道如何發射，但發射的樞紐密碼有三套，書中並沒有寫，只有你知道，請記着：

「黃色系統：八八六—二六七二—六六五二。

「藍色系統：八五二—二四九五—八三七一。

「紅色系統：〇〇七—八四四一—九四二四。

「這三個系統的密碼，是按鍵式操作的，屆時你會站在艇長或發射官身旁，打開這三套密碼後，你的任務就完成了。記住，這三套密碼只有你一個人知道，沒有任何書面記載，請先背好後告訴我。」

方立國像是着了魔，又像受人催眠，他微閉雙眼，很快就把密碼記住，然後從容地複報出來。他的這一個「特技」，曾經多次派上用場，特別在破敵方密碼或聯繫我方情報人員時用得最多，這一次是破天荒，只是數字，此外他腦海中一片空白。

布朗在他面前把紙片燒掉，直等到已成灰燼後，才徐徐地說：「不要忘記，不要告訴任何一個人，如果你不幸死亡的話，這一切都全功盡棄。你的上司說這種方法最安全。」說完就拿起桌邊的電話又放下，不久門開了，剛才退席的人又進來繼續簡報。

「我們的航線，如無其他改變，是這樣的：從雪梨出發，先到伯斯，再到新加坡加油稍停兩天，然後北上經過越南的西貢和海防，再轉赴目的地，對不起，方先生，目前我們奉命不能告訴你目的地，你隨船走，艦長奎格屆時會向你稟報。抵達後，我方人員與你方人員秘密演練一個月後就全部撤回，以後這艘船就是你們的了。」

那天晚上布朗先生似乎變成另外一個人，拿着一杯香檳酒頻頻舉杯，向在座的客人恭賀：「我們為合作圓滿乾杯！」「我們為中美友誼乾杯！美澳同盟乾杯！為德美文化乾杯！」

「我們預祝方上校一路順風！」

坐在他旁邊的布朗夫人——那位越南女子——卻一語不發，照顧着傭人上菜。詹森夫人是典型的美國南方人，聲音宏亮，但語言無味，只是連連説喜歡雪梨，另外兩個澳洲軍官則也默默無語，偶爾説幾句恭維話。方立國聽人擺布，一連喝了四五杯香檳，有了醉意，但腦中仍然茫茫然，只覺得對面的布朗夫人時而看着他，目不轉睛，但他卻猜不出用意何在，她的眼色不像引誘，也不像憐憫，倒有點像求情。「方先生，請不要客氣，多吃點，也許我們再也見不到了。」她這一句話聽來很平常，但方立國覺得有點深意，然而他沒有機會和她攀談，整晚都在敷衍她丈夫。當他道別的時候，她竟握着他的手久久不放，趁着布朗和別的客人話別，她才脈脈含情地説：

「方先生，也許我們再也見不到了，也許我們還會，在天涯海角，誰知道？我很想再見到你，也許，當你我完成任務——完成我們的使命以後……」他整晚醉意甚濃，只覺得沒有明天，也許明天還會見到她？她不像是布朗的太太，她好像有話要和他講，「你我完成任務」，使命？到底她指的是什麼？他不及細想，也無法想，反正他已經把命交給別人了——交給國家？黨？上帝？

那夜他昏昏睡去，腦海裏除了那幾個密碼外，他只記得她那雙欲語還休的眼睛。

第二章　南太平洋

1

潛艇出發的時候，他絲毫沒有感覺到這個龐然巨物的移動，只聽到艇上各人互相以英文呼號的聲音，他和艦長奎格站在一起，只見他聚精會神地發號施令，並時時到潛望鏡前瞭望。過了半個鐘頭，奎格才讓他坐下來看潛望鏡，他把雙眼貼在鏡前，從鏡中只見到一片碧海無垠，波濤洶湧，但聽不到浪的聲音，只有腳下機器規律地軋軋作響，艇內也出奇地安靜，各人守住各人的崗位，全神貫注地注視儀器圖片。奎格請他到另一間會議室，還拿了一杯咖啡給他，然後慢慢地開口。

「方少校，」他把官階也講錯了。「我們到新加坡要開三天三夜，中間還要在伯斯潛出水面作幾項演習，這些都是例行公事，我的船員早已滾瓜爛熟了。這次任務完成後，有一半的人要退伍，其他人則會分配到各個海軍基地工作。」

「奎格艦長，我很想冒昧問你一個問題，如果事關機密你不能回答，也不要緊。這次旅程的最後目的地是哪裏？」

「海南島，至少這是我接到的命令，到了以後再聽候指示。」

海南島？怎麼不到上海附近的幾個秘密基地？譬如舟山群島？為什麼距離戰區這麼遠？

或是政府已經決定南遷，以退為進，把廣州作臨時首都，再部署下一步的計劃——去台灣還是到雲南。看樣子去台灣的可能性較大，因為海南島的位置非但距廣州、香港近，而且可以北上，很容易控制東南沿海的制海權，和舟山艦隊密切配合作戰，進可攻，退可守，在戰略上再適當不過。不過，潛艇以海南島為基地的話，可能就不會出奇一擊，殲敵軍於不備，而是好整以暇，作長遠的打算，看來全盤戰局對我方不樂觀，大陸遲早難保。那麼，潛艇上配備的最新導彈系統又作何用途？

其實他根本不清楚。「guided missile」——他從來沒有聽過 Missile 這個字。潛艇發射的是魚雷，只能摧毀水面上的船隻，他在上海得到的訊息是配合陸地作戰，那麼這個最新武器一定可以登陸，或對空發射以後再降落到陸地，這簡直不可思議。而且，這是一種「導彈」系統，如何引導法？怪不得有那麼多密碼。可是，導向系統的密碼可能更多，操作需要尖端技術，他只不過受命把保險箱打開而已，以後的操作恐怕還需要更多的密碼。至於那三套發射系統的密碼，就更離奇了，為什麼不讓別人知道？為什麼要他站在艦長或發射官身邊？

「奎格艦長，我想知道你是否也負責導彈系統……？」

「這方面我完全不管，而且接到的命令是除你之外不能讓任何人知道，我的船員完全不知道艇上裝有什麼新武器，他們以為這不過是例行巡邏而已，routine mission，最後一次。不過，我接到的另一個特別命令是要保護你的安全，把你送到目的地。」

「既然如此，我只好恭敬不如從命了，謝謝你，艦長，我聽候你的命令。」

漫漫長途，艇上的生活單調沉悶，他幾乎整天都待在自己的斗室裏，而奎格也希望他如此，否則反而有諸多不便之處。他無所事事，但心情出奇地寧靜，好像自己不時想像的「下地獄」的日子終於到了！做他這一行的人，必須面對另一種現實：如果他被敵人俘虜的話，如何處理？真的身份暴露以後，他只有自殺一途，但是更慘的是敵人不給他任何自殺的機會，那才是真正的地獄。他看過敵方的間諜在我方的監獄裏如何受刑求，然後總是在深夜處決。鐵門一開：「傳×××出庭！」地獄的門開了，前面黑漆漆的，你茫然前行，旁邊兩個刑警挾持着你，你的身體飄飄然，腳底着不了地似的，像一個夢遊人，遊到海的彼岸，聽到了海浪席捲到沙灘的聲音，一波比一波更猛，嘩嘩——嘩啦！突然，一聲驚天動地的巨響之後，一切都靜止了，眼前一片白光逼近，另一波巨浪把他臨空捲起……

艇內的警報器突然大鳴，接着是下艙水手跑動的聲音。「方少校，請你立刻出來，穿上救生衣。」奎格艦長在門外説。方立國這才從夢中驚醒，匆匆翻身下來，跑了出來。奎格早已把一套救生衣準備妥當，抛到他手裏，然後立刻走上指揮台，把眼貼在潛望鏡上，他的副手站在他身邊氣急敗壞地叫着：「不明船隻，還發射了兩個深水炸彈……」

奎格一言不發，密切注視了幾分鐘，然後下令道：「沉下去，停下所有引擎！」命令經過複誦後，立刻執行，頓時全艇靜若止水。約十分鐘後，奎格若有所思地向方立國説：「情況不太妙，上面這艘軍艦來歷不明，這一帶本來都是美國海軍巡邏的，怎麼沒有給我們任何信號？這艘船在公海航行不能在無警告的情況下襲擊我們，戰爭早已結束，日本軍艦早已摧毀了，難道還會有漏網之魚，而且是在停戰四年以後？」

「上升水面，」奎格艦長突然發布命令，「我倒要查個究竟。砲手就位，準備射擊。通訊員立刻發電到總部，發緊急信號，聯絡附近美軍船隻援助，查出來最靠近我們的船隻……」

潛艇緩緩上升，奎格示意方立國前來同看瞭望鏡：海面右方約五百米處有一艘船，但他看不清楚是否軍艦，可能已經在迅速開走了，所以他更看不清船上是否有旗幟。果然，潛艇升上水面後那艘船早已無影無蹤。「看來不像是軍艦，可能是魚雷艇。」奎格艦長用望遠鏡眺望，但仍不得要領，「怎麼開得這麼快？而且，比一般的魚雷艇大得多……」副長也跑上甲板向艦長報告說：「總部已通知新加坡的兩艘軍艦待命援助，他們也不知道這條不明船隻是哪裏來的。」奎格喃喃自語道：「看來不像是海盜船隻，他們沒有深水炸彈。沉下海面，加速趕到新加坡再說！」

2

潛艇在新加坡附近的一個小島停泊，這是一個秘密海軍基地，據艦長說：這個小島幾世紀來一向是海盜的根據地，二次大戰日軍佔領新加坡，英軍匆匆敗退，沒有和日軍交戰，倒是這個小島上的海盜出其不意地向日軍偷襲，造成日軍傷亡數百人，後來這些海盜失蹤了，日本海軍搜索了數天，仍然找不到。戰後英軍派一小隊佔領，用作補給站，除英美軍方人士外不准當地人去，原來此島也是潛艇和其他軍艦的補給和修護站。

潛艇停在島外的海面，船員都站在甲板上待命，每人都拿了槍枝。一艘小駁船緩緩迎面駛來，上面高掛美國國旗，靠近潛艇後，船上的三位官員就登梯上來了，見了奎格艦長行了一個軍禮後，握手如儀，然後就隨奎格走下艙裏，方立國也跟着進來，奎格向他一一介紹，原來內中兩位都是情報官。

「奎格艦長，我們收到了你的電報後，立刻派了飛機升空截擊，但是到了你指定的地點卻看不到任何船隻的蹤影。這件事真是有點出人意料，我們正在調查中，有一個可能是馬共，但據我們所知他們並沒有任何軍艦，也可能是用漁船改裝成的，以前海盜就用這種武裝漁船，不過，用深水炸彈我還是第一次聽到，他們不可能知道你們的行蹤，這是極端保密的……除非澳洲方面有人洩密。」

方立國呆呆地聽着，心中卻打着另一個算盤。如果他從上海出發以來，一路行蹤他們都瞭如指掌的話，他到了雪梨以後的任務他們也可能知道，而且，在新加坡牛車水的那間小屋子裏，他們不是說要派一個人隨他到雪梨去一趟嗎？機中他看不到任何東方人面孔，除了他之外，只有布朗的妻子，那個越南女子，那雙迷人的眼睛……莫非就是她？臨別時她不是說可能再也見不到他了嗎？想到此處，他不覺問了一句：

「奎格艦長，可否請你發個電報到雪梨，問一下看看那位德國工程師布朗先生的家屬是否還在那裏？」

「布朗？我不認識他。」

「你一定認識詹森上校，麻煩你問一下，就說是我的請求。」

「好。不過這件事我還是不懂，怎麼會和布朗有關？如果艇上的武器是他設計的，怎麼會……？」

看來奎格還是知道一點布朗的底細。然而，看來奎格艦長似乎有點惱火，是否對他不滿？還是對途中的遭遇耿耿於懷？不過他還是立刻命令副官去發電報。

「奎格艦長，」那位沉默已久的海軍軍官說：「我現在就請你和方先生到島上便餐，其他的人悉聽你的處理。我們需要做例行保養工作，你的船勢必得停留二十四小時。」

上得岸來，方立國和奎格受到貴賓式的款待，被請到宿舍稍事休息後，就到一家餐館進餐，主食是上好的牛排，還配以葡萄牙產的紅酒，方立國感到又回到了人世，頓時飢腸咕嚕，遂大吃大嚼起來。吃完晚餐，又被請到隔壁酒吧去飲洋酒，三杯馬丁尼下肚，他已經頗有醉意，正在和奎格說三道四，電話鈴響了，奎格去接，聽了兩三句，掛上電話，臉色也變了。

「布朗的夫人神秘失蹤，他也被有關方面拘押，不久就要直飛華盛頓作進一步的調查。」

方立國心中的直覺應驗了。如果布朗夫人不見得是他的夫人的話，她到底是誰？他既然先有這個預感，現在他又有另一個預感：他遲早還會見到她，後會有期——就是不知道是在何時何地了。

回房後他久久未能成眠。可能他今後的命運還會發生更多的轉折，就像他以前看過的那個叫作無名氏的作家的小說一樣，主角風流倜儻，故事離奇而浪漫。他自認生平沒有大志，但這幾年來卻處處出生入死，從別人的眼光看來像是一個大英雄，然而他這個故事中獨缺一位美人。其實，在情場中他不是沒有經驗，但幹他這一行的人，處處都要謹言慎行，連逢場作戲的時候都要防備，就像在香港半島酒店碰到的那個女子。他不可能像無名氏的小說人物一樣，隨時墜入情網，愛得死去活來，而那些女人個個對他一往情深。他早已放棄了成家的想法，更沒有心情談戀愛，也許，在這一場浩劫他如能倖免的話，他或者會碰到一個心愛的女子？

那個越南女子的影子又出現了，像電影中的鏡頭，大特寫，兩眼脈脈含情，熱淚盈眶。

3

第二天與奎格共進早餐時，這位身經百戰快到退休年齡的艦長顯得鬱鬱不樂。

「方少校，我昨晚一直在想那條襲擊我們的船，怎麼會不見影蹤，你有什麼看法？」方立國不知如何回答，因為他昨晚根本沒有想這條船的事。奎格請他到另一間辦公室，桌上放了一張航海地圖。「你看，」奎格拿着幾個指標的小針，邊插邊解釋：「我們潛艇第一次發現這條不明船隻的時候是在這裏，後來在這裏遭到襲擊，我們潛在水中一段時間，升出水面是在這裏，而那條船已經失蹤，你看它會藏到哪裏去？」

方立國仍然丈二金剛摸不出頭緒來。他隨意在地圖上瀏覽，看到標針附近的兩個英文字：「Malacca Passage」。「不錯，就在這裏，距離馬六甲海峽入口不遠，附近遼有幾個小島，這條船就在我們沉在海底不動的時候，迅速撤退，你在潛望鏡中還看到它，待我們升到水面，它已經失蹤了，我看一定是藏到一個小島後面，說不定進了馬六甲海峽，那就更難找了。其實昨天我們也是穿過馬六甲海峽來的，我一時大意，沒有想到在海峽兩岸仔細搜索，就匆匆駛到新加坡來了，這是我的疏忽。看來我們還是要再折回馬六甲一趟。」

當天下午就出發了。奎格只帶了三個軍官，十個水兵，乘上一艘小艇，艇上有機槍和小砲，水兵也全副武裝，方立國自願跟着去，反正他閒着沒事。這是一艘快艇，從新加坡到馬六甲海港，只需三個多小時。馬六甲是個古城，雖然早已失去了當年的首要地位，還是一個頗為繁榮的通商口岸，沒有軍隊駐紮。所以，當他們的這艘快艇靠岸的時候，還是引起不少人注目。

奎格艦長帶來的三個軍官之中，有一個是常駐新加坡的，所以由他帶路，逕自走向海關，找到主管，說要察看昨天前出港口的所有船隻，查來查去，仍然不得要領。又向當地的警察局打聽，還是一問三不知，看來此行又是徒勞了。方立國沒有陪他們去調查，卻一個人在街上閒逛，約好一個小時以後在碼頭見面。他信步走進一家珠寶店中，看看櫃台裏陳列的金戒指和各種寶石，女店員問他想買什麼東西送給太太，竟然說的是國語，這還是他到這域外之地第一次聽到「鄉音」，他說自己還是單身，那個女店員當然顯得更熱情。

「先生，看你這麼瀟灑，一定有相好的愛人，我建議你送她一顆紅寶石，ruby 代表愛情。」

「這個年代我哪裏還有什麼愛人？」方立國覺得她用「愛人」這個稱呼實在有點肉麻！上海沒有人用這種說法，但聽來又覺耳熟，好像以前在什麼地方聽過。

「先生，你是哪裏來的？上海？做生意？」

「你怎麼一看就猜得出來？難道我不像一個強盜或黑幫的頭目？」

「先生，不瞞你說，我早就注意到你了，你在街上走，兩手放在口袋裏，此地沒有人這麼作，天氣熱嘛，還有你穿的那套西裝，好久沒有洗了吧，像是長途奔波過的。如果你不嫌棄的話，到我們店內坐坐？老闆娘不久就回來了，她一定很高興見到你。」

「為什麼？……」他這句話剛說完，櫃台後面的鏡子中就出現了一張女人的臉，那雙眼睛如此楚楚動人，好像在哪裏見過。他轉過頭來的那一剎那突然想起來了，就是她！不太可能吧，怎麼從雪梨跑到這個不毛之地？

「方先生，你怎麼到這裏來了？」她也認出來了，眼中驚訝的表情還帶着不少喜悅，她笑了，而且笑得很開心。「方先生，在雪梨那天晚上我真以為再也見不到你了。」

「你那麼想再見到我？你的丈夫、孩子呢？」

「我們到裏面坐，」她不由分說，拉着他的手就走了進去，而且顯得較他鄉遇故知更親熱，他進門的時候，還依稀聽到後面的女店員吃吃偷笑。

「布朗夫人，」方立國故作嚴肅地說：「真沒有想到在馬六甲又能見到你，你怎麼能夠離家出走？」

「方先生，我應該向你解釋一下，也許我們換用中文好嗎？不錯，我生在越南，父親是法國人，母親是越南華僑，從小就會說三種語言。」她笑得更動人了。方立國知道，自己對她的好感早已越過「職業」範圍，那種少有的感覺，連他自己都有點吃驚。

「方先生，你還要我叫你方先生？立國好嗎？好一個正經的名字。你大概還不知道我的小名，愛蓮，法文 Hélène 的中譯，媽媽起的。」

「愛蓮，正合你的個性，但我更喜歡 Hélène——啊，一笑傾城。」他突然想到希臘神話中的美女，「特洛依的海倫」，當年在上海聖約翰讀書的時候，老師教過。就因為她，害得特洛依城終遭希臘攻下，把她擄了回來。

「立國，你也懂法文？」

「在大學裏念過法文補習班，在震旦。」

「那麼，我們更是有緣分了。那天在飛機上坐在你後面，我呆望了你幾個鐘頭，等到下機才見你一面。想不到第二天晚上又見到你，我真高興。告訴你吧，布朗只是我的掛名丈夫，其實我是他孩子的家庭教師兼管家，他用這個名義把我帶到澳洲，然後到美國。」

「聽說他剛剛回美國去了。」

「是麼？我離開的時候，他還說需在雪梨留一段時期，說有些計劃還沒有完成。」方立國突然警覺起來，然後很自然地問了一句：「什麼計劃？」

「我也不知道。我臨時改變我的計劃，走的時候，他很傷心，但也沒有攔住我，他了解我的心意，我對他說：我雖然流落過不少地方，但這畢竟還是我的世界，我要回越南老家，父母親都死了，我要重整家園。剛好有一條船要到馬六甲，我在這裏有個親戚，就是你剛剛見過的那個女子，這家珠寶店的真正老闆，我可以先在她這裏歇歇腳。沒想到剛到這裏就碰見了你。」

方立國聽她這一番話，半信半疑，但是已經無計可施，他知道自己已經陷入情網，無法自拔。他癡癡地望着她，一語不發。

「立國，我剛才聽到一個小道消息，有一艘美國軍艦遭到襲擊，這與你無關吧。還聽說這艘艦上的人在新加坡遭到暗殺……」

「什麼，你說什麼？船上的水兵都上岸了，今早也沒有任何異象，你到底從哪裏得到這個消息？愛蓮，我必須現在就走，但願你聽到的消息是假的。」

「立國，你不能就這麼走了，不行，你得告訴我……」

方立國瘋狂似地從店裏跑了出來，直奔碼頭，較預定的時間還有半個鐘頭，他也顧不及了，到了碼頭海關門口預定見面的地方，卻見不到人，他又跑到附近去找，還是看不到奎格那一隊人。他茫然地在街頭踟躕，心裏一片亂烘烘的焦慮，不知如何是好。他無意間轉過頭來，才發現一個人緊跟着他，手裏拿着一個硬東西，用布包紮，看不清是什麼，他本能地往旁邊躲，那個人已經衝了上來，他頓時振奮起來，用了他在訓練營練習過無數次的空手道招數，順勢伸出一腳，把那人絆倒，然後用左手在他頸部狠狠一擊，那人就昏過去了。他出了一身冷汗，正在考慮下一步，卻突然聽見一聲槍響，子彈就落在他附近地上——暗算！為什麼有人會暗算我？——他也顧不了人聲喧嘩，拔足飛奔，足足跑了十幾分鐘，不分大街小巷，也辨不出方向，最後發現自己站在一家門口，兩扇鐵門迎面打開，伸出來一隻手把他猛力拉了進去，裏面黑沉沉的，他從陽光普照的街上一頭進入這個幽暗的世界，一時眼睛不能適應，只覺得後面有一個人推他向前，走到甬道的盡頭，才隱隱看到屋頂上有一盞吊燈，他還沒有站穩，後面的人連拉帶推又把他擁上樓梯，到了樓上又往前走，轉了幾個彎，才走進一間小房子裏，內中也是一片幽靜，桌上點的是兩盞紅蠟燭，屋裏坐了兩三個人，其中一個開始說話了：

「方先生，情況危急，我們奉命來救你，差一點找不到你了，真是命運的安排，你竟然闖到我們的大本營來了。」

方立國已經無心搭訕，只問了一句：「你們是誰？」

「你不記得了嗎？在新加坡的牛車水，那一晚我們談得很盡興。」

方立國這才依稀想起那一晚見到的幾個年輕人，其中的三個人正坐在他面前。

「方先生，不久我們就會有人來接你到一個安全的地方，但目前不能告訴你，新加坡你是回不去了……」

「什麼？我有任務，那艘……還有艦長……」

「艦長已被暗殺，他的隨從水兵也全數被解決了，至於那艘軍艦——不，其實是一艘潛艇，我們沒有料到，也沒有想到國民黨會買這種先進武器。得到情報以後，我們必須立刻行動，所以……」

「那麼，在海面上想炸沉我們潛艇的就是你們？」

「不錯。我們和中國解放軍早已取得聯絡，他們給我們軍火，還借給我們那艘特製的魚雷艇，但我們操作不熟。好在我們這次的突擊行動成功了，潛艇已經在我們手中……」

「你們不知道怎麼開潛艇。」

「不錯，幸虧我們捉住的那個美軍副長——艦長的助手，知道怎麼開，現在這艘潛艇已經……」

話沒有説完就突然打住了，方立國知道這是機密，本不該向他這個「敵人」透露。然而既然他們已經洩漏了風聲，他更忍不住想要打聽下一步。

「你們想怎麼辦？把這艘潛艇開到哪裏？我是隨船來的，對他們的一切安排都很熟悉，那個副長一個人不行，你們應該把我帶回到艇上，也許我可以幫你們解決一些技術上的問題。」

方立國一面講，一面暗自盤算應該怎麼辦。無論如何，要把潛艇開回海南島——這是他的任務，雖然他不知道上級會怎麼安排。而且，如果奎格艦長真的遇難，這件事非同小可，美國軍方會追究的，更何況一條潛艇就這麼無緣無故地失蹤了！

不可能！他們不可能把潛艇開到海南島，一定把它藏在附近，然後再與中共軍方聯繫……但這艘新武器可能也在中共預料之外，不見得有人手可以應付它，如此則他們勢必會重用他這個從頭到尾都介入其事的人，向他統戰，勸他倒戈，汲取一切情報後，再設法摧毀這艘潛艇。

4

果然不出他所料，他們把他帶到潛艇的隱藏地點：原來就在馬六甲海港外十海里左右的一個小島。潛艇用層層樹葉遮蔽着，遠看像是一叢小樹林，搶劫的人不知道，連原船的副長也不知道如何潛入海底，所以他們勉強把它開到這個秘密地點，就不知如何處理了。他們也高估了方立國的能力，以為他對此艇駕輕就熟，到了潛艇的駕駛室之後，才知道他也是外行，但他們還不死心，因為這位被俘擄的美國副長說他知道一部分密碼，將來可能有用。於是，他也變成了另一個俘虜，不過受到相當的禮遇，因為他是中國人。

方立國的心情逐漸冷靜下來以後，發現目前他的處境十分荒謬。搶劫的人和被搶的人（除了副長外還有三個水手）都不知道如何對付這個劫來的怪物，而真正知道艇內機密的人，皆已被殺——只剩下一個方立國，而他只知道內中導彈系統的部分密碼，這套新武器目前顯然是英雄無用武之地。

他冷眼旁觀這一批鋌而走險的「革命」暴徒，發現內中有兩種人，較兇悍的頭領是馬來人，他手下顯然有一批嘍囉，都像是海盜，全身掛着子彈袋和長刀，盛氣凌人，但說的話他一個字也聽不懂。另有少數的華人大概就是他在新加坡和馬六甲遇到的「新馬解放聯盟」的同志，他們都會說華語和馬來話，身邊只帶手槍，舉止也較為文雅，這兩批人顯然是「戰略性」的組合，搶船成功後，反而問題重重，雙方意見不合，但他還是搞不清楚雙方爭執的焦點。整個行動的總指揮是一個華人，他自我介紹說姓范，幼年隨父母從福建泉州移民馬來西亞的檳城，至於他如何變成革命領袖，卻沒有向方立國詳述。

「方先生，或者我應該叫你方上校，這次的行動非同尋常，我們冒了極大的危險，以後還會有更大的危險，所以，希望你千萬聽我的話，不要私自採取任何行動或與任何人聯絡，否則就對不起了。」范總司令一見到他就開門見山地說。「我們需要在這裏暫避幾天，並和有關方面取得聯絡後，再作下一步的計劃。你可以在這個小島上隨意散步休息，但不能出我們眼力所能見的範圍，一日三餐也少不了你，夜晚我們搭帳篷睡，我們對你是貴賓待遇。不過，我也要你老實回答我幾個問題，你一定要照實回答，否則——」他用右手摸一下手槍，方立國當然會意。

「你所得到的指示是什麼？」

「你是說在上海還是澳洲？」方立國覺得把問題弄得越複雜越好。

「你是說你接到雙重指示？」

「在上海我的上司只指示我到雪梨去安排付款，買這一條潛艇，但我到了新加坡以後就和上海的上級失去聯絡，看來他們臨時改變計劃，早就撤退了。」

「撤退到哪裏？」

「不知道，真的不知道。」

「那麼，你在澳洲得到的又是什麼指示？」

「美國駐雪梨的海軍總部安排的，一切都是他們預備好的，我一無所知。」

「但是我們的一位同志說，他們曾經教給你一系列的密碼和如何發射艇上的秘密武器。」

「沒錯，但我所知道的密碼僅限於密碼箱，而不是發射系統，我根本不知道如何發射……」方立國只願意洩漏一半機密。

「發射什麼？」

方立國這才了解對方根本不知道艇內裝的是什麼武器，當然更不知道導向飛彈的利害，然而，他既然承認有密碼箱，只好在范司令指使下把密碼箱打開，這才看到內中的各種說明書。范司令畢竟不凡，一看之下就知道此種武器是新發明，除非受過特殊訓練，絕對無法隨意操作。他突然拔出手槍，指着方立國說：

「不要騙我，難道只有這些？難道他們沒有教你？不教你把潛艇開回去有什麼用？」方立國知道他的生死存亡全在於此人如何思考，但他絕不能欺騙他，否則生命難保。

「在雪梨我在美國海軍基地所得到的簡報是：國軍早有一批人在作模擬演練，雙方交接的時候——也就是美軍把這條潛艇正式交給我方，我指的當然是國民黨的軍隊——還要再作一個多月的共同演習。」

「在哪裏交接？」

「我在澳洲得到的指示是把潛艇開到海南島。」

「海南島？」范司令顯然還是第一次聽到——美軍的保密工作比方立國想像得好——他臉上的神情也從驚異轉為困惑。「為什麼要開到海南島，而不到上海？」

「我當時聽了也很困惑，」方立國說。

「那麼你如何分析這個情勢？」

方立國只好一五一十地談他的看法：國民黨大概要從廣州撤到台灣，而不再回重慶了，如果屬實，則會採取守勢，使共軍不能在短期內過海，而制海權的控制要道，除了舟山群島以外，就是海南島。

「不錯，國民黨如果真的到台灣，看來必會放棄整個大陸，將來可能南進——從台灣南下到馬來西亞和新加坡，再由此北伐，不過，那就要看他們將來的氣數了。歷史給我們的教訓是：鄭成功再勇敢，也敵不過從大陸來襲的施琅。中國遲早要統一。」

「我不同意，」方立國立時想要爭辯：「此一時也，彼一時也，從長遠着想，亞洲地區的經濟利益不在北方而在南方，特別是台灣、香港、新加坡，還有馬來西亞。你們何必和一群延安出身的土包子打交道？他們都是北人，不懂得南洋……」

范司令當然無心也無暇和他辯論，方立國只聽他喃喃自語：「海南島，海南……」他料想如果馬共和中共真有聯繫的話，范司令此刻一定會託中共方面的情報人員到海南島去打聽，此時共軍正與國軍激戰，還沒有打到廣州，海南島還是在他們勢力範圍之外，那麼，如何滲透到海南島？

「范司令，我想向你獻一個計策，是否採納當然由你決定。你可否放我先到香港，或派人陪我到香港，中共在那裏的情報組織相當不錯，我有親身經驗，然後，我可以和他們會合後同去海南島，我可以在名義上去復職，即使他們把我抓去，你們也可以趁機行動，打聽一下是否真的有一隊人在演練接管這艘潛艇。」

「這太荒唐了！難道你還想演一個反間諜的角色？難道你中途不會逃跑？難道你不會屆時打個小報告把我們的同志一網捕盡？」

「你沒有其他辦法。沒有我，你們的同志即使能夠滲入海南島，也進不了我們的秘密基地。」

「那麼，你又憑什麼可以進去？」

「只有我知道從頭到尾的一切底細，即使他們抓我坐牢，也要問個清楚。但我需要一個最好的掩護：你們最好派一位得力的女性，裝作是我的新婚夫人，她最好也是個華僑，在香港有親人，這樣我們不就名正言順地去海南島？」

方立國自覺這是他孤注一擲的最後機會，他下意識之間還沒有忘記她，說不定，如果她是他們的同黨的話，也許她可以變成他的新婚夫人，同回香港度蜜月——荒唐，他想着自己也覺得荒唐，這簡直是浪漫小說的情節，沒有人會相信，他原來的上司——國民黨的軍統——更不會如此愚蠢。

然而，他已經走投無路，除此之外，只有死亡。

過了兩天，范司令又來找他。並說美國海軍到處在追捕嫌疑犯，甚至開船砲轟附近的幾個小島，整個馬六甲海峽都有美艦巡邏。英國方面，也藉機追索馬共，並且把馬來西亞的華人移到幾個新建的村落，以便監視，看樣子他們必須撤回到老巢——馬來西亞內部的森林區。潛艇呢？還有那個美軍副長和三個水手如何處理？這些切身問題范司令都三緘其口，看來已經有了解決方案。

「方先生，我們決定採用你的部分計劃。明天你會搭商船去西貢，我們派了一位女同志作你的新夫人，她很願意擔任這項任務。你們到了西貢以後再聽候指示，至於如何去海南島或其他地方，以後再通知你。也許你該感謝我，因為和你幾天的相處，我覺得你也是一個頗為獨特的人，難怪愛蓮喜歡你。」

愛蓮，Hélèn！難道他的荒唐夢竟然成真？他一時狂喜，大叫她的名字，眼淚也流了下來，怎麼自己會如此激動？這真像一場夢，既然如此，他還要作下去，能夠和愛蓮在一起，夫復何求？他突然感到，在這個亂世，她成了他生命的唯一意義。

方立國在晨曦中上了路，坐上一條小漁船到馬六甲，然後又被帶到一艘法國郵輪的二等艙內，送行的人把船票交給他，就走了。他像一個夢遊者，在船上迷惘地走着，不知不覺間走上甲板，望到岸上準備上船的擁擠人群，他漫無目的地望來望去……突然他看到她了，一身商人婦的打扮，提了一個小箱子，秀髮裹在頭巾裏，她也在向船上望，然而卻認不出他來。她怎麼會認得出？他變了，幾天來的驚險生活，幾夜的失眠，幾場在生死邊緣的掙扎，還有小島上的原始生活——他早已疲倦得不成人形了，而且他的那套西裝也丟了，范司令為了安全，把他打扮成一個漁夫，能夠坐二等艙已經算是上天的造化——或者是那一批新朋友對他的特別照顧。

她終於上了船，他迎向她，癡癡地望着她，不敢有任何舉動。她也默默地望着他，眼中淚水瑩瑩欲滴，一剎那間，在他毫無準備的情況下，她奔向他，緊緊地抱住他，頭埋在他胸前，竟然大哭起來，他一時又手足失措，（怎麼這一程他一直是手足失措？怎麼一切都如此突然？）不知如何是好，船的人群在他們身旁熙熙攘攘地擠過去，有的人還好奇地向他們望着。

「Helèn!」他終於叫了一聲她的名字。她抬起頭來望着他，眼中還充滿了淚水，還是一語不發地癡望着。

「你好傻！要嫁給我這個囚犯。」

「我作夢也想不到可以和你一起回老家，Mon Chérie——」她說的最後一句大概是越南話，他聽不懂，她立刻會意，隨着改口親密地說：「老公，我的老公！」然後突然破涕為笑。

在船上這幾天的生活，他只能想到一句俗話來形容：神仙不如也！他不信教，但隨時隨地有跪下來祈禱的衝動，他要感謝所有宗教中的上帝，在這個危急關頭賜給他如此的幸福。就在他們上船的第一晚，他已經倦極而睡，卻聽到一陣輕微的聲音，他張開眼睛，發現她真的跪在他牀邊祈禱，閉着雙眼，手中還握着一個小十字架，他才知道她是一個天主教徒。他默默傾聽她的祝禱辭，她喃喃地說着，說完了睜開眼睛，很自然地爬到他牀上擁住他。

「立國，我已經告訴天主，我就是你的妻子，我們不需要任何儀式，因為我已經得到天主的賜福。」

「愛蓮，我知道這是命中注定的，我知道沒有這場災難我永遠也不會遇見你。」

「立國，記得嗎？你第一次看到我，是和兩個小孩子在一起——布朗的孩子——就在那一刻我有一個預感，我會和你生一個兒子！你說奇怪不奇怪，第一次看見你，而且還是你的背影，竟然感覺那麼強烈——在兩萬五千呎的高空。」

「我那天在飛機上作了一個夢，好像有一個女人從背後擁住我，還用法文叫我 Mon Chérie，那個女人一定是你！」

「我的心電發到你夢裏去了。」

「我還不疑有他，還以為你是布朗的女人。」

布朗的女人！愛蓮聽到這個稱呼有點吃驚。不錯，她的確曾是布朗的情婦，雖然表面上是他的女管家。那是組織安排的，她無法推卸責任，她最初很不能適應，覺得自己在賣淫，然而他畢竟在牀第之間給予她快感，表現得頗為體貼的樣子，而且又能那麼持久，但是事過之後又那麼無動於衷，不是倒頭就睡，就是立刻離開她臥室到自己的房間裏去睡。有時候他工作太累了，竟然在作愛的時候可以壓在她身上昏昏睡去。往往就在那個時刻她有種本能的衝動——殺掉他，至少為人類除去一大禍害，誰知道他正在研究的武器將來會殺死多少人。

「立國，我要老實告訴你，我曾作過布朗的情婦，你不嫌棄我吧，我沒有選擇，那是組織的命令。」

方立國對她說的前半段話一點都不吃驚，他雖非情場老手，但那天晚宴從他們兩個人的言談舉止中早就看出來了。他也猜得出來，他們的夫婦名義是個幌子，一個計謀，只不過內情如何他不得而知罷了。至於她話中的後半段，他聽後卻有點生氣，「組織的命令」——像她這樣的奇女子還要聽「組織」的命令，什麼組織？

「不瞞你說，立國，這一次任務也是組織派的，不過我是自願的，犧牲性命也不要緊。」

「那麼，你難道還要保密，是不是組織叫你趁我熟睡的時候把我一刀殺死？還是有其他更好的方法？」

「更好的方法就是——」她趁勢吻着他。睡在他臂彎裏成了她的習慣。每晚擠到他的單人牀上，他就會伸出左臂來摟住她，她枕在他臂彎裏，輕輕吻他的臉，叫一聲「老公」，甜得使他渾身酥軟，她知道他原籍廣東，所以用廣東話叫他倍感溫暖。這間二等艙裏本來容四個人，兩張上下鋪單人牀卻供他們兩人享用，沒有其他乘客，這也是他們的運氣——還是事先早有安排？然而，每晚他們只睡一張牀，依偎着睡，還足足有餘，「還可以擠下一個我們的孩子，」愛蓮開玩笑地說，說的時候又半害羞似地把臉藏在他的頷下，又會連帶親親他白天沒有刮乾淨的鬍子。他每晚都睡得很熟，船外的浪聲伴着她的喃喃細語——有時候她還會在他耳邊唱首越南民歌——使他感到一種生平從未享受過的安詳，四十五歲了，這還是第一次，好像生命才剛剛開始。「如果你要殺死我，愛蓮，最好在我熟睡後動手，我任憑你的擺布，不過，最好先讓我好好享受幾晚的快樂時光，原來快樂是這個樣子的，神仙不如也，但是不要那麼快送我到天堂。」

「立國，你真以為我的任務是把你殺死？那太容易了，范司令當時就可以做到，不需要我來。你錯了，我的任務是保護你到越南，然後伺機到海南島，因為現在還不能肯定，時局變化太快了，共軍已經佔領上海，國民政府退到廣州，正在向台灣撤退，我們到海南島是否還有意義，目前還不知道，就連那一隊準備接收潛水艇的海軍恐怕也在向台灣撤退，據說國民黨也派了一條軍艦到南洋去尋找這艘潛艇，看來我們去不成海南了，對我來說正好，我們到越南以後住得越久越好。」

「國民政府並沒有說要放棄海南島，而且，如果奪回潛水艇，可以在台灣海峽來回巡邏，不一定非到海南島不可。」

「你說得不錯，不過成事在天，仗歸別人打，已經不是我們分內的事了。立國，我們組織裏不少人對你有好感，他們非但放過了你，還要成全我們，因為我對他們說得很明白，上次劫艇的行動我不贊成，差點把你殺死，害得我……」

「這樣說來，我是得天獨厚囉？那麼，我的任務也就圓滿結束？無功而返，還是該回去請罪？愧見江東父老？」

「立國，你到這個時候還講什麼國家民族！國民黨又曾給過你多少好處？」

他們在船上很少談到政治，一談起來就會意見不合，南轅北轍。對方立國而言，他自己的忠黨愛國立場是理所當然的，他生於軍人家庭，父親為國捐軀，死於辛亥革命，他當然義無旁貸，這個黨無論如何腐敗還是他效忠的黨。問題是，黨內竟然還有一支情報隊伍，與他服務的軍方情報系統往往不合，互相在委員長面前爭寵，真是成事不足，敗事有餘。看來他這一次的任務又是被「中統」否決掉了，弄得他身敗名裂。

不過，像她這樣一個越南女子，雖然也算華僑，為什麼要參加組織——共黨組織？這個問題一直縈繞在他腦際，從他愛上她那一刻開始，然而每一次問題到了嘴邊又嚥了下去，何必呢？「真理的時刻」遲早就會到來，早一刻不如遲一刻，反正來日無多，他知道自己是活在借來的時間，船一到西貢，時間就不是他們的了。從馬六甲到西貢只不到五天，中間停兩站。

他們很少出艙門，茶房敲門送茶水也被擋駕，後來乾脆不聞不問，三餐飯他們總是不定時，往往是等到其他乘客吃完後才去餐廳進餐，匆匆吃完又回到房間。有時候他們清晨會到甲板上散步，總是手拉着手，別人都以為是一對度蜜月的新婚夫婦。

他們何嘗不是在度蜜月？從初會到現在還不到一個月！他們似乎要彌補失去的歲月，或者要拚命為將來儲存回憶——這個說法方立國認為不妥當，因為他們不會有將來，而方愛蓮

（她一定要改用「夫姓」）卻認為他們可以永久廝守到地老天荒。「只要我們相愛，每小時至少等於一天；每一天就等於一個世紀！」說着又會擁向立國，親他的面頰，一面用手理他的亂髮，而立國只想聞她口中的香味，不論她睡多睡少，刷牙與否，她的嘴裏都沒有任何味道，只有當她體內激情蕩漾時才會發出一股異香。他們作愛的方式與常人不同，像是一首幽長的交響音詩（方立國曾經聽過上海工部局交響樂團奏過的葛利格的《庇爾金特》），雖分長短樂章，還是連成一氣，像一個說不完的故事（他還記得同一個樂團所奏的《天方夜譚》組曲），也許「組曲」較為恰當：他們的愛每夜織成一組，有主題有變奏，但說的都是同一個故事：重複着同一類的動作，但節奏卻千變萬化，有時候方立國真到了忘我的境界，他覺得進入她體內的那一刻好像變成了另一個身體——她的雙胞胎——但又得到了許多感覺，有股說不出來的溫馨。她好像有無數的小高潮，總是不停地在他耳邊傾訴不休：「立國，立，Chérie，老公，給我，你給我……」我愛，我要把一切給你，給你，連身帶心，連魂帶魄，給你，除此之外，我還有什麼可以給你？我已經沒有任何身外之物，除了你以外，我只有一片空白，空白只不過是死前的幻象，就在那最後一秒鐘，耳朵聽到槍響，身體還沒有感覺，眼前就會突然閃現一片空白，亮得使我睜不開眼睛。「立國，你怎麼總是閉着眼睛？你沒有睡吧！」她總是在大小高潮後這麼問他，而他也知道自己睜開眼睛後，就會看到她那雙似乎永遠睜着的眼睛，「立國，我要看着你，每一秒鐘都看着你，不要你逃跑，你一輩子也逃不掉了。」

她的眼神——也許當他被槍決的那一刻他會睜開眼睛看着她，也許那片空白上面有她的一雙眼睛，睫毛一眨一眨地癡望着他，直到他失去知覺。到那個時候，在她一眨眼之間，也許他會求得永恆。

「立國，求天主保佑我們。阿門！」

第三章　富國島

越南的最南端，據西貢不遠，有一個富國島，以產魚醬而知名，國共內戰結束以後，國民黨軍隊大部分撤到台灣，但仍有少部分未及撤退，變成了散兵遊勇，內中最大的一支由李彌將軍率領，由雲南邊境經泰國，部分又留在泰境走私販毒，其他軍隊則流亡到越南的富國島。

1

船到西貢的時候是清晨五點。東方微曦，但船四周的海面仍然籠罩在黑暗裏，船外一片靜寂，艙內卻已開始騷動了，乘客早已打點行李，扶老攜幼，準備登岸。然而碼頭只不過是地平線上的一線燈光，船停在海上，等候海關人員前來檢查，這是本地的慣例，但來自新馬的乘客仍然不明白，紛紛吵着要僱小船上岸，叫囂之聲此起彼落。

他們倆坐在牀邊，出奇地安靜。不是無話可說，而是有話說不出來。方立國知道時限到了，今後的一切只有聽命運的安排。愛蓮坐在他身邊，依偎着他，時而仰着臉望他，眼中充滿了憐愛和繾綣，但也偶然露出一絲驚恐，她的瞳孔深處似乎隱藏了一個秘密，他猜不出來，也許她早已預知今後的命運了，那麼他也只好聽任她的擺布，本來他答應對方扮演的就是這個被動角色。

有人敲門了，立國以為是茶房，打開門來卻看到茶房後面還有兩個陌生人，穿的是制服，他一時還辨認不出是越南的海關官員或是軍警，兩人推開茶房，登堂入室，對着她用法文叫道：「阮愛蓮，又名弗蘭絲瓦．布朗，我奉命拘捕你！」方立國聽後立即作本能反應：「什麼，她是我太太，方佩貞，香港出生，從沒有到過越南，你們有沒有搞錯？你們是哪個部門？」他聲色俱厲，說的是英語，把他的官架子全部擺出來了。那兩人一時不備，方立國一不作二不休，隨口又用法文說：「走狗，你知道我是誰嗎？」邊說邊從口袋裏拿出證件，當然是假的，中華民國駐越軍事參贊，「我有外交豁免權，我的家屬當然也包括在內。」那兩個人竟然知難而退，連聲說對不起，「茶房把房間弄錯了。」然後又到隔壁房間去敲門，不得要領後再去敲第三間，然後一間連一間地問：「有一個阮愛蓮在裏面嗎？」各個房間的回應聲嘈雜得很，看來是兩個笨蛋。

方立國看到愛蓮臉色蒼白，還是一言不發，他只好當機立斷，右手拉起她，左手提着隨身行李，走上甲板，故意擠進人潮之中。這時候才發現船已開進港口，岸上更是亂成一團。

「怎麼他們竟然不派人來接？」

「要我到了才去聯絡。」

「怎麼警察這麼快就得到消息？」

「我也不知道。看來劫艇的消息已經傳開了，也許我們的人已經被捕……」

立國叫愛蓮不要再出聲，他們說的是國語，他叫她必要時用廣東話，如果她還記得的話。他們隨人潮走下岸來，一上碼頭，愛蓮就向他示意，輕輕地說：「跟我來！」然後很熟練地用越南話叫了兩輛黃包車，說了一個地址，一前一後就進得城來。走了約十幾分鐘，就到了一家米店門口，愛蓮下車匆匆敲門，一個中年男子從裏面走出來，見到她顯得很高興的樣子。打發走了黃包車夫，愛蓮匆匆拉着這兩個男人走進來，反身關緊房門，然後介紹說：「這是家兄」，又依着立國說：「這是我丈夫」。那個中年男子一臉驚訝，但又不知該說什麼，只好握握手並禮貌地問道：「貴姓？」

方立國據實以告，那個中年人從口袋裏拿出一張名片，一面唯唯諾諾地說着客氣話，「敝姓陳，請指教。」方立國心裏很亂，也顧不得細察這一對兄妹的關係——怎麼一個姓阮，一個姓陳？——就對愛蓮說：「看樣子我們非盡快離開西貢不可。我看你的身份和任務已經暴露了。」

「什麼身份？妹妹，你出門快兩年了，怎麼一點消息都沒有？」

「以後再說，哥哥。」愛蓮又轉向立國說，「他的確是我的親哥哥，還有一個在河內。」

「妹妹，我先安排你們歇一會吧，店裏不方便，還是到附近找一個小旅店？早飯還沒有吃吧！」

方立國覺得這個「哥哥」頗為慢條斯理，憨厚得有點笨拙，和愛蓮的靈敏適成對比，像是沒有見過什麼大場面。那麼，愛蓮是否和自己一樣，身經百戰，現在還不是走投無路？到底她葫蘆裏賣的是什麼膏藥？她的「組織」竟然如此不中用？

「哥哥，我們要躲一躲，請不要問什麼原因，鄉下還有什麼親戚朋友？河內文誠家不能去了，那裏可能更危險。」

「那只有富國島。還記得嗎？三表叔和表嬸他們在那裏開了一家餐館……」

「你有地址嗎？我們馬上出發，陸路方便還是海路方便？」

「你們兩路都要走，至少需要一整天，先乘火車，然後轉乘河上的小船，最後一段路要坐汽車，然後坐渡輪……」

「哥哥，你還有零錢嗎？能給我的都給我。」

愛蓮顯得很性急，她的口氣也越來越不客氣，然而她這個哥哥還是笑嘻嘻地說話，一五一十地向她交代路上應該注意的事項，一面又想留他們，還是先在西貢住幾天再走，不會太亂的，法國人還沒有撤走。

「哥哥，我兩年前不是告訴過你，我離家是有任務的，我受到一位偉人的感召，要獻身革命，現在他們查出來了，我非走不可。」

「那麼你不相信當今的國王保大？」

「他只不過是法國人的傀儡。」

「但英國和美國已經承認保大政府了。」

「什麼？」這次輪到方立國吃驚了，他還不知道越南事實上已經分裂，保大為西貢政府元首，胡志明在河內早已宣布成立越南共和國。他本來對越南政局所知甚少，中國的國共兩黨和越南有什麼關係、採取什麼立場，他也不甚了了。自從他四月中離開上海，至今也有兩三個月了罷，天氣漸漸轉熱，他知道夏天即將降臨，自己也只剩下兩三件單衣，還是范司令送的，那套西裝早已不翼而飛了。

「立國，我們還得趕快離開這裏，先不要談政治，到了富國島以後有的是時間。」

2

臨行前愛蓮交給她哥哥兩封信，請他即時寄出，然後就和立國僕僕風塵地上路了。到了越南，愛蓮好像如魚得水，完全是一個本地人，她的一身打扮也和越南鄉下女人無異，倒是立國英雄無用武之地，處處感到不便，而且水土不服，還沒有到富國島，就發了高燒，坐渡船時上吐下瀉，愛蓮沿路看護，體貼入微，立國怕是傳染病，要她避開一點，她哪裏肯答應，反而和他更親近。到了富國島，找到她的遠房表叔和表嬸的住處，已是深夜，立國體力早已不支，病倒了，高燒令他昏迷而神智不清，愛蓮急着到處打聽求醫，好不容易找到一個醫生來看，他把把脈，又摸摸立國的前額，然後皺着眉頭說：「明天一早最好送他到醫院去仔細診察。」他開了一個藥方，是草藥，但藥店早已關門。那晚，愛蓮一夜未眠，坐在立國牀前，頻頻為他擦汗，立國但覺全身發冷，卻又不停地出冷汗，時昏時醒，朦朧之中只看到愛蓮淚汪汪的眼睛，他不知身在何處，身體像在雲層間飄盪，愛蓮緊緊抓住他的手，一遍又一遍地叫他：「Mon Chérie，有我在，不要怕，這是我們最後一關了。」

第二天清晨，愛蓮把他送到島上唯一的一家醫院——天主教辦的聖心診所，掛了急診，不到十分鐘就見到醫生，原來是一個法國老神父，只會說一點越南文，愛蓮又用流利的法文向他報告病情，老神父先測量他的體溫，又用聽診器仔細聽他的心和肺，又按脈，最後他用法文和英文說了一個醫學名詞，立國聽得懂：typhoid fever——傷寒！需要立刻住院療養。

立國就被推進一間病房，他還以為要動手術，腦子昏昏沉沉，又看到一大片白光向他洶湧而來，後面是黑暗，但他不想死，他要活着，他希望醫生馬上可以割破他的肚子，從中取出傷寒的細菌，他就會好了，然後他又看到無數的小細菌——紅色的小蟲——在他身上爬，他覺得全身發癢，但又無力去搔，甚至叫也叫不出聲來，有一個小蟲，像馬六甲附近荒島上的大蚊子，狠狠地咬了他一口，他痛苦不堪，昏了過去。

他昏迷了多久，自己當然不知道，只覺得自己的身體熾熱，輕飄飄的，從一群人堆裏飄到另一群人堆裏，別人說的什麼話他一句也聽不懂，而他自己想開口也說不出話來。事後愛蓮說他口中念念有詞，但聲音很微弱，她把耳朵貼在他口邊傾聽，還是聽不出他說的是什麼，只覺得他在不停地重複幾句話，經過幾天幾夜之後，她終於聽出來了，是一連串的數字，她記了下來抄在紙上，唸給他聽：

左一〇三七—右二五八四—左三〇三。

黃八八六－二六七二－六六五二。

藍八五二－二四九五－八三七一。

紅〇〇七－八四四－九四二四。

他昏迷時唸的是廣東話，也虧得愛蓮猜出來了。她問這些數字有什麼意義，他一時也想不出來。事實上，經過三個多禮拜的昏迷，方立國覺得他的記憶大不如前，最近幾個月發生的事情對他一片模糊，倒是幼時的記憶特別清晰。他說話時有點口齒不清，身體仍然虛弱，愛蓮隨侍在側只能用眉目傳情，因為她向他説情話的時候，他也沒有什麼反應，似懂非懂地向她傻笑。「傻瓜，我的傻瓜，」愛蓮摸着他的臉喃喃地說，「我好『錫』你！」她講的也是廣東話，希望他聽得親切些，有時候她還是叫他「老公」，而醫院裏的人都叫她方太太，或Madame Fong，她堅持不用她的中文或法文名字。

每天除了護士為他量體溫和例行檢查外，一切都是由愛蓮料理。醫院的病房很小，設備簡陋，但還乾淨，愛蓮就在立國的病牀旁邊放了一張行軍牀，可以日夜陪他，這是她和院方幾經交涉才得到批准的。時日一久，她和院中的護士們和其他工作人員都混熟了，當立國午睡的時候也幫他們打打雜，那位老神父對她更好，甚至額外開恩，隨時答應接受她的告解。有時候，立國從昏睡中醒來，會看到兩個人跪在地上，一同祈禱，神父念經時用的是拉丁文，立國聽不懂，愛蓮卻能照背如流。

立國的病逐漸好轉。信教的人一定相信是受到主的保佑，但立國知道他的「主」就是愛蓮，他從來沒有遇到一個像愛蓮這樣的女人，她為了他簡直變成了另一個人，和醫院的看護沒有任何分別，但更加上夫妻間的親密，當他脫離危險期以後，她會偷偷地利用機會和他親熱，雖然不能有牀第之樂，但其他的她全做到了，有時候她會親口含着一片鳳梨餵到他口裏，他該吃的藥丸她也用同樣方法餵着他吃，並且調侃地說，這樣她更可以免疫了。幾個月來，像一個奇蹟，愛蓮疲憊的身體並沒有受到疾病的感染，反而更壯碩了，夏日中午炎熱，她只穿短衣短褲，曲線玲瓏，立國體力漸增後，有時也會偷偷摸她一把，兩人打情罵俏的聲音傳到其他病房，別人也不以為忤，甚至為愛蓮高興，因為人人都知道，她是一個賢慧的妻子，而且她愛屋及烏，也時常照料其他病人和他們的家人。

兩個月後，遵照醫生的命令，每天早晚立國都要散步一小時。他初下牀時竟然舉步維艱，必須愛蓮扶着他走，像小兒學步一樣，但他自覺更像一個八十多歲的老人，有時他偶爾看到愛蓮眼角的皺紋和鼻上的汗珠，會不自覺地念那首《詩經》上的句子：「執子之手，與子偕老」，然後會捧着她的臉深情地說：「愛蓮，我們在一起還不到一年就已經是老夫少妻了！我老了，你還年輕，我把你累壞了。」她也會半開玩笑地說：「老夫少妻有什麼不好？你算是享盡人間艷福，就差沒有子孫滿堂！」

愛蓮的玩笑是個暗示：她知道自己懷孕了，算了一下，居然是船上的愛情結晶，她認定是個兒子，但當她最後認真告訴他這個消息的時候，他並沒有欣喜之意，反而擔心她營養不足，生育更會拖累她的身體。「唉！生於亂世，不知道這個孩子將來會有什麼前途？看樣子是凶多吉少，國家大難，我們又流落異鄉，這孩子長大後是不是能當個中國人都很難說。」愛蓮聽後不以為然，「立國，你的異鄉就是我的家鄉，不要忘記，我是在越南長大的，我身上還有越南和法國人的血統。」

當愛蓮的肚子開始有點輪廓的時候，立國反而要照顧她了，處處噓寒問暖，又去她表叔家求援，要她表嬸煮雞湯給她喝，其實不要他操心，她的表嬸早有經驗，知道如何料理一切，愛蓮時而飢餓想吃，她表嬸都會把餐館裏的菜帶到醫院來。這個時候愛蓮已經正式在醫院工作了，但她不願受薪，想用這個義務方式還債，因為立國的住院費一直沒有付，院方慈善為懷，答應她用這個特殊的付款方式，這本來就是一間慈善醫院。

然而，有一件事立國一直耿耿於懷，但難以啟口：到底愛蓮和她的組織有什麼關係？是否還有關係？他找不到一個適當的機會問她，時間拖得越長，他越感到沒有必要揭開她最後這個秘密，直到「機會」突然自己送上門來，這一次輪到愛蓮措手不及了。

醫院突然收到一封信，信封上寫着「阮愛蓮」的中法名字，但沒有一個人知道她就是方太太，湊巧他這一天走過收發室，工友請他看這一封信是不是給他太太的，他就取了信直奔愛蓮工作的病房。

「誰的信？」他不經意地問。愛蓮打開信封，臉色突然陰沉起來，立國好久沒有看到這個表情，於是搶着把信拿來看。

阮愛蓮同志：記得你在十年前初到本黨西貢支部報到時，就曾宣誓效忠胡志明主席，並接受組織交代你的一切任務，後來本黨派你到新加坡作本黨與新馬聯合解放陣線的聯絡員，你的工作成績卓著，並備受新馬兩地同志的讚許。

但今年四月底你卻突然失蹤，後來經向新加坡方面打聽，才知道你答應該陣線到澳洲雪梨出特別任務，以後卻音訊全無。最近西貢方面轉來消息，你已經回到越南，現在富國島聖心醫院工作，故特寄此信給你，收到後請立刻到××街××巷恆生雜貨店阮老闆處報到，潛心學習，不得有誤。

這封信是用中文寫的，但內中夾雜了許多不相關的語句，都是從報上抄下來的。方立國很快就看出來，這是一種淺顯的密碼信，用中文可以避越南人耳目，而華僑看了，也不知所云，因為只有每隔十五個字才有半句話有意義，必須跳着看，這是他受基本訓練時所上的課程之一，沒有想到越南人照抄，愛蓮也覺得有點笨拙。然而，難題還是擺在眼前：去或不去？去了有無危險？不去的話是否又要逃難？

至少，方立國確定了一個事實：愛蓮曾是越共的黨員。那麼，她和新馬方面的關係又如何？她到澳洲的特別任務是什麼？最後她自願陪他北上的目的又是什麼？難道真的是像她所建議的，到香港會齊同志後滲入海南島盜取國軍機密？他當時只不過是癡人說夢而已，他們不可能當真。突然他靈機一動，想到一個問題：

「愛蓮，我昏迷不醒的時候，你說我口中念念有詞，重複背出不少數字，你猜這些數字是什麼意義？」

「我也不知道。」

「那是密碼，你抄在一張紙上，那張紙在哪裏？」

「我忘了丟在哪裏。」

「不可能，愛蓮，你必須誠實地告訴我。」

「已經發電報分別告訴新加坡和河內的支部。」

「河內？什麼支部？愛蓮，你要把我毀了？」

「這就是我的任務之一，要打聽出來你在潛艇上的工作是什麼。」

「那麼你認為我的工作……」

「就是操縱艇內的密碼，但是我讓他們去解碼，我已經正式去信辭職了。」

「那麼你的上級知道了會不會控你叛變？」

「我也管不了那麼多了。」

方立國覺得愛蓮的話還沒有完全暴露真相，「愛蓮，我們已是夫婦，連孩子都快生出來了，你還要隱瞞你的工作，還有你真正的身份？」愛蓮的表情很痛苦，她欲言又止，吞吞吐吐，最後對他說：

「立國，相信我，我說的全是實話，這是我最後一次任務，而且已經達成了。他們所需要的就是密碼，我從布朗那裏間接打聽到的也是密碼：這艘潛水艇的運作，有一連串的密碼，但每個人只知道一部分。我的特別任務，就是設法把所有密碼找出來。我為什麼甘願作布朗的情婦？因為他是這艘潛水艇的主要設計人；我為什麼要隨他到澳洲？因為我還要了解澳洲海軍方面有沒有專人參加，是否還有英國人。我當時沒有料到的是：原來這艘超級潛艇的幕後老闆是美國！我們沒有辦法滲入潛艇內部，當時只想到一個辦法——你！希望設法說服你為我們工作，沒想到美方的速度這麼快，三天以後就開船，據說艇上的水兵是從另外一條船上調來的。我們沒有辦法，最後只好鋌而走險，但犯了一個大錯：誤殺了奎格艦長。當時的計劃是殺水兵、俘擄所有軍官，包括你，但槍林彈雨中一時亂了套。我那一天真的為你擔心，所幸幾個好同志及時把你救了。

「立國，關於如何處置這艘潛艇，我並沒有參與其事，而且事情變得很複雜，幾方面都要介入：新馬、越共、中共，還有蘇聯的情報機構——他們在河內有不少人，也有軍艦。當然，美方、英方，還有你們國民黨方面也在搜索這條潛艇的下落。我知道要讓他們信服只有一條路，就是把你帶到越南來，因為最後能夠解開密碼的只有蘇聯方面的人，他們的科技進步得多，而且早已擁有潛水艇，所以，我當時答應先帶你到河內，然後幫助蘇方解碼，說不定那邊的人可以設法把這艘潛艇開到河內。把你一個人留在馬六甲沒有用。」

「原來你是想把我帶到河內，卻沒有料到越南的局勢變得這麼快，和中國一樣。」

「我們到西貢前在船上的那一幕，把我嚇壞了，如果西貢海關的人都要抓我，我怎麼還有活動的餘地？而且，立國，我愛上了你，我要和你雙雙離開這個亂糟糟的局面，遠走高飛，恨不得逃到一個沒有人去的地方，和你終老餘生。」

「愛蓮！事已至此，看來我們只好認命了。他們遲早會找到你的，甚至也可能找到我，我有這個預感。」

「那怎麼辦？」

「以不變應萬變。」

「那麼，還要去報到？」

「你不去，那個雜貨店的老闆也會找到你。」

3

到了恆生雜貨店，那個阮老闆竟然一無所知，還以為他們是來買東西。方立國察言觀色，覺得這個老闆不是在裝糊塗，所以愛蓮也不必暴露她的黨員身份，不如先交個朋友拉拉關係再說，於是真的採購了不少雜貨，老闆眉開眼笑，問他是哪裏來的。立國以為阮老闆也是越南華僑，就說他是香港來的，不料老闆回答說：「聽你的口音不像是廣東人，你生在內地？還是到過內地？」為了拉攏感情，立國說抗戰時期他到過重慶和昆明，還說差一點去了延安，想探探老闆的口風。不料老闆又說：「這幾天來了一大批國民黨的軍隊，你知道吧，他們說的話連我也聽不懂。」

立國和愛蓮都大吃一驚。什麼，國民黨的軍隊怎麼會到這個小島上來？阮老闆這才告訴他聽說都是屬於李彌將軍的部隊，輾轉流亡到這裏，看樣子不久就會撤到台灣去。方立國這一驚非同小可，因為他在重慶軍統的時候，聽過李彌這個名字，而且，軍統本屬軍方，說不定這次隨隊而來的也有軍統的人！他覺得不能再被動地坐觀變化了，一定要採取主動，說不定可以聯繫上人，隨這支軍隊到台灣，對他未始不是一條出路，然而，愛蓮呢？到了台灣，國民黨會不會抓她？而且牽連到這麼大一件軍事機密？

那天離開雜貨店後，立國突然說他要單獨行動，到有了結果以後再告訴愛蓮。愛蓮臉上卻是一片愁雲，看樣子她又要和立國分開了，如果他真的要去台灣，她怎麼辦？立國開始經常出入島上的幾家餐館——包括愛蓮表叔的那一家——和茶館酒店，看到外地人模樣說華語的人就去搭訕，自己裝作一個香港來的生意人，不到幾天就認得幾個軍隊上的人，聽他們大談一路上的驚險遭遇，三杯下肚，什麼秘密都說了出來，酒醒了又再三請求立國不要傳開去，立國心中暗笑，幹他這一行的人都知道，如果想要散布謠言，最好的就是這種辦法。

然而，一個月過去了，立國想要知道的事卻一直不得要領，和他談話的散兵遊勇——內中還包括一兩個小軍官——都不是作情報的人，他最後決定還是鋌而走險，必須見到李將軍總司令部的高級幕僚，然後故意暴露自己的身份，說不定會有結果。於是他託了認識的一個軍官帶他到司令部去，衛兵問他貴幹，他只好說謊，自稱是台灣方面派來的人，求見李將軍的參謀，終於得到引見，衛兵帶他到一個破爛不堪的小屋中，牆上掛了一幅青天白日的國旗，和一幅蔣委員長的肖像，未幾一個穿便衣的中年人走了進來，很客氣地請他坐下，並自我介紹是李將軍的私人秘書。方立國乾脆開門見山地說：

「抗戰時期，戴笠將軍曾經向我提過李將軍。我以前是在他的辦公室做事。」

「那麼方先生和軍統有關係？這次是從台灣來？」

「不錯，我此行的任務比較特殊，因為我們從上海撤退的時候我剛好到新加坡去出任務，一時和上海總部失去聯絡，後來經由台灣方面的安排……」方立國一時語塞，不知如何圓場。

「方先生這次來要和我們聯繫的是……」

「不瞞你説，我是台灣的調查局派來的，據説貴部隊中有匪諜潛伏，將來整個部隊遷到台灣的時候恐怕需要仔細檢查一下。」

「這個我們知道，只不過我們一直得不到明確的指示，部隊將來駐在哪裏？鳳山？台中？還是台北附近？」

方立國根本一無所知，乾脆據實以告。他臨時又加了一句：「我們最近得到一個消息，」他故意放低聲音，「聽説我們軍方新購的一艘潛水艇失蹤了。」

「什麼？我從來沒有聽説過，這也是你的任務——調查潛艇的失蹤原因？」

「不錯，其實這才是我的真正任務。」

「好吧，請把你的地址告訴我，我們一有消息就會通知你。」

又過了半個多月，消息全無。但方立國估計這位秘書一定會向台灣有關方面調查他的來歷，他自認沒有完全説假話，而且潛艇失蹤的事一定屬於絕對機密，知道的人甚少，不會那麼快打聽得到。然而，就因為這一次的會面，參謀室的人請他吃飯，待之如上賓，並時而送點東西給他，大概他們也知道他非等閒之輩。在這兵荒馬亂的時代，魚目混珠的人不少，但也有真正的遺珠，不可輕視。方立國和他們熟了，也聽到一些消息，諸如舟山之役國軍倖免於難，後來進佔金門和馬祖等等，他不禁覺得惋惜，如果這艘潛水艇可以派上用場，福建沿海的共軍船隻一定不得安寧，説不定還可以從馬祖反攻大陸……然而，如果中共方面得到這艘潛艇，或者縱容新馬聯合陣線鬧事的話，又如何是好？好在目前艇在何處，只有他和愛蓮知道，但它的確切地點他也不清楚。而且，説不定美軍早已找到它，把它炸沉了。

方立國每天朝思暮想，就是放不下心，甚至走火入魔，時常到海邊散步，癡癡地向海上遙望。因為他記得潛艇的原來航線是從新加坡經西貢再到海南島的，說不定艇上的那個美國副長知道航線，在范司令挾持下把它開來西貢？或者河內的蘇聯海軍早已派人與之聯絡，更有可能把它開到他們在河內的基地？看來越南的戰事會一觸即發，胡志明必會揮軍南下，而保大終究無法自保。

立國以為他有一天會突然發現潛艇就在他面前潛出海面。愛蓮以為他走火入魔，越想越瘋，但另一方面又覺得自己把密碼電傳出去也於心有愧，背叛了她的丈夫，說不定他們真的用這一套密碼開啟艇上的秘密導彈系統？兩個人雖然朝夕相對，卻各自心照不宣，甚至各懷鬼胎，互相猜疑起來。立國的疑心更重，心情影響之下，對愛蓮也開始疏遠了。而愛蓮的腹部卻越來越大，醫生判斷今年年底或明年年初就會生了，越南鄉下用的還是陰曆，照陽曆算法，這個孩子應在一九五〇——民國三十九年——出生。愛蓮只好用孩子作藉口，想把立國的感情拉回來，她問他：「如果生的是男孩，應該叫他什麼名字？」她堅決認為生的一定是男孩，早已想好一個法文名字——Pierre，念起來既溫柔（P字開頭的發音）又強硬（原意是石頭），將來可以繼承父志，作立國興邦的基石。然而，立的又會是什麼國家？中華民國已到了風雨飄搖的時候，哪一年才能再興邦？方立國反而覺得愛蓮想得太天真了，也許她心目中的國家並不是中華民國而是剛剛在十月成立的「中華人民共和國」？（她畢竟還是「對方」的人。）抑或是「越南民主共和國」？

山雨欲來風滿樓。然而歲月也就在期待這場風暴的不安心情中默默地過去了。夏去秋來，早晚時有涼風習習，但是亞熱帶的氣候還是冷不起來。方立國在海邊散步的習慣倒是持之有恆，而且每次越來越久，他每天都在等待災難，卻日日平平靜靜地過去，他的生活在表面上變得很逍遙自在，特別是在傍晚時分看到海上的漁船滿載而歸，天邊夕陽西照，沙灘上卻洋溢着一片魚的腥味，還有人乾脆就在岸邊烤魚吃，還加上一點當地特產的魚醬，香甜可口，他也時常受邀品賞過。令他最感寫意的是滿月的夜晚，隨着漁人朋友到船上作「逍遙遊」，邊談邊飲（他也學會說一點越南話），船上一燈如豆，他喝得微醺，有時詩興大發，腦海中竟然湧出幾句舊詩來，其實他在途中偶有所感，也曾寫過幾首，愛蓮鼓勵他都抄寫下來，甚至立刻就去為他買了毛筆和宣紙，立國反正閒來無事，就開始一首一首地寫，幾個月過去了，積少成多，到愛蓮生產的時候，他的詩集也「產」了下來。

愛蓮真的生了一個男孩，正午時出生，醫院的護士們忙得午飯都忘了吃，也為他們夫婦興奮，立國第一眼看到躺在愛蓮臂彎的孩子，油然生起一股與生俱來的父愛，他把孩子抱在手上，一邊逗着他笑，一邊喃喃地說：「孩子，爸爸是無能為力了，要看你自己的造化，但願祖先能夠庇佑你，還有你媽媽相信的上帝，你生於亂世，大災大難馬上就會來了，但願你大難不死。」說着說着眼淚竟流了下來，愛蓮看到了，連忙接下孩子，又拉着他的頸擁他入懷，一家三口抱在一起，孩子大哭，父母也成了淚人兒，立國只聽到耳邊愛蓮的聲音：「Mes enfants!」法文的單數變成了複數。

他們決定給孩子起一個很傳統的中文名字：方庇德，也是法文 Pierre 的英文發音：Peter。如果孩子將來留在越南，就用 Pierre 這個名字，如果去了上海和香港，就用 Peter，這是愛蓮的意思，而立國卻只叫他小庇德，他抱着、叫着、又摸着孩子的屁股，於是小「庇德」變成了「小屁屁」。小屁屁生來頑皮，不停地尿牀，換上尿布也沒有用，當地人說這是福兆，將來必有一番作為，但也一定不安於室。全醫院的人都喜歡他，愛蓮坐月子的時候，大家搶着照顧，後來愛蓮抱着他上班，隨便把他放在一張病牀上，病人也爭着抱；到他能爬能跑的時候，更成了醫院的「常客」，在甬道上跑來跑去，見了人就大叫「屁屁」，人見了他更高興，也回一聲「屁屁」，於是全醫院到處都是「屁屁」之聲，但華人和外人聽後的反應不同，後者笑他老是想 **Pee-Pee**——尿尿，事實上他也名不虛傳，每晚都 **Pee-Pee** 連牀。

庇德出生後的那一年多，是立國和愛蓮最快樂的時光。立國非但中年得子，也完成了他生平的唯一著作——他的詩集，當然沒法出版，不過他把手抄本裝訂得很美觀，並命名為「南海飄零集」。

4

方立國在方庇德一歲另四個月的有一天失蹤了。那一天他照常和孩子玩，抱着他逛街，晚飯吃完後幫愛蓮照料孩子睡覺以後，照例一個人去海邊散步。據事後目睹的漁人說：方立國搭上一條漁船，但這條船卻開足馬力揚長而去，漁人不虞有詐，眼看着這條船消失在黑暗中。還有人說看到遠處冒出一條軍艦，這條船開到軍艦停泊的地點就失蹤了，更有人說方立國船上的燈一明一暗地向軍艦打信號，好像事先早已聯絡好似的。

至於那條軍艦由何處而來，沒有人知道。消息傳開以後，當地人渲染得越來越離奇：方立國的那隻小船是被一條怪物吞了，有人說這怪物是一條白鯨，幾百年來第一次浮現在附近海面，這條白鯨是海龍王的化身，會帶來吉祥如意。

第三部

第一章　太平洋上

1

醒來看到牆上的月份牌，看到二〇〇〇年字樣，想不到二十世紀就在我昏迷不醒中過去了，我昏迷了多久，自己也不清楚，只知道醒來以後地球依然無恙，窗外仍然鳥語花香，陽光普照，綠油油的草地，美得像一幅水彩畫。我還活着，但不知道身在何方。

那晚的一切，猶如一場夢魘。我依稀記得那條在熊熊烈火中半沉下去的巡邏艇，岸上一片嘈雜，呻吟聲混着砲彈聲，此起彼落，震耳欲聾。天上閃着白光，亮得眼睛也睜不開。我什麼時候失去知覺的，自己也不知道。我被誰救到這裏來的？那晚死了多少人？鄭先生死了沒有？還有那一艘突然從海上冒出來的龐然怪物——潛水艇！

潛水艇？沒有一個人說見過那條潛水艇。報上登的消息說：馬來西亞警方派了三架直升機和兩百個警察去鎮壓，抵達現場的時候已經橫屍遍野，但真正傷亡的人數卻沒有宣布。有家華文報紙報導說：此次事變是黑社會的各幫人士互相殘殺，大部分人已被警方殲滅，少數沒有死的暴徒已經潛逃出境。

醫生說我入院時已經進入Coma，我遍體鱗傷，都是火燒的，所以醒後才發現我的身體纏在白布裏，沒有任何感覺，眼睛從兩個白布小孔中看世界，視野小多了。我的頭部仍在發燒，醫生說燒已經退了，但我還是覺得頭上頂着一個火爐，泰山壓頂，腦子熱得發脹，然而下身卻冷得像麻痺一樣。醫生說我至少需要在醫院靜養一個月，才能解開綳帶。

我完了，我會變成一個廢人。我在哪裏？醫院裏的人說是新加坡，我怎麼又從馬六甲回到新加坡？還是我聽錯了，不是新加坡而是吉隆坡？我發現耳朵有毛病，層層紗布包着，聽別人說話像隔着一道牆。

託人打電話到香港找舅舅，又是找不到，真是怪事，為什麼每到緊要關頭他就失蹤？又打電話到我服務的香港總公司，也沒有人知道他在哪裏，更怪的是，公司的人也不知道我是誰，說沒有這個人。看樣子我比舅舅更糟：非但失蹤，而且根本不存在，公司已經不再承認有我這個人。還不是我自己的造化？記得在離開香港的時候，非但向公司請了長假，而且把電腦上自己的資料都銷毀了。

我注定是孤家寡人，沒有任何身份。但是如果終此殘生我還要做一件事的話，便是要查出這艘潛艇的真相。

坐在病牀上，用醫院借來的 Laptop 電腦上網，怪彆扭的，想聯繫香港的總公司，卻遭到拒絕入線，因為我的身份密碼已經無效，沒有自己的網址，事情變得麻煩起來，我變成了網上的遊民。但沒有關係，從頭做起，這個網路世界上的遊民多的是，更有閒來無事專門編寫網蟲破壞其他網站的人，只要知道如何設計程式，就可以道高一尺魔高一丈，用種種方法進入其他資料庫，偷盜破壞，打游擊戰，讓這些大國政府機關、跨國大公司、甚至情報單位防不勝防。去年年底當我忙着解決千年蟲問題的時候，就在網路上認得不少「網蟲」，外號千奇百怪，趁着這個千禧年搗蛋的更多，我一一將它們封殺，但也學會了幾個招數。

現在輪到我作網上的無業遊民了，反正每天睡在病牀上無事，對醫生說我要玩電腦遊戲，實際上我是在設計自己的網蟲，必須精心製作，因為我要追蹤這條潛艇必須先「潛入」各種情報系統。

其實，電腦的基本構想很簡單，它所有的機器號碼都是用1和0組成的相對單元（binary unit），只不過這些單元連成串（string）以後可以千變萬化而已，譬如我發現美國聯邦調查局（FBI）有一套安全系統，它的基本串聯方式如下：

CC1　01011010.10101010.01011001.01111010.01000110.11010101

CC2　01111011.00101000.01011001.01111010.01000110.11010101

CC3　……

如此類推到六串。FBI的另一套拘捕病蟲的設計則更複雜，第一節就有三十串，每一串的1和0的組合是七十個數字，而這三十串可以在一秒半鐘演算完畢。這套系統大概有幾千節，而且演算時間可以加快，全部在二十秒鐘內完成。這些設計都是花了數年時間，費了無數的人力和財力才完成的，我要在幾天內設計一套網蟲碼，談何容易？然而我學到一個絕招，可以設計幾套號碼直接連到別人的號碼上，然後就可以用別人設計的系統來進入其他網址。所以，這幾天我除了三餐飯外，就是在玩我的「電腦遊戲」。

譬如我先設計的PP101011010.01010101……可以倒掛在FBI的一個節目的第一串，然後在第四段——即00101110——進入他們第四串的第四段，即CC4 01110100……如此類推下去，ＦＢＩ的兩三個網站就被我混進去了。用美國情報機構的電腦網最方便，因為資料豐富，包括世界各國，還有各大跨國公司，而且由於多年來網蟲騷擾，早已鑽出幾條「網洞」來，明眼人可以乘虛而入，而ＦＢＩ用的防備政策是先圍堵再消滅，用非常複雜的「網圈」（loop）來圈住網蟲，然後再抄（copy）成副本，把原網蟲消滅後，中和（neutralize）副本，最後再把副本提供專家研究，找出網蟲的來源。這種作法很安全，但很費事，聰明的網蟲還是可以設法變成漏網之魚，和下圍棋一樣，當對方要圈住你的時候，你也可以反圈對方，亂其陣腳，然後脱逃。

我的辦法是：先混進這些網蟲裏面，當被圈住的時候就跳到ＦＢＩ的圈裏，再從圈裏面混到其他情報密碼系統中，因此我非但變成漏網之魚，而且我這條魚還會鑽進釣魚人的原來機關裏面，但我的目的不是破壞，而是借用——借用他們現成的密碼系統來得到我所需要的情報，就好像一條小魚故意被鯨吞後，在鯨的肚子裏面作遊戲一樣。

我就用這種方法混進幾條鯨的肚子裏去了，速度如此之快的原因是，我在解決「千年蟲」的時候得到一個預感：玩千年蟲的網蟲往往對三個 0 串在一起的號碼串特別有興趣，所以常用各種組合湊成二〇〇〇這個千禧年的日期，譬如在一個舉世公認的 01-01-00 的基本密碼公式中，就會變化為 10-10-00，後面的兩個單位就成了一〇〇〇，第一單位捨 0 而得 1，加在上面就成了二〇〇〇。再進一步的變化就可能是：00-00-01，倒過來看又可成為二〇〇〇，如此類推到八位數字的時候就更有意思了，可以在內中演變成各種千年的模式。譬如前面用過的 CC1 的第五節：01000110，內中就一連串包括了三個 0，加上後面的 1 1

則成二千年，用前面的1則成一千年。但這是最基本的象徵遊戲，因為電腦術語中1加1還是1，但是如果從縱向推演，就更有意思了，從FBI的原節目中前六串的第一個號碼縱看，都是0，沒有太大意義，但進到串裏之後，就會發現在各節第三串中第二個數字都是1，而從CC1到CC3的第三串第三個數字縱看，卻都是0，有了三個0以後，我就猜到CC4~CC6之間只有兩個1，可以湊成二千年，最後是個0，果然不差，我於是就從虛數或捨去不算的0中進入它的系統。這種機會大概是千分之一，但以目前的快速度掃瞄方式還是可以在五六個鐘頭之內得以進入管道，然後再花幾個小時，就可以登堂入室，竊取內中藏有的情報。

我在登堂入室後，設法經由美國的FBI、中央情報局（CIA），和國防部五角大廈的電腦系統中，找尋這艘潛水艇的資料。其實我不用電腦也可以推出一個初步答案：這艘潛艇既不屬於新加坡，也不屬於馬來西亞政府，如果屬於前者，則非常不智，小題大作，引起後者抗議，新加坡政府不願意兩國關係惡化，雖然它並不信任馬來西亞大選後的領袖。如果屬於後者，那麼馬來西亞海防隊的巡邏艇怎麼又會被自己國家的潛艇擊沉？（如果不是潛艇，難道是自己的直升機擊沉的？）再從所謂黑社會的立場來看，鄭先生的公司的確曾作過潛艇的生意，過去曾把一艘荷蘭潛艇偷偷賣給台灣，如果那晚出現的潛艇屬於鄭先生的公司所有，難道它不顧及鄭先生自己和他的歐洲代表的安全？如果它是屬於和鄭先生交惡的日本浪人的，很明顯那晚死亡的人（據報導）大都是日本黑社會分子，日本人不至於自相殘殺吧。

所以，我猜這條秘密「鯨魚」必然和那家蘇聯的新公司有關，他們剛在新加坡設立支部，而且已經遭到日本殺手的偷襲，此次出其不意出手反擊，把雙方打敗後，可以很容易地獨佔鰲頭。如果我猜得不錯，莫非俄國人真的來了？那個暗碼「東方獵手」莫非就是這艘潛艇的代號？東方「獵手」——蘇聯解體後，這些俄國浪人真的到東方打獵來了？那麼，娜塔莎是否是主謀人之一？她又在哪裏？我怎麼差一點把她忘了？

試了幾次，終於接通了娜塔莎的網址。

P→*N*：還記得我嗎？奧瑪卡樣。

N→P：Pierre, Mon amour，你怎麼這麼久沒有消息，我還以為你發生了意外。

P→*N*：你以為我死了？不錯，差一點被你們的火箭炸死了。

N→*P*：Pierre，不要開玩笑。

P→*N*：這個時候我還有心情開玩笑？娜塔莎，告訴我，潛艇去了哪裏？是不是已經開到了東方？

那邊沒有回音。我等得不耐煩，又寫了一封電子信：

P→*N*：還記得我們早已訂好的約會嗎？在花蓮。

這一次馬上得到回音，但是語意不明。

N↓*P*：我怎麼會忘記？在下雨的季節去最好，還要帶着一壺酒，啊！我內心的春之火。希望在花蓮見到「東方獵手」。

娜塔莎再次提到「東方獵手」，於是我腦海中又冒出早已背得滾瓜爛熟的兩句詩：

And Lo! The Hunter of the East has caught
The Sultan's Turret in a Noose of Light.

念來念去，不得要領。醫院的一個護士小姐，想是馬來人，看到我在紙上寫的 Sultan's Turret 字樣，突然問我：「你認識這裏的蘇丹？」她一語驚醒夢中人，馬六甲的古蹟博物館中不是陳列着古代蘇丹的臘像？莫非「蘇丹的塔樓」指的就是馬六甲——這個馬來亞的古都？我住的這家醫院不在新加坡或吉隆坡，一定就在馬六甲附近，所以就在我旁邊！不錯，娜塔莎對我的情況早已瞭如指掌，甚至用這兩首詩在暗示說，不但我已早被她玩弄於指掌之中，而且馬六甲——這個「蘇丹的塔摟」——也在他們的「東方獵手」控制之下，in a Noose of Light——那道閃光必定是潛艇中射出的火箭！

如此看來，那晚的一場戰爭，從頭到尾都是這個前蘇聯的「東方貿易公司」一手製作的。像一場好萊塢的電影一樣，一定先買通了鄭先生和他的歐洲同黨，而真正犧牲的是日本浪人。如果真是如此，鄭先生不會死，可能早有信號聯絡，只不過半途殺出來一個不受管制的馬來西亞海關巡邏艇，只好被迫把它炸沉，說不定巡邏艇也發現了這艘神秘潛艇的行蹤？

我想得發呆，護士以為我舊傷復發，趕快叫醫生來。我近幾天似乎精神大好，身體也已復元了，醫生還遲遲不願意解我的繃帶。我只好開門見山問他：

「醫生，快一個月了，該解繃帶了，你是不是怕我變了樣子，不敢讓我知道，才故意拖延？」

「方先生，不瞞你說，我也是受到上面的命令，要你在此地靜養。你的傷勢本來不輕，所幸你的骨骼沒有損害，沒有殘廢，不過我們不能擔保你的皮膚和面容。」

「我會像那個歌劇院裏的怪物？」不知道為什麼我突然想到這齣歌舞劇，唱得不錯。那個怪物是被硝酸毀了容的，所以戴着鐵面具，莫非我也要終生戴上個面具？

「方先生，我們為你設計了一個面具，和你原來的面孔很像，你戴上了甚至可以假以亂真。不過，你的身體髮膚，我們就很難保證了。」醫生還有一件事沒有提，不過我心裏有數：這一個月來我非但沒有性方面的慾望，而且那個地方偏偏沒有感覺。事已至此，我也只好認命了！娜塔莎，你見了我的真面目以後，還想和我作愛？我們在電腦上的那幾場挑逗，難道就這麼「事如春夢了無痕」？這句詩舅舅在說到母親的事的時候用了好幾次，事如春夢……「春之火」，娜塔莎剛剛不是提到「我內心的春之火」嗎？一定又是暗語？她對我哪會有什麼慾望，電腦螢幕上逢場作戲，就是為了要引我上鉤，別無他意？那麼「春之火」指的又是什麼？

春之火——春天來了才會有火？現在還是冬天，但四周早已溫暖如春，甚至和夏天也沒有兩樣。我蟄居於此，早晚一定受到監視，那麼我在電腦上玩的「遊戲」是不是早已有人在竊讀？而且可能早已抄了過去，然後轉給娜塔莎和她的公司。那麼我是否就坐以待斃？不，在沒有找出那條潛艇的秘密以前，我絕不死心，乾脆豁出去算了。

P→*N*：我願意隨「東方獵手」到花蓮打獵，請安排一切。你「內心的春之火」。

我內心的火燄則早已熄盡，既然成了半身不遂的人，乾脆以此殘軀，拚了命也一定要把它弄個水落石出。東方獵手，春之火，也許到了花蓮以後，春風吹過草又生？我又會有番作為？這又是為了誰？

2

也許我早已在心理上有所準備，早已把身體置之度外，所以當醫生解開綳帶以後，我並沒有太過吃驚。面上前額和右頰燒得較重，皮膚上皺紋甚深，右臉變黑了，醫生把面罩戴上以後，我真的像先前的自我——幾個月就恍如隔世！其實，我和這個所謂現實早已隔絕了。身體大部分沒有太大傷害，只不過兩臂和背後的皮膚都燒壞了，難看得很，反正我從此以後穿衣服睡，眼不見為淨，洗澡的時候忍受一下算了。醫生最後才悄悄地對我說：「方先生，你的性能力已經大部分消失了！」我不禁失笑，消失？我那條命根子還在，不過軟弱無力而已，也沒有感覺，但是我的雙手和身體的其他部分觸覺還很靈敏，也許我注定一輩子要和娜塔莎在電腦上作愛了！既然如此，又何必去花蓮見她？從美國軍方的電腦中，我沒有查到任何關於這艘潛艇的消息，倒是發掘出一項有關花蓮的軍事機密——「佳山計劃」，國民黨政府在花蓮附近的一座山上挖了一個大洞，裏面藏有最新式的戰鬥機，顯然是預備中共攻打台灣時作最後反擊之用。那麼，為什麼我又要隨潛艇開向花蓮？去年向娜塔莎建議花蓮作我們幽會的地點，是一時的衝動，但她不會貿然答應的，一定以為我的建議地點是特別選出來的，與她的「生意」有關，真是所謂誤打誤中。我既然已經誇下海口，只好單刀赴會了——去和命運作最後一次賭博，誰勝誰負，目前還不能預料。

N→*P*：Pierre, Mon amour!（還是這個假惺惺的親熱稱呼！）你的日程自有人安排，不必擔心，好好休養，我真是高興，不久就會見到你了。

接到這封信，我毫無驚喜，心裏只想着一件事：我半個多月辛辛苦苦設計的「網蟲」，現在還裝在那架小電腦中，走的時候一定要把它偷偷帶走。

不到幾天，果然安排的人來了，竟然是米蘭，我的舊相識，見到他，不知道為什麼心中十分高興，也許以前畢竟是與他有患難之交，旺角指壓場的那次蒙難，還虧他救我。他握着我的手，臉上也是很欣喜的表情。

「彼德，真高興又見到你。我還以為這次你真的蒙難了，成了一場鬥爭中無辜的犧牲者，我們事先不知道你會到現場去。」

米蘭説完，就匆匆叫我穿上他帶來的衣服，然後又不經意地説：「不要擔心，你設計的幾個程式都在我們電腦裏，還有你收集的一切資料，我們全部抄好，放在這一架你心愛的蘋果電腦中，這是我送給你的一個禮物。還有，記得嗎？新加坡史丹福酒店六十八樓的那一幕？你用我們的小蘋果閃光射殺敵人的機關也在裏面，不過比以前那一架更精確，除了攻擊以外，也可以防身。」我這才突然想起我手上常戴的金鍊子和手錶早已不翼而飛，説不定是被醫院的人搜去交給他們了。

至少，他們還不至於是我的敵人。他們既然花了這麼大的功夫來保護我（當然還包括付我的全部醫療費），可能天生我材必有用？然而到底我對他們有什麼用處，我自己也不知道。

米蘭帶我偷偷離開以後，沿路還是煞費周章，必需要躲避馬來西亞政府海關的耳目，還要嚴防別人暗算，日本浪人吃了這次大虧，絕對不肯罷休的。米蘭和另外兩位本地人開了一輛不顯眼的韓國製「現代」牌小汽車，簡單的行李（包括電腦）都放在後座車廂裏，然後開足馬力在公路上疾馳。離開時已是黑夜，我根本無法辨認方向，似乎覺得車子是在一條新修好的高速公路上向海邊行駛，不到一個鐘頭，車子轉進一個小城，車輛突然多了起來，行人也很擁擠，但不像是馬六甲。米蘭和我偶然説幾句話，另外那兩個跟他來的人則一言不發，手放在上衣口袋旁邊，準備隨機應變。

車子終於到了一個小港口，我們下了車，那兩人就匆匆把車子開走了，也沒有説一聲再見。米蘭帶着我又走了一段路，才在一戶水上人家後面登上一條漁船，走進艙裏，米蘭示意我躲在下艙不要出聲，船逐漸開出海去，沿路燈火閃閃，像是發自其他的船隻，又聽到遠處大船的汽笛聲，我躺在下艙，什麼都看不見。過了十幾分鐘，風浪大作，船顛簸得很厲害，我感到一陣不適，竟然嘔吐起來，米蘭聽到了，匆匆走下艙來照顧我，一面又示意叫我不要出聲，然後拿出一個小記事本，在上面寫幾個字，撕下來交給我：「馬上就到了，我不能陪你進去，望一切保重！電腦開啟的密碼是：東方獵手——2000」。我看完後他立刻把它撕成碎片，丟到小窗外海裏。

米蘭扶我走上甲板，我什麼也看不見。黑暗中他又扶我走下船來，上了另一艘救生船似的小艇，艇上的人也是一語不發，開了馬達往前走，我手裏緊握着一隻裝有小電腦的手提袋，走了幾分鐘才想起和米蘭也沒有握手道別，他就這麼失蹤了，也許以後永遠見不到他。我這個時候心情很亂，渾身竟然有點發抖，呆呆地坐在小艇中間，前後有兩個水兵模樣的人，也是一言不發，黑暗中我看不清他們是哪國人，總之不是本地人，他們穿的是制服。

我終於看見它了！真像一條大鯨。我被挾帶走上這條怪物的脊背上，海浪不時打到我的褲管，鞋褲都濕了。到了艇頂，一扇小鐵門從裏面打開，我才看到些許燈光，突然我感到後面有人推我，一時失去重心，連人帶包從梯子上跌下來，然後聽到一聲鐵門關閉的響聲，潛艇突然動了起來，待我站定，它已經潛進海裏，浪聲突然消失，腳下機聲隆隆，我突然進到另一個世界。

我被帶進一個小房間裏，迎面立着一個人伸出手來，我看他很面熟，他卻說話了：「方先生，你辛苦了，害你虛驚一場，而且還受了傷，真是過意不去。」我這才記起來，他就是鄭先生，他果然沒有死。

鄭先生沒有來得及多說，一位船員敲門進來，用生硬的英語請我們去見艦長。我所料不差，船員說的是俄文，但又不像是軍人，雖然穿制服，但行動似乎都很隨便，沒有什麼紀律。鄭先生說這一船人都是以高價聘請來的，大都是蘇聯前海軍軍官，也有從歐洲別國——如芬蘭、愛沙尼亞、立陶宛和烏克蘭——招來的專家。烏克蘭？這不是娜塔莎的地方？我應該問他是否認識娜塔莎！還沒有開口，鄭先生就向我介紹艦長莫洛托夫。

「方先生，我們已經等你好久了，鄭先生堅持要等你。艇上如有醫療設備，也不會把你丟在那家醫院了。」艦長說的英語也有口音。「我們這條船是改裝的，上面的一些設備是拼湊起來的，底殼是俄國貨，導航儀器是英國貨，導彈系統是美國的，但我們特備的魚雷則是從前蘇聯海軍買來的，上個月不得已用了兩個，但已經引起多方面的注意，不得不留在公海裏。我們等你來，是有原因的，也許該請鄭先生告訴你。」

我聽來有點莫名其妙。為什麼要找我？我從來沒有進過潛水艇，我原屬的公司也從來沒有做過這種大生意。那麼，這艘潛艇是誰買的？或者要賣給誰？

「方先生，」鄭先生接着說：「這條潛艇真是為我的公司找了不少麻煩。我本不想接手，但日本浪人逼我太甚，所以在你舅舅力勸之下，我才決定和日本方面徹底決裂，結果差一點送了我這條老命。這艘潛艇本來是待價而沽的，新加坡政府頗有興趣，但後來得到美國政府警告，才突然退縮。他們又想經由你們公司把它賣給中國，但美國窮追不捨，就因為艇上配有美國原裝的導彈系統。至於這個美國系統怎麼會裝到俄國船上，我也不完全清楚，據稱頗有一段歷史，待我調查清楚以後再告訴你。目前我們想把這條潛艇賣給台灣，美國不反對，但提出的條件是需要先解除導彈系統，才能出售，而台灣軍方有興趣，正是因為這個導彈系統。幾年前台海局勢緊張，中共軍事演習，故意發射幾顆長程飛彈到海裏，台灣方面無力招架，幸虧美國的航空母艦即時出現在台灣海峽，才把局勢暫時緩和下來。台灣方面為了備戰，除了要求向美國多買飛機之外，還暗中物色秘密武器。上次我們經手賣的一艘荷蘭潛艇，他們十分滿意，所以這次一拍即合。不料美國方面還是不放。」

鄭先生說了一大堆話，我聽得似懂非懂，還是不明白這一切和我有什麼關係。是否俄國方面——娜塔莎——下的命令？我覺得只有這一種可能性。「你認識娜塔莎？」我突然問他一句，他一臉迷惑的表情，但旁邊的艦長卻插嘴了：「娜塔莎．坎汀斯基？她是我們公司的業務經理。我們這一次的任務是她一手策劃的！我從來沒有見過她，她的一切指令都是經由電腦的秘密網路發布的，我們現在的一舉一動，都要向她報告。」

「我也是經過電腦才認識她，」我有氣無力地說。既然如此，我只好遵命行事了，原來我的命運早已掌握在她手中。

「艦長，娜塔莎現在要我們去哪裏？花蓮？」

「你怎麼知道？這是絕對機密！不過，我們需要先去澳門附近停一下，有一批貨要帶走，還有一個任務……」

澳門？為什麼去澳門——這個我曾經多次去過的地方？當年為中國作軍火買賣都是在澳門接貨交款的。但我的公司最近早已放棄澳門，這個小地方回歸中國後，情況可能更糟，葡方表面撤退，但是否會放棄和賭場的關係？而中方派駐澳門的人士是否能夠全力「掃黃」，把黑社會消滅？他們這次的任務又如何？

這幾天我滿腦子的胡思亂想已經到了飽和狀態，精神亢奮到了極點，但越想越糊塗，因為我不能解答的問題太多了，不知從何着手，且不論他們到澳門有何任務，這艘潛艇的設備和行蹤就令人費解，怎麼會裝有美國導彈系統？既然美國方面知道此事，為什麼還不派人來追究，或者派軍艦來追殺？竟然讓它在公海中逍遙自在，而且隨意到東南亞各港口「出任務」！他們到花蓮的最終目標是什麼？難道只是把這艘早已肇事多端的潛艇賣了，台灣方面願意接這筆燙手的生意嗎？還有我——帶我去花蓮難道就是去和娜塔莎幽會一場？

「艦長，請問你們為什麼煞費周章帶我這個無用的人去花蓮？不是為你們找麻煩嗎？真是多此一舉。」我越想越生氣。

「方先生，我們接你去花蓮，除了是上方交代以外，還須向你請教一下這艘潛艇上的一個秘密。」

「什麼秘密？我從來沒有坐過潛艇，這是生平第一次。」

「但是你爸爸坐過，」鄭先生插嘴說。「我們到我房間去談。」鄭先生不由分說就把我拉走了，沒有到他房間，卻帶我走下潛艇底層，用他的指紋為信記打開了幾扇鐵門後，走進一門小密室，叫我彎下身爬進最後一道小門，然後抬眼才看到一個頗為巨大的箱子。「這就是導彈系統，但目前沒有任何人懂得怎麼使用。」

「那麼，那天半夜放出來的兩枚火箭……？」我不禁想到在馬六甲那晚的一聲震天價響。

「你錯了，炸沉巡邏艇的是兩枚魚雷，而發射到岸上的不是火箭，而是艇上另裝的小砲。其實這艘潛艇上沒有火箭，只有導彈系統。美國所追蹤的也是這套系統。火箭要到了澳門以後才能裝上。」

「什麼？你們向中國買火箭？」

「比較便宜。我們還有一個來源……」

「哪裏？美國不會賣的。蘇聯？」

「蘇聯當然有，但是我們還不得門路，娜塔莎正在和有關方面交涉，我們可能還要到海參崴走一趟……」

「你一直說我們，難道你和他們是一夥？」

「我已經答應作他們在亞洲的代理人。你舅舅本來想和你親自出馬，後來你在新加坡出事，所以才讓給我。」

「舅舅現在哪裏？怎麼我找不到他，在醫院打電話也沒有人接？」

「他現在在澳門。」

「到底你們到澳門幹什麼？」

「除了和中方購買火箭之外，還要為你舅舅辦一件私事。」

「什麼私事，與我有關？」

「到了那裏再說。我帶你來這間密室，是另有原因的。這套導彈系統，號稱是美國原裝，其實是舊貨，是多年前我們從一艘海盜船上搬過來的，但是一直打不開，因為全靠密碼，據當年海盜船上的人說，這套導彈系統是在一條沉在海底的潛水艇中發現的，外殼早已生銹，他們以為是珠寶箱，但費盡九牛二虎之力還是打不開，後來就把它當作廢鐵賣給我。在我的倉庫中一放就是二十多年，我也早忘了，不料事隔多年後，你舅舅有一次突然寄來一封信，內中附有一首舊詩，說是在他整理你母親的遺物時無意發現的，並且信中還說你母親死前一直念念不忘的是：為什麼你父親有一天突然在越南富國島失蹤，她曾到處奔波打聽，但毫無結果。」

「怎麼舅舅從來沒有向我提起這件事？」

「我不知道，也許那個時候你還小，反正這次到了澳門見到他，你就可以問個水落石出了。當年你舅舅確曾和我談過你父親失蹤的事，是他從你母親那裏聽來的，她說你父親當年和她在澳洲初遇，後來又在馬六甲重逢，雙雙陷入情網，而你舅舅之所以崇拜你母親，原因之一就是她當年是和我們同一陣線，但卻冒了她自身生命的危險捨命救了你父親，那時候他是國民黨的一個軍官，受命到澳洲去購買一艘潛艇……」

「什麼？潛艇？怎麼又是潛艇？」

「不錯。據你母親說——這些都是她死前不久才告訴你舅舅的——這艘潛艇在駛向中國半途中遭到攔截，你父親倖免於難，但後來心中念念不忘這件事，甚至在他寫的不少舊詩中隱隱提到他那一次未完成的旅程，他那本詩集題名為『南海飄零集』，其實已經是語意雙關了……」

「這又和導彈系統有什麼關係？」

「你聽我說，不要急，我們有的是時間。我先帶你來看看這個舊物，然後再請你幫助我們打開它，因為你舅舅說，你父親的舊詩中藏有密碼，而且和這個箱子裝的導彈系統有關。」

「怎麼可能？舅舅走火入魔了。」

「你舅舅為了你母親終身未娶！這件事我不是告訴過你嗎？既然你母親對你父親失蹤的事念念難忘，你舅舅當然也愛屋及烏，自願調查此事。但卻一無所獲。有一天他在偶爾閱讀你父親的詩集的時候，發現內中有不少句子都是講航海的事，甚至詩的題目都是如此，譬如『舟中曉望』、『印度洋舟中』、『舟夜』、『夜泊』、『海上』等等，所以斷定這些詩都是他在那艘潛艇中感懷身世而寫的……」

艦長突然傳話叫我們到上層餐室進餐，這才打斷了鄭先生的一番舊話。晚餐有上好的法國紅酒，令我十分驚異，艦長屢屢勸飲，我也沒有多讓，幾杯下肚，略有醉意。吃完飯，鄭先生就帶我到我的房間休息，然後說明天早晨再談。我匆匆洗澡就寢，腦中還不時想着鄭先生的這一番話，但實在找不到什麼線索，只覺腦海中反而一片空白，未幾就昏昏入睡。

那晚是我幾天以來睡得最熟的一次，但睡得並不安寧，大概夜裏還說了連牀夢話，但作了什麼夢卻不記得了，只覺得自己在海浪中飄盪，這當然不足為奇，但奇怪的是——據鄭先生說——我口中又在默念幾個號碼，而且和我在醫院中昏迷未醒時念出來的號碼相同，鄭先生抄在一張紙片上，第二天早晨拿給我看，上面寫的是：L1037 R2584 L303，我不知所云，但覺得鄭先生特別興奮，他叫我起牀，還沒有漱洗，就給我一杯咖啡喝，然後又帶我走進昨晚那間密室，一邊念念有詞：左一〇三七，右二五八四，再轉左三〇三。他打開箱子上的鐵蓋，裏面是三個小轉盤，和銀行裏用的保險箱相似，是用不銹鋼製成的，他的手有點發抖，但神情仍然鎮靜。

「我已經試了不少次，但都沒有成功，今天清早我到你房間去叫你，你又在說夢話，但這次說得很清楚，用的是英文，而且特別加上了 Left-Right-Left，為這三個轉盤提供了方向。前幾次我都轉錯了。」

「芝麻開門！」鄭先生這一次初試就成功了，小鋼門迎面而開，裏面卻是漆黑得看不見，鄭先生有備而來，拿了一個手電筒直照進去，這才看到幾卷資料，他伸手拿了出來，紙張立成碎片，我趕快幫他從地上拾起來，但紙上的字跡已經模糊不清，像是英文，我們勉強拼湊出幾頁，才發現內中的文字頗為難懂，全是技術名詞，可能是操作指南之類的東西。鄭先生如獲至寶，立即用艇上電話吩咐水手帶來幾張大型白紙，顯然他想把這些文字再拼湊出來，以求得知這個導彈系統的秘密。我對這些紙片卻無大興趣，心裏反而在猜測這套導彈系統的來源，怎麼會放到這艘潛艇上來了？真是不可思議。我正在想入非非的時候，那邊鄭先生在地上大叫，「快來看！有中文！」我隨着他的手勢，跪到地上，看到他正在拼湊幾句中文，都是破碎的紙片，這裏一行，那裏幾個字，我根本摸不清，加以我的中文程度實在太差，只好等鄭先生為我解釋，但見他口中唸唸有詞，像在吟詩，但口音我更聽不懂，只好靜靜地等他邊唸邊湊，但久久還是不得要領。

「我們還是拿上去慢慢拼湊，可能需要點時間，來，幫幫忙，」鄭先生把這些碎片小心翼翼地放在幾張白紙上，然後又把白紙疊好，雙手捧着，我也捧了幾張，隨他走出來，到了潛艇上層他的房間，他又把這幾張白紙打開，平鋪在他的牀上，這時候艦長也來了，還帶了兩三個「專家」，小房間裏擠滿了人。「看來我們還要慢慢研究，一時不會有結果，」鄭先生說：「這些資料可能都早已過時了，但美國方面仍然窮追不捨，看來還是有秘密，不過，這些中文字句，是手寫的，和印出來的英文完全不同，不像是操作指南，倒是有點像詩！Pierre，你來看看。」全船上只有他和我識中文，但如果要我讀詩，我還是半個文盲。

鄭先生把所有的中文字句放在一張白紙上，然後對我說：「你去拼拼看！」他笑着對我說，這是我認識他以來第一次看到他輕鬆的表情，他的笑容中又帶點胸有成竹的自信，似乎在告訴我這個字謎他早已解出來了，但是卻故意不洩漏答案，且讓我慢慢猜下去。他既然要和我玩這個遊戲，我也不甘示弱，就說要把這些詩句拿回我房中去仔細研究，晚餐時當可分曉，他一口答應，然後不經意地說：「明天到了澳門，也送給你舅舅一份意外禮物。」

這一堆中文字句，倒真使我頭昏腦脹，不知如何是好。我起先亂拼亂湊，花了兩個多小時，依然不得要領，到餐廳去吃了一個三明治，回到房間開燈再戰一個多小時，還是毫無頭緒。眼看今晚要交白卷了，心中開始有點焦急，覺得胡亂拼湊不是辦法，最好還是先整理出一個系統來，先把幾個出現次數較多的詞和字歸類，再想辦法和其他字連起來。於是，我先把碎片上所有的文字個別抄了出來，寫在白紙上，剪成大小相同的紙片，然後再依次排列，原來的碎片中的零碎字句，則成了我重新組合的肓引和例證。我覺得這種作法，似乎和我在電腦上設計程式的方法相同，但程序簡單多了，到時候說不定也可以把這些詩句全部化作電腦數碼，經過多次整合後，可能會水落石出。

以下是我的文字組合表。

出現最多的字（括弧內是出現的原詞）

海（海水、海上、海風、海天）

舟（舟中、舟心、舟夜）

月（月光、月半陰、明月、玩月、月華、舊時月、熨月、冷月）

水（水調歌頭、付水流、吹水、水風）

風（風雨、微風、風枝、乘風、海風、酸風）

夢（魂夢、殘夢、夢乍回、夢迴、夢夢）

波〔蒼波、波影、波瀾、波染〕

夜〔夜靜、夜涼、夜半〕

根據以上的初步計算，出現次數最多的兩個字是「月」和「風」，其次是「夢」、「海」、「舟」、「水」、「波」和「夜」。這些字我都認識，如果用電腦的辦法把它們連成一串，又會產生何種意義？顯然和海上行舟、月夜作夢等行為有關，說不定這些詩句都是作者在船上航行時寫的，作者是誰？坐的是哪一條船？為什麼把這些詩藏在導彈系統裏面？是誰把它放進去的？藏在裏面的目的是什麼？我覺得這件事太離奇了，也許字裏行間會有更多的線索？

於是我又從抄錄的幾個詞開始拼湊：海上風雨夢乍回？舟中魂夢舊時月？海天殘夢付水流？夜涼夢迴海風吹？微風波影月半陰？我不知不覺地把它們湊成七個字，這樣念起來似乎很好聽，但「聽」起來卻越來越悲哀。如果把它們湊成四個字或六個字一組，效果也很相似，但有時候覺得更有點抒情感，譬如：海上—舟心—玩月，微風—波影—夜涼；月光—水風—波瀾，夜靜—夢迴—舟中……但拼來拼去，總覺得這個作者的心情不太好，頗為孤獨，還有點自哀自憐。

我又再次從原來的碎片中找尋線索，才發現有幾個四字組合的詩句，如「蒼波熨月」、「海天殘夢」、「舟中玩月」、「飛來明月」……我正在沉思的時候，鄭先生敲門進來了，原來他也在作同樣的遊戲，但進展比我快得多，因為他幾乎把兩首詩拼湊得差不多了。

其一

××××受月光

××××水風長

××一×天階上

××人間片×涼

其二

又向天涯×此身

飛來明月×何因

××××山河影

×照×××旅人

南去北來如夢夢

生離死別×××

年年此淚×××

××難回×草春

鄭先生得到的結論和我相同：這些詩可能都是在船上寫的，在海上旅途中，感嘆自己的身世。但鄭先生在第二首詩中拼湊出一句來：「南去北來如夢夢」（「這兩個夢字合在一起有點奇怪，」鄭先生說），他從此句中猜測作者是在作南北雙向的旅行，而且又有「生離死別」、「年年此淚」、「難回」、「草春」等片段句子，他斷定這個作者的身世幾乎在這首詩中展露出來了。最後鄭先生給我他發現的最重要證據——整整一行字（他卻故意隱藏沒有給我看）：「六月十四日舟中獨坐愴然於懷並念愛蓮」。

「你看，這是一首詩的題詞，連對象的名字都說出來了，愛蓮，Hélène，你媽媽！這些詩的作者就是你爸爸！我們到了澳門見到你舅舅以後就可以真相大白了！」

第二章　澳門

1

潛艇於清晨抵達澳門附近一百海里，仍然在公海，艦長說澳門剛剛回歸中國，所以附近的中國海軍巡邏加強，不敢貿然偷渡，已經和當地人聯絡上了，他們會派漁船來接我們上岸。其實「我們」只包括鄭先生和我。艦長要我們準備妥當，一小時後漁船來接時，潛艇只能升上海面三分鐘，以避免引人注意。

沒有想到來接我們的「漁船」竟是一個私人遊艇，艇上水手開了一個小救生艇來接我們，上了遊艇，迎面來的人竟然是舅舅！他和鄭先生握手後又抱了我一下，然後拉着我們到艇內，並介紹我們認識他的朋友龐先生。這個中年人大腹便便，像是一個大富翁，但穿着又很隨便，說的是英語，還偶爾插一兩句廣東話，原來龐先生是中葡混血，還有英國血統，他名片上用的是英文姓名 V. I. Pound，沒有中文。舅舅說他是澳門幾家大酒店的幕後老闆，今天就接待我們住他屬下的聖地牙哥酒店，在黑沙灣。

在艇上飲了杯咖啡，未幾就靠岸了，竟然沒有人上來檢查，到了酒店也沒有登記，就這麼登堂入室，住進了我們的房間。在舅舅的套房略用早點後，舅舅就要我回房間休息，他需要和鄭先生談點「公事」，我雖然毫無倦意，也只好從命。剛要離開，舅舅說：「等一下，有件禮物送給你。」說畢進臥房去拿出一個包裹交給我，「你慢慢看吧，不懂的話再問我。」

我回房把包裹打開，裏面是一本老式的相片簿，封面是黑皮製的，已經磨損，翻開來第一頁赫然是一張照片，上面是一個三十多歲左右的男子，短髮，身穿軍服，戴軍帽，氣宇頗不凡，照片下面寫的是「方立國」三個字，旁邊又注上一行小字：「中華民國三十七年十一月五日攝於上海」。照片上的人目光炯炯，但沒有一絲笑容，嚴肅得令人敬而遠之。我不知不覺地對着照片凝視很久，越看越覺得這個人非但冷雋而且有點憂鬱，又覺得這個人壽命不會長，因為他面上有股陰氣，即使照片上的臉是活的，整個人就好像已經死了一樣，好像是在陰間照的送給後世的子孫。

我本能地知道這就是我的父親。

翻開照相簿的第二頁，沒有相片，上面貼的是一張宣紙，上面寫着「南海飄零集」五個字，字體工整。再翻下去，每張都是貼的宣紙，上面以同樣工整的字體寫滿了字，每段各有標題，但字與字之間沒有任何標點符號。我翻了幾頁，突然看到一行熟悉的字眼：「六月十四日舟中獨坐愴然於懷並念愛蓮」。下面是一首詩的全部抄本：

又向天涯賸此身
飛來明月果何因
孤懸破碎山河影
苦照蕭條羈旅人
南去北來如夢夢
生離死別太頻頻
年年此淚真無用
路遠難回墓草春

這首詩顯然就是鄭先生拼湊出來的兩首之一，遺漏的字到此全部齊全。我馬上又去找另一首，原來就在前一頁，原詩如下：

夏夕

萬葉空靈受月光
隔林徐度水風長
平鋪一簟天階上
消受人間片晌涼

我把這兩首詩翻來覆去看了幾遍，還是不能了解其深意，只覺得有點淒涼的味道，我的中文實在太差，中學上的是英文學校，港大也只學了一年中文，哪有資格看懂舊詩？於是只好隨意瀏覽，這裏看一句，那裏看一句，似懂非懂，看來看去，倒是覺得看出一點名堂來了。我的初步臆測不錯，這些詩可能大半是在船上寫的（譬如有「太平洋玩月」、「舟中曉望」、「海風吹水都成淚」、「印度洋舟中」、「蒼波熨月無微摺」、「浪聲恬適知風定」等標題和詩句）。除了海上航行之外，我的另外一大發現是：至少有一首詩是在飛機上作的，因為標題非常明顯：「四月二十日乘飛機至澳洲留三日別去飛機中作三絕句」。而且就在這三首絕句中，出現了與鄭先生在前詩中發現的類似字句：「年年地北與天南」（前詩「舟中獨坐」中的句子是：南去北來如夢夢）。

我突然有一個怪念頭：「地北與天南」指的是父親先從北方南下，或者說先南下再北上，但北方是哪裏？南下到哪裏？「南去」以後「北來」又回到哪裏？我一時還是摸不清楚。而且第一行中提到「年年」，又好像是每年都作同樣的旅行。那麼「夢夢」是否在說每次都在作夢？這個「夢」字的重複，連鄭先生都覺得有點奇怪。如果從另一個角度推論的話，是不是「年年」和「夢夢」別有所指？如果用數字代表的話，可以是11和00，或者乾脆再把這兩句以數字重新組織一下，可以變成下列方式：

1111011

1010000

我這裏只是把時間和空間（包括方向）的指標作1，其他作0，如此類推的話……「怎麼，你在學作古詩？學平仄韻？」鄭先生突然走進來了，後面跟着進來的是舅舅。我根本不知道他說的平仄韻是什麼東西，後來聽他解釋以後，我認為我的解法更有用，如果以平仄作密碼，譬如平是0仄是1，那麼每一首的密碼不都是一樣嗎？至少變化不大，而父親的詩是靠文字的意涵或意象作密碼的，如果把前面引的那首短詩〈夏夕〉，用我的方法支解的話，就大不相同了。我把所有與大自然有關的字（如月、風、水、葉等）作1，其他作0，就會得到下列四個程式串：

萬葉空靈受月光

0110011

隔林徐度水風去

0100110

平鋪一簟天階上
0000100
消受人間片晌涼
0000001

如此看來，全詩的最後一行0碼最多，連最後一個「涼」字，也不見得是1，如果「涼」既指大自然（天氣或溫度）也指感覺的話，也可能正是標示這幾串密碼的關鍵轉折點。我於是又用類似的方法，再把另外那一首詩變成密碼，就會得到下列程式串：

0011000
0011000
0000111
0010000
1010000（此行南北皆作1）
1010000（此行生死皆作1）
1100000（此行年年皆作1）
1000011

「你這種解法，難道說詩裏都藏有密碼？」鄭先生半開玩笑地問我。

「不然這些詩為什麼會藏在潛艇中的導彈系統裏面？」我也不甘示弱。其實，我大概受了年前在電腦上分解奧瑪卡樣的古詩影響，娜塔莎還不是在那幾首詩裏面暗藏密碼？「庇德，」舅舅開口了，好像故意叫我的中文原名——庇德而不是彼德。「我看你真的是吃了什麼迷藥，才這麼走火入魔。我和鄭伯伯已經把你父親生前的大致情況了解得差不多了，不必你在這幾首詩裏面找線索。你母親生前也告訴過我不少，這本詩抄，還是她交給我的。」

「那麼，導彈系統裏面的詩……？」

「可能是你父親的部分原稿，可能他到了富國島以後再抄了一遍，而且有些詩也可能是在富國島寫的。」

「富國島在哪裏？」

「在越南，你父親一生旅程的最後一站，也是他失蹤的地方。」

「失蹤？」我更迷糊了，舅舅沒有理會。

「譬如這首，可能就是富國島時期的作品。」他邊說邊翻到後面一首詞：「百字令」，並且指着幾行唸了出來，邊唸邊解說。

「『茫茫原野，正春深夏淺』——他在富國島的時候，正是春夏之交——『漁樵如畫，天真只在茅屋』——他出院後，愛蓮和他住在海邊附近一幢茅屋，風景很不錯，所以才有『浮青峰軟，煙雨皆清淑』這類句子——但是他的心情不好，歷盡『滄桑局』，大難不死，但詩中最末幾句描寫的情況很淒慘，你看：『劫後殘灰，戰餘棄骨』……還有『鵑啼血盡，花開還照空谷』，這些都是潛艇蒙難後倖存者的心情。」

我從舅舅的話中聯想到我自己曾仔細推敲過的那首「六月十四日舟中獨坐……」的詩，裏面不是也有「孤懸破碎山河影，苦照蕭條羈旅人」的句子嗎？而且最後一句是「路遠難回墓草春」。這首詩還是寫給我媽媽的，「並念愛蓮」……那麼媽媽又在哪裏？舅舅話中又說到什麼潛艇蒙難，父親大難不死，但怎麼又在富國島失蹤了？

「庇德，以後有機會再詳細告訴你吧。現在我和鄭伯伯要去辦一件急事，你一個人在這裏玩玩吧，酒店的自助餐也不錯，而且前面沙灘上的沙真的是黑的，所以此地叫作黑沙灣，不信你自己今天下午去沙灘上走走看，我和鄭伯伯傍晚回來，今晚我請你們去吃澳門菜。」

2

我照着舅舅的指示，到酒店的餐廳吃自助餐，但剛坐下來就覺得情況有點異樣，又覺得這種情況有點 deja vu，好像在哪裏見過似的：旁邊的兩個桌子坐滿了一堆人，個個西裝筆挺，椅旁各放一個手提袋，好像一團日本遊客乘興而來參加高爾夫球賽——日本人！沒錯，我記得了，在馬六甲的那家酒店，決戰之前的緊張……難道日本刺客還是不肯罷休，又捲土重來？鄭先生和舅舅知道嗎？看來這家酒店早已有人臥底？或早已為人滲透？今晚是否還要再次決戰？在哪裏？他們知道我是誰？事不宜遲，我必須馬上找到舅舅和鄭先生再說。我匆匆吃完午餐，故作若無其事的樣子離席，這一批人似乎沒有人注意。（當然是一批新人，舊的人傷亡殆盡，但不是說也有幾個逃到澳門了？）

回歸後的澳門與前毫無異樣。在酒店門口我叫了一輛計程車（又是坐計程車），吩咐司機到處開了走走（和上次一樣），冒充是澳洲來的遊客。司機默默開車上路，並沒有和我交談，卻是全神貫注地開車，不久就上了那條連結澳門兩區的大橋。又過了十幾分鐘，漸漸進入葡京酒店附近的鬧區，我故意裝糊塗，問了一句：「請問這裏最有名的賭場在哪裏？安全嗎？聽說不久以前還有一件搶劫案，就在賭場！」（我還不知道嗎？幾年前兇手還是我殺的。）司機並沒有回話，還是專心開車，而且速度加快了，我這才知道情況有異，正想再問，司機卻以非常堅定的語氣說道：「小心，方先生，後面有車跟蹤，我先要擺脱他們！」說罷立即急轉彎，我一頭栽到後座車椅靠背上。「請你繫上安全帶！」司機正説之間，我從前座的鏡子看到一架黑色的汽車加速靠近，從左邊超了上來，我本能地伏下身，一串子彈早已穿破車窗，我的司機不甘示弱，竟然也拿起傢伙射擊起來。我好久沒有經歷這種場面了，剎那間只覺得自己在看電影，這種鏡頭太熟悉了：追車、超前後急煞車，兩車猛烈衝撞，然後雙方人馬匆匆下車，以車門作掩護互相射擊，直到一方死亡殆盡後，另一方才小心翼翼地走出來，雙手緊握着槍，一步步走上來……我看到對方了，他雙手緊握的武器是一種新型的自動手槍，手槍後面還有一個鋁質的盒子，又是似曾相識，我再仔細看，原來是米蘭！「彼德！好險，你差一點被綁票，趕快上車！」然後不容分說，拉我上了他的車，我這才發現，原來計程車上的司機已經死了，滿頭是血，上身壓在駕駛盤上。

我坐上米蘭的車後座，門還沒有關好，車已開行，前座除了米蘭外還有一個司機，像是一個本地人，他一言不發，加速馬力，未幾就停在一幢大樓前面，米蘭拉着我匆匆進去，轉入電梯，上了十幾層，又走進另一間屋裏。我這才看見舅舅和鄭先生早已在裏面了。

「彼德，害你虛驚一場，幸虧米蘭事先早有準備，否則真不堪設想。」舅舅說話的神情出奇冷淡，我又經歷了一次劫難，一半的原因是他——我相信我這一趟歷險旅程，在幕後導演的就是他，鄭先生不過是他的「前台」演員而已，想到這裏我一時火起就要發作，坐在舅舅旁邊的兩個保鏢早已看在眼裏，一個走上來把我按在沙發上，鄭先生也即時站起來對舅舅說：「你們兩個人早該開誠布公地談談了，否則誤會更多。」說罷和我握個手安慰地說：「不要着急，」然後就和米蘭揚長而去，我還來不及和米蘭說話。舅舅又命令兩個保鏢離開，房間裏只有我們兩個人了。

「彼德，我知道你一定在生我的氣，怎麼每次到了危急的時候都找不到我？現在已經到了最後關頭，也是我此生最後的一次賭注，還要請你幫忙，作我的伙伴。」

「雷蒙，」我第一次叫舅舅的英文名字，「到底你是不是我的舅舅？」

「不是，但是比舅舅更親，我是你的繼父，雖然我和你母親並沒有正式結婚，我想鄭先生已經告訴過你了。」

「那麼，鄭先生到底是誰？和你有什麼關係？」

「他是當年和我同甘共苦的革命伙伴，在馬來西亞我曾救過他一命，多年來我的私事只有他知道。還有什麼問題？」

「潛水艇……」我想問的是這艘潛艇的真相，但舅舅誤解了，以為我在談生意。

「快接洽好了，台灣方面願意出高價買，這次就是來澳門簽約的，今天下午五點鐘我們一同去接機吧！」

「不，我想問的是潛艇的由來。」

「這個你還不知道嗎？東方貿易公司，東方獵手，我們只是代理人。米蘭是他們的代表。」

「娜塔莎……」我心裏默念的名字突然在腦海中湧現，而且還附帶一個電腦織造而成的形象：金髮垂肩、裸露着前胸，灰藍色的眼睛凝視着我，雙唇微張——「Pierre, Mon amour……」

「娜塔莎只是一個代號，他們有三個主持人，都是男的，我最近去一趟歐洲見到兩個，另一個人還留在俄國，可能在海參崴。」

「什麼，娜塔莎沒有其人？」

「那要看你怎麼說，他們那家公司裏有一位高級女性職員，就叫娜塔莎。真漂亮，像是契訶夫小說中的人物，你讀過他的短篇小說〈帶着狗的貴婦〉嗎？」舅舅說着竟然還莞爾一笑。我聽了又是火起，一腔怒氣不知如何發洩。

「你們在玩弄我！」

「不然你怎麼會上鉤？你也真厲害，竟然令為我設計電腦程式的一位小姐着了迷，她真的想見你！」

「什麼，和我每晚在網上談情作愛的是你！」

「不，是這位電腦設計師，她還在美國西部，每天一早就要起牀和你在電腦上作愛！」舅舅說罷大笑！不知是什麼原因，我也跟着大笑起來，心中感到一種意想不到的輕鬆。「彼德，她也是受我所託，而我也是受東方貿易公司所託，這個計劃還牽涉了不只兩個人，蘿拉在史丹福的同學還要為她找資料，你們開始談的是俄國文學和音樂，還有電影，記得嗎？」

「還有奧瑪卡樣的詩？」

「那倒是我自己想出來的，不錯吧！」真沒想到舅舅還有這一手，但也不能怪他，我早該猜到了，他書房裏本來就有一架子詩集。

「彼德，這一套玩意兒並不是只為了騙你，主要是防備我們的對手，也就是在新加坡暗算你的人，他們想搶我們這一樁生意，因為他們從北韓偷到一些原子零件，其實是北韓政府秘密賣給他們的，這是一個日、韓和琉球浪人的集團，還有關島的一批美國軍人也捲入了，他們知道我們經手的這艘潛艇買賣。」

「為什麼他們要多次採用暗殺手段？為什麼不可以在市場上公平競爭？」

「彼德，你應該早知道這種大宗的軍火買賣無所謂市場，除了國與國之間的合法交易之外，其他都是黑市和黑金。不過，我甘願參與黑市交易，除了賺錢之外還有一個重要原因：你的父親。」

「父親也與潛艇有關？」

「沒錯。我為這件事已經斷斷續續地查證了三十幾年。你母親死前親自告訴我，你父親一生忠心黨國，最後為了一件任務功敗垂成，他引咎自責，其實卻是被國民黨出賣了。他到澳洲出任務，單槍匹馬，想購買一艘潛艇，不料在回程中卻被截走了。這個事件相當複雜，內中還牽涉到美國海軍和國防部。」

「鄭先生已經告訴我一點了。」

「鄭先生是唯一知道內情的人，這一次他為了成全我，差一點犧牲了他自己，要不是我們及時趕到，恐怕那一晚在馬六甲他也老命不保了。」

舅舅說到這裏，一個保鏢突然進來和他輕聲耳語，他神情也突然緊張起來。「彼德，有一件急事我要立刻處理，今晚我到你旅館來找你，再詳談。」

「你不是說今天下午五點鐘要和我一同去接機的嗎？」

「就是這件事，台灣方面來了急電，說機場太顯眼，需要找另一個途徑，我得馬上安排。」

我堅持要跟他去，既然他要我作他的伙伴，而且我早已經介入了，何必再把我蒙在鼓裏？「也好，不過你要為我作件事，解一個密碼。」

我們上了他的座車，前面是司機和一個保鏢，後面還跟着一輛車，原來舅舅還有這麼大的排場。上了車，他立刻打開手提電腦，電子信件上最後一欄的發信人地址有台灣的代號，上面寫的全是數目字。「這是普通密碼，意思是說不坐飛機了，改乘船，從珠海過來，會面的地點是——」下面的數字旁還有幾個葡萄牙文的字。

「請你解解看，我摸不出名堂，表面上說的是送十箱 Mateus 紅酒到某某地方，請查收。」

我看了幾遍，也說不出一個所以然，誰都知道 Mateus 是一種便宜的葡萄牙紅酒，顯然是一個幌子，台灣方面怎麼會送這種紅酒來？至少也要送法國或美國加州的名牌酒。但我又發現只有這 MATEUS 一個字是全部大寫，而且在 MATE 和 US 之間稍微留了一點空格，突然我悟過來了。「舅舅，我們就開車到這個葡萄牙文的地址，不過，來客除了台灣方面的代表外，還有美國人，你看 Mate-US，看來我們要和美國合作了。」

我所料的果然不差，那個葡萄牙文的地址，原來就是孫中山紀念博物館，我們沒有從正門進入，偏門適時打開了，一個穿黑色西裝的人接我們進去，介紹他自己說是台灣駐澳門的商務代表。「歡迎，歡迎，請裏面坐。」我們登堂入室後，才發現裏面早已坐了兩個白人，也是西裝筆挺，這位商務代表介紹說是美國海軍部派來的專員。舅舅向我看了一眼，會心微笑，我料的不差，果然有美國人出席，而且是軍方人士。

「你們何必故作玄虛？用什麼葡萄牙的紅酒作密碼？」

「沒有呀，我們明明用英文寫着 Meet US delegates。」

舅舅打開電腦，螢幕上赫然有 MATEUS 一字。「糟糕，抱歉，我們的打字員竟然連英文也拼錯了，把 MEET US 拼成 MATE US，連後面的 delegates 也只打了 delete 幾個字母，你們說不定以為要看後銷毀呢！」他說罷哈哈大笑。正說笑間，台灣派來的正式軍方代表也到了，當然穿的又是黑色西裝，我發現只有我一個人沒有打領帶，舅舅介紹我說是他的私人機要秘書，專門負責此項計劃，絕對可以守密云云。

原來美國早已得悉這件潛艇買賣的事，來的人一個是海軍部的人，另一個我一眼看出是中央情報局的。他們開門見山地說：不反對台灣買這一艘潛艇，但絕對不能公開宣布（上次購買荷蘭潛艇的事，就是走漏了消息，才引起軒然巨波）。但美方提出的條件是要接收艇上的導彈系統，因為這原是美國軍方早年設計的，是極度國防機密：「一九五〇年布朗博士從澳洲到了美國以後，曾向我們軍方仔細匯報過，當時設計的導彈系統是專門置放在那艘潛艇上的，但只有導向系統，而沒有飛彈。當時你們國民黨當局估計錯誤，以為飛彈已經製好，所以要買，後來發現錯了，竟然失信不買，我們只好臨時從菲律賓基地派一隊人把那艘潛艇開回來……」

「不是預備開到海南島嗎？」舅舅突然插嘴。

「不錯，本來預備先開到海南島去的，為的是暗中探測台灣海峽的情勢，當時美軍第七艦隊也正開向太平洋布置，還記得嗎？一九五一年韓戰就爆發了。但是不料開到半途被海盜截擊，潛艇在新加坡附近失蹤了，大概艇上的人全部死亡，後來我們海軍派艦尋找，也毫無所獲。」

「那麼，你們認為艇上的導彈設備還危險嗎？既然沒有飛彈……」舅舅插嘴問。「我們擔心的是有人能夠解開密碼，把資料賣給敵方研究，我們懷疑俄國方面……也就是說，這個導彈系統最終流到俄國人手裏。」

「不必擔心，我昨天才把密碼解開，」聲音是來自剛進門的鄭先生，「而且還靠了這位奇才方先生的功力。」大家突然都看着我。我目瞪口呆，怎麼這個破箱子就是當年的秘密武器？怎麼事隔半個世紀它還沒有作廢？竟然是美國軍方——和台灣軍方——追逐的目標？

「對不起，」台灣方面的代表發言了，「我們已經取得這個舊的導彈系統，連帶說明書，今天已經運回台灣，我們要特別謝謝鄭先生。」美國的兩位代表聽後面色大變，說是馬上要電告美國政府，並向台灣官方正式抗議。

「其實，你們美國政府如果早答應多賣給我們幾種先進的防空武器的話，我們也不必費事收購這個老古董了。」台灣代表也不甘示弱。這兩個美國人沒有回答就走了。

我對於這件買賣還是不得其解，既然導彈系統已經是老古董了，為什麼台灣方面還要買？而且還在沒有完全成交的時候先把它拿走？那麼這艘潛艇又有什麼價值？舅舅和鄭先生卻若無其事地與台灣的兩位代表談笑風生，似乎公事已經告一段落，又嚷着說去吃飯，雙方爭着要請客，最後還是那位台灣商務代辦作東，請我們到一家澳門菜館，那位代辦又如數家珍地大談澳門菜的特色，看來像是廣東菜，其實不同，用的是葡萄牙以前各個殖民地出產的作料，還有一種魚醬，原產在富國島。

「富國島！」我突然聽到這個地方的名字，心中一驚，這不就是父親當年失蹤的地方？

「不錯，是越南的富國島，當年李彌將軍舊部最後撤退的地方，不少人後來都去了台灣，但也有少數人留下來或逃亡到泰國走私販毒，勢力很大……」我不等他說完，就插嘴問了一句：「那麼，當年那艘潛艇是否去過富國島？是在被劫之前還是之後？」舅舅聽了這句話即刻在桌下踢了我一腳，打着岔說：

「富國島山明水秀，真是好地方，我以前也差一點去了越南，說不定就會經過富國島。不過聽說李彌的部隊在抵達富國島之前就有部分人鋌而走險了，泰國邊界的金三角……？」舅舅的話還沒有說完，他的手機就響了，舅舅打開了話筒，聽了不到一分鐘就臉色大變，立刻拉了我和鄭先生站了起來，一面向主人告辭說：「真是十分抱歉，公司有急事非走不可，先告退。我們下月會準時到花蓮去簽約交貨！」說罷拉了我就走，鄭先生早已走在前面，二人出門上車，司機以最快速度開出飯店大門。

「準備武裝！」舅舅一聲令下，鄭先生和坐在司機旁邊的一個保鏢都把手槍掏了出來，我毫無準備，只好擠在後座發呆。車子轉了幾個彎，漸漸開進一條小街，街旁似乎有幾棵小樹，樹旁有一個小圓環，對面有一家小店，店前招牌的霓虹燈上有一個可口可樂的商標，車停在門口，店門開了一半，我們匆匆進去，原來裏面有一個小櫃台，是賣澳門著名的蛋撻，前幾年曾風靡香港。屋裏面早已擠滿了人，都是全副武裝，那個大腹便便的龐先生也來了，一見到舅舅和鄭先生就趨前說：「豈有此理！他們竟然搞到一艘破魚雷艇，可能要去炸我們的潛艇，好在我們發現得早，原來就停在附近這個舊船塢旁邊。」

舅舅沒有回答，就吩咐一部分人跟着他走了出來，龐先生在前面帶路，鄭先生和我緊跟在舅舅後面，還有四五個本地人，都是荷槍實彈，如臨大敵。沒有走幾步路，就到了小街的盡頭，前面是一條小河，河邊不遠有一個小碼頭，碼頭旁邊有一條破船，眾人止步，分別臥倒在街頭的小樹叢後，舅舅不知從什麼地方拿出一副望遠鏡，對着這條破船看了半天，悄悄地轉頭對龐先生說：「它不像魚雷艇！」龐先生說：「那只是一條破船殼，作掩護用的。」舅舅聽後恍然大悟，「哦，原來如此，你怎麼知道船裏還有沒有人？」「當然有，都藏在下艙，我們早已得到情報了，但澳門警方還不知道。這條船可能是大陸來的，河的對面就是珠海，說不定原來還是中共海軍的船……」他們兩人一問一答還不到十分鐘，突然船上有隱隱的馬達聲，好像殼裏有個東西在蠢動，不久果然有一條小魚雷艇脱殼而出，龐先生立刻拿出對講機命令道：「立刻行動，照原定計劃，不准有誤！」

說時遲，那時快（我好像在哪本武俠小說中看到這句話），從我們身後衝出一輛吉普車，逕向碼頭駛去，頓時碼頭的電燈大開，吉普車上的機關槍開始向魚雷艇射擊，艇上的「敵人」也立刻還擊，原來靜得出奇的碼頭突然熱鬧了起來，龐先生以對講機在樹後指揮，連連發號施令：「小火箭，西北西方向，四十度，三發，射！」只見吉普車上冒出三道激光，幾秒鐘後，幾聲震耳欲聾的爆炸聲響了，接着是火燄從船上冒了出來，船上原有的水雷也爆炸了，直沖雲霄，蔚為奇觀。

突然我們身後也傳來槍聲，我回頭一望，才發現我們已經被數輛汽車包圍，槍聲從車後傳來，子彈卻在我們頭上飛過，舅舅匆匆拿出對講機大聲急呼：「趕快，hurry，我們只能支持五分鐘，他們在我們後面，距離五十碼，小心，三點、六點、十一點方向……」只見前面小碼頭煙霧瀰漫，火光閃閃之中，卻出現了另一艘小艇，艇上接連射出幾響小砲，也在我們頭上呼嘯而過，然後是幾聲巨響，背後的槍聲突然沉寂了，那幾輛汽車都着了火，接着有爆炸聲，火光沖天，我們似乎被圍在光海中，我並不懼怕，隱隱之中我知道救兵已經來了，只須小心保護自己，避免再被彈片燒傷，舅舅似乎有備而來，擲了一件像防彈衣似的東西給我，要我穿上，然後匆匆拉着我說：「快走！」我跟着他和其他幾個人，疾步跑到碼頭，那艘小艇早已靠岸，我們不由分説跳上甲板，小艇就開足馬力，向公海方向開去，鄭先生、龐先生、還有不知從哪裏出現的米蘭，可能他早在艇上，指揮若定。不到幾分鐘，小艇已經駛離澳門，那幾輛被炸毀的汽車上的火光，逐漸融入澳門的燈光之中，閃閃爍爍地消失在遠處地平線上，小艇在黑暗中急馳，不到幾分鐘，就緩慢了下來，小艇開始向在波浪中湧出來的潛艇接近，我們都準備好了，全數從小艇跳進潛艇。

「真可惜，火箭的交易來不及做了。」在潛艇內稍事整頓後，鄭先生、舅舅和我在他的房間共商大計，鄭先生不覺冒出了一句。

「沒有關係，凡事不能太急，急了反而敗事，」舅舅自我解嘲似地答道，「況且，把中國大陸的火箭帶到台灣——這個險也冒得太大了一點。也許，海參崴的那一條線反而更為妥當。這就要靠我們彼德幫忙了！」

「為什麼？」我一時摸不清楚舅舅為何對我如此重視。「因為你要在花蓮和娜塔莎幽會呀！」

「你還開什麼玩笑，你不是早告訴了我，娜塔莎根本沒有其人，只不過是一個代號？」

「他們公司這次的確派了一個女性職員到花蓮和你會面，為了不令你失望，她的代號就叫做娜塔莎！」

「舅舅，你這個玩笑開大了，難道你還不知道我早已燒成這個樣子，還有臉見人，難道你還不知道我戴了一個面罩？」我一氣之下，乾脆撕下臉來——拿下面罩，露出右臉和前額上的焦皮。

「彼德，我的天！」舅舅失色叫道。原來在澳門的幾天驚魂失魄，舅舅還沒有看到我的真面目。「彼德，不要自暴自棄，你這個面罩可以假以亂真……」我更氣急敗壞——氣得哈哈大笑！這場戲真是荒謬之至，難道我真的要變成那個「歌劇院的鬼魅」？難道我還要以這個「行屍走肉」之軀再去扮演一個大情人的角色？這幾天我一直沒有考慮到這個自身的問題，舅舅的這句玩笑話像是一個定時炸彈，炸開了我心靈中的水壩，閘門一破，壓抑已久的感情像山洪暴發一樣，一發而不可收拾！我號啕大哭，奪門而出，回到自己房裏，把門鎖上。室內一切還是原樣，桌上仍然擺着拼湊出來的父親的幾首詩，唉，「又向天涯×此身」！此身已經殘廢了，人生還有什麼意義？

第三章　花蓮

1

我被「軟禁」在一個小島上，大概在台灣東海岸附近，距離花蓮不遠。

今晨醒來，竟然聽到鳥語，聞到花香，我還以為又回到了馬六甲附近的那間醫院裏，難道又受了傷昏了過去？潛艇早已失蹤了，我是如何離開潛艇登岸，又來到這裏，我一無所知。昨夜在極度振奮中睡去——怎麼會睡得這麼熟？昏昏沉沉地，像是失去了知覺。不錯，他們一定在給我的那杯咖啡中放了安眠樂，但我並不記得飲過咖啡，也許他們趁我不備打了一針麻醉劑？但我也記不得他們怎麼會闖進我的房裏來，因為門是反鎖的，我在失去知覺前，眼前看到的是父親的一首詩：「又向天涯 × 此身」——中間的那個中文字我不認識，看來看去，久久不得其解，似乎就是這麼昏昏入睡的。

「彼德，」舅舅突然在門口出現了，「你休息得可還好？你醒了，他們馬上會把早餐送來，你在房裏吃。」

「其他的人到哪裏去了？我怎麼會到這裏來的？潛艇呢？」

「你都不要管，一切都安排好了，是我堅持要你來這裏休息幾天，然後我再陪你去花蓮。我們兩個人需要談一談，談談你爸爸和媽媽的事。」舅舅說完，就把一本書冊放在我牀上，我一看就知道是父親的詩集，他又給我另一本小冊子，原來是一本手寫的英文譯本：「這是我逐字逐句把你爸爸的一部分詩譯出來的抄本，我還不滿意，僅供你閱讀方便而已，你自己先看看。」

我不想看。出門散步，島上寥無人煙，遠處小山頂上，好像有衛兵巡邏，我看不清楚，但我知道自己是被軟禁了。舅舅這幾個月來神出鬼沒的行蹤，使我越來越懷疑他的居心：他是在保護我，還是在利用我？為什麼在這個時候還要我看爸爸的詩集？

中飯和晚飯都是舅舅陪我吃的，一個女傭人——像是一個菲律賓人——把飯送到我房間來，是簡單的西餐，還有啤酒和其他飲料，舅舅喜歡喝酒，特別是飯後酒，往往是一杯白蘭地或是陳年的威士忌。這兩天他更開懷暢飲起來，但心情似乎並不太愉快，有時候我們兩個人對面吃飯，竟然說不上幾句話，各有心事。

「彼德，你爸爸的詩我早已看了無數遍，選出來翻譯的幾篇，不但我個人很喜歡，而且也越來越覺得和你我的命運有關，我曾和鄭先生談過這件事，他未置可否，似乎認為這是我——你父親和愛蓮——私人間的事。我告訴過你，我對愛蓮的感情一往情深，至今忘不了她。你父親有幾首詩是特意為她而寫的，例如這首〈舟中獨坐愴然於懷並念愛蓮〉：

又向天涯賸此身
飛來明月果何因
孤懸破碎山河影
苦照蕭條羈旅人

「這前四句就夠悲傷了，詩句中他那麼孤單、那麼寂寞，但還念念不忘破碎的故國山河！我猜這首詩是他離開富國島以後寫的，但我也不能確定。後面四句意義更大：

南去北來如夢夢
生離死別太頻頻

「這說的還不是夫妻的離情？然而問題就出在這裏：他和愛蓮在一起的時間並不長，最多一年吧，也沒有頻頻生離死別。他的南去北來，我以前認為指的是他從上海先南下到新加坡和澳洲，然而又乘潛艇北上，也只這麼一次，後來就出事流亡到了富國島。這個『如夢夢』和『太頻頻』放在一起，又作何解？是說他這一趟歷險像一場噩夢？還是說他有其他的經歷和旅行，愛蓮沒有告訴我？最後這兩句更妙：

年年此淚真無用
路遠難回墓草春

「這是什麼意思？表面上說的是他每年都在飄泊，想念愛蓮而流淚，那麼路遠難回——回不去掃誰的墓？這個『墓草春』的墓不可能是愛蓮的，那麼指的是他自己的父母？愛蓮對於你爸爸的父母——也就是你的祖父母——一無所知，我也曾多方打聽過，但沒有結果。我猜這首詩內還暗藏另一層意思，而謎底可能就是這個墓草春的典故，我看別有所指……」

舅舅的這一番話，起初我沒有聽進去，因為我心裏想的還是我自己的事，這一身破碎遠比那「破碎山河」對我更戚戚相關。我如果真的是生在越南或馬六甲又在香港長大，那麼中國大陸的山河對我並沒有深刻的意義。我去大陸，還是近十年的事，而且是和公司的生意有關，大陸不是我的故國或祖國，我對它的印象沒有感情成分，這當然和父親不同。然而，為什麼舅舅又「逼」我念父親的詩？我不是已經幫助鄭先生解過兩三首了嗎？也許，舅舅認為裏面還藏有更多的密碼，可能舅舅比我和鄭先生更走火入魔，他把我引到這個島上，又帶我去花蓮，就是要我解密碼？因為我一向是解密碼的專家，奧瑪卡樣的詩不是被我解了出來嗎？不過，那幾首詩中的密碼又有多少是舅舅設計的圈套呢？舅舅還在這本詩冊上畫了不少記號，有的詩句還特別勾了出來，有的還注着：「請看英文翻譯」，但父親大部分的詩還是沒有譯出來。我無意中在一首長詩中發現同樣的「生離死別」和「破碎山河」的字樣，而且裏面也有墓字，全詩較長，舅舅反而沒有注意，我於是把相關字句也勾了出來，拿給舅舅看，上面寫的是：「嘆而今，生離死別，總尋常了，馬革裹屍仍未返，空向墓門憑弔，只破碎山河難料，我亦瘡痍今滿體，忍須臾一見欃槍掃，逢地下，兩含笑。」但這段詩的含義我不懂，很多字也不認得。舅舅看了一遍説這是一首詞，不是詩，而且裏面墓的意義出現了兩次，前面還有一句「看新塚，添多少」，塚也是墳墓的意思，沒有什麼特別，我乾脆請他一句一句解釋給我聽，我聽後不禁大驚，眼淚奪眶而出，因為我覺得它説的不僅是父親，而且也是我的身世！譬如前面「寡婦孤兒無窮淚」這一句，説的不是媽媽和我麼？我一直覺得自己是一個孤兒，無親無故、無父無母。還有「破碎山河難料」接下去的那句「我亦瘡痍今滿體」，説的不也是我麼？「瘡痍」這兩個字我原不懂，後經舅舅解釋後，我覺得指的就是我的遍體鱗傷！舅舅説，這是詩中用的象徵，我堅持説不是，我認為説的也是父親身體受傷了，和我一樣，而且那一句「忍須臾一見欃槍掃」，我覺得説的就是父親在一瞬間被機關槍掃射受傷的，欃槍就是 Machine gun，舅舅聽了大笑（這是幾天來我聽到他唯一的一次笑聲），説我的這種解詩法太沒有章法了：「You've got no rules, so you have no dues about the meaning of poetry」，我們既然說的大都是英文，我也不甘示弱，回了他一句：「Clues? All I have are clues to historical truth」歷史的真實，父親身世和我的身世的真實！什麼叫做clues，它和密碼有什麼兩樣？我既然解得出像奧瑪卡樣這樣的大詩人，難道還解不出父親的詩？於是我向舅舅說：「給我一本中英字典，幾張白紙，還有一瓶酒，讓我今夜解給你看！」

舅舅果真答應了，拿來一本字典，幾張紙，一瓶上好的紅酒，還附帶一條法國麵包，然後還開玩笑地說：「還記得奧瑪卡樣的那一句嗎？一卷詩，一壺酒，一塊麵包——還有你，在我身旁……」說罷揚長而去，把我一個人留在房裏。晚餐剛吃完，窗外的陽光早已消失了，黑暗籠罩四周，寂無人聲，也聽不見鳥叫了，遠處隱隱地似有蛙鳴，而室內還沒有開燈，也是一片漆黑，我坐在這間斗室中默默沉思，心中頓覺一種前所未有的寧靜。我似乎有一個預感：我這一生快完了，而且很快會和父親在地下相見：「逢地下，兩含笑」，父親的這首詞不是早有預示了嗎？

我突然有一種領悟，這首詩——或者說詞——的涵意不是真理，而是預示，prophecy！於是我開了燈，打開一張白紙，開始在上面畫出一張我從父親詩中悟出來的「地圖」：這個地方，有一個小池塘（「綠遍池塘草」），還有一座長橋（「過長橋又把平堤繞」），橋的旁邊就是父親的墓地，父親並沒有真正葬在那裏，也許是別人（母親？）為他安置的，因為詩中有一句「馬革裏屍仍未返」，但是這個「馬革」指的不是馬，而是潛水艇，他是在潛水艇裏面或外面被人用機關槍射死的，他在詩中早有預感，而且還把這種預感（premonition）預示給我。我要找到那個地方：遠處有青山，近處有池塘、長橋和平堤的地方，還有「龍眠畫稿」——這幾個字我一時解不出來，但我知道這個地方的風景一定不俗，「一片春波流日影」，「故人落落心相照」：如果我在一個春天的黃昏走到那裏，「過長橋又把平堤繞」，一定會找到父親的「新塚」，然後就會和他見面了。

2

一架直升機把舅舅和我從小島接到花蓮，在機場迎接的是一個老教授模樣的人，戴着黑邊眼鏡，頭髮幾乎全白了，一臉溫厚的笑容，舅舅介紹他是當地東華大學的教授，也是一位頗享盛名的核子物理學家，在美退休後返回他的故里——花蓮——任教。但舅舅沒有說他自己是怎麼認識這位教授的，只見他們兩人在車前座談笑風生，這位老教授卻把車子開得極快，在花蓮街上橫衝直撞，穿過鬧區後行人漸少，不久就開進大學的校門，新蓋成的幾座大樓，倒也頗有姿色，這位華教授把我們開到一幢平房門口，這是為貴賓而設的招待所，他把我們安置下來，就先告辭了，然後告訴我們今晚為我們設宴洗塵，是在距離不太遠的一家大酒店的客廳，到時候他會開車來接。

原來這一餐洗塵之宴竟然來了二三十個人，席開三桌，華教授為我們一一介紹，大都是四五十歲左右的中年男人，到了第三桌，卻有一個年輕女子在座，她略帶羞意地站了起來，舅舅趨前和她握手說：「你一定是蘿拉吧！」然後指着我說：「這就是你所仰慕的彼德！來，我為你們介紹，這是彼德，又叫庇德；這是蘿拉，又名娜塔莎！」她伸出手來，臉上微紅，說的英語我一聽就知道是美國話：「Glad to meet you, peter」，這哪裏是我心目中的烏克蘭貴婦娜塔莎？她應該是金髮的烏克蘭人，而蘿拉是黑髮的華人；娜塔莎應該是三十多歲的少婦，而蘿拉看起來最多只有二十幾歲，像是一個大學生。「不錯，」舅舅猜出了我的心意，「她是史丹福大學剛畢業的高材生，電腦系，這次特別從加州飛來台灣，就是為了見你！」我不知如何是好，應該怎麼應付這個女孩子？看來又是舅舅安排的另一個圈套。蘿拉，好心的姑娘，你在燈光下看到我戴的面具嗎？我已是「瘡痍今滿體」，配不上你，算了吧，你不必在我身上浪費時間。

「彼德，我能叫你彼德嗎？飯後我們可以到樓頂喝一杯咖啡嗎？」她竟然相當大膽。「當然可以，」舅舅代我答道，一面還向我擠擠眼，他又恢復了那副世故的表情和風度，島上的憂鬱一掃而空，而且顯得有點異樣的興奮。

飯前又免不了演講，幾個人說了幾句應酬話後，華教授站了起來，鄭重其事地說：

「今天我們請到兩位貴賓來到花蓮，非但是我個人的榮幸，而且也象徵我們這兩間公司今後密切合作的開始，前途無量，我們大家先舉杯慶祝！」這一番話說得很自然，大家都似乎很清楚，獨有我蒙在鼓裏。這兩間公司是作的什麼生意？合作的項目是什麼？華教授接着又說：

「在我們台灣，大家都知道新竹的科學園區，我們花蓮人不會輸給新竹的清華幫，我們這裏高手如雲，早想成立台灣第二個科學園區，籌備多年，政府已經同意了。但我們經營的方式不同，我們要迎合潮流，不但作高科技研究，而且由我們兩家商務公司合作，要賺大錢！」

這幾句話出自華教授之口，有點不倫不類，他哪像一個生意人？而且在座的沒有一個人像生意人，看來都是學者專家。我猜華教授說的是一片謊言，看樣子我非要和蘿拉喝咖啡不可了。我不再相信舅舅，誰知道他還有什麼陰謀詭計？我也許可以從蘿拉那裏得到一點線索，我要知道他們作的到底是什麼「生意」。

好不容易吃完了飯，舅舅隨着華教授一夥人走了，蘿拉微笑着踱了過來，我們像是早有默契似的，乘電梯到了頂樓咖啡室，找到一個靠窗的位子坐了下來，窗外依稀看到花蓮海港的燈塔。蘿拉不說話，眼睛一直盯着我，而且還有點脈脈含情，我問她喝什麼，她說咖啡，我問她是第一次來花蓮嗎，她說是，我問她在美國住了幾年，她說是在美國出生的，我問她的父母親是在台灣還是在美國，她說在加州……就這麼一句接一句地說着簡單的話，好像找不到話題，不能進入情況，我有點尷尬了。

「彼德，你怎麼會想到沙特和西蒙波伏娃？」她突然問我。

「是你先提到柴可夫斯基和梅克夫人。」

「那不是我想出來的，是你舅舅，我從來沒有聽過柴可夫斯基的音樂。」

「連羅蜜歐與茱麗葉的組曲也沒聽過？我是一位朋友教我的，米蘭……」

「我也是人教的，你舅舅，他先起了個頭，沒想到你在文學和藝術方面的知識這麼豐富！」

「也是臨病抱佛腳，湊出來的，為的是討好你，我的娜塔莎！」

「這個名字也是你舅舅起的，不過聽說真有一個娜塔莎從俄國來了，明天到，今晚是我唯一的機會，你不介意吧。」

我們就這麼搭訕起來，而且越談越親熱，她那雙眼睛還是盯着我不放，而且還有點淚水的瑩光。怎麼她會對我動情？不可能是因為那幾夜在電腦上的調情吧，我不禁想到螢幕上她的大腿和她的乳房，但沒有看到她的眼睛，我們相互間的感覺——是靠電腦媒體的觸覺——竟然是那麼真實，難道我在電腦上作愛的對象是一個支解的身體——a disembodied body?

「彼德，身體是假的，但我的感情是真的！」她握着我的雙手很激動地説。

「那麼是誰的身體、誰的大腿、誰的乳房？」

「我不知道，彼德，但我和你作愛時的感覺也是真的！我從來沒有這麼真實的感覺，從來沒有這麼愛過，彼德，我愛你。」

蘿拉的大膽舉動使我不知如何應付。她的手又在摸我的頭髮、我的臉，也不管咖啡店裏的其他顧客，得寸進尺，我只好用「苦肉計」來抵抗。

「蘿拉，你感覺到摸的是我的真皮或是假皮？」

「I don't care——我只知道你是真的，一個有血有肉又有美麗靈魂的男人！」

「難道你不管『我亦瘡痍今滿體』？」我故意用中文把這句詩唸了出來！

「什麼？你還會説國語？你們香港人的國語我從來不敢領教，其實我自己也不大會説了，我是土生土長的美國人。」

「請問你和我舅舅的關係是什麼？」我突如其來地問她。

「什麼？關係？沒有任何關係。他是我的僱主，我和他在網上簽了約，只作這個計劃。」

「什麼計劃?」

「娜塔莎計劃,專門和你在網上對談、作愛。」

「那麼,娜塔莎所負責的俄國東方貿易公司呢?」

「我不知道你在說什麼,我所有的談話都是經過你舅舅的網站轉發給你的。」

原來舅舅老奸巨滑到這個地步!我是從頭到尾上了他的圈套,中了他的計。然而,他又為什麼在我身上花了這麼大的功夫?我對他有什麼用?只是為了解密碼?這次把我騙到花蓮來,就是為了解碼?那艘潛艇呢?這宗買賣的背後還有什麼陰謀?想到這裏,我突然感到我的處境還是很危險的,舅舅是在保護我還是在陷害我?目前都很難確定。「蘿拉,你在台灣有親人嗎?」

「在台北有一個妹妹,在一家外貿公司工作。」

「你能夠帶我到你妹妹那裏住幾天嗎?」我反握着她的手。

「讓我先打一個電話看看,不過今夜是不行了,不如就住在這家旅舍吧,你也不必回招待所。」

「這又是我舅舅的安排?」

「彼德,我不能騙你,是他答應過的。」

我別無選擇,只好隨蘿拉到她早已訂好的房間。一進門,我不要她開燈,拉她到窗邊看夜景,一面輕輕撫摸着她的頭髮、她的臉,她順勢倒在我懷裏,把頭枕在我的右肩上,我在她耳邊喃喃自語:「我也是一個支解的軀體,一個沒有臉的人,或者可說是一個半邊人,蘿拉，你懂嗎？」

她默默無語，突然轉過頭來吻我，雙手緊抱着我的雙頰，我舔到她唇邊的汗跡——也許是淚水。她吻我的眼睛，微微嬌喘，雙手拉着我到牀邊，坐下後她為我寬衣解帶，一邊喃喃地說：「Peter——我的愛，我是一個感覺靈敏的人，有了感覺就夠了，讓我慢慢摸你……」

我躺在牀上任她撫摸，又故意轉過身，把頭藏在枕頭下，我也感覺到她赤裸的軀體壓在我背上，她的嘴不停地吻着我焦爛的皮膚，似乎沒有任何畏懼，雙手在我的下部來回穿梭着，我感到一種前所未有的鬆弛和舒適，發現自己的身體在不自覺地抖動，我翻過身來，緊緊地摟着她，一種溫暖的感覺像一股電流傳到我身上，她也在輕輕抖動，喘息的聲音越來越大，我伸手搗住她的嘴，總覺得隔牆有耳，她禁不住更激動起來，開始舔我的手心，又從手心舔我的頸、胸、小腹……最後，她終於觸到了我這個支解身體的中心，我任她擺布，早已無能為力，但是她似乎並不介意，似乎在我的身體上得到另外一種滿足——甚至是某種高潮。

「彼德——你也許不了解我們女人的需要，我得到的是你的全體，不僅是身體的某個部分。你的舅舅已經暗示過，你最近受過傷，我知道，我的愛，但願我也能滿足你，作你的娜塔莎。」

當蘿拉在我身邊擁着我逐漸入眠的時候，我開始想到娜塔莎——我的網上情人，我把自己心裏的一切都告訴她了！我們之間的交流不僅限於生意和情報，也不僅是肢體感官上的刺激。記得在香港時候那無數的失眠深夜，我打開電腦，在螢光幕上向她傾訴一切：我的過去，我以前愛過的女人，我的感情經歷，我的幻想……自從和娜塔莎從文學書本開始交談以後，我竟然也愛上了文學，特別是俄國小說：契訶夫、托爾斯泰、杜斯陀也夫斯基。我甚至想仿照杜氏的《地下室手記》寫出一本《閣樓手記》，因為我當時住在旺角的一幢公寓的閣樓，我甚至還天真地要娜塔莎保留我的情書，將來說不定可以結集出版，她還說絕不會銷毀——說不定都保藏在舅舅自己的電腦庫中了。到底舅舅在這個過程中扮演的是什麼角色？他干預的成分多少？多少是蘿拉寫的？多少是舅舅寫的？是否還有別人——說不定俄國方面也作了手腳？我記得娜塔莎在電腦上和我調情的時候，有時欲言又止，情話往往說了一半，螢幕上就出現了「……」，我還以為這是她的一種調情手段，欲縱故收，說不定不少情話（是蘿拉發自內心的話？）都被舅舅用這種逗點強行刪掉了。那麼，說不定在舅舅的資料庫中還有「原件」？以後我一定要把這些未刪的原文「救」出來——retrieve——我要了解這個女人的全貌。

從娜塔莎的全貌我又想到舅舅在花蓮這個「計劃」的全貌，恐怕不只是一艘潛艇的秘密交易。不久之前在澳門的一場與美國軍方的會面，不是說艇內的導彈運作資料早已交給台灣當局了嗎？那麼，美國的CIA怎麼肯罷休？還有日本浪人呢？他們追蹤了這麼久，難道就會因為幾場暗殺失利而停手？想到這裏我突然感到舅舅比我更危險……

電話鈴突然響了，我下意識地知道這一定是舅舅打來的，深夜和凌晨——這一向是他打電話的時間，果然不差，是他的聲音：「彼德，抱歉這麼晚打擾你，怕你明天一大早會溜掉了。明天上午十點以前，請你回招待所見一個人，然後你就可以跟蘿拉到處遊山玩水了。」

我問他要見誰，他只說了三個字就掛斷了電話：「娜塔莎！」

十點正從旅館趕回來東華大學的貴賓招待所，舅舅早已在樓下客廳等我了。

「彼德，趕快回房漱洗準備，穿上你最好的衣服，我們在十一點出發，開車需要一小時。」

我只好遵命，但心中一直在納悶，到底這一個娜塔莎又是何許人？難道又是舅舅開的另一個玩笑？看他剛才一本正經的樣子，而且表情嚴肅、略嫌緊張，說不定又是要帶我去見識另一個大場面。

我所料不差。汽車開出花蓮，沿着公路開向太魯閣，眼看路邊停的遊覽車漸多，知道快到這個著名的旅遊區了，汽車卻又突然彎入山中，曲曲折折往上爬行，車速也減慢了，我從窗外看到附近山上樹林內不少防禦工事，路旁的崗哨也越來越多，終於到達一個山洞口，洞門自動開啟，我們的汽車揚長直入，停在洞內一個接待亭，下車後就被衛兵帶進電梯。舅舅一語不發，我偷看到他的左手有點抖動，右眼角也有些微痙攣，這都是以前沒有注意到的。下了電梯，我們就走進一間會客室，裏面早已坐了幾個人，其中兩位穿着軍服，領上各扣着一顆星，應該是少將級軍官，另外三位顯然是外國人，兩男一女，中年人模樣，那個女人的身材略嫌肥胖。舅舅和兩位將官先握手，然後經由介紹會見了這三位外國貴賓，我跟在他身後，照樣先和兩位軍官握手如儀，然後走到這個中年婦人面前，她伸出手來，很高雅的樣子，我腦海中突然想到，舅舅提到過的契訶夫一部短篇小說的人物：「帶着狗的婦人」。這個婦人並不特別漂亮，但是有一種貴族氣質，說話的聲音頗為柔和，英文略帶口音。

「方先生，我終於見到你了，我是娜塔莎·坎汀斯基」，說完遞上一張名片，上面寫的是：「東方國際貿易有限公司進出口業務經理」，我正在着迷，她旁邊一位西裝筆挺的男士也伸出手來，「彼德，怎麼這麼快就忘記了我？」原來是米蘭，他刮掉了小鬍子，我真的差一點認不出來了。我一時高興，拉着他的手不放，米蘭至少有兩三次救我出險，但又在緊要關頭失蹤，這次出現應在意料中，是我一時被娜塔莎迷惑住了，竟然沒有想到他。

到底真的娜塔莎是誰？

我們被引進另一間會議室，中間有一張圓桌，四周是舒適的高背座椅，像是一家大公司的經理會議室，完全不像軍事機關。我們坐定以後，一位年輕的軍官開始以流暢的英語向我們作報告，他背後牆上也不時映出幻燈片。

「歡迎各位參觀我們的佳山計劃，這是對外保密的，遊客不准進入，但各位是我們請來的貴賓，當然不在此限。我們這個山中機場是在民國××年興建，×年完成，內中設有完善的飛機起飛和降落的跑道。最近我們在附近加建潛水艇碼頭，以備緊急應變之需。整個山的防禦工程十分堅固，可以抵擋大陸飛彈的襲擊，我們的飛機可以在接到命令後三分鐘內起飛迎敵，不分白晝黑夜，全天候行動。然而我們當然希望不至於有那一天，因為我們的一切措施都是防禦性的，不是攻擊。」

我看到坐在旁邊的舅舅的右眼抖動得更厲害了，他的兩手緊握着座椅的把手，上身向前微斜，仔細聆聽，而坐在前方的娜塔莎仍然是那副雍容高貴、不慌不忙的樣子。報告完畢後沒有人發問，那位年輕軍官就退席了，兩位將軍命令隨從給我們每人面前發一份資料，也不等我們翻閱，其中一位就站起來說：

「因為我們三方面已經達成協議，現在簽字是例行公事，款項已經以電傳匯到貴公司在瑞士銀行的戶頭，請查收。」

娜塔莎身旁的助手打開手提電腦，並且同時打開手機，輕聲以俄語通話，並在電腦中快速作業後，悄悄通知娜塔莎，她微微點頭，這邊舅舅也從口袋裏拿出手機，輕輕說了一句：「老鄭，一切安排就緒。」那兩位將官一直面帶笑容，態度輕鬆，好像這真的是例行公事一樣。等我們操作完畢後，那位將官又說話了：

「各位都知道，美國方面對於潛水艇的轉售沒有意見，也不願聞問，但對於艇內的舊導彈系統一直在追查。我們經由和美國軍方再三磋商後，決定歸還，但是我們已經把所有資料拷貝了幾份，留待我們的科學家在東華科學園仔細研究，方先生，我們熱忱歡迎你參加，因為你的舅舅早已告訴過我們，在這一方面你是一個天才，而且你的先父是國民黨軍統的舊屬，我們在半個世紀以後追封他為二級少將，已經報備通過，但是還沒有公開，你父親的墓地，遵照你舅舅的意思，也補建在橫貫公路的風景區天祥，過幾天請你和你舅舅親自去陵前獻花。我們對你先父當年的貢獻是承認的，只是當年兵荒馬亂，當事人有的去世、有的留在大陸，我們無法查核，直到去年，還是經由你舅舅的幫助，才得以盡到我們應盡的責任，希望你父親在天之靈能得到一點安慰。」

這一番話他是用中文說的，我大致還聽得懂，但看到娜塔莎有點不耐煩了，舅舅也立刻站起來，向兩位將軍致謝，然後面帶輕鬆，及時開了一個十分得體的玩笑說：「我們遠道來的三位貴賓可能已經迫不及待地想吃一頓久聞其名的中國菜！我這個香港人也肚子餓了，真想領教一下貴地是否有比廣東菜更好吃的東西。」

我們在餐廳入席，陪客也多了起來，吃的是川菜，我特別喜歡辣味，但娜塔莎似乎有點受不了，坐在她旁邊的米蘭頻頻向她指點，我看他對她的態度並不特別恭敬，更覺得情況有點可疑，到底娜塔莎是誰？用餐畢，我們到裏面去參觀，但不能進入機場內部，大概這是高度國防機密的緣故，只參觀了通訊設備和修護室，在旁邊陪同的一位上校非常熱情地向我們講解，我卻心不在焉，只注意娜塔莎的一舉一動，越來越覺得情況有點蹊蹺，看來她可能是一個傀儡，而她身邊的兩個男人才是主角，特別是那個名叫狄密屈．布寧的中年男人，一聲不響，我故意走到米蘭旁邊，想和他說話，但他的態度也甚冷淡，愛理不理地，不過還是和我說了幾句。我故意引發他的回憶：

「米蘭，好久不見，上次在馬六甲見到你，至少也有兩個多月了吧！」

「我一直留在新加坡，偶爾也到香港談生意。」

「你這次來台灣……」

「朋友，不要着急，我們還會見面的，我保證。」他說完就走開了。舅舅拚命向我使眼色，我只好跟着他走，倒真像一條聽話的狗。我們告辭後，上了另一輛汽車，沿山路往海邊開，另一輛車坐的是三位俄國人，後面還有兩輛吉普車，一輛卡車，陣容浩大，車隊最後到了一個頗為隱蔽的小港口，開進一個新蓋好的倉庫，四周戒備更是森嚴。我們下了車，那艘巨鯨似的潛水艇赫然在眼前！艇上熙熙攘攘地站了好多人，但沒有一個原來艇內的熟面孔。舅舅的面色更緊張了，他匆匆向領隊的一位軍官耳語，軍官立刻拿了手提耳機發號施令，倉庫的門應聲關閉，一隊荷槍實彈的憲兵急速跑了進來，把潛艇團團圍住，我仰頭四望，才發現屋頂都設有巨大的探照燈，燈光突然大亮，然後就聽見那位軍官大聲喊道：「歸隊檢查！」那些亂烘烘的水兵立即跑步到碼頭排隊站好，頓時全場靜寂無聲。就在這個時刻，潛艇卻逐漸下沉，不久就消失在倉庫底的水面下，大家仍然不敢亂動，舅舅突然用英文大呼：「saboteurs!」水兵隊伍中有三個人開始逃跑，紛紛向水中跳，接着聽到幾聲慘叫，水中冒出幾個蛙人，把那三個受刺傷的俘虜拉到岸上，憲兵立刻又把這幾個人圍住，然後連拖帶拉地帶走了。

「我早猜到他們會有所行動，」舅舅向軍官說。那個娜塔莎早已花容失色，米蘭和狄密屈各拿着手槍在她身邊保護。那位將軍匆匆喊着：「立刻關閉倉庫，全體撤開！」又示意我們坐車離開。車隊立時開動，這次又加上另一輛吉普車在前面開道，在海邊開了近半個鐘頭，才開進一幢剛建好的十幾層大廈中，大廈四周是一片荒野，顯得有點突兀。我們走進大門，華教授趨前迎接，拉着舅舅的手，又請三位俄國貴賓到他的辦公室，我當然也跟了進去。

「各位請稍休息一下，我這就去請陳上校進來。」他剛到門口，陳上校已經進來了，行色匆匆，但表情頗為鎮靜。

「那三個潛進來的搗亂分子在到醫院途中都吞藥自殺了，我們剛才判定他們是日本浪人，和這裏的黑社會早有來往。非常抱歉，讓你們受驚了。」陳上校作過簡報，大家七嘴八舌都在議論，只有那位布寧先生不說話，米蘭這個時候才坐到我旁邊對我說：「幸虧我們在潛艇上的原有人員沒有全部撤走，他們早已受命一有緊急情況就立刻把潛艇沉入海底，然後駛離現場，剛才我還和他們通過電話，要他們在附近海面待命。彼德，看來敵人早有部署，還是不放手，我們大家都要小心。娜塔莎剛才跟我說，希望和你單獨見見面……」

「娜塔莎到底是誰？」我忍不住問道。

「她是我們貿易部的業務經理。」

「難道就是在網路上和我通訊的那一位？」

米蘭聽後表情有點尷尬，但又未置可否，舅舅在旁邊插嘴了：「娜塔莎也是我們通訊網中的一分子，還提供了有關俄國文學的資料，她原是在莫斯科大學學哲學的。」

我的天！真有另一個娜塔莎！那麼，螢幕上的身體又是屬於誰的？看來不像她的，因為她已經是半老徐娘了。舅舅見到我氣急敗壞的樣子，才若無其事地說：「彼德，仰慕你的女人可真不少，不過，真正愛上你的是蘿拉，她現在台北等你，待我們公事辦完後，你們可以到南部度度假，墾丁公園不錯，你們回來以後再去天祥掃墓不遲。」

「你去看過父親的墓地了嗎？是什麼時候建好的？」

「還來不及去呢，等你一塊去。」

「那麼，我們乾脆明天就去，我哪有心情度假？」

「明天還有點事要辦，娜塔莎後天就要走了。」

為什麼要安排我和娜塔莎單獨見面？難道是她自己請求和我幽會？不可能。「明晚你們會面的地點是華教授在海邊的別墅，我住過，非常舒適，地窖裏還藏了幾十種陳年紅酒，華教授比我更講究，是台灣有名的『紅學』專家——紅學指的是紅酒，不是《紅樓夢》，你在這方面不也是老手嗎？」

「舅舅，你到底在開什麼玩笑？到了現在你還要我去演一場占士邦的電影？我的身體已經不能上鏡頭了。」

「彼德，拜託你，這是最後一次，就算是為了我，也勉強演一場吧，我今晚再告訴你詳情。」

4

今晚是我這項任務的「高潮」，就好像警匪武打電影快結束的時候，必須有一場最後的決戰一樣。不過，這一場戲是舅舅一個人精心設計的，他年紀大了，沒有足夠的體力扮演主角，只好以配角和幕後工作人員的身份出現。他昨晚在招待所把所有的「劇情」——plot，也是他的「陰謀」——和我解釋清楚了。

原來舅舅本人的父親是在二次大戰時被日軍殺死的，他父親辛苦經營的橡膠園被日軍一夜之間毀諸一炬，所以舅舅對日本人一直存着一種切身的深仇大恨，戰後他從馬六甲轉到香港作生意，起先是經營酒店行業，以為可以把這段戰時回憶拋諸腦後，不料被朋友拉來作軍火生意後，和日本黑社會變成了死對頭，而對方也逐漸得悉他的底細，所以他一直是以低姿態在我們公司作顧問。俄國東方公司打入東南亞市場，主要的拉線人物是舅舅戰時的老友鄭先生，舅舅本不願介入，所以想把我介紹給鄭先生，但沒有想到我初到新加坡就遭到日本浪人暗算，舅舅一氣之下重作馮婦，親自到歐洲和俄國走了一趟，和東方公司的主持人共商大計，並且和鄭先生聯合安排了這一場潛艇買賣的生意，他們想賣給台灣不只是為了賺錢（其實如果賣給馬來西亞或新加坡可能利潤更高），主要是為了「借力」打擊日本人，因為他們料到日本方面非但資力雄厚，而且背後的靠山都極有勢力，甚至會借助北韓和琉球方面的武力，所以對抗的方法也只有借助台灣的軍方。本來可以利用大陸的關係，但又怕事情鬧得太複雜，如果大陸軍方利用這次買賣以潛艇暗襲台灣，可能會引起兩岸戰火，所以不敢貿然從事。

我對於這些背景資料不感興趣，但是舅舅說連他也沒有想到這艘潛艇的買賣竟然和我父親有關，他從母親口中知道父親當年是為了購買一艘潛艇而南下以致失蹤的，所以再賣給國民黨另一艘潛艇，可以說達成了父親的遺志，但他萬萬沒有料到這艘新潛艇裏竟然暗藏了老潛艇的導彈系統。照中國的俗話說，「解鈴還待繫鈴人」，他必須和東方公司的人和台灣方面的科學家共同解決這一個歷史之謎，目前這個問題還沒有解決。

「所以，你知道你的角色的意義吧？只有你能夠把你爸爸的密碼解開！我們搞不清你怎麼有這個能力，也許這是你生來就有的異稟，也許這是命運，也許你父親的靈魂仍然與你同在。這只有你知道。」

舅舅這幾句話倒真的正中我心，right on target，我自己也一直有一種異樣的感覺，我也搞不清為什麼自己在馬六甲蒙難後要立志追蹤這艘潛艇，現在終於追到台灣的花蓮。為什麼在花蓮？這本來是我一時的浪漫幻想，怎麼會竟然弄假成真？娜塔莎——謎底還是娜塔莎！到底誰是娜塔莎？

「你要我把一切都交代清楚？交代完了這個故事還有什麼意思？其實，娜塔莎也出乎我自己意料，本來是我一手導演的戲——只是借用東方公司的一個女職員名字——卻越演越浪漫，他們真的送來一個娜塔莎，而且還要和你單獨見面！彼德，這一次我要向你求援了，你要為我打聽一下他們的壺裏裝的到底是什麼酒？一壺酒，一卷詩，一塊麵包，這個奧瑪卡樣的典故，本來是我的傑作，不料他們和我們真的玩了起來，they played along，與奧瑪共舞，還加了不少花樣，我也搞不清是誰加的，將來你要是把這段故事寫成小說，我會為你提供全部資料！」

然而，我本能地感到舅舅在這一點上還是沒有把事實全部洩漏出來，因為他頻頻提醒我今晚要盛裝赴會非但要穿上我最好的西裝（Armani，名牌，全黑，又是舅舅從香港買來送我的），而且還要全副配備，把我所有的護身武器戴上，但不得帶槍，舅舅說他自有安排，絕對可以保護我的安全。

今晚，我感到另一種異樣的振奮，像是那個美國電影《日正當中》裏的英雄，他單槍匹馬赴會，生死在所不顧，但心中還是恐懼的。我比賈利古柏扮演的那個英雄更無畏，我覺得這就是我的命運，我的保護神不是舅舅，而是父親，即使死了，也許更容易和他在天堂或地下相會——「逢地下，兩含笑」，父親的詩句裏不是講得很明白嗎？

誰會殺我？娜塔莎？日本刺客？美國特務？台灣警察？我管不了那麼多了，也許這一切都是多慮。娜塔莎，我這就來了，here I come，我要獻給你一朵白玫瑰，如果我死在你懷裏，就請把這朵白玫瑰放在我心上，讓我的鮮血把它染紅，我乾脆浪漫到底！舅舅親自開車送我到約會的地點——華教授的別墅，我們較預定的時間早一個鐘頭。舅舅一進門就到處檢查，這間房子他很熟悉，也可能是選這個地點的原因。至於華教授的酒窖，舅舅還告訴我一段故事。這位老科學家一向嗜酒如命，有一次因為醉酒而沒有趕上飛機，那班飛機竟然失事，所以他決定奉酒為神明，從世界各地買來各種珍貴紅酒，存在地窖裏，時而自飲，但友朋聚餐時他更會自帶幾瓶名酒來，皆大歡喜。舅舅是他多年的酒友之一，他每到香港，兩人一定見面飲酒，而且互相較量自己的收藏，當然互相贈酒的次數也更多，甚至寄來寄去，花了不少郵費。

舅舅早為我挑選了兩瓶上好的紅酒，一是法國名牌 Chateau-neuf-du-pape，另一瓶看來不見經傳的葡萄牙產紅酒 Vinho Tinto，這個牌子我好像在哪裏見過，後來經舅舅提醒，才記得是在馬六甲鄭先生家裏飲過，那麼這瓶酒一定是鄭先生送給舅舅再轉送給華教授的。

我正在酒牌之中憶舊，門口有停車關門聲，娜塔莎到了！舅舅趕去開門，第一個進來的是米蘭，他先和舅舅握手並低頭細語，然後才走過來對我說：「彼德，娜塔莎馬上到，你放心，我會保護你，不會走遠的，今晚也許無事，但最近我們發現我們的秘密電腦網路被人偷襲，包括你和娜塔莎的全部通訊，所以不得不防……」他剛說完，娜塔莎就到了，旁邊還有那個沉默寡言的布寧。我一時不知所措，一屋子這麼多人，誰曉得門外還有多少人埋伏着

「保護」！這算什麼幽會？

未幾全部「閒人」都走了，留下我和娜塔莎兩個人。她倒真會演戲，先伸出手來拉着我，然後故意和我吻頰為禮，又拉我坐在同一張沙發上，面對大門，門外微微傳來浪花拍岸的聲音，所有的窗戶都緊閉，窗簾拉下，只剩門左面一個小窗戶，原是彩色玻璃，無法掩飾。

「要不要把你的西裝上衣先脱下來？」她竟然開門見山地引誘我，我也故作瀟灑狀，把上衣脱了下來，放在椅背上，反正衣服裏面沒有任何武器。我一不作二不休，先把早已打開的法國紅酒倒了兩杯，把一杯交給她，然後故意和她作交腕碰杯的儀式，十分親密，她微笑着，竟然流露不少甜意。

「有音樂嗎？幽會應該先有氣氛。」她這個請求我和舅舅竟然沒有想到，我不得不到屋角去打開小型的音響設備，正要找華教授的唱片，她卻從手袋裏拿出一張鐳射小唱片——《莫斯科之夜》，是用俄國樂器三弦琴（balalaika）演奏的民謠選曲，第一首曲子叫作〈黑眼睛〉，在音樂聲中我突然靈機一動，拉着她跳舞，這種音樂並不適合跳舞，但她也勉為其難，貼着我的臉跳慢步舞，邊舞邊談。

「你是誰？」我先下手為強。「娜塔莎，我不是給了你一張名片？」

「名字算什麼，玫瑰叫作其他名字也一樣香。」

「你能聞到香味就好。莎士比亞。」

「難道你真的就是我的網上情人？」

「是又怎麼樣？不是又怎麼樣？」

「那麼你到底是誰？」

「一個來自烏克蘭的女郎，你喜歡我的黑眼睛嗎？」

在黑暗中我看不清楚她的眼睛，只覺得她望着我的時候嘴中吐出一絲香氣，但又不像是香水。我有點迷惘了。她又把臉貼着我，湊着俄國三弦琴的旋律、在我的耳邊唱起來了，歌詞不是〈黑眼睛〉或〈莫斯科之夜〉，而是一首古詩：

Awake! for Morning in the Bowl of Night
Has flung the Stone that puts the Stars to Flight:
And Lo! the Hunter of the East has caught
The Sultan's Turret in a Noose of Light.

奧瑪卡樣！東方獵手！蘇丹的塔樓！那一線月光……或是曙光？……還是探照燈光？

「小心！」娜塔莎突然把我拉倒在地上，就在那一剎那，突然全屋燈火通明，娜塔莎伏在我身上，旁邊有金屬落地的尖銳聲音，我知道是隱聲手槍，正想翻身，娜塔莎早已射出幾發子彈，也不知道她從哪裏拿出來的手槍，天花板上傳來一聲慘叫，一個黑衣男人的身體掉了下來！我匆匆起身，從手錶按上我的護身罩，然後急速跑到門口，差一點撞上推門進來的米蘭，「彼德，你沒事吧……」他還沒有說完，突然倒在我懷裏，我聞到鮮血的味道，他喉嚨裏插了一把匕首：我抱着他倒在地上，又感到他身上又挨了兩刀，都是插在他背上，他死了竟然還在救我！我正想把他的屍體從我身上翻下來，另一個重量已經壓了下來，是一個人的腳，踢到我的小腹要害，幸虧我按上了護身罩，可以借力反彈把他的腳推了出去，我突然憤怒了起來，拉上右手的金鍊，連帶拔出米蘭背上的利刀，使出全身力量，加上金鍊，把刀朝着我猜測的方向投了過去，又是一聲慘叫，那個刺客應聲而倒，娜塔莎在我背後叫着：「彼德，注意大門口！」我趕緊滾到牆角，那邊娜塔莎的子彈已經連珠射了出去，不過，這一次，她失敗了，進門來的黑衣大漢沒有倒，他穿了防彈衣，手裏拿的不是槍，而是日本武士刀，我等不及他揮刀就撲了上去，一面把金鍊上的鋼絲拉出來，纏在他頸上，借力拉緊，他的力量比我更大，反身一腳把我踢了開來，倒在地下，我只好和他作殊死鬥，也不知道是從哪裏來的力氣，從地上站了起來，他大吼一聲，揮着武士刀刺來，我來不及閃避，刀落在我頸上，要不是有護身罩，早已身首異處！我戴的護身罩是看不見的，是發自一種電力磁場，攻擊我的金屬性武器會反彈，他這一刀往後反彈，卻使我剛好抓到刀柄，我借力一揮，刺到他的下部，他應聲而倒，就在這個緊急時刻，舅舅在門口出現了，立即在他身上補了幾槍。外面連續有吉普車聲，大批軍警已經開到，後面還跟着一言不發的布寧，他進門就看見米蘭的屍體，突然大叫，說的是俄文，我聽不懂，娜塔莎向他跑來，他擁她入懷，儼然像一對情侶，娜塔莎轉過身，拉了布寧過來說：「這就是我的丈夫，他原是蘇聯國家安全局ＫＧＢ的反間諜組的人，這次我代表東方公司來台灣，他不放心，特別跟來。幸虧他來了。」舅舅忙着指揮救護車把米蘭和三個刺客的屍體抬走後，才過來拉我上車，這次沒有回招待所，直接去了機場，一架小飛機早在等候，舅舅送我上機時說：「彼德，謝謝你，這次虧得你幫忙，我們是故意設的圈套，他們一定以為娜塔莎是俄國東方公司的頭目，而這邊的主持人是你，特派刺客來殺你們兩人的，我以為我們預先都安排好了，萬無一失，沒有想到還是犧牲了米蘭。你去吧，蘿拉會來接你，還是去休息幾天，隨便到哪裏，我這邊還有事做，事畢後我們再去你父親墓地，好嗎？再聯絡。」

5

我和蘿拉在台北住了一晚，就坐火車南下，沒有去墾丁公園，就在台中下了車，轉坐小汽車去日月潭，用的都是假名字，她還會說幾句台灣話，所以我們裝得像一對度蜜月的本省夫婦。

事實上我們這幾天真像在度蜜月，蘿拉對我照顧得無微不至，我燒傷的皮膚反而令她所見尤憐，我雖然倍感溫馨，但心中還是惦記着舅舅，總覺得這些「生意」還沒有了結。關於米蘭和三個日本刺客死亡的消息，報上竟然隻字未提，似乎有點離奇。還有那艘潛水艇到底到哪裏去了？

就在我們抵達日月潭後的第三天晚上，電視新聞上突然報導：花蓮近郊發生大爆炸，被炸的是一家新蓋成的觀光大旅舍。我不以為意，第二天看報紙，才發現這幢八層大樓確是新蓋成的，但不是觀光旅舍，記者也搞不清楚是作何用途，又說該大樓一向戒備森嚴，可能屬於國防研究機構云云，我心知不妙，趕快請蘿拉打電話去找舅舅，但舅舅手機的號碼已經失效。我決定立刻飛花蓮探個究竟，蘿拉堅持要陪我同去。

從花蓮機場僱了一輛計程車，叫司機載我們到爆炸出事的現場，司機說整個地區周圍都已經封鎖，根本進不去，我們不得不回到原來的旅館暫住，再設法打聽消息。我先打電話到東華大學去找華教授，學校方面竟然不知他在哪裏，又說他可能回美度假去了，又打到當地報館詢問，也是不得要領，只好坐計程車去東華大學的那幢招待所，進門空空如也，不見一個人，後來碰到住在附近一位教授，原來也是美國回來的，和華教授是好友，他說華教授一直在那幢新建大樓的所在地——東華科學園籌備處——上班，不料他這幾年的心血毀於旦夕，而華教授呢？他也不知道，好像自從爆炸後就沒有見到他，我又提到舅舅的名字，他說不認識，我突然想到舅舅帶我去的那個軍事基地——「佳山計劃」，他說當地人誰都知道在哪裏，只是沒有特殊許可不能進去而已，我於是靈機一動，乾脆到旅舍僱一輛計程車和蘿拉直奔「佳山計劃」。我身邊沒有帶多少錢，沿途都是蘿拉掏的腰包。

還沒有抵達「佳山計劃」的山口，已經被沿途警察盤問了兩三次，我乾脆說有要事需要見上次見過的兩位將軍，我只記得姓，沒有名字，順便還提到為我們作簡報的陳上校，要他們先去傳話，到了山口，果然有一輛吉普車載我們上山，車上還有兩個軍官，禮貌地問了我們幾句，然後就一言不發了。到了洞口，發現到處都是軍警，像是臨大敵的樣子，在候客室坐了不久，陳上校就出現了，又帶我們到原來的簡報室，進去才發現室內坐滿了人，上次見到的那位張少將還認得我，馬上請我們入座，接着就聽他繼續報告：

「……此次爆炸的時間是在深夜，所以據我們所知，還沒有傷亡，但電腦室及相關研究室全部被毀，損失慘重，其中一項研究計劃是和國防部有關，也和佳山計劃有關，詳情目前還是保密，不能在此宣布……」

簡報完了以後，我立刻趨前探問舅舅的下落，張少將沉默了一陣子，才說：「跟我來，」隨即引着我們走進另一間辦公室，把門關嚴，然後叫我們坐下來，輕聲對我說：「你的舅舅受了重傷，神智不清，現在××醫院，明天再帶你去。更糟的是：我們剛購買的潛艇，現在還不知下落，在倉庫發生事端以後，潛入附近海底，說是等候我們命令，但後來我們聯絡時，竟然失蹤了，那三個俄國人也失蹤了，據報其中一個人被暗殺，另外那兩個原來是KGB的人，根本不是什麼東方貿易公司的代表，這件事要等你舅舅醒了以後唯他是問，因為這件生意是他一手促成的，我們損失不少，但事關名譽，不能曝光，我們需要徹查東方貿易公司和你們的公司，既然你舅舅還在昏迷狀態，你是貴公司的唯一代表……」

「其實我早已脫離公司了，」我自辯道。

「那麼你就是你舅舅的人質，你也有責任幫助我們調查潛艇的下落，」他說着又嘆了一口氣，「至於我們辛辛苦苦弄來的那套導彈系統，本來希望仔細研究發展的，竟然也毀諸一旦！」

「請你先帶我去看看舅舅再說，」我又請求了一次，「即使他還沒有醒，我也要去看他。」

「好吧，我馬上派一個人帶你們去。」

舅舅住的是花蓮慈濟醫院的高等病房，室外還有兩個警察站崗，我們抵達時，已近黃昏，醫生答應我先進去看五分鐘，病人還沒有醒來，目前還屬於緊急狀態。蘿拉只好留在外面，我輕輕推門進去的時候，只見有一個護士隨侍在側，舅舅全身包裹在白紗布裏，口、鼻和手上都接了各種儀器，我不經意地看着他的右手，發現有點輕輕的顫動，我向護士示意，她立刻請了醫生進來，當她出去的一剎那，我握着舅舅的右手，感到他的兩個指頭在我的手心輕點着，令我突然想到早年的電報發信機，這看來很荒謬，但我逐漸覺得舅舅的指頭是有固定節奏的：先是•••—•—•，過一陣子是—••—•—•，我要了一張紙，把各種節奏寫了出來，交給醫生，他也看不出所以然來，我自然拿來再看，發現每一串節奏都是有長有短的七下，這又代表什麼呢？摩斯電碼不是這樣的，還會有別的電碼或密碼？我徵得陪同的軍官和院方同意，決定留在醫院，讓蘿拉先回旅館，她先說不肯，經我再三勸解後，才答應回去，明早再來。

我在舅舅病牀邊擺了一個行軍牀，草草吃了一個三明治，就躺在牀上陪他，護士進進出出，直到深夜，才靜了下來。我久久不能入眠，覺得這一切都異乎尋常，也許舅舅永遠不醒，我要怎麼辦？只有找鄭先生，他又在哪裏？上次見到他還是在潛水艇裏，這次他好像沒有隨舅舅來花蓮，那麼，他是不是回到馬六甲去了？或者還在潛艇裏？潛艇又會「失蹤」到哪裏去？看來日本黑社會這一次是傾巢出動來報仇，差一點殺了我，說不定樓是他們炸的，但是他們的主要目標（我本能地感到）還是這艘潛艇。上次在馬六甲他們犧牲慘重，這次在花蓮也差一點把潛艇劫走。然而，我又如何能夠肯定潛艇中沒有他們潛伏的「劫客」？想到這裏，我更睡不着了，轉身望着舅舅，他毫無動靜，好像睡得很安寧，我呆望着他，五分鐘，十分鐘，還是沒有任何動靜，莫非他已經死了？但牆上的儀器仍然顯示着他的心跳。我瞪着他，心想他怎麼會流落在這個偏僻的小城？還能夠回香港嗎？他這一生的意義到底是什麼？如果他死了，我在他的葬禮上又能說什麼？「他是把我一手撫養成人的舅舅，他是一個陌生人，他生平似乎交了無數朋友，但沒有人知道他的底細，他一生只愛過一個人——我的媽媽，但是他失敗了，敗給我死去的父親……」

舅舅的嘴角有點蠕動，我輕輕跪在他身旁，把耳朵盡量接近他的嘴巴，我聽到了幾個斷斷續續的句子：「太狠了……忘不了這深仇大恨……田中次郎我和你拚了……士為天下生，亦為天下死，方其未死時……」最後這幾個字還是後來我向他求證補足的。「舅舅，你聽見嗎？我是彼德，」我低聲叫他，他眼睛微張，然後輕輕地說：「完了，我完了，但是要報仇，他們太狠了，我對不起你父親。」我再問他：「發生了什麼事？」他回答：「他們早有預謀，要消滅我們……」說着說着又昏迷了過去。

直到第二天下午舅舅才逐漸清醒，他睜眼看見我和蘿拉在一起，好像很滿意，對我們微笑不語，不久，張少將和陳上校來了，醫生再次為他量體溫，然後對我們說：「最多半個小時，病人還要休息。」其實，我們只需要半小時，就從舅舅口中得到一個大概情況，爆炸是日本浪人幹的，但他也不排除美國的ＣＩＡ，那對俄國夫婦早已逃之夭夭。關鍵問題還是這艘潛艇，事變發生時，正在辦交接工作，艇上的俄國人正在教台灣軍方的人怎樣操作，所以舅舅和這兩位軍官都斷定艇內除了俄國人外，還有少數台灣方面的技術人員和軍人，它暫時不會駛回俄國，那麼它現在到底在哪裏？

「我們本來的計劃是把這艘潛艇開到澎湖，以備今後在台灣海峽巡邏之用，」張少將說。

如果艇內的人知道這個計劃？況且，艇內的油量不足，不會駛得太遠，遲早要潛出水面的。所以張少將立刻下令派三架直升機在花蓮沿海巡邏，一面繼續用原來的密碼設法聯絡。

「如果日本浪人真要劫持潛艇的話，他們會用什麼辦法？」我不禁問道。

「或者他們也想炸沉它？那麼一定用魚雷艇，他們不可能有軍艦……」舅舅接着說。

張少將沉思不語，過了一會兒，他突然對我說：「方先生，你跟我回去一下。」我只好又丟開睜大眼睛的蘿拉，隨他上車疾馳回到山洞，一路上他向我解釋：「我們需要你發放幾個密碼，聽說潛艇的代號是『東方獵手』，是取自一本詩集，那麼，你能不能用同樣方法在電腦上發一個密碼？我預料艇上的俄國人一定會和娜塔莎和她的公司聯絡的，你一定要在電腦上擒住娜塔莎·坎汀斯基……」我百口難辯，怎麼向他解釋呢？娜塔莎原無其人？就是舅舅，還有蘿拉，我突然想到那個娜塔莎在和我跳舞時在我耳邊唱的歌——奧瑪卡様，如果俄國人知道奧瑪卡様，他們當然知道如何解碼，因為舅舅早已取得他們的合作，否則那個娜塔莎怎會背誦得出那四句有關「東方獵手」的詩句？如果潛艇真的被日本浪人劫持，用這個卡様的密碼可能是唯一逃避浪人耳目的方法，我料想他們不會有那麼高的文學修養。

我把自己的想法向張少將解釋了一番，他馬上同意，而且對我頗為讚賞。回到「佳山」營地，他把我安置在一間密室裏，然後命令所有電腦人員和我密切合作，把密碼從各種管道發布出去。

Awake! for Morning in ......

Has flung the Stone......

And Lo! the Hunter of the East......

The Sultan's Turret......

我故意把這四句詩以這種不完整的方式輸送出去，看有沒有人反應，真正的「有心人」會很容易填補空缺的。果然不到一小時，回信就來了，空白填補了一半：

......in the Bowl of Night

......

......

......in a Noose of Light.

但是中間兩行沒有補上，於是我又故意補上兩段，並稍作變動：

......

......that puts the Stars, where?

......the Hunter of the East, caught where?

又是一陣沉默，一個多鐘頭後回信來了：

……the Hunter of the East, North by North-West form
The Sultan's Turret in a Noose of Isles

我立即解了出來，在花蓮的西北偏北，一串小島附近。我是把 Sultan's Turret 解作花蓮，而「東方獵手」其實就是這艘潛艇的名字。這不是真相大白了嗎？只是不知道經緯度，我又情急智生，重新發出第二和第三、四行詩，又略作改動：

Has flung the Stone that puts the Stars to Flight
And Lo! the Hunter of the East is caught
……in a Noose of which isles?

信息發出之後，我久等沒有回信，倒是接到東方貿易公司的一則通知：「辦事人員安抵：交易完成；此後與我公司無關。」他們倒真聰明，拿了錢一走了之，洗手不問，卻留下一個爛攤子，要我和舅舅來收拾。但願艇上有高明人士，且讓我在明晨見到一線曙光，得到一個線索。

第二天凌晨，我真的浸浴在曙光裏，回信來了，線索在第四行：

And Lo! the Hunter of the East is caught
in the Fisherman's Turret

我沿着地圖找尋小島，心中一面猜「Fisherman's Turret」的意義，「漁夫的塔樓」?「垂釣者的塔樓」?「對了，」我身後的張少將大呼道，「一定是釣魚台群島，日本人叫作尖閣列島，是當年中日兩國爭論不休的地方，主權問題一直沒有正式解決，現在實際上由日本人管轄，他們一定有人在那裏……我們這一次可不能再讓步了，必須把潛水艇奪回來。陳上校，立即通知總統府請命，希望陳總統同意派海軍的一艘驅逐艦加速前往現場……」他說了一半，又轉口道，「來不及了，只有把『佳山計劃』付諸行動，先派四架噴射機，五分鐘內起飛，注意，要盡量設法避免中共飛機截擊，從公海上空繞道過去，然後發電報向日本政府抗議……」

情況變化太快，我簡直跟不上了，只好跟着張少將到指揮室去，張少將示意我坐下，把耳機戴上，前面牆上掛的銀幕上早已映出一幅放大的地圖。「方先生，請你設法通知他們我們派飛機來了，還用原來的密碼。」又是一個難題，我只好挖盡心思想出四句詩來，比照原詩的結構：

Awake! for Morning in the Bowl of Light
Has flown four Birds from Sultan's Turret

And Lo! await the Hunter of the East
Arise! for victory is in sight.

我正在構思詩句，耳邊飛機起飛的聲音早已震耳欲聾，不到幾分鐘，又突然安靜了下來，耳機上聽到了機長的聲音：

「三千呎，低飛，西北偏北方向，約計十一分四十五秒抵達目標。」

「繼續前進，十一點方向，有七架不明飛機。」

「繞道向西，升高到一萬呎。」

「不明飛機失蹤，轉向目標，降低至五千呎。」

「目標在望，海面三點方向有不明船隻二艘。」

「在目標上空，待命……」

突然張少將的另一個電話鈴響了，他氣急敗壞地說：「什麼，發現美國航空母艦？也有四架飛機起飛？馬上給我接美軍沖繩島指揮部……」

「報告，水面浮出目標，目標浮出來了，不明船隻開向目標……」

「低飛先在附近水面掃射警告，」張少將發布命令。

「報告，船隻一艘起火爆炸，另一艘向反方向撤退。」

「報告，接獲目標訊號，在三〇〇．七頻道……」

指揮室的電腦銀幕上也同時傳出下列文字：「致蘇丹塔樓，東方獵手已脱離苦海，勝利在望。」

方少將又向機長發布命令：「直接聯絡目標，引導回航並在四周保護。」我同時又在銀幕上看到一行打油詩：

Awake! the Hunter of the East
Is returning to the Sultan's Turret

—Natasha

我終於鬆了一口氣。

6

這一場釣魚台爭奪戰竟然沒有任何媒體報導，我一直引以為奇，至於「東方獵手」回歸後的行蹤，我也不得而知，台灣軍方矢口否認曾經購買潛艇一事，我和舅舅也樂得不聞不問。

兩個禮拜後，舅舅和我終於到了天祥山區父親的墓地，墓前有一個小池塘，四周是新鋪的草地，後面還造了一個木橋。墓碑上題了兩句詩：「士為天下生，亦為天下死」，我想這當然是舅舅授意的。後來舅舅把全詩抄了給我看，並詳加講解，我重抄如下：

士為天下生，亦為天下死，方其未死時，怦怦終不已。
宵來魂躍躍，一驚三萬里，山川如我憶，相見各含睇。
願言發清音，一為洗塵耳，醒來思如何，斜月淡如水。

六月十四日舟中獨坐愴然於懷并念家蓮

又向天涯賸此身飛來明月果何因孤懸破碎山河影苦照蕭條羈旅人南去北來如夢夢生離死別太頻頻年年此淚真無用路遠難回墓草春

金縷曲

綠遍池塘草、更連宵淒其風雨、萬紅都渺、寡婦孤兒無窮淚、算有青山知道、早染出龍眠畫稿、一片春波流日影、過長橋又把平堤繞、看新塚添多少、 故人落落心相照、歎而今生離死別總尋常了、馬革裹尸仍未返、空何處門憑弔、只破碎山河難料、我亦瘡痍今滿體、忍須臾一見欃槍掃、達地下、兩含笑

方立國手鈔本真跡

第四章　上海

1

回到香港以後，我一直感到精疲力竭，花蓮的遭遇，使我決定徹底脱離公司，自己一個人搬到外島去住，大嶼山愉景灣雖然是香港流亡洋人（expatriates）的聚居地，倒也清靜，我自願隱姓埋名——事實上仍用我的原名 Pierre，但改用母親的姓阮——混在一群落魄的藝術家中，並且自稱是一個廣告設計家。和他們接觸的機會並不多，我藉口工作甚忙，其實是蟄居自己的斗室裏，關上門，不聽電話，也沒有人來打擾，西方人畢竟比華人更講究隱私權，即使懷疑我有底細的鄰居，平日對我也不聞不問。

舅舅回港後，和我一樣，向公司辭職，一個人搬回他的舊居，住了不到兩個禮拜，就說要去歐洲度假，走後一無音訊。在這個世界上關心我的似乎只剩下蘿拉一個人，她返回美國加州工作後，每天不是打電話來，就是在電腦上向我傾訴，我雖然很感激她，但是過慣了單身的生活，我發現自己很難適應兩個人朝夕相處的日子，她返美前先來和我住了幾天，又幫我布置新居，她的熱情和善意，反而令我心煩，她走後我倒是鬆了一口氣。

我需要孤獨，我需要安靜，需要有足夠的時間思考。

這幾個月的歷險經驗——我九死一生，弄得遍體鱗傷——到底為的是什麼？目的何在？

我一直盲目地相信舅舅，一切聽他指揮，一切為他服務，從來沒有想到他的居心是什麼。是他把我教養成人，我一直敬重他，像父親一樣，然而在花蓮我看到了他心理上的另一面——一種沒有達到他個人的野心後的失望和焦躁，他的野心是什麼？為什麼他花了這麼大的功夫把我拉進他的「圈套」裏，難道就是為了利用我的解碼天才？這一切對我仍然是一個謎。

至少舅舅的圈套使我有一個意外的發現：為了追逐這艘潛水艇，我找到了父親——或者應該更確切地說，關於父親的謎。舅舅在這一程中向我洩露了不少秘密，包括他不是我的親舅舅而是媽媽的情人的真相，但是這些真相與父親無大關係，因為舅舅從來沒有見過父親，所有關於父親的事，是間接從母親那裏聽來的，隔了一層回憶和歷史，這個故事不完整，還有不少漏洞。

擺在面前的是父親的這本詩集，而且還附有一張褪了色的老照片：他的兩眼還是那麼目光炯炯地瞪着我，但是我猜不透他腦子裏想的是什麼，他穿了軍裝的相貌有點土氣，看不出他有這麼大的文采，可以寫出這麼多舊詩。於是我又開始翻看這本《南海飄零集》，愈看愈覺得詩中充滿了流離失所的悲傷意味，我的中文雖不好，但看久了，而且借字典之助，至少還是看出幾點端倪來，有幾首以前沒有注意細讀的詞，現在讀來卻充滿了悲情，譬如〈蝶戀花〉中的那幾句：「一寸山河，一寸傷心地，浪齧岩根危欲墜，海風吹水都成淚」，而詞的後半段更是驚心動魄：「夜涉冰澌尋故壘，冷月荒荒，照出當年事，萬塚老狐魂亦死，髑髏奮擊酸風起」，特別是最後兩句，竟然連鬼魂也出來了！還有那首〈百字令〉的後半段：「堪嘆古往今來，無窮人事，幻此滄桑局，得似大江流日夜，波浪重重相逐，劫後殘灰，戰餘棄骨，一例青青覆，鵑啼血盡，花開還照空谷」。我覺得父親寫的就是他自己的身世和遭遇，甚至還幻想到「劫後殘灰，戰餘棄骨」，這類意象和前一首詞中的那兩句——「萬塚老狐魂亦死，髑髏奮擊酸風起」——遙相呼應，都是暗示死亡。

父親到底是怎麼死的？沒有人知道，舅舅從母親聽來的結論是：他失蹤了，為什麼舅舅判定他已死？如果他還活着，今年也有九十多歲了吧，那麼他又在哪裏？能不能找到他？我又讀到〈即事〉詩的後段，越來越覺得他的存在，至少我好像看到了他的靈魂：

一卷殘篇在短檠，思親懷友淚同傾，百年鼎鼎行將半，孤影蕭蕭只自驚，人事蹉跎成後死，夢魂勞苦若平生，風濤終夜喧豗甚，鎮把心光照月明。

我讀着，讀着，不禁也沉入幻想：父親一個人坐在舟中，海上的風浪使他終夜難眠，他思念親友，感懷人事，廿世紀這一百年已經過了一半，他似乎更覺孤單，只有「把心光照月明」。然而，這樣就能夠解脫嗎？「海風吹水都成淚……冷月荒荒，照出當年事」，這無限的憂患更使他無法成眠，所以在〈不寐〉這首詩中他又寫下自己的心情：

憂患滔滔到枕邊，心光鐙影照難眠，夢迴龍戰玄黃地，坐曉雞鳴風雨天。不盡波瀾思往事，如含瓦石愧前賢，郊原仍作青春色，酖毒山川亦可憐。

這些古典詩句，以前對我是「天書」，現在重讀卻特別感動，我的眼眶濕了，淚眼迷濛中，我看到父親的影子逐漸遠去，然後消失在一重重青山背後，這情景像是夢境——但我還是清醒的——又像是一幅緩緩移動的畫面，使我想到舅舅收藏的幾幅大型國畫，平常捲在筒裏，拿出來給我看的時候，我兩手執着畫軸不動，舅舅一邊慢慢後退，一邊把畫幅捲開，逐漸展現一個神秘的世界。我又像一個夢遊者，迷茫之中走進了一個古色古香的大花園，沿着裏面的一條小徑，穿過一條長橋，依稀覺得橋是石鋪的，中段微突，下面是三個圓形的拱門，遠看美得出奇，過了橋又繞過一片平堤，好像堤畔還有楊柳，然後我就看出遠處的青山了，青山頂上似乎站着一個人，他屢屢向我招手，我不知不覺地向他走去……。

我知道，這是父親在招喚我，他要和我見面，在那個「過長橋又把平堤繞」的大花園裏。他不是早已在詩中暗示過嗎？「寡婦孤兒無窮淚，算有青山知道，早染出龍眠畫稿，一片春波流日影，過長橋又把平堤繞，看新塚，添多少……」。我知道，父親的墓就在那裏，台灣天祥的那座新墓是假的，它只不過是一個紀念牌位而已，完全是舅舅一手織造的，甚至在景色設計上也費過苦心，盡量依照這首詞的前幾句。這對父親的在天之靈是否恭敬？

我知道我又要遠行了，這一次應該是我最後的一次，這一次是私人性質的，我要找尋父親的墓地，在那個青山環繞下的大花園裏。

到哪裏去找？我一無線索。我對自己說：這一次如果徒勞無功的話，就權當作是一個假期旅行，和舅舅一樣，他去歐洲，我去中國大陸，好像有一個本能的意識在指使着我，我覺得該去上海，父親前半生長住的城市。

2

在虹橋機場下了飛機，計程車一路飛馳，把我開到外灘的和平飯店，走的是高架公路，兩邊高樓大廈林立，和十幾年前我第一次去上海所見到的景象大不相同，上海真變成了一個國際化的大都市。不到廿多分鐘車已抵達外灘，我故意選擇了這家老飯店，不僅是為了懷舊，更重要的是想在這些舊的建築物中踏尋當年父親的蹤跡，外灘是當年上海最繁華的地區，他一定在這裏走過無數次，說不定還到過這家飯店，甚至在咖啡店裏與友人談天說地，或在樓頂的露天洋台眺望夜景。然而今天上海的夜景與前大不相同了，前面是浦東，新蓋的經貿大廈有八九十層，比新加坡的史丹福酒店更高，還有那座直聳入雲的電視塔，乍看之下像一座外星人的太空船，又像一架潛水艇上面的潛望鏡——這艘潛艇更是龐大無比，整個上海港怕還容它不下。

看來我的潛意識中那艘潛艇仍然在作怪，我忘不了它。從樓頂的小電梯中下來，發現梯門的金色 Art Deco 線條保存未變，甬道裏的電燈似乎太暗了，進了我的房間，開了電燈仍然不夠亮，可能我對舊式的酒店已經不太習慣了。打開牀前的電視機，正在報告新聞，我被女報告員的溫柔聲音震住了：「新華社消息，昨天深夜在海南島附近的海面上發現不明潛艇偷偷潛出海面，已由我國海上巡邏隊逮捕，現在正查訊中……。」

一定是那艘台灣新購得的潛艇！它不是從釣魚台駛回花蓮了嗎？整編後又出新的任務？或是在駛回花蓮途中又失蹤了？我怎麼打聽底細？打長途電話到花蓮？找誰詢問？舅舅一向

消息靈通，但他現在歐洲，走前也沒有留下電話號碼。不如向中國軍方打聽，但事關國防機密，怎麼打聽出來？而且這裏我一個人也不認得。

第二天早上我還是忍不住買了一份《文匯報》，上面竟然沒有任何關於潛艇的消息，好不容易等到下午，買到新出籠的《新民晚報》，只有在第三版角落上看到一條小消息：「昨夜在海南島東部三百海里海面發現不明潛艇，經附近漁船向邊防巡邏隊報信後，派大批艦艇及直升機前往現場圍捕，該艇未作任何抵抗，全部船員也束手就擒，現正由有關單位密切調查中。」我看後還是一籌莫展，不知道怎麼辦。在人叢中散步到福州街附近，竟然有兩個年輕女郎跟着我，有一個上來和我搭訕：「先生一個人？外地來的？美國？我們能陪你玩玩嗎？作嚮導……」，我趕緊說不必了，跳上一輛計程車，司機問：「先生去哪裏？」我一時竟然想不起來，就順便說了一聲：「浦東！」司機又說話了：「先生應該到那家凱悅酒店住一晚，樓頂九十六層有一個酒吧，晚上看夜景特別迷人！」我一口答應，就這麼辦吧，反正我是無目的的漫遊，且去見識一下這幢新建的摩天大樓。

聽說這家酒店是台灣商人的投資，佔全樓上面的四十幾層。我從地下電梯直上，中間又要換另一個電梯才能到達樓頂酒吧。進去後不免有點失望，窗戶上有交叉鐵條攔住，像是監獄一樣，看樓下外景反而不太清楚，既然來了，我只好坐下，叫了一杯上海啤酒，清閒得很，沒有任何預定的任務，也輕鬆多了。抬眼望去，外灘的建築小得可憐，想當年父親在外灘公園散步的時候，從來不會想到半個世紀後會出現比當年最高的國際飯店更高四五倍的大酒店。我居高臨下眺望，思潮跨越時空，也回到半個世紀以前的上海，父親那個時候在做什麼？想什麼？從廿一世紀回望，他那個世界好像渺小得多，但可能較現在這個世界更混亂，更喧囂，時當國共內戰，上海的金融每況愈下，通貨膨脹日甚一日……這一切模糊的印象，都是從舅舅那裏聽來的，我對於那個時代的歷史，竟然一無所知，沒有看過一本書，想起來太慚愧了！在廿世紀活了大半生，我對這個世紀的意義也一無了解，想的全是眼前的事，很少回憶，甚至對我自己的前半生，印象也是一片空白。而最近這幾個月的經歷，卻把我的腦子塞得滿滿的，濃得化不開，我也無法拉出一個時空的距離來比較客觀地分析它。今晚在九十層的高樓頂上，我第一次有一種自我超越的感覺，似乎可以從時間的盡頭俯視過去，而帶引我穿過這層層時空迷霧的就是父親。

我不信神，但我知道在這一刻我體驗到的是一種「神來」似的「顯現」。

旁邊坐位上有幾個生意人在交頭接耳，說話的聲音很輕，但我聽得出來是日語，心中突然一驚，又以為有刺客，但又覺得這個念頭很滑稽，事情早已過去了，還會有什麼人來害我？剎那間我又想到在史丹福酒店頂樓的那一幕。芝子當時還是活生生的，不到一個多禮拜就死了。我不禁又百感交集，有點坐立不安，芝子是我間接害死的，這位新加坡政府的反間諜，就這麼無辜地犧牲了她自己，還不到三十歲，我後來怎麼把她忘了？這幾個月來，有多少人因為我而死？米蘭當然是其中之一，也這麼白白喪生，不知他是否還有家人？我從來沒有問過他，唉，「馬革裏屍仍未返，空向墓門憑弔，只破碎山河難料，我亦瘡痍今滿體……」不知不覺間我竟然在默默地背着父親的那首〈金縷曲〉，最後的三句是：「忍須臾一見欃槍掃，逢地下，兩含笑」——也許，將來我死了，會和芝子和米蘭重逢於地下，但不知見到他們的時候是「兩含笑」還是「無窮淚」？

我知道不久我將會和父親相逢，這是一個「靈感」，也是預感，如果他早已長眠地下，我是否也要同他「逢地下，兩含笑」？也許，我在今世的時日無多了，終會到達我此生的大限。我今年還不到五十歲。

回到和平飯店已近深夜，睡在牀上不久就入夢，但並沒有夢見父親。第二天清晨起來，到外灘散步，又隨着上班的人群在街旁小店吃早餐，肉包子兩個，稀粥一碗，外加兩樣小菜，十分可口，而且價錢便宜得很，頓時心情開朗了起來，就到附近大街小巷閒逛。南京路新開了一條行人街，不到九點鐘已經熙熙攘攘，上海的人真多，但還沒有九龍的旺角那麼擠，也沒有香港人生活得那麼緊張，所以我可以漫步街頭，並不覺得自己在阻礙交通。

在懷舊的心情驅使之下，我不自覺地向較為古老失修的建築物走去，在南京路邊一條小街上，我被一幢西式的小樓吸引住了，門口掛了一個小木牌子「東方書店」，是手寫的，字體很工整，我信步推門進去，裏面是一個小房間，四周牆上書架擺滿了書，中間書攤上也陳列了不少暢銷書和畫冊。我好久沒有逛書店了，香港的中英文書店其實並不多，我想看書的時候往往向舅舅借，他的私人藏書量，足可與一家小書店相比，但內容卻更豐富。上海的這家小書店，面積只有香港銅鑼灣的那家洪葉書店的三分之一，但藏書量更多，我隨便翻看，頗為自得，早晨的顧客很少，櫃台後只有一個看似五十多歲的老闆娘看守，她看我在書架前踱來踱去，沒有購書之意，就走了過來。

「先生想找哪一類的書？」

我一時答不上來，只隨意回了一句：「近代史。」

「清朝的還是民國的？」

「民國史，有沒有關於國共內戰的書？」

「當然有，在樓上，先生隨我來。」

原來還有二樓。我跟着她從狹窄的樓梯上去，樓上的房間更小，布置也更亂，書架上還有不少舊式的線裝書。

「近代史的書在這裏，」她指着書架上的兩排書說：「這本《民國野史》是新出的，有不少新的資料，但不大可靠；還有這本《戴笠將軍傳》，是台灣版，還有這本《國共內戰與美國外交》，是一本美國學者寫的中譯本，還有……」她竟然如數家珍式的講個不停。我反而不知所措，應該買哪一本？怎麼才能了解父親的那個時代的歷史和政治背景？不過，戴笠這個名字，我倒有點耳熟，記得舅舅提過，他好像是父親的上司。於是，為了不辜負她的盛意，我就拿了那本《戴笠將軍傳》，「就買這本吧！」

「噢，他是當年國民黨的特務頭，後來坐飛機失事的，法租界還有他的舊居，就在汪精衛公館的附近，在愚園路，還有杜月笙的公館，在法租界，他也是國民黨時代的名人，黑社會的頭目……。」但是我對這些人物並沒有興趣。

「先生是香港來的？」老闆娘突然問道。

「你怎麼知道？」

「我這裏有不少香港來的顧客，他們都是來找舊書或者繕本書，也有來買舊雜誌的，譬如這套《紅玫瑰》早被人訂了，我還沒有寄。我這裏還有汪精衛的詩集：《雙照樓詩詞稿》，也是孤本，還有柳亞子的詩集，他是少數和毛主席以詩唱和的民國名人。」老闆娘的這一席話，好像有點賣弄，但是她看錯人了，我怎麼會對這些老古董發生興趣？她隨意拿下那本線裝的《雙照樓詩詞稿》，上面鋪了一層灰塵，她又拿了一條手巾輕輕地在書面擦摸以後，偷偷地說：「先生，這是好詩，雖然汪精衛是個大漢奸，但他的才華比蔣介石高多了。」我不得不翻看幾頁，裝裝樣子，不料卻發現和父親寫的詩有幾分相像，而且詩的題目也有不少「舟中」、「海波」等字樣，還有一首題目中竟有「太平洋」三個字。我一時不知如何是好，無意中說出一句，說完立刻就後悔了「我父親生前也寫過一本舊詩，也許應該出版。」

「你手頭有嗎？我的愛人——我的丈夫——也是寫舊詩的，你如果願意，可以借給他看看，他剛出門，下午回來。」老闆娘既然有此好意，我也不便拒絕，就答應她下午三點鐘把父親的詩集帶來，並匆匆付了錢，拿了那本《戴笠將軍傳》告辭了。回到和平飯店，我思潮起伏，不知如何是好，現在打退堂鼓可能太晚了，況且父親的詩集如果真的能出版，未嘗不是一件好事，至少有紀念的意義。

當天下午我準時回到「東方書店」，老闆娘笑臉相迎，並向我介紹她的丈夫，竟然是一個老人，至少比她大二十歲，而且有點駝背，他遞上一張名片，「王安平，上海古籍出版社編輯、上海圖書館古籍部顧問、華東師範大學兼任教授」，原來是位學者，他說的普通話和他妻子一樣，帶着濃重的上海口音（而我的普通話卻是典型香港式的，廣東人說官話，而且結結巴巴，講得很不順暢）。在一個學者型的人面前，我自己也謙虛起來。

「王先生，這是家父的詩集手鈔本，請您過目。我的中文基礎不好，從小在香港受的是英文教育，所以家父的詩我也沒有資格評價。」我這一套說詞顯得很勉強，但王先生好像毫不介意，拿了詩集就翻着看，非常專心的樣子，根本不管我在說什麼，他的太太很客氣，又請我到樓上小坐飲茶，並叫他先生陪我上樓。

到了二樓，老闆娘讓我們坐在角落的一張小檯子旁邊，就下樓照顧去了。王先生坐了下來，一言不發，還是不停地看，過了足足十分鐘，才抬起頭來說了一句：「好！令尊是個高手，他的詩頗有氣派，應該出版，最好你能在每首詩後加上一個詳細的註解，把當時的背景寫出來。這類詩集市場不大，不過還是有人看的。去年我們出版社出了一本《南社詩選集》，竟然也賣了一千本，令尊的詩有點南社詩人的風格。」王先生是個書呆子，把我高估了，我哪裏有能力為父親的詩作註？「南社」是什麼東西我都不知道。

王先生看我有點發窘，這才又自告奮勇地說：「我們先把它複印一份，過兩天我再拿到上海古籍出版社試試看，也許可以用大字鉛印，線裝本裝訂，你如果不願意作註解，也許可以寫個序或後記之類，一兩千字就夠了。」這又是難題，我乾脆向他直說自己的中文能力有限，連普通的文言文也寫不出來。王先生好像全不在意，又拿着詩集看了起來，看到最後一頁，又連聲叫好，並且說：「像這種詩風，真是今世難求，可惜數量單薄了一點，不過也沒有關係。」

我和王先生竟然十分談得來。他問我父親的身世，我據實以告，只是沒有提有關潛艇的一段，最後又提到他在越南富國島失蹤的事。王先生認為父親可能去了台灣，當時沒有馬上把母親和我接去，可能有兩個原因：一個是母親一度是越共分子，到了台灣可能會有麻煩，一是父親自身不保，國民黨的勤治單位向他追究他潛逃南洋的事，他認為後者的可能性較大。「國民黨撤到台灣以後，有如驚弓之鳥，實行白色恐怖，製造了不少冤獄，還有二二八事變，殺了不少台灣人，我看你父親說不定也被捲進去了。」他說的這一段歷史，我更是一無所知。然而，如果他的猜測是對的話，我到上海來，豈不是白跑了一趟？看來還是應該再去台灣一次，找一下有沒有關於父親的檔案，如果他確實坐過監，當時的警備總司令部一定有紀錄。

「方先生，」老闆娘走上樓來說：「如果你今晚有空的話，不如在舍下吃個晚飯？」

「不，應該我來請，」在我堅持之下，兩夫婦也欣然答應，於是就帶我到城隍廟的綠波廊去吃道地的江浙菜，談得很高興，原來他們夫婦是師生關係，文化大革命期間王先生被批鬥，家裏的藏書也被紅衛兵掠走，當時他任教的學校沒有人敢理他，只有他這位女高材生鼎力支持他，主動和他結婚，並陪他下放，文革結束後，王先生也得到平反，他的藏書的一部分也歸還了，他就乾脆提早退休，開了這個書店。王先生愛書如命，特別喜歡收藏古籍，可惜他說的什麼明版宋版，我一竅不通。吃完晚飯，他的談興還很健，於是又坐計程車到一家衡山路的咖啡店去小坐，我發現這一條街上的酒吧和咖啡店特多，但晚上行人反而不多，路燈和樹影交織，甚有情調。我們在咖啡店裏又談了兩個多鐘頭，才盡興而歸。告別時，王先生突然對我說：「方先生，你應該到周莊去一趟，後天是星期天，我們的書店早上關門，不如明天傍晚出發，坐車不到兩個鐘頭就到了，在那裏住一夜，後天上午回來。你可以領略一下這個小鎮的古老風味，這個兩百多年的小鎮，一切維持古風，房子和街道都是老的，你一定喜歡。」我一時不知如何是好，但既然他們夫婦如此熱情，就答應了。

3

我們三人包了一輛出租車，抵達周莊的時候，夕陽已落，但還有點餘光，華燈初上，小鎮上的店舖家家都還開着門，在招攬遊客的生意。一個香港或台灣來的旅行團剛到，大批遊客從巴士中湧了出來，實在破壞了小鎮的樸素氣氛，我覺得有點懊惱，從上海趕來湊熱鬧有什麼意思？我心目中原有的蕭條而不失幽靜意象，完全被打破了。王先生夫婦忙得滿身大汗，拿着簡單的行李，帶我走進一條小巷，進來以後才發覺每條街都是像小巷一樣，曲曲折折，頗引人入勝，我們穿過幾條巷街，左轉走上一條小橋，全是石頭做的，倒是有點詩意，橋下的小河已近枯乾，但還有少許流水，像個小池塘，岸旁長滿了青苔，過了橋，行人也漸稀，天色暗了下來，街旁的電燈亮了，但是四周還是看不清楚。我們又走了一段路，轉了幾個彎，才走進一幢二層樓的小屋裏，屋後有一個小庭院，庭院後面還有一幢小樓。「到了，」王先生如釋重負地說：「這家小旅舍對外並不開放，屋主是我的一個老朋友，昨天打電話他剛好不在，所以派了他兒子來接待我們。」正說着，一個年輕人已經走了進來。「王伯伯，歡迎，歡迎，房間都準備好了，在樓上，這邊請。」他不由分說，提了我們的行李先帶我們上樓了，王先生夫婦的房間在二樓樓梯口，我的房間在二樓盡頭，十分幽靜，陳設也很典雅，沒有地氈，也沒有沙發，暗紅色的木製家具，已經相當陳舊，只有那張單人牀是新的。

我躺在牀上稍事休息，等着王先生夫婦敲門叫我出去吃飯，這才發覺牀對面的牆上掛了一幅國畫，遠望像是一幅典型的山水畫，紙面有點發黃，可能是家藏的老畫。門後卻掛着一幅老月份牌，上面有一個穿藍色旗袍的女郎，下面是月曆，旁邊有兩行字，我走近一望，才看到上面印的是，中華民國二十年，公元一九三一年，那一年我還沒有生出來，還不知道身在哪裏。月份牌女郎對我微笑，十分友善的樣子，但一點也不性感，她頭上也有四個字：快樂小姐，原來是一種布料的廣告：陰丹士林布，我從來沒有聽過。牀邊的茶盎上卻掛了一幅書法，上面寫的是一首四行詩：

悄立窗前送夕陽
雲橫九派意蒼涼
青山隱隱人何處
異日春雷賞杜康

下款寫的是：「香江居士黃志華偶遊周莊以誌紀念，公元一九九七年七月一日」。原來是一首近人之作。我自從讀了父親的舊詩以後，似乎下意識之間對所有的舊詩都有點好奇，這首詩的書法很工整，所以大致上我還認得出字來，只是全詩的意義我還是不大懂，剛好王先生夫婦敲門進來，我就請他看看，他看後未置可否，只說了一句：「這顯然是近人仿古的遊戲之作」，然後就拉我下樓去吃飯。

原來這家私人的小客棧在前門口設了一個小餐廳，對外營業，王先生說這家小館子以蘇州菜聞名周莊，他又叫了一瓶紹興酒助興。菜是一道一道上的，從冷盤開始，我已記不清吃了多少道菜，只覺得香甜可口，酒也喝得不少，王先生三杯下肚以後，談興更高，向我說了不少有關周莊的典故。他特別提到「南社」有三個詩人到周莊來聚會，飲酒作樂三天三夜，並且還寫詩誌慶，那首詩還掛在一家酒樓上。我不得不問他：

「恕我無知，到底南社是什麼？」

「民國初年的一個詩社，不少名人都參加了，柳亞子、汪精衛……。」我記得這兩個名字，王太太在書店提過。

「也許我爸爸當年也參加了？」我不禁冒昧地問他。

「不大可能，你父親寫詩的時候，南社早已解散了，不過他肯定看過南社詩人的作品，他有幾首詩很像汪精衛。」

我還是搞不清楚，到底汪精衛是誰，只依稀記得王太太說他是漢奸，我對中國近代史如此無知，實在慚愧得很，怎麼還有資格去了解父親？

吃完晚飯，王先生已經有點醉態可掬了，王太太扶他回房休息，我卻精神百倍，酒精往往使我亢奮，而且腦筋特別清楚，所以香港公司以前的同事曾經開玩笑說：「要讓彼德解密碼，最好先把他灌得半醉。」但是我這個時候的心情和那個電腦世界真是距離了十萬八千里，甚至前幾個月發生的事對我也恍如隔世。我一輩子還沒有這種「復古」的經驗，尋幽探勝，即使什麼也尋不到，心裏還是知足的，我感到一種前所未有的恬靜和歡欣，酒後的興奮更使我蠢蠢欲動，於是就信步走出門來，在小街小巷中閒逛。

走來走去，才發現周莊並不大，就只有那幾條街、幾座橋，我好像在重複自己的足跡，轉了幾個彎，就又回到原來的路上，但是每走一次，感覺並不相同，景觀好像也不太一樣。那條石板橋，我至少經過了三次，第一次感覺與傍晚初過時沒有什麼不同，第二次經過，好像聽到了水聲，第三次經過，還聽到了蛙鳴，又覺得在這兩者之間還夾雜了另一種聲音，但是聽不出來是什麼，我在橋上踱來踱去，上下眺望，發現橋下是一個圓形的拱門，而橋本身也是半圓的，中間較兩旁高得多，如果放慢腳步，會有種上山下山的感覺，但這座山很小，上下幾步路就過了，我突然感到這個景色好像在哪裏見過。每人都有過這種感覺，其實並不稀奇，英文有一個字，deja vu，源自法文，本來就是這個意思：似曾相識，但還是記不起來。人與人相遇，常會有這種經驗，然而我這次的經驗完全是由景物而起，而且很不真實：好像是在哪幅畫中看過？或是一個夢境？抑或是在夢中看畫，不知不覺間自己也進入畫中？我記得以前看過一部日本電影，叫作《黑澤明的夢》，內中有一段，就是描述一個人在畫廊看梵高的一幅畫，看着看着就走進畫裏，我此時的感覺也有點相似，此情此景像一幅畫，我不知不覺也走進畫中——或者是我自以為這是一個實景，其實本就是一幅畫，那麼我又是什麼角色：畫外的觀者還是畫中的一部分？如果是虛幻的，我的感覺又很真實，如果是真實的，我又覺得這是一場幻境。正在思索的時候，好像聽到人說話的聲音，原來有兩個本地模樣的人經過，說的是上海口音，我才從「夢」中醒來，突然遊興全失，就匆匆找到原路回到客棧。

躺在牀上，我久久不能入眠，睜着眼睛掃視全室，窗外好像有月光——或是街燈？——照進來，隱隱約約，我看到牆上的字畫，門後的「快樂小姐」完全在黑影裏，看不清楚，倒是那幅書法上的字還看得到，特別是最後那句：「青山隱隱人何處，異日春雷賞杜康」，看到「青山」這兩字，又覺得似曾相識，好像在父親的詩中讀過……我連忙把隨身帶來的父親詩稿（它變成了我離不開身的「武器」）打開，果然不錯：「寡婦孤兒無窮淚，算有青山知道」，這首〈金縷曲〉我已經讀過無數遍，而且父親在天祥的墓地，不就是故意仿造詩中的另外幾句的意境：「綠遍池塘草……過長橋又把平堤繞」，但是那座小橋是人工假造的，而今夜我經過的小橋卻是真的，那麼平堤又在何處？而且詩中說的是「長橋」，不是短橋，我想到這裏，又不覺失笑，這個念頭太荒謬了，怎麼又把周莊和父親的詩句連了起來？我真的是走火入魔。

「青山隱隱人何處」——牆上的這句詩我還是懂的，人在哪裏？父親在哪裏？我為什麼又要找他？只是為了解開他這一生最後的一個密碼——失蹤？我為什麼又隻身來到上海？來到周莊？我生平第一次對自己的動機得不到一個圓滿的解釋，越想越糊塗，精神也越振奮，突然另一個念頭又油然而生：既然睡不着，乾脆半夜裏再去那橋頭散步，反正這樣作也不妨礙任何人。

起身披衣出門，大門沒有鎖，我輕輕出門，沒有驚動任何人，街上更是毫無人跡，非常寂靜，我忘了戴錶，不知道是幾點鐘，大概是午夜和清晨之間吧，尋路走到橋畔，更是靜無人聲，街燈微明，我走到橋上看到自己的影子，抬起頭來，看到天上一輪明月，又大又圓，一定是農曆的月中，到底是哪一月？我又想到父親的詩中也有不少月亮的意象，當年他在富國島的海邊、在漁船上，或是在浮出海面的潛艇上看月亮，不知是什麼滋味？我又不自覺地陷入冥想……。

突然覺得身後有一個陰影襲來，我本能地想按錶防身，摸到手腕，才記得沒有戴錶，如果真有人暗算，我怎麼辦？這一次死定了，死在周莊也別有風味，不知道舅舅作何感想。我轉過身來，卻又看不到人影，耳邊只聽到輕微的潺潺水聲，也聽不到蛙鳴了，我環顧四周，還是沒有任何動靜，剛才顯然是一場虛驚，看來我的神經還是沒有恢復正常。我乾脆在橋邊石頭上坐了下來，靜聽水聲，在寂靜中欣賞眼前的周莊街市，更有一種迷濛之美，真像一幅國畫，遙望遠處，似有一層薄霧，我就這麼癡癡地望着，不聲不響，也不知過了幾個時辰。人靜下來以後，感覺會變得特別靈敏，好像身邊的一草一木，我都能感覺出來它們的動靜。

就在那個時候——當我的人已經靜若止水，靜得連自己的呼吸都感覺得到的時候——我看到他了！我看到了父親的身影，我知道是他，因為我耳中感受到他的聲音：

「庇德，方庇德，我的孩子……多少年了，你還記得我？我做錯了許多事，沒有好好照顧你，沒有照顧你的媽媽，愛蓮，我無時無刻不在想你們……孩子，孩子，我和這個世界已經隔絕很久了，我知道你在找我……時間不能倒流，不要找了，好好地活着，做一個人，不要做鬼，我在這裏很冷，動彈不得……。」

「爸爸！爸爸！」我不覺大叫，眼淚奪眶而出，淚眼濛濛之中，好像看到一個影子，穿的是白色的長袍，背着我緩緩地走向遠處青山叢中——沒有錯，我的確隱隱約約地看到青山……。

我不記得自己是怎麼回到客棧的，也不記得自己如何入睡，但父親的話我記得十分清楚，我還記得他略帶上海口音的普通話。別人一定會說這是心理作用，一個幻象，我在夢遊。不管別人怎麼說，我自己知道這是一種「顯現」，能夠見到和聽到父親幾分鐘，也足夠我下半輩子回味了，我當然不會對任何人講，也不需要別人來解我這個內心的密碼。

然而，在回程車中我還是忍不住問王先生父親詩中的這幾句話，因為我依然耿耿於懷，總覺得父親影射的是他自己的墓地：

「一片春波流日影，過長橋又把平堤繞，看新塚，添多少。」

王先生並沒有笑我愚癡，他說這首詞也令他感動，不過他覺得最動人的是下面幾句：「故人落落心相照，嘆而今，生離死別，總尋常了。」他並且說，在文革期間，生離死別更是家常便飯，白天還是好好的人，晚上就死了。我再三問他還有什麼地方風景宜人，有長橋又有平堤，還有「綠遍池塘草」？他沉思了一會兒說：「杭州西湖！這幾句詩寫的是西湖蘇小小的墓，不是你爸爸的。你在上海還待幾天？有興致的話我帶你去西湖。」

我當然婉謝拒絕了，不能再麻煩他們夫婦，只推辭說有要事必須回香港，下次來上海，再遊西湖吧。我知道，即使去了西湖，還是找不到父親的「新塚」。不必找了，其實他的墓地不僅存在於他的詩中，而且也會像他那艘潛艇一樣，沉在我心中的海底，永不浮出海面。

附錄／方立國：南海飄零集

除夕

悠悠一年事，歷歷上心頭。成敗亦何恨，人天無限憂。
河山餘磊塊，風雨滌牢愁。自有千秋意，韶華付水流。

太平洋舟中玩月（達爾文嘗云月自地體脱卸而出，其所留之窪痕即今之太平洋也。戲以此意構為長句）

地球一角忽飛去，留得茫茫海水平，卻化月華臨夜靜，頓令波影為秋清。
單衣涼露盈盈在，短鬢微風颯颯生，斗轉參橫仍不寐，要看霞采半天明。

舟中曉望

朝霞微紫遠天藍，初日融波色最酣，正是暮春三月裏，鶯飛草長憶江南。

感懷

士為天下生，亦為天下死，方其未死時，怦怦終不已。
宵來魂躍躍，一驚三萬里，山川如我憶，相見各含睇。
願言發清音，一為洗塵耳，醒來思如何，斜月淡如水。

舟中雜感

悵望孤煙裊驛樓，零丁我亦汎扁舟，天涯不用遙相問，一樣輪聲一樣愁。
一去匆匆太可憐，只餘巾影淡於煙，風帆終是無情物，人自回頭舟自前。
沉沉清夜欲生寒，倚遍迴闌意未安，遙想檐花鐙影裏，正攜小兒話團圞。
難得抛書一晌眠，夢回鐙芯向人妍，此時情況誰知得，依舊濤聲夜拍船。

病中作

飛飛螢火惜居諸，一病因循久廢書，曲突徙薪嗟已矣，焦頭爛額復何如。
猶聞蝸角爭蠻觸，敢望豚蹄得滿車，夜半打窗風雨惡，有人躑躅望蘧廬。

即事

整頓書城暫作家，漁鐙明處是天涯，漫遊蹤跡如飄絮，學道光陰似養花。
缺月愈教林影靜，微風不放竹枝斜，閒來且倚闌干立，莫負芳時攬物華。
一卷殘篇在短檠，思親懷友淚同傾，百年鼎鼎行將半，孤影蕭蕭只自驚。
人事蹉跎成後死，夢魂勞苦若平生，風濤終夜喧豗甚，鎮把心光照月明。

印度洋舟中

多情鐙火照更殘，露氣潛生莞簟寒，自被瘖痍常損慮，轉令魂夢得粗安。
蒼波熨月無微摺，碧宇篩星有密攢，誰奏雞鳴風雨曲，悄然推枕起長嘆。

舟夜

臥聽鐘聲報夜深，海天殘夢渺難尋，柁樓欹仄風仍惡，鐙塔微茫月半陰。
良友漸隨千劫盡，神州重見百年沉，淒然不作零丁嘆，檢點生平未盡心。

夜泊

雨底孤篷夢乍回，蘋花香傍水田開，浪聲恬適知風定，雲意空靈識月來。
囂蛤吠人如有恃，饕蚊繞鬢若無猜，尋思物我相忘理，演雅當年費盡才。

不寐

憂患滔滔到枕邊，心光鐙影照難眠，夢迴龍戰玄黃地，坐曉雞鳴風雨天。
不盡波瀾思往事，如含瓦石愧前賢，郊原仍作青春色，酖毒山川亦可憐。

夏夕

萬葉空靈受月光，隔林徐度水風長，平鋪一簟天階上，消受人間片晌涼。

六月十四日舟中獨坐愴然於懷並念愛蓮

又向天涯賸此身，飛來明月果何因，孤懸破碎山河影，苦照蕭條羈旅人。
南去北來如夢夢，生離死別太頻頻，年年此淚真無用，路遠難回墓草春。

初秋偶成

玉樓銀漢兩無塵，一雨能令宇宙新，草木漸含秋氣息，川原初拓月精神。
放懷已忘今何世，顧影方知孑此身，愈近天明人愈寂，雞聲迢遞不嫌頻。

海上

風雨縱橫欲四更，映空初見月華明，重懸玉宇瓊樓影，盡息金戈鐵馬聲。
險阻艱難餘白髮，河清人壽望蒼生，愁懷起落還如海，卻羨輕帆自在行。

四月二十日乘飛機至澳洲留三日別去飛機中作三絕句

一鶴遙從萬里歸，劫餘城郭倍依依，煙雲休作空濛態，淚眼元知入望微。

纔作孤鴻海上來，飛飛又去越王台，山川重秀非無策，共葆舟心不使灰。

年年地北與天南，憂患人間已熟諳，未敢相逢期一笑，且將共苦當同甘。

蝶戀花

雪偃蒼松如畫裏，一寸山河，一寸傷心地，浪齧岩根危欲墜，海風吹水都成淚。　夜涉冰澌尋故壘，冷月荒荒，照出當年事，萬塚老狐魂亦死，髑髏奮擊酸風起。

百字令

茫茫原野，正春深夏淺，芳菲滿目，蓄得新亭千斛淚，不向風前振觸，渲碧波恬，浮青峰軟，煙雨皆清淑，漁樵如畫，天真只在茅屋。　堪嘆古往今來，無窮人事，幻此滄桑局，得似大江流日夜，波浪重重相逐，劫後殘灰，戰餘棄骨，一例青青覆，鵑啼血盡，花開還照空谷。

金縷曲

綠遍池塘草，更連宵，淒其風雨，萬紅都渺，寡婦孤兒無窮淚，算有青山知道，早染出龍眠畫稿，一片春波流日影，過長橋又把平堤繞，看新塚，添多少。　故人落落心相照，嘆而今，生離死別，總尋常了，馬革裹屍仍未返，空向墓門憑弔，只破碎山河難料，我亦瘡痍今滿體，忍須臾一見欃槍掃，逢地下，兩含笑。

水調歌頭

一片舊時月，流影入中庭，問天於世何意，歲歲眼常青。天上瓊樓皎潔，人世金甌殘缺，兩兩苦相形，拂衣舍之去，欹枕聽長更。　飫孤光，似冰雪，夜泠泠，銀河清淺，怎載得如許飄萍。鴻雁北來還去，烏鵲南飛又止，無處不零丁，何辭千里遠，共此一窗明。

附註：以上幾闋詩詞，鈔自汪兆銘（汪精衛）所著之《雙照樓詩詞稿》，在題目上稍作更動，內容僅改一兩字。鄭樹森向我推薦汪精衛的舊詩，又蒙鄧文正借閱此書（香港永泰印務公司承印，未註出版年月），並手鈔其中二首，在此僅向兩位老友致謝。

後記／一部間諜小說的誕生

這一年來我陸續在寫一部長篇間諜小說，名叫《東方獵手》，最近剛殺青。

我寫小說，本是為了自娛，也想在自己的學術生涯之外找點樂趣，不料初出茅蘆就為自己惹了不少麻煩。第一本處女作《范柳原懺情錄》本來是個短篇，曾在明報副刊連載數日，據編者說：香港的讀者沒有耐性，最多連載一週，所以寫一個短篇，略表我對香港的依戀之情（時當一九九七回歸之夕），也就夠了。不料到了台灣後，朋友們力勸我把短篇改成長篇，在盛情難卻之下，只好硬着頭皮，為老年的范柳原——他原是張愛玲名作《傾城之戀》的男主角——多寫幾封情書，勉強湊夠七、八萬字，仍不夠長，於是又約各路朋友為我寫序跋和評論，一併加入仍嫌不足，最後自己又加上兩萬字的「補遺」，才湊夠十萬字出版，好險！我差一點交不了卷。這是我的第一個「長篇」。

小說出版後，我卻信心大增，既然能湊夠十萬字，我乾脆再為第二本小說搭一個十二萬字的架子，而且多加對白，少用獨白，多寫情節，少作心理描述，不是更容易寫？於是決定走通俗路線，寫間諜小說，把我多年看過的間諜小說和電影，濃縮一下，再改頭換面，還不簡單？然而往往事與願違，不知為什麼，我一時心血來潮，想在小說的開頭引幾段古波斯詩人奧瑪卡樣（Omar Kháyyám）的詩，別開生面，作為間諜軍火買賣的密碼，於是就在舊書攤上買了一本著名的費滋覺羅的英譯本（事實上是改寫），開始寫小說的第一章。寫了一半，才發現卡樣的《魯拜集》（*The Rubaiyat*）有五六種中譯本，而每一種譯文都比我譯的好，更糟的是費滋覺羅的原譯也有五個版本，我用的是較早的版本，內中的英文頗為古雅，但譯成中文卻更困難，而我這個小說中的英雄的中文程度恐怕比一般香港的大學生還差（他在港大念過英文系，但沒有畢業），怎麼能看懂中譯古詩?!我不禁又異想天開，如果這本小說用中英兩種語文書寫，不就方便多了嗎？然而又有哪一家出版社願意印雙語版本？

這個問題，其實正是海外華人世界目前所面臨的問題：年輕一代的華裔子弟大多只能讀而不能寫中文，而受過英文教育的卻只能讀寫英文，對中文的掌握甚至遠遜於受過漢學訓練的西方學生。我這本小說用的是主人翁方庇德（又名 Pierre Fang）第一人稱的口氣，他生在香港，本來就是個混血兒，怎麼會寫中文？我只好假以亂真，聲明原稿本是英文寫的，我譯成中文。但這個英文「原稿」，卻只存在於我腦海之中，有時候下筆之前還要先用英文在腦中「演習」一遍，以便「存真」，但寫着寫着，中文的典故就出來了，什麼「說時遲那時快」、「道高一尺魔高一丈」——我簡直是在寫現代背景的武俠小說。

也罷。既然逃不了中（國）文（化）的大關，乾脆再製造一個人物——方庇德的父親方立國，再把時光倒退半個世紀，使他成為國民黨大陸撤守前的間諜，被派出秘密任務，到澳洲去私購一艘潛艇。但我卻又不敢用第一人稱來寫，因為那個時代的人——又是受過國民黨訓練的間諜——說話的語氣可能與現時的人相差甚遠，怎麼辦？我突然想到徐訏寫的《風蕭蕭》，可以作我的範本，但重讀之下又覺得太浪漫了，現代的讀者不見得會喜歡，只好仿照徐訏的手法寫，但語氣盡量收斂一點。既然我把方立國塑造成一個忠貞愛國的保守軍人，為了加點文化深度，乾脆讓他寫舊體詩，用七言絕句，以抒情懷。但是我根本不會作舊詩，如何得了？不如登報公開徵求，遂在《信報》我的專欄中求救於各方豪傑，竟蒙一位讀者贈詩一首，我當然採用，但一首又嫌不足，因為方立國作了不少舊詩，甚至抄寫成冊，寫給他的兒子看，我勢必多製造幾首才是。在彈盡源絕的情況下，不得不重施故技，去找前人寫過的舊詩，然後再稍作改頭換面，引進小說。

然而又從何找起？我本想去翻閱民國初年南社詩人的作品，遂把此意告訴了一位朋友，他是此中高手，建議我看看汪精衛寫的舊詩，而另一位朋友剛好藏有一本汪的《雙照樓詩詞稿》，我借閱之下，竟然愛不釋手，汪精衛雖然作了漢奸，但他的文采絕對超過蔣介石，甚至不亞於毛澤東，而且當年他的足跡遍全球，不少詩是他橫舟太平洋時寫的，剛好印證了方立國的足跡，於是我一不作二不休，竟然引了他三、四首詩，變成密碼，讓小說中的方庇德來解，並以此引導他走向尋父之路。真是說來容易，做來卻不簡單，我竟然花了兩三個禮拜的功夫，煞費周章地來「教導」這個不太懂中文的兒子如何解讀舊詩——而且（為了符合他的教育背景）必須是誤讀，這樣他才能異想天開，在父親的舊詩中發現密碼！

真是糟糕！本來寫這本小說是為了暑期的娛樂，但自己竟然越寫越嚴肅起來，有時甚至廢寢忘食，自討苦吃。暑假將盡，勉強湊足十二萬字，早已精疲力竭，遂草草收場，交給台灣的一位出版商，承蒙接納，我已是感激不盡了。前日一位老友適從台灣來港造訪，告訴我說：近來台灣出版界最不賣錢的書就是間諜小說！換言之，就市場效應而言，我這一年功夫，等於白費，只不過製作出一劑名副其實的票房毒藥而已！

然而，我在心灰意懶之餘，還是禁不住作白日夢：也許有朝一日這本小說會被香港的某位製片家發現，將之拍成電影，說不定會賣座。近期上演的《紫色風暴》和《公元二〇〇〇AD》不是賣座不錯嗎？何況我小說中的英雄方庇德和香港影星王敏德的背景和身段恰好相似，這不就水到渠成了嗎？可惜我偏偏用了這幾首難懂的古詩，把情節拖住了，誰還會看?!

走筆至此，只好望「影」興嘆，寫來寫去，我還是脫不掉學者的陋習——引經據典，奈何。

——二〇〇〇年八月十一日於香港

後現代風月寶鑑：情的見證

——讀李歐梵《范柳原懺情錄》

陳建華

《聯合報》初刊《范柳原懺情錄》時，有一段簡短、頗富挑逗的按語，說這部小說「引用張愛玲原作，未注引號，是既向張迷挑戰，兼向名家致敬的『後現代筆法』，為小說創作界添一佳話」[1]。其實這部小說的「後現代」筆法，我覺得觸處皆在，豈止乎「引用張愛玲原作，未注引號」。但當初在讀這段話時，我覺得新鮮，又略覺突兀，心頭閃過一念：用「後現代筆法」怎麼個「懺情」法？說到底，既是「後現代」，我們是否還需要「懺情」？所謂後現代，意味着一切歷史和既定價值都瀕於消亡，後現代者所崇尚的，是模糊美學、邊緣策略、多重角色、眾聲喧嘩。而「懺情」首先是一種痛苦的獨白，無論曰悔曰悟，洗滌罪疚，含有一種形而上的回歸「本真」的意味，這更為「後現代」所忌諱。從藝術再現上說，情需真，悔需切，才能讓人感動。所謂「後現代筆法」，如果照詹明信（Fredric Jameson）所說的

1 《范柳原懺情錄》連載於台北《聯合報．副刊》，一九九七年八月至十月。

「戲擬、拼貼、懷舊」等特徵[1]，在李歐梵這篇小說裏也都可以找到，因此引發頗有興味的問題：《懺情錄》中的「後現代筆法」是什麼？後現代式的「懺情」到底是怎樣的？

「懺情」有「懺悔」之意，從文體來說，我們應當更耳熟的是「懺悔錄」，而不是「懺情錄」。中國人很早就有「懺悔」一詞，是佛家用語，而「懺悔錄」似從西洋舶來，大約還得追到百年前，通過梁啟超的紹介，中國人開始知道盧梭的《懺悔錄》。然而這裏為何不用較有「現代」意味的「懺悔」，而用「懺情」？這一字之差，有失之千里之嫌。

當初梁啟超作〈煙士披里純〉一文頗有影響，其實是抄襲了日人德富蘇峰的論述歐洲浪漫主義精神的〈靈感〉之文，卻抄得不夠誠懇。他不僅把德富原文所引的盧梭的《懺悔錄》刪去了一大半，而且將歌德、愛默生等人「調包」，換上了華盛頓、拿破崙等，遂大煞風景[2]。這一番最初的浪漫精神引進中國，已經「靈」氣缺缺，但五四新文學以來自傳這一文體的興旺，似乎接通了盧梭《懺悔錄》的源頭。據李又寧的研究，中國現代傳記寫作的發達，

---

1 Fredric Jameson, "postmodernism and consimer society,"in *The Anti-Aesthetic: Essays on postmodern Culture*, ed. Hal Foster (Seattle: Bay Press, 1983), pp.111–125.

2 梁啟超〈煙士披里純〉，見《清議報》，第九九期，一九〇一年。德富蘇峰〈インスピーレーション〉，見《國民之友》，第二二號，一八八八年二月，頁九一一五。

是和「人的近代化」是同步的，梁啟超和胡適是開風氣者[1]。胡適自序《四十自述》時，主張「赤裸裸的敘述」自己的生活[2]，這頗能傳達盧梭《懺悔錄》的心聲。但怎樣才能算是「赤裸裸的敘述」，那就見仁見智了，而且存心要寫給「史家」看，豈不更有顧忌？《四十自述》所描寫的胡適，頗合乎馬克思所說的人的概念，是一種「社會關係的總和」，幾乎看不到盧梭式的真率及其內心的緊張。有趣的是，無論是梁啟超還是胡適，乃是代言中國現代境遇的新式「公共人」，他們的「敘述」確實是「赤裸裸」的，在公共空間和私人空間之間沒有什麼區別，具有高度的透明性。

「懺情」屬於另一個思想譜牒，是一種久遭湮沒的文學記憶。前不久朱天文寫了一篇〈懺情之書〉，關於胡蘭成與張愛玲之間的恩怨情緣[3]。這一段文學公案的懺情，照陳寅恪的詮釋學，是李歐梵使用「懺情」一詞的「今典」，其「古典」卻不甚遠，出自於本世紀初一些「鴛鴦蝴蝶派」的文學雜誌，如《小說叢報》、《禮拜六》等。那時刊登的小說，一般都冠之以類目，如「社會小說」、「家庭小說」等，尤以「情」類為多，如「哀情小說」、「俠情小說」、「癡情小說」、「妒情小說」，其中也包括「懺情小說」。這種文學風尚，到二〇年代「白話」

1 李又寧〈近代中國的自我與自述〉，見《中國現代化論文集》，台北，中央研究院近代史研究所，一九九四年，頁七五—一〇三。

2 胡適《四十自述》，沈雲龍主編，近代中國史料叢刊續編第九六輯，台北，文海出版社，頁六。

3 朱天文《花憶前身》，王德威主編，台北，麥田出版社，一九九六年。

一統天下的時候，就消聲匿跡了。我們向來認為這種風尚是「舊派」文人結習，沒多大意義，但從歷史反思的眼光來看，被那種「進化」的文學浪潮所淹沒的是一種世俗的情感結構，一種富有活力的文學傳統。

「懺情錄」這一命名，或者正是某種「後現代筆法」。這與「懺情小說」不同，與「懺悔錄」也不同。在似是而非之間，豐富的歷史內涵從記憶中浮現。「懺情」與「懺悔」的區別也是語法上的。中國早期韻書《集韻》:「懺，悔也。」當「懺悔」變成現代詞組，作動詞，也作名詞。「懺情」包括懺悔之意，卻是一個動、賓結構，「情」是懺悔的對象。在《范柳原懺情錄》中，這個「情」是一個包含情感、欲望與幻覺的複合體，既是范柳原的一己之情，亦是李歐梵筆下的為歷史「見證」之情。因此「懺情」本身就蘊含着「回歸」，蘊含着情感和歷史的「輪迴」;在對「懺情小說」和「懺悔錄」的歷史文類的重合和傾覆時，「懺情」的文本在迴旋的狐步中展開。正如小說的副題「〈傾城之戀〉又一章」所暗示，作者在為文學史作另一層追悔，另一種回歸。為〈傾城之戀〉作續篇，接續了久已絕響的一種有趣的文學生產方式，像《後水滸傳》、《續紅樓夢》這類章回體，是五四新文學家們所不屑為的。

李歐梵這一危險的「續貂」，給「懺悔錄」這一文體直接帶來了危機。因為懺悔錄無不具有自傳性，能給讀者帶來同情的，往往因為是真人真事。而范柳原、白流蘇都從張愛玲小說裏借來，范的懺悔當然出自虛構，這對於讀者來說，不僅是閱讀習慣上的挑戰，對於不熟悉〈傾城之戀〉的讀者來說，就難於即入佳境。從文類角度看，《范柳原懺情錄》無疑是一個「雜種」，作者的創意，正在於虛構性與互文性（textuality）。這種虛構的懺情，既能擺脫個人經驗的局限，同時為文學再現開展更大的空間。事實上這篇小說將「懺悔」和「懺情」融於一爐，含有某種文類的自覺。這是一種「罪惡」的懺悔，也是「個人感情旅程」的追述。如果這些內容帶有西方式「懺悔錄」特徵的話，那麼范柳原的兒女情長，卿卿我我，自怨自憐，則大有鴛鴦蝴蝶派「懺情」的餘韻；而「內中情緒激動或煽情之處」，大大超出了《浮生六記》的「閨房記樂」的界限。這樣的文類交雜所孕生的「後現代筆法」，即是那種虛構的互文性。《范柳原懺情錄》不僅是對張氏名作的反諷的「戲擬」，其文本本身更具「幻戲」的性質。內中或明或暗地引用大量歌劇、電影的情節或典故，使范柳原的懺情似鏡中之花，夢中之夢，無怪其「囈語」式的自白與「做戲」的下意識互相交織在一起。

范柳原的第一封信，寫於香港九七「回歸」前夕，正是「舉國同慶」的狂歡時刻，讀者即刻置身於無庸置疑的歷史真實中。你或許未曾經歷過張愛玲的小說世界，但你生活在世界歷史中。在這一舉世矚目的「歷史性的一刻」，你能感受到，香港這一彈丸之地的百年風雲輳輻，各種政治、文化力量的牽動，你也能感受到范柳原的奔湧而至的激情。但范的懺情同時展開另一種「回歸」，即其個人「情史」的回歸。隨着他的自白，記憶的屏幕上浮現的，是〈傾城之戀〉中的情境：

> 還記得那一堵牆麼？在淺水灣飯店過去一截子路，灰磚砌成的，極高極高，望不見邊。你靠在牆上，你的臉在夕陽斜照下出奇的美——紅嘴唇、水眼睛，有血、有肉。我癡癡地望着你，突然感受到一股說不出來的感情，如果在那一刻你也望着我，也許你就不會認為我在

說謊。天老地荒有什麼意義？它的意義只有在我們的文明整個毀掉以後，才會顯現出來。[1]

〈傾城之戀〉寫的是四〇年代，范柳原在上海邂逅白流蘇，兩人之間的真心假意、情場拍拖寫得繪影繪色，頗有好萊塢情調。結果在香港淪陷於日軍的狂轟濫炸之際，在淺水灣的斷垣頹牆，演出驚心動魄的一幕：兩人靈犀一通，頓悟地老天荒，而永結眷屬。女主角白流蘇，張愛玲既用「傾國傾城」的古典，當然也暗示她是一個絕世「尤物」。這堵「牆」，在〈傾城之戀〉裏非同尋常，如果沒有這堵牆的情節和描寫，這篇小說恐怕也成不了經典[2]。雖然，牆的意象僅出現三兩次，但它不僅對范、白之間的戀愛波折有畫龍點睛之妙，而且它或比喻或寫實地與戰爭、文明的母題相聯繫，與「傾國傾城」的古代背景相襯托，就給整個小說染上某種神秘的氣氛，也使這一對男女的平庸而精緻的調情，超出了最近轟動好萊塢影壇的《鐵達尼號》（*Titanic*）的水平。這神秘的意蘊，如今——我們不得不感嘆——同張氏一起隨風而逝。然而，《范柳原懺情錄》以如此明豔的意象，劈頭喚醒這堵牆，這尤其在張迷的心頭，引發一陣悸動。當柳原的有關戰爭與愛情、美人與文明之間複雜糾葛的個人記憶，與當下香港回歸嘉年華會式的集體記憶相映照，使這部懺情錄展示新的主題，從一開頭，就將個

1 李歐梵〈傾城之戀又一章——范柳原的情書〉，見《當代》，第一二〇期，一九九七年八月一日，頁一二四。

2 〈傾城之戀〉，見《張愛玲小說集》，台北，皇冠版，一九九一年。

人與歷史、現實與虛幻、過去與現在、記憶與見證、狂熱與孤獨的母題，編織在一起，如花葉交相遮覆的掛氈，織入彩線的經緯，漸次展開其繁複的關係。

但這個范柳原跑出了張愛玲的小說，生活在歷史裏，在他心心悔念白流蘇之時，殊不知已經一僕二主，背後同時受到李歐梵和張愛玲的牽線。關於這一「三角欲望」，我們決不能錯過〈楔子〉這一段奇文。〈楔子〉置於范柳原第一封信之前，乃作者李歐梵自報家門，言及創作緣起。他說他在香港正值舉國狂歡之時，卻悵悵然，若有所失。所謂香港回歸「是一件歷史上的大事，見證的人很多，歌頌的文章更汗牛充棟，但在眾聲喧嘩中獨少了張愛玲的聲音」。更為奇特的是，他似乎和張愛玲早有默契，所謂「此次來港，除了湊『回歸熱』之外，就是為了悼念張愛玲和她的香港。我想為香港書寫一篇愛情故事，作為個人的歷史見證」。

在這裏，「見證」一詞單刀直入作者內心的真實，亦令讀者無從閃避文本的真實性。見證首先呈現主體的存在，其視域框住了「歷史」，而見證的有效與否，涉及歷史的真實或真理。同時，見證的意義也取決於讀者的在場與參與[1]。范柳原的「懺情錄」本身固然是他悔「罪」

1 最近 Wayne Wang（王穎）的影片《*Chinese Box*》，以香港九七回歸為主題，也表現了強烈的「見證」意識。片中穿插兩對戀人的曲折情節，寓言性地表達了香港的歷史、政治和種族的錯綜關係，但「見證」的意識直接通過男主人公新聞記者而體現，因此那些愛情故事寓言化的結果，使影片顯出一種「紀錄片」風格。關於「見證敘述」的討論，參 Shoshana Felman, "Education and Crisis, or the Vicissitudes of Teaching," in *Trauma: Explorations in Memory*, ed. Cathy Caruth (Baltimore and London: The John Hopkins university Press, 1995), pp.13-60。

的見證，而反覆出現的「牆」，則是一個比喻，含有「見證」的複雜意蘊，也即象徵地重塑張氏「美麗而蒼涼的手勢」[1]。這堵牆是范、白兩人當初不尋常的定情的見證，也投映出李歐梵的奇特狂想和欲望。正如小說所描寫的，淺水灣已經物換星移，斷垣頹牆也不知去向，僅存在於范柳原記憶之中，由此他成為見證的載體和符指。當范的懺情裏，首先勾起那堵牆和白流蘇的桃花人面，更突現了「文明及其異議」的主題，而范柳原對「中國女人」的心理回歸，為小說埋下伏筆，暗示他的後半世文化浪子的情感歷程。這牆的意象重複出現，給小說的結構和意義擔任個別的功能，也即展開了李歐梵對〈傾城之戀〉的詮釋。范柳原的記憶不斷「回歸」淺水灣，與美人重溫地老天荒，而對李歐梵來說，似乎給一種「輪迴」的意識所主使，欲穿透人鬼之幽隔，使這座牆發出張愛玲的聲音。就這一層「見證」的意思來說，淺水灣之牆根，美人的陰魂不散，范柳原之懺情，卻是一個男作家的連篇「鬼」話。所謂「獻給張愛玲的在天之靈」云云，也不妨可看作張、李之間遠非「今生今世」的文學因緣。

〈楔子〉之所以是一篇奇文，因為真實與虛幻都被推向極致，同時這兩者之間的邊線又極其模糊，范柳原簡直就是李歐梵的靈魂附身。李說他想為香港寫一篇愛情故事，於是重訪淺水灣飯店，向一位年輕朋友訴說當年的情史，也曾同另一個佳人在淺水灣飯店喝咖啡，看日

---

1 關於張愛玲「蒼涼」美學與歷史意識的論述，見 Ban Wang（王斑）, *The Sublime Figure of History: Aesthetics and Politics in Twentieth-Century China* (Stanford: Stanford University press), pp.89-100。

落[1]。這裏和《范柳原懺情錄》的許多情節有重合之處。而且在小說裏，作者也不只一次將自己與范柳原混為一體，最明顯的是在第三封信裏，我們發現范的英文名字是Leonard Fan。Leo是李歐梵的英文名字，碰巧他在劍橋的住處，也叫Leonard Avenue[2]。一個令人尋勝探幽的重合之處，是那個「年輕朋友」——藹麗。柳原在倫敦和她認識，他們也在香港重逢，范也向她講述當年的「情史」，後來兩人之間演出另一場「轟轟烈烈」的愛情戲。因此在〈楔子〉詩意而懷舊的段落裏，那個「年輕朋友」是誰？作者似乎虛虛實實，游刃於自傳和小說之間，大吊讀者膀子，實際上繼承了張愛玲的某種敘述策略——遊戲於似水「流言」[3]。其實所謂「楔子」，原是一個戲劇用語，相當於「序幕」之意。這說明作者的夫子自道被戲劇化，他將自己放在戲台上，這就提醒我們閱讀的距離。如果把范柳原，或者甚至把〈楔子〉裏的敘述者等同於李歐梵，就難免發生張冠李戴。

所謂「後現代筆法」，最為詭譎的，莫過於「雙重」意象或修辭的頻繁使用。如流蘇與藹麗、柳原與作者，如一鏡之兩面，互相酷肖，或真或幻。當范柳原在「重遊」故地或「重

---

1 李歐梵〈傾城之戀又一章——范柳原的情書〉，見《當代》，第一二〇期，一九九七年八月一日。

2 關於李歐梵自稱「狐狸型」，見《李歐梵：徘徊在現代和後現代之間》，李歐梵口述，陳建華訪錄，台灣，正中書局，一九九六年，頁二。

3 張愛玲在〈紅樓夢魘．自序〉裏說，她當初取書名《流言》，「是說它不持久，而又希望它像謠言傳得一樣快」。見《紅樓夢魘》，台北，皇冠版，一九九六年，頁七。

溫」舊夢時，記憶和現實之間常常疊影重合，而他的一封封信，本來就是夢中胡囈的再現。其中大量出現鏡子或牆的情景，更構築了霧中看花，戲中人生的幻境，但夢囈本身則處處出現矛盾或斷裂。而這些「雙重」手法中滲透某種「輪迴」的意識，含有叩問個人與歷史的命運，打破現實與夢幻的隔閡，在美學上賦與「雙重」修辭更複雜的性格。范柳原的「重溫」或「重演」淺水灣飯店那場「愛情戲」，在懺情中受到無休的渴念的煎熬，渴求回歸當初的真情。他如此自問：「我在年輕的時候離開你，為什麼不能在年老的時候把你找回來？為什麼時間永遠往前走而生命不能輪迴？」當柳原初遇藹麗，他相信這是流蘇的轉世，「證實」了生命的輪迴，因而滿足了他的狂想（第九信）。「藹麗」這一名字又與「愛玲」重合，似乎暗示張、李之間神秘的對話，在「雙重」手法的使用裏包含了多重的意義。

「作為個人的歷史見證」，這一香港的愛情故事具有寓言性，但作者始終着力於再現范柳原個人、日常的經驗，在情節的安排上不乏戲劇性的巧遇，而極力避免的是一種表面的象徵化或寓言化。這篇小說在表現個人和歷史的關係方面，甚為微妙。由於書信體的懺情方式，自始至終貫穿着第一人稱主觀、夢幻式的喃喃情語，同時我們看到，他生活在歷史的巨大陰影中。這是他的情史，也是他的文化史。他目擊一系列驚天動地的歷史變故，經歷了動盪的世界，和動盪的世紀。但他是歷史的「逃兵」，是家庭、民族、國家的「罪人」，反英雄的「多餘者」。總之，他是一個個人主義者。這並非意味着他真正逃離歷史，他是一個具體生活在歷史文化中的個人，性格中甚至有男性沙文主義和殖民文化影響的殘餘。當他生命的旅程和這多災多難的世紀一起走向終結的時候，他對文明的命運愈益產生幻滅感，而對真情的自省和回歸卻愈益強烈。他一己的懺悔，在春水東流的世紀末發出一點被壓抑的不協之音，為大浪淘沙留下些許痕跡。

在《惡的象徵》（*The symbolism of Evil*）一書中，保爾．里克爾（Paul Ricoeur）研究基督教原罪的象徵再現，指出「懺悔的語言」極其複雜，它具備盲目、曖昧與疏離的特徵。對原罪的追述，使懺悔者陷入恐懼和羞惡之中，而在痛苦地拷問那個疏離的自我時，敘述中充滿矛盾和曖昧[1]。《范柳原懺情錄》的語言，也反映出這些特點，但在中國文學「真情」的思想背景裏，不必向上帝呼救。范柳原的懺悔出乎情，止於情，自始至終是一派情語。在這背後的「純情」的形而上譜系，正是接續了晚明時代一度高揚的激情浪潮。像李卓吾尊崇「率性而行」、湯顯祖歌頌「至情」，顯示某種現代主義式的審美再現的自主性。六十七歲的范柳原仍然虔誠地祈禱：「讓我在死前轟轟烈烈地再戀愛一次」，不由得令人動容。這樣激情的強烈迸現，投映在世紀末的屏幕上，是浪漫主義的迴光返照，抑是在為後現代自身懺情？

有趣的是，小說通篇充滿范柳原的妄想和狂想，是憶語，又是囈語。這些情書，他從來沒有寄出去，將這些白日夢，鎖了幾十年。現在我們看到的，是經過李歐梵的一番整理。我寧肯相信這個美麗的謊，伴一個秘密過了一世。但李歐梵在整理這些私信時，要使讀者「得到一點閱讀的樂趣」，因此這個隱私的文本，撂起誘惑的裙角，欲將我們的窺視，控攝在巧

1 Paul Ricoeur, *The Symbolism of Evil*, trans. Emerson Buchanan (Boston: Beacon Press, 1967), pp.7-8.

妙的敘述策略中。柳原給流蘇寫信，也給薌麗寫。他向薌麗追述過去與流蘇的情史，另一邊向流蘇坦白他的新遇、新的羅曼史。這猶如風月寶鑑的兩面，照出他同一個「純情」的春泉與孽債，照出他的死亡與新生、懺悔與救贖。

范柳原的「懺情」的思想譜牒，就像一塊中西合璧的調色板，已經很難分辨清楚。他的情感歷程，從沉迷聲色肉欲，到中年的幡然悔悟而追求真情，繼而重墮情網，到最後還是孑然一身，但純情不滅，且終久達到返樸歸真的境界。這樣的境界，似乎是《紅樓夢》式的「因色生情，因情生幻，因幻生空」，卻大謬不然。范柳原的孤寂的歸宿，絕不是那種一切皆空的「白茫茫大地一片乾淨」，而是堅執於那一點生命的殘燭之光，其愛欲臻至寧靜的昇華，依然品味着人生如戲、戲如人生。這樣的美學境界，有色、有情、有幻，仍然依戀於賈寶玉的「意淫」的世界，既未回歸「太虛幻境」的神話，更未墜入「空門」。

這或許正是《范柳原懺情錄》的新穎、奇崛之處：一方面，它不無寓意地返顧這一行將入土的世紀裏，情感與歷史之間的張弛牽合，而富於啟示的是，范柳原「個人的歷史見證」也是他個人自主、自覺的過程，既沒有屈從歷史，也沒有將歷史個人化。另一方面，小說本身充滿羅蘭·巴特所說的文本的「性歡愉」，即具有自娛的「意淫」性質。

《雙重鏡框》（*The Double Frame*）是詩人帕茲（Octavio Paz）的一本近著，優美的散文風格，論述愛情與色情。所謂愛情，照他的說法，一種是性愛（sex, sexuality），重要是指生物性的性衝動，而性高潮活動代表兩性間的剎那相忘，欲僊欲死。另一種是情愛（love），含意更廣的、帶有超越性的愛。但帕茲更注重的是eroticism，即所謂「色情」。它兼有性、愛的要素，而更指想像、藝術再現的世界。帕茲說：「色情並非動物式的性愛，而是儀式、是再現。它是性愛的變形，是一個比喻。激發色情和詩的，是想像。想像將性行為轉化為儀式和典禮，將語言轉化為韻律和比喻。」[1]在帕茲看來，我們的日常語言跟原始衝動的性行為差不多，而色情與詩相通：「色情是肉身之詩，詩是語言之色情。」[2]這裏的「色情」，很難傳達**eroticism**的意思。思之再三，覺得還是「意淫」一詞，較為傳神。

在寫《雙重鏡框》時，這位諾貝爾桂冠詩人已經年近八十。動筆之前，踟躕再三，他如此自問：「在我衰年暮齒，行將就木之時，還寫一本談情說愛的書，這豈不可笑？」然而此書一氣呵成，乃受到「詩的見證」的信念的鼓舞。他說：

> 詩讓我們觸摸不可觸摸之物，讓我們聽到為失眠所肆虐的風景線上的靜默的濤聲。詩的見證向我們揭示這個世界中的另一個世界，亦即是這個世界的別的世界。而感官張開其潛能，臣服於想像的驅使，使我們聞所未聞，見所不見。難道這不就如同作夢、作愛？[3]

---

1 Octavio Paz, *The Double Frame: Love and Eroticism*, trans. Helen Lane (New York: Harvest Book, 1995), p.3.

2 前揭書，p.2.

3 前揭書，p.2.

這段話不妨可讀作《范柳原懺情錄》的絕妙詮釋：「詩的見證」亦即「情的見證」。本來范柳原在回憶裏討生活，這些信包藏了許多夢，許多作愛，他那種「囈語」、「做戲」性質的寫作，也就像在夢裏、像在作愛當中。而今番李歐梵打開潘朶拉之盒，經過一番整理加工，過足了懷舊的「意淫」，既然將范柳原的懺情變成他香港愛情的「歷史見證」，實即使之成為他自己的後現代風月寶鑑。這一懺情的見證所包含的另一啟示，即給文學重注「色情」的靈藥，宣示了「詩的見證」的秘術，不僅使天下癡情老男子重獲童心，也給一切少男少女傳達花好月圓的福音。

一九九八年三月二十一日於劍橋

陳建華，復旦大學博士、哈佛大學博士，現為復旦大學教授。

李歐梵年表

胡立峪整理

大事紀要

年份	事件
1939	生於河南
1949	夏天，舉家移居至台灣，同年入讀新竹師範附屬小學
1951-1957	入讀新竹中學
1957-1961	中學畢業後獲台灣大學取錄，修讀外國語文學系，期間曾參與創辦《現代文學》雜誌（發行人白先勇，主編王文興、陳若曦），乃創刊成員之一
1962	獲芝加哥大學研究院取錄，修讀國際關係
1963-1970	轉往哈佛大學攻讀「地區研究—東亞」碩士課程，及後又進入「歷史及東亞語文」博士班，師承史華慈（Benjamin I. Schwartz）
1969-1970	任達特茅斯學院講師
1970-1971	博士畢業，轉赴香港任香港中文大學「哈佛燕京講師」
1972-1976	轉赴美國任普林斯頓大學助理教授

1976-1982 任印第安納大學副教授，期間主持該校出版社的出版事務，出版了一系列中國現當代文學的翻譯及研究著作

1982-1990 任芝加哥大學教授

1988 與第一任妻子王曉藍女士結婚

1990-1994 任加州大學洛杉磯分校教授

1994-2004 任哈佛大學教授

1998 與第一任妻子王曉藍女士離婚

2000 與現任妻子李子玉（原名李玉瑩）女士結婚

2001 獲香港科技大學頒授人文學榮譽博士

2002 獲中央研究院院士榮銜

2004-2020 自美國退休後移居香港，及後接受香港中文大學邀請，先後出任人文學科講座教授、偉倫人文學科講座教授及冼為堅中國文化講座教授

2015 獲選第二十六屆香港書展「年度作家」

2020 從香港中文大學退休

2022 任明愛專上學院（今聖方濟各大學）葉應桃李如意人文及語言學院榮譽教授；獲香港恒生大學頒授榮譽人文學博士

2023 獲台灣清華大學頒授名譽文學博士

2024 任香港科技大學賽馬會高等研究院中國文學創作研究專題資深訪問成員

重要著作列表

著作書籍

1973

The Romantic Generation of Modern Chinese Writers. Cambridge, Mass.: Harvard University Press.

1975

《西潮的彼岸》。台北：時報文化。

1981

《浪漫之餘》。台北：時報文化。

1986

《中西文學的徊想》。香港：三聯書店。

1987

Voices from the Iron House: A Study of Lu Xun. Bloomington: Indiana University Press.

1991

《鐵屋中的吶喊——魯迅研究》。香港：三聯書店。（尹慧珉譯）

1993

《狐狸洞話語》。香港：牛津。

1996

《現代性的追求：李歐梵文化評論精選集》。台北：麥田。

《徘徊在現代和後現代之間》。台北：正中。（李歐梵口述，陳建華訪錄）

1998

《范柳原懺情錄》。台北：麥田。

1999

Shanghai Modern: The Flowering of a New Urban Culture in China, 1930-1945. Cambridge, Mass.: Harvard University Press.

《上海摩登：一種新都市文化在中國 1930–1945》。香港：牛津。（毛尖譯）

2000

《世紀末的反思》。杭州：浙江人民。

《音樂的遐思》。北京：文化藝術。

2001

《世紀末囈語》。香港：牛津。

《東方獵手》。台北：麥田。

2002

《中國現代文學與現代性十講》。上海：復旦大學。

《世故與天真》。香港：三聯書店。

《李歐梵自選集》。上海：上海教育。

《音樂的往事追憶》。台北：一方。

《都市漫遊者：文化觀察》。香港：牛津。

《尋回香港文化》。香港：牛津。

《過平常日子》。香港：天地。（與李玉瑩合著）

2003

《李歐梵季進對話錄》。蘇州：蘇州大學。（與季進合著）

《城市奏鳴曲》。台北：時報文化。

2004

《一起看海的日子》。台北：二魚文化。（與李玉瑩合著）

《清水灣畔的臆語》。香港：牛津。

2005

《中國現代作家的浪漫一代》。北京：新星。（王宏志等譯）

《未完成的現代性》。北京：北京大學。

《我的哈佛歲月》。香港：牛津。

《我的音樂往事》。南京：江蘇教育。

《音樂的遐思》。新加坡：八方文化。

《浪漫與偏見》。香港：天地。

2006

《又一城狂想曲》。香港：牛津。

《上海摩登：一種新都市文化在中國 1930–1945》（增訂版）。香港：牛津。（毛尖譯）

《交響：音樂札記》。香港：牛津。

《蒼涼與世故：張愛玲的啟示》。香港：牛津。

2007

《自己的空間：我的觀影自傳》。台北縣中和市：INK 印刻。

《戀戀浮城》。香港：天窗。（與李玉瑩合著）

2008

《音樂札記》。香港：牛津。

《睇色，戒：文學．電影．歷史》。香港：牛津。

City Between Worlds: My Hong Kong. Cambridge, Mass.: Harvard University Press.

2009

《人文文本》。香港：牛津。

《李歐梵論中國現代文學》。上海：上海三聯書店。（季進編）

2010

《文學改編電影》。香港：三聯書店。

《帝國末日的山水畫：老殘遊記》。台北：大塊文化。（劉鶚原著，李歐梵導讀，謝祖華故事繪圖）

2011

《人文今朝》。香港：牛津。

《現代性的中國面孔：李歐梵、季進對談錄》。北京：人民日報。（與季進合著）

Musings: Reading Hong Kong, China and the World. Hong Kong: East Slope.

2013

《情迷現代主義》。香港：牛津。

2015

《尋回香港文化》（增訂版）。香港：牛津。

2016

《中國文化傳統的六個面向》。香港：香港中文大學。

2017

《弦外之音》。香港：中華書局。

2018

《過平常日子》（修訂版）。香港：三聯書店。（與李玉瑩合著）

2019

《現代性的想像：從晚清到五四》。新北：聯經。（季進編）

《諸神的黃昏：晚期風格的跨學科對談》。香港：牛津。（與邵頌雄合著）

2020

Ordinary Days: A Memoir in Six Chapters. Hong Kong: The Chinese University of Hong Kong Press. (Co-written with Esther Yuk-ying Lee, translated by Carol Ong and Annie Ren, edited by John Minford)

2021

《兩間駐望：中西互動下的中國現代文學》。上海：上海人民。（李歐梵演講，席云舒錄音整理）

2023

《我的二十世紀：李歐梵回憶錄》。香港：香港中文大學。

《李歐梵文學課：世界文學視野下的中國現代文學》。上海：東方出版中心。

編輯書籍

1980

Jaroslav Průšek, *The Lyrical and the Epic: Studies of Modern Chinese Literature*. Bloomington: Indiana University Press.

1981

Modern Chinese Stories and Novellas 1919-1949. New York: Columbia University Press. (Co-edited with Joseph S.M. Lau and C.T. Hsia)

1985

Lu Xun and His Legacy. Berkeley: University of California Press.

1988

《新感覺派小說選》。台北：允晨文化。

1989

Land without Ghosts: Chinese Impressions of America from the Mid-nineteenth Century to the Present. Berkeley: University of California. (Co-edited and co-translated with R. David Arkush)

2002

An Intellectual History of Modern China. Cambridge: Cambridge University Press. (Co-edited with Merle Goldman)

2010

普實克著，郭建玲譯：《抒情與史詩——現代中國文學論集》。上海：上海三聯書店。

2016

《海外晚清文學研究文選》。上海：復旦大學。（與季進共同選編）

論文／文章

1969

〈五四運動與浪漫主義〉，《明報月刊》41。

1970-71

〈「魯迅內傳」的商榷與探討〉（一）至（四），《明報月刊》60–61、63–64。

1972

"The Romantic Temper of May Fourth Writers", *Reflections on the May Fourth Movement: A Symposium*, ed. Benjamin I. Schwartz. Cambridge, Mass.: East Asian Research Centre, Harvard University.

1975

〈「語言與沉默」:「人文」批評家喬治．史丹納〉,《中外文學》3(11)。

1976

"Literature on the Eve of Revolution: Reflections on Lu Xun's Leftist Years, 1927-1936", *Modern China* 2(3).

1977

"Genesis of a Writer: Notes on Lu Xun's Educational Experience, 1881-1909", *Modern Chinese Literature in the May Fourth Era*, ed. Merle Goldman. Cambridge, Mass.: Harvard University Press.

1979

〈浪漫之餘〉,《中國時報．人間副刊》。

"Dissent Literature from the Cultural Revolution", *Chinese Literature: Essays, Articles, Reviews* (*CLEAR*) 1.

"The Enduring Dimension in Contemporary Chinese Culture, Literature, and Intellectuals", *Issues and Studies* 15(9).

1980

〈高曉聲《李順大造屋》的反諷意義〉,《當代》4。

"'Modernism' and 'Romanticism' in Taiwan Literature", *Chinese Fiction from Taiwan: Critical Perspectives*, ed. Jeannette L. Faurot. Bloomington: Indiana University Press.

"Modernism in Modern Chinese Literature: A Study (Somewhat Comparative) in Literary History", *Tamkang Review* 10(3).

"Recent Chinese Literature: A Second Hundred Flowers", *China Briefing, 1980*, eds. Robert B. Oxnam and Richard C. Bush. Boulder, Colorado: Westview.

"My Interviews with Writers in the People's Republic of China: A Report", *Chinese Literature: Essays, Articles, Reviews* (*CLEAR*) 3(1).

1982

〈馬奎斯的《一百年的孤寂》敲醒了甚麼？〉，《聯合報》副刊。

1983

〈「東歐政治」陰影下現代人的寶鑑——簡介昆德拉的《笑忘書》〉，《聯合報》副刊。

"Literary Trends I: The Quest for Modernity, 1895-1927", *The Cambridge History of China, vol.12*, ed. John K. Fairbank. Cambridge: Cambridge University Press.

1985

〈一九八四年諾貝爾文學獎得主：捷克現代民族詩人塞浮特——訪問史維耶考斯基（F. Svejkovsky）後的雜感〉，《明報月刊》230。

〈世界文學的兩個見證：南美和東歐文學對中國現代文學的啟發〉，《知識分子》4 (1985)。

"Letter from Beijing: Alienation, Humanism and Modernism in Post-Mao China", *Partisan Review* 52(2).

"Romantic Individualism in Modern Chinese Literature: Some General Explorations", *Individualism and Holism: Studies in Confucian and Taoist Values*, ed. Donald J. Munro. Ann Arbor: Centre for Chinese Studies, The University of Michigan.

"The Beginnings of Mass Culture: Journalism and Fiction in the Late Ch'ing and Beyond", *Popular Culture in Late Imperial China*, eds. David Johnson, Andrew J. Nathan and Evelyn S. Rawski. Berkeley: University of California Press. (Co-written with Andrew J. Nathan)

"The Politics of Technique: Perspectives of Literary Dissidence in Contemporary Chinese Fiction", *After Mao: Chinese Literature and Society 1978-1981*, ed. Jeffrey C. Kinkley. Cambridge, Mass.: Council on East Asian Studies, Harvard University.

"The Solitary Traveler: Images of the Self in Modern Chinese Literature", *Expressions of Self in Chinese Literature*, eds. Robert E. Hegel and Richard C. Hessney. New York: Columbia University Press.

"The Tradition of Modern Chinese Cinema: Some Preliminary Explorations and Hypotheses", *Perspectives on Chinese Cinema*, ed. Chris Berry. Ithaca, N.Y.: China-Japan Program, Cornell University.

"Tradition and Modernity in the Writings of Lu Xun", *Lu Xun and His Legacy*, ed. Lee, Leo Ou-fan. Berkeley: University of California Press.

1986

〈魯迅與現代藝術意識〉，《魯迅研究動態》11 (1986)。

"Literary Trends: The Road to Revolution 1927-1949", *The Cambridge History of China, vol.13*, ed. John K. Fairbank and Albert Feuerwerker. Cambridge: Cambridge University Press.

1987

〈中國現代小說的先驅者——施蟄存，穆時英，劉吶鷗作品簡介〉，《聯合文學》36。

1990

"Beyond Realism: Thoughts on Modernist Experiments in Contemporary Chinese Writing", *Worlds Apart: Recent Chinese Writing and Its Audiences*, ed. Howard Goldbatt. Armonk, N.Y.: M.E. Sharpe.

"In Search of Modernity: Some Reflections on a New Mode of Consciousness in Twentieth-Century Chinese History and Literature", *Ideas Across Cultures: Essays on Chinese Thought in Honor of Benjamin I. Schwartz*, eds. Paul A. Cohen and Merle Goldman. Cambridge, Mass.: Council on East Asian Studies, Harvard University.

“The Crisis of Culture”, *China Briefing, 1990*, ed. Anthony J. Kane. Boulder, Colorado: Westview.

1991

“Modernity and Its Discontents: The Cultural Agenda of the May Fourth Movement”, *Perspectives on Modern China: Four Anniversaries*, eds. Kenneth Lieberthal et al. Armonk, N.Y.: M.E. Sharpe.

“On the Margins of the Chinese Discourse: Some Personal Thoughts on the Cultural Meaning of the Periphery”, *Daedalus* 120(2).

1993

〈「批評空間」的開創——從《申報》「自由談」談起〉，《二十一世紀》19。

“Reflections on Change and Continuity in Modern Chinese Fiction”, *From May Fourth to June Fourth: Fiction and Film in Twentieth-Century China*, eds. Ellen Widmer and David Der-wei Wang. Cambridge, Mass.: Harvard University Press.

1994

“Decadence: A Tentative Essay on the Relevance of a Concept in Modern Chinese Literature”, *Chinese Literature and European Context*, ed. Marián Gálik. Bratislava: Institute of Asian and African Studies, The Slovak Academy of Sciences.

“Two Films from Hong Kong: Parody and Allegory”, *New Chinese Cinemas: Forms, Identities, Politics*, eds. Nick Browne et al. Cambridge: Cambridge University Press.

1995

〈四十年來的海外文學〉，邵玉銘，張寶琴，瘂弦主編：《四十年來中國文學》。台北：聯合文學。

〈香港文化的「邊緣性」初探〉，《今天》28。

〈現代性與中國現代文學〉，中央研究院中國文哲研究所籌備處編委會主編：《中國現代文學國際研討會論文集：民族國家論述——從晚清，五四到日據時代台灣新文學》。台北：中央研究院中國文哲研究所籌備處。

“Some Notes on ‘Culture’, ‘Humanism’, and the ‘Humanities’ in Modern Chinese Cultural Discourses”, *Surfaces* 5.

1998

〈香港，作為上海的「她者」——雙城記之一〉，《讀書》12 (1998)。

"Across Trans-Chinese Landscapes: Reflections on Contemporary Chinese Cultures", *Inside/Out: New Chinese Art*, ed. Gao Minglu. San Francisco: San Francisco Museum of Modern Art.

1999

〈上海，作為香港的「她者」——雙城記之二〉，《讀書》1 (1999)。

〈上海的世界主義〉，《二十一世紀》54。

〈不了情——張愛玲和電影〉，楊澤編：《閱讀張愛玲——張愛玲國際研討會論文集》。台北：麥田。

〈當代中國文化的現代性和後現代性〉，《文學評論》5 (1999)。

"Eileen Chang and Cinema", *Journal of Modern Literature in Chinese* 2(2).

"Shanghai Modern: Reflections on Urban Culture in China in the 1930s", *Public Culture* 11(1).

"The Urban Milieu of Shanghai Cinema, 1930-40: Some Explorations of Film Audience, Film Culture, and Narrative Conventions", *Cinema and Urban Culture in Shanghai, 1922-1943*, ed. Yingjin Zhang. Stanford, CA: Stanford University Press.

2000

〈晚清文化，文學與現代性〉，樂黛雲，李比雄主編：《跨文化對話》第三輯。上海：上海文化。

"The Cultural Construction of Modernity in Urban Shanghai: Some Preliminary Explorations", *Becoming Chinese: Passages to Modernity and Beyond*, ed. Yeh, Wen-hsin. Berkeley: University of California Press.

2001

"Incomplete Modernity: Rethinking the May Fourth Intellectual Project", *The Appropriation of Cultural Capital: China's May Fourth Project*, eds. Milena Doleželová-Velingerová and Oldřich Král. Cambridge, Mass.: Harvard University Asia Centre.

2003

"The Impact of SARS on Hong Kong Society and Culture: Some Personal Reflections", *The New Global Threat: Severe Acute Respiratory Syndrome and Its Impacts*, eds. Tommy Koh, Aileen Plant and Eng Hin Lee. Singapore: World Scientific.

2004

〈福爾摩斯在中國〉,《當代作家評論》2 (2004)。

2005

〈全球視野中的中國現代文學「經典」〉,《現代中文文學學報》6.2&7.1。

2006

〈引來的浪漫主義：重讀郁達夫《沉淪》中的三篇小説〉,《江蘇大學學報(社會科學版)》1(2006)。

〈張愛玲筆下的日常生活和現時感〉,《城市文藝》2。

2007

〈光明與黑暗之門——我對夏氏兄弟的敬意和感激〉,《當代作家評論》2 (2007)。

〈張愛玲與好萊塢電影〉,《南通大學學報(社會科學版)》3 (2007)。

"Ang Lee's *Lust, Caution* and Its Reception", *Boundary 2* 35(3).

2010

〈再從「頭」談起——緣起魯迅的國民性隨想〉,《現代中文學刊》1(2010)。

2012

〈晚清文學和文化研究的新課題〉,《清華中文學報》8 (2012)。

〈重構人文學科和人文素養〉,《江蘇大學學報(社會科學版)》3 (2012)。

2013

〈林紓與哈葛德——翻譯的文化政治〉，彭小妍編著：《文化翻譯與文本脈絡——晚明以降的中國、日本與西方》。台北：中央研究院中國文哲研究所。

2014

〈從一本小說看世界：《夢遊二十一世紀》的意義〉，《清華中文學報》12 (2014)。（與橋本悟合撰）

2015

〈「怪誕」與「著魅」：重探施蟄存的小說世界〉，《現代中文學刊》3 (2015)。

2016

〈歷史演義小說的跨文化弔詭：林紓和司各德〉，彭小妍編著：《跨文化流動的弔詭——晚清到民國》。台北：中央研究院中國文哲研究所。

2017

〈見林又見樹：晚清小說翻譯研究方法的初步探討〉，《東亞觀念史集刊》12 (2017)。

2019

〈中國現代文學：傳統與現代的弔詭〉，《二十一世紀》172。

香港文學作品選集 ①
潘耀明 / 總策劃　黃子平 / 主編　舒非 / 副主編

李歐梵小說

李歐梵　著

責任編輯：莊 園　蒙 憲
封面設計：Yousa Li（封面供圖：香港中文大學出版社）
版式設計：霍明志
出　　版：香港文學館管理有限公司
香港灣仔軒尼詩道三十六號循道衛理大廈十四樓
網址：www.mhkl.com.hk
電郵：info@mkhl.com.hk
發　　行：香港聯合書刊物流有限公司
承　　印：美雅印刷
版　　次：二〇二四年五月第一版
國際書號：978-988-70518-0-0